密室偏愛時代の殺人
閉ざされた村と八つのトリック

鴨崎暖炉

JN066679

宝島社
文庫

宝島社

【目次】

【登場人物】

物《もの》柿《かき》涼《りよう》一《いち》郎《ろう》（32）……物柿家の長男。天才密室社会派ミステリー作家

物柿狂《きよう》次《じ》郎《ろう》（31）……物柿家の次男。天才密室ハードボイルド作家

物柿医《い》三《さぶ》郎《ろう》（29）……物柿家の三男。天才密室医療ミステリー作家。八つ箱村の診療所の医師

物柿旅《たび》四《し》郎《ろう》（26）……物柿家の四男。天才密室旅情ミステリー作家

物柿カマンベール（16）……物柿家の五男。ただの美少年

物柿双《ふ》一《い》花《か》（24）……物柿家の長女。天才密室ＳＦミステリー作家

物柿双《ふ》二《に》花《か》（24）……物柿家の次女。天才密室青春ミステリー作家

物柿双《ふ》三《み》花《か》（24）……物柿家の三女。天才密室歴史ミステリー作家

物柿芽《め》衣《い》（21）……物柿家の四女。アマチュア密室ゴシックミステリー作家

物柿父《ふ》一《いち》郎《ろう》（享年58）……物柿家の元当主。日本を代表する密室ミステリー作家

物柿零彦《ぜろひこ》（享年80）……父一郎の父親。大富豪にして万能の天才

王《おう》城《じよう》帝《てい》夏《か》（25）……日本ミステリー界の若き女帝

駐《ちゆう》財《ざい》田《だ》毅《つよし》（57）……八つ箱村の駐在

女将《おかみ》原《ばら》愛《まな》美《み》（32）……八つ箱村の旅館の女将

村《むら》若《わか》良《よし》則《のり》（24）……村の若者。新人密室ミステリー作家

伊《い》予《よ》川《かわ》仙人掌《さぼてん》（26）……密室代行業者『密室仙人』

葛《くず》白《しろ》香《か》澄《すみ》（18）……高校三年生

朝《あさ》比《ひ》奈《な》夜月《よづき》（21）……大学三年生

蜜《みつ》村《むら》漆《しつ》璃《り》（18）……高校三年生

八つ箱村の地図

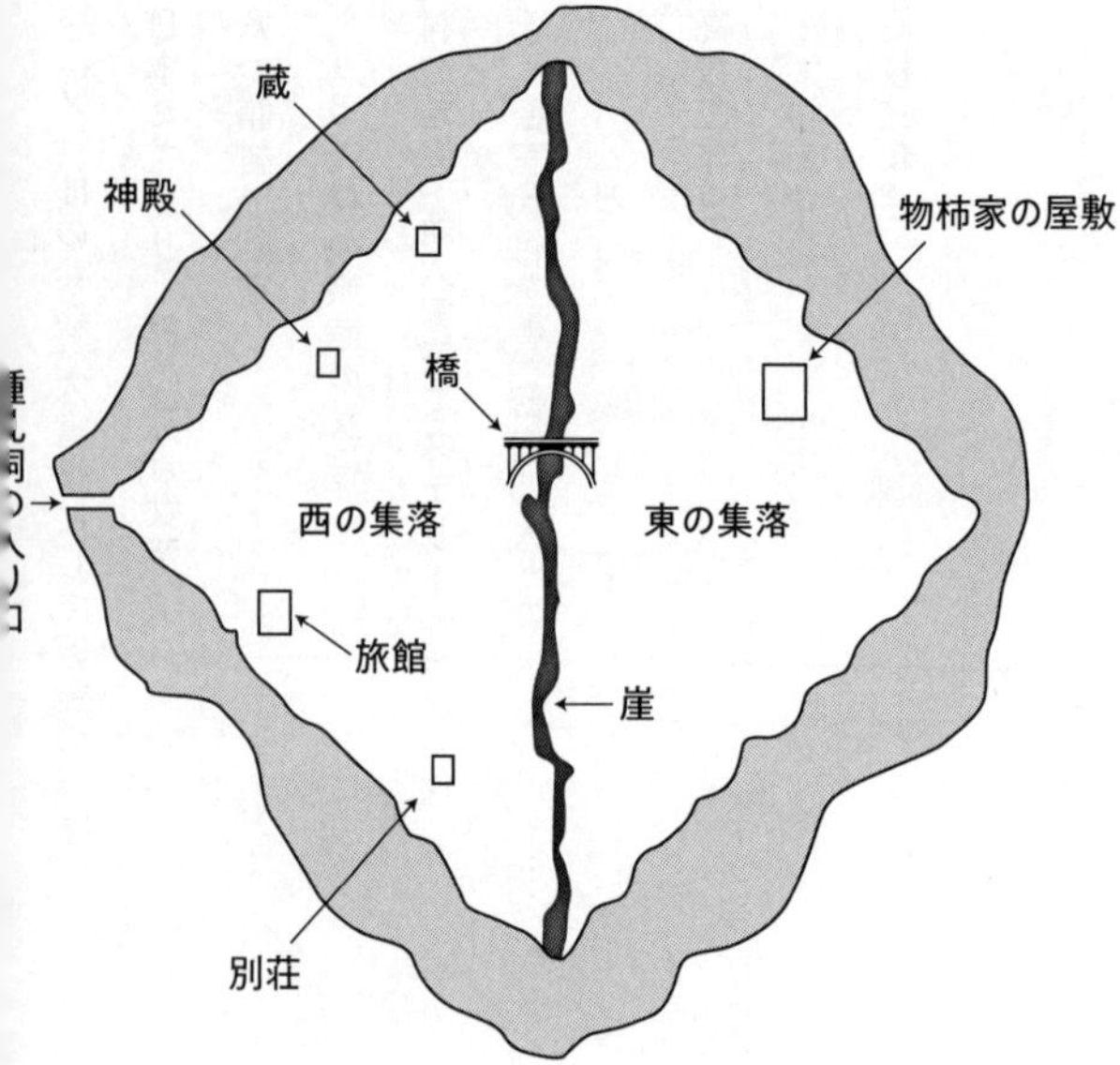

蔵
神殿
物柿家の屋敷
橋
西の集落
東の集落
旅館
崖
別荘

物柿家の屋敷の見取り図

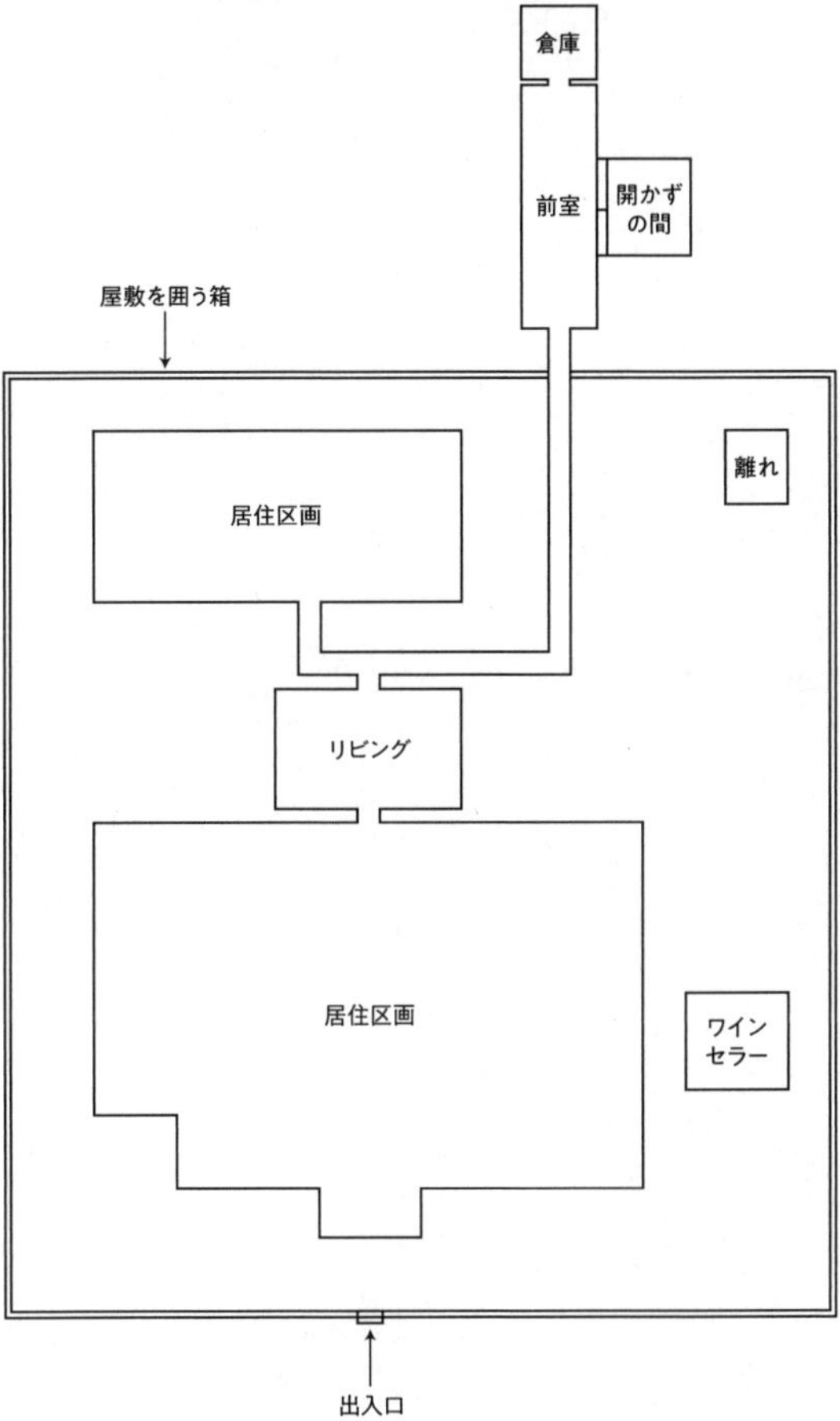

密室偏愛時代の殺人　閉ざされた村と八つのトリック

『密室の不解証明は、現場の不在証明と同等の価値がある。
だから現場が密室である限り、犯人は必ず無罪になる』

——東京地方裁判所裁判官　黒川ちよりの判決文より抜粋

Prologue　日本で初めて密室殺人が起きてから三年と八ヶ月が経った

もし日本で密室殺人が起きた場合、犯人は無罪になるか否か。僕は昔、友人とそのような議論を交わしたことがある。もちろん、それはただの与太話──、あるいは世間話のようなもので、結論は最初から決まっている──、そんな風に思っていた。だって、それはそうだろう。どうして現場が密室だからといって犯人が無罪になるというのだ。常識的に考えておかしい。誰が犯人であるのかが誰の目にも明らかな場合、現場が密室であろうとなかろうと犯人は罪に問われるはずだ。

でも、その友人はこう答えた。「私は無罪になると思う」と。「だって、そうでしょう？」と彼女は黒髪を撫《な》でながら、さも当然のように口にする。

「例えば犯人に完璧なアリバイがあった場合、その人は無罪になるでしょう？　何故《なぜ》なら犯行が不可能だから。だったら密室もそうなるんじゃないの？　だって犯行が不可能だという点で見れば、密室とアリバイは何も変わらないのだから。どうしてアリバイは良くて密室はダメなの？　全然論理的じゃないわ」

そんな風に言いくるめられてしまった。もちろん、そんなものはただの詭弁に過ぎないし、本当に正しいかどうかなんて確かめようのないことだった。だって有史以来、この国で密室殺人が起きたことなど、ただの一度もないのだから。

だからその日を迎えた時、僕の価値観は完全に壊れてしまった。都内の館で日本で最初の密室殺人事件が起き、その一審において裁判官がこのような判決を下したのだ。曰《いわ》く、『密室の不解証明は、現場の不在証明と同等の価値がある』――、つまり、現場が完璧な密室であるならば、それは犯人に完璧なアリバイがあるのと同じ意味を持つということだ。そしてその判例は今後この国で起きるすべての密室殺人において、現場の密室が解かれない限り犯人は必ず無罪になるということを意味していた。

だから、それはある意味、司法が密室の価値を認めた瞬間で。

その日を境にこの国では密室殺人が激増した。どのくらい増えたかというと、日本で起きる殺人事件の三分の一が密室殺人になるくらいに。

それはまさに密室黄金時代というべき新時代の始まりで、その眩《まばゆ》いばかりの黄金の光は日本中のあらゆるところに密室の災禍をばら撒《ま》いた。

例えば、東京都の寒村――、人呼んで『八《や》つ箱村《はこむら》』にも。

のちに国内最多の連続密室殺人記録を更新することになる、いわゆる八つ箱村八連続密室殺人事件。でもこの謎の顛末《てんまつ》を、この時の僕はまだ知らない。

第1章 八つ箱村

伊予川仙人掌《いよかわさぼてん》様へ
『密室仙人《みっしつせんにん》』と称されるあなた様へこのメールをお送りしたのは、もちろんあなた様に殺人のご依頼をするためです。ただし、それは悲哀溢《あふ》れる美しい復讐劇ではございません。社会の規範を揺るがすような野心的な劇場型の犯罪でもない。どこにでもあるような私利私欲にまみれた、どうしようもないほどに卑しい殺人です。なので数多《あまた》の芸術的な密室を作り上げた殺人巧者のあなた様には、このご依頼は決して魅力的には映らないでしょう。なのでせめて報酬くらいは魅力的な額を提示したいと思います。
私は今、遺産相続争いの渦中にいます。この争いに勝てば百億近い遺産が手元に転がり込む。なので成功報酬として、その二割をあなた様にお譲りしたいと考えております。額にして、十数億円ほどになるでしょうか？

私の不躾なご依頼をお受けいただければ幸いです。それでは良きご返事を心待ちにしております。

＊

放課後、文芸部の部室に行くと、黒髪の美少女が何やら真剣な様子でバイト情報誌を眺めていた。びっくりするくらい綺麗《きれい》な女の子で、彼女は形の良い眉を歪《ゆが》めながら「どうしたものか」と悩んでいた。何が「どうしたものか」なのかと思いつつ、僕は彼女の向かいに座る。すると彼女――、蜜村漆璃《みつむらしつり》は「あら、葛白《くずしろ》くん」と雑誌から顔を上げた。葛白香澄《かすみ》――、それが僕の名前だ。

僕と蜜村は同学年の文芸部員で、さらには中学生のころからの腐れ縁だったりする。中学の時も同じ文芸部だった。と言っても、今も昔も文芸部っぽい活動なんてほとんどしていないのだけど。現在、この部の部員は僕と蜜村の二人だけなので、きっと僕らの卒業と同時に廃部になってしまうだろう。それはとても寂しいけれど、反面、残すほどの価値もない部活だとも思っている。マジで放課後に集まって、だらだら過ごしているだけなので。

蜜村はそんな文芸部の精神を体現するようにバイト情報誌を捲《めく》っていた。そして、もう一度「どうしたものか」と呟《つぶや》く。僕は堪《たま》らず彼女に訊《き》いた。

「いや、何でバイト情報誌を？」

すると、蜜村は雑誌から顔を上げて、「そんなの決まっているでしょう？」と言った。

「夏休みにバイトをするのよ。それで働き口を探しているの」

「受験生なのに？」

思わず、そう訊き返す。確かに今は七月で、もうすぐ夏休みなのだけど。それでも僕らは高校三年生――、つまりは受験生なわけで。さすがにバイトをしている暇なんてないと思うのだけど、
すると蜜村はふふんと鼻を鳴らして、得意げな表情で僕に言った。

「私に受験勉強が必要だとでも？」

何だか、すごい自信だった。でも、どうなんだろう？　いくら彼女が頭がいいと言っても、少しくらいは勉強しないと通るものも通らないような。

僕がそんなことを言うと、彼女はとても面倒くさそうな顔をして、「はいはい、じゃあ、秋から本気出すから」とダメな受験生の見本みたいな発言をする。そして「この話はこれでおしまい」とでも言うように、そそくさとバイト情報誌に視線を戻した。

僕はそんな彼女の態度を見やり、先ほどから疑問に思っていたことを訊《たず》ねる。

「それにしても、何でバイト情報誌？　今どき、そんなものでバイトを探している人間なんているのか？」

普通はバイトの求人サイトか何かで探すものだと思うのだが。

「ほら、私って古風な人間だから」と蜜村はバイト情報誌を捲りながら言う。「その古風なところが男子たちに大人気だったりするのよ」

「別に古風なところで人気が出ているわけじゃないと思うけどなぁ」

確かに蜜村は男子たちから人気があるが、それは間違いなく顔が理由だろう。何故なら、性格はめちゃくちゃ悪いので。顔以外にモテる要素がいっさいない女なのだ。

そんな彼女はバイト情報誌をぱたりと閉じると、それを鞄《かばん》に仕舞いつつ、代わりに文庫本を取り出す。どうやらバイトを探すのに飽きたらしい。長い黒髪をそっと耳に掛けると、ぱらぱらとその文庫を繰る。小説のタイトルは『密室庭園殺人事件』。作者名は物柿《ものかき》父《ふ》一郎《いちろう》とある。

「へぇ、物柿父一郎」

と僕は言った。それは日本を代表する本格ミステリー作家で――、日本の密室ミステリーを牛耳る一族――、物柿家の当主の名前だった。

そう――、現代の密室ミステリーは物柿家によって牛耳られている。

十年前から発行されている『この密室ミステリーがすごい』という雑誌がある。その名の通り密室に特化したミステリーのランキング本で、関連本に『このアリバイミステリーがすごい』があるが、こちらは残念ながら休刊中だ。そして物柿家は――、物柿一族に属する天才作家たちは、この五年間、『この密室ミステリーがすごい』のランキングをほぼ独占状態なのである。つまり日本の密室ミステリーは、この物柿家を中心に回っていると言ってもいい。特に当主の父一郎の書く小説は、日本の密室ミステリーそのものだと称されていた。

でも、その父一郎はひと月ほど前に亡くなっていた。だから、元当主と呼ぶのが正しいか。父一郎は肥満気味だったものの年齢はまだ五十代と若く、大作家の突然の死に世間はしばし騒然としていた。

「だから、追悼の意味を込めて――、ね」と蜜村は父一郎の著作を繰りながら言う。

「もっとも、私は物柿父一郎はそこまで好きではないのだけれど。私はどちらかと言えば、王城帝夏《おうじょうていか》派だわ」

「ああ、僕も」

僕は蜜村に同意する。王城帝夏は日本ミステリー界の若き女帝で、この五年間で三回ほど『この密室ミステリーがすごい』で一位になっている。残りの二回はもちろん物柿家の人間が取っているので、現在の密室ミステリーは物柿一族VS王城帝夏の構図になっていると言ってもいい。もっともそう煽《あお》っているのはミステリーマニアと一部の文芸関係者だけで、本人たちはむしろ仲が良く、帝夏は現在物柿家の屋敷に居候していると言う噂《うわさ》もあるくらいだ。

＊

学校から帰ると僕は自室の本棚を漁《あさ》り、物柿父一郎の著作を何冊か引っ張り出した。蜜村と部室で話したせいで、無性に読み返したくなったのだ。

僕は手にした文庫本の表紙を眺める。『バチカン枢機卿密室殺人事件』――、『夏休《なつやす》密室《みっしつ》』――、『人を殺してしまったので、とりあえず現場を密室にしてみた』――、どれも名作だ。さて、どれを読もう？　ここはやはり今の季節に合わせて『夏休密室』を――、
そのタイミングでインターホンが鳴って、僕は現実に引き戻された。そして小さく舌打ちをする。無粋な客だ――、人の読書タイムを邪魔しようとするなど。罰として『居留守の刑』に処す。僕は来客を無視することに決め、そのまま文庫を捲り始めた。

ピンポーンーっ、ピンポーンーっ、ピンポーンーっ、ピンポーンーっ、

「……」

ピピピピピポーンっ、ピピピピピポーンっ、ピピピピピピピピポポポポピポピポ

ピポピポピーンポーンっ、

「クソ野郎がっ！」

さすがに頭に来たっ！　僕はひとこと文句を言ってやろうとドシドシと玄関に向かう。そして勢いよく扉を開いた。

「ちょっと、あんたっ！　さすがに常識ってもんがっ！」

「やっほーっ、香澄くん」

そこには幼なじみの朝比奈《あさひな》夜月《よづき》が立っていた。僕はしばし唖然《あぜん》とし、やがて「ああ」と納得した。

ああ、なるほど。どうりで常識がないはずだ。

僕はがくりと膝をつく。すると夜月は「どうしたの、香澄くん」と首を傾けた。「私に会えたのがそんなに嬉《うれ》しかった？」別に嬉しくて腰を抜かしたわけではない。

僕は恨みの籠《こも》った目で、目の前のゆるふわの美人を見つめる。

夜月は僕よりも三つ年上の大学三年生で、僕にとっては幼なじみ兼、姉のような存在だ。でも、けっこう迷惑を掛けられているので妹のようでもある。夜月はゆるふわな見た目以上に頭はもっとゆるふわで、そのゆるふわさが僕を時折りトラブルへと巻き込むのだ。

何となくだけど、今日も巻き込まれそうな気がする。僕は警戒しながら言った。

「で、何の用？」

「よくぞ聞いてくれました」

夜月は、こほんと咳《せき》をした。そして、待ってましたと言わんばかりにこう口にする。

「香澄くん、私、ニューネッシーを探しに行こうと思うんだ」

とうとう頭がおかしくなったのかと思った。

「えっと、ニューネッシーって」

「知らないの？　UMA《ユーマ》（未確認生物）の一種よ。ネッシーの正統なる後継者、ニューネッシー。つまり、ガンダムにおけるνガンダム《ニュー》みたいなものね」

その解釈は合っているのか？　僕はガンダムにもニューネッシーにも詳しくないからよくわからない。そしてそれ以上に問題なのは、彼女がどうしてニューネッシーを探しに行こうとしているかだ。

「ほら、私、けっこうUMAとか好きだから。オカルト雑誌の『ムー』だって、物心ついた時から買ってるのよ」

確かに、彼女のその自慢話（？）はもう何度も聞いているが。以前にもイエティやチュパカブラを探しに行くなんて言って、実際に探しに行っていたし。

僕は溜《た》め息をついて言った。

「まぁ、とにかく頑張ってください」しみじみと、そう告げる。「ニューネッシーを探すのは大変だと思うけど、無事に帰って来られることを祈っています」

どうか、今生の別れになりませんように。幼なじみがニューネッシーを探しに行って行方不明とか悲しすぎる。

すると、そんなしみじみとした僕を見て、夜月が呆《あき》れたように溜息をつく。

「何言ってるの、香澄くん。香澄くんも一緒に行くのよ」

何ですと、と僕は思った。

「……僕にネス湖まで一緒に行けと言うのか？」

そこまで幼なじみへの愛は深くない。すると夜月は、再び呆れ顔で僕に言った。

「何言ってるの、香澄くん。ニューネッシーが住んでいるのはネス湖じゃなくてニュージーランドの沖合だよ」

そうだったのか。ネス湖じゃないのか。なので、僕は改めて言い直す。

「……僕にニュージーランドまで一緒に行けと言うのか？」

「ううん、違うよ、香澄くん。行くのはニュージーランドじゃなくて奥多摩《おくたま》だよ」

とうとう本格的に頭がおかしくなったらしい。いや、前から……、ずっと前からその兆候はあったのだけど。

僕はごしごしと目をこする。自信満々な彼女の顔。どうやら本気で言っているらしい。何かの間違いであって欲しかったが。

僕はまじまじと訊く。

「えっと、どうして奥多摩にニューネッシーを探しに行くんだ？」

「もちろん、そこにニューネッシーがいるからよ」

そこに山があるから、みたいに言う。

「……奥多摩にニューネッシーがいるわけないだろ」

「それがいるのよ。だって、多摩ニューネッシーだもの」

「多摩ニューネッシー」

多摩ニュータウンみたいに言う。

「香澄くんは知らないのかな？　実は奥多摩の山奥にとある湖があって、その湖が海底トンネルで太平洋に繋《つな》がっているって都市伝説があるの」と夜月は得意気に言う。

「だからニュージーランドの沖合と奥多摩の山奥は実は泳いで行き来できるってわけ」

「それで、その湖にニューネッシーが住み着いてしまったってわけか」

「そう、ありえる話でしょ」

絶対にありえないと思うが。というか、都市伝説の海底トンネルなんて言い始めたら、もはや何でもありの気がするが。クラーケンや半魚人なんかの、あらゆる海洋系のＵＭＡが奥多摩にやって来てしまう。

「というわけで、香澄くん」夜月はキラキラと瞳を輝かせて言った。「一緒に行こうっ！　奥多摩へ。多摩ニューネッシーを探しにっ！」

「……うん」

僕はそっと玄関の扉を閉じた。

＊

夏休みにニューネッシーを探しに行くなど正気の沙汰ではない。それが受験生の夏休みならなおさらだ。

でも僕は思うのだ。受験生の夏休みだからこそ、逆に奥多摩にニューネッシーを探しに行くべきではないのかと。そういう馬鹿げたことをあえてやっていくべきだと思う。決して勉強したくないとか、サボりたいとかそういう理由ではない。傍目《はため》にはそう見えたとしても、それは断じて違うのだ。

というわけで来たる八月某日、僕は受験勉強の『息抜き』として、夜月とともに奥多摩にニューネッシーを探しにやって来ていた。親には「受験合宿に行きます」と堂々と嘘《うそ》をついてきたので、今はその嘘がバレないことを願うばかりだ。

「じゃあ、さっそく、ニューネッシーを探そう」

夜月は森の入口で嬉しそうにそう宣言すると、背負っていたリュックサックを下ろし、その中身をごそごそする。そうして彼女が取り出したのは、L字型の二本の金属棒だった。夜月はそれを両手に一本ずつ、得意気に握る。まさか……。

「それは……？」

「ダウジングだよ」

「やっぱりかっ！」

こいつ、ダウジングでニューネッシーを探すつもりなのか？　なんか、もうめちゃくちゃだ。いろいろと渋滞している。

「まぁまぁ、大船に乗ったつもりで」と夜月は胸を張って言った。「お姉ちゃんに任せときなさい」

「めちゃくちゃ不安なんだけど」

「冒険に不安は付きものだからね。じゃあ、さっそく始めるよ。おっ、いきなり」

夜月の握った二本の金属棒がスイングし、北の方角を指し示した。

「こっちだって」

「本当かよ」どうにも胡散《うさん》臭い。

「間違いないよ。騙《だま》されたと思ってついてきて」

夜月はそう自信満々に言って、すたこらと進んでいく。僕は溜め息をついた後、仕方なくその背に続いた。

＊

そうして森の中に入ってから、五時間ほどが経過した。陽が高くなり、お弁当を食べ、その陽が段々と沈み始める。時計を見ると午後の三時だった。

「あれれ〜、おかしいなぁ」とダウジングの棒を握りしめた夜月が言う。「あれれ〜、おかしいなぁ。不思議だなぁ」

夜月がコナンくんみたいなことを言い出した。彼女は何度か目をさ迷わせた後で、その視線を僕に留める。そして真剣な表情で言った。

「香澄くん」

「なんだ？」

「なんか、道に迷ったみたい」

「やっぱりかっ！」

なんか、そんな気がしてたんだよっ！　さっきから一時間くらいずっと、同じところをうろうろしているしっ！

僕は恨みの籠った視線を夜月に向ける。

「騙されたと思ってついてきて、って言ったのに」

「まさか本当に騙すことになるとは思わなかった」夜月は口をへの字に曲げて言う。「それに私も騙された。このダウジングの棒、高かったのに」

どうやら偽物を掴《つか》まされたらしい。いや、ダウジングの棒が本物だったとしても、確実に迷っていたとは思うが。

「とにかく、今日はもう予約していた旅館に辿《たど》り着けそうにないね。下山も厳しそう」

夜月の言葉に僕も頷《うなず》く。確かに、もう昼の三時だ。かなり山の奥深くに入ってしまっているし。夏とはいえ、この時間帯からさらに動けば、ますます状況が悪化する恐れがある。そしたら本格的に遭難――、最悪、死が待っているというわけだ。

「仕方がない、今日はここで野宿をしよう」夜月がリュックサックを地面に下ろし、テキパキと口にする。そして、傍に落ちていた折れた木の枝を拾い上げた。棒と呼んでも差し支えないくらいの長さだ。

僕はごくりと唾を飲んだ。

「その棒は？」

「決まってるよ」と夜月は言った。「野ウサギを――、捕る」

マジか。

夜月は剣道の素振りのようにその棒を振る。するとそのタイミングで、背後の草むらからガサゴソと音がした。

「見つけたっ！　そこかっ！」

夜月が棒を摑んだまま草むらに向かって走っていく。彼女の手にした棒が振りかぶられる。するとそのタイミングで、草むらから巨大な何かが飛び出した。それはライトブラウンの髪をした十代半ばの美しい少年だった。モデルのように手足が長く、背丈は百九十センチ以上ある。

その美しい少年はカッと目を見開くと、足元に落ちていた太い木の枝を拾い、それで夜月の棒の一撃を防ぐ。そしてくるりと手首を返し、自身が手にしたその枝を夜月の頭に振り下ろした。夜月はすんでのところで後ろに飛んで、紙一重でその一撃を躱《かわ》す。そしてチッと舌打ちをして、目の前の少年を見据えて言った。

「こいつ……、できるっ！」

何が「こいつ……、できるっ！」なのだろう。

僕は夜月の後頭部に思いっきりチョップをして、彼女の襟の後ろを引っ張り少年との距離を遠ざける。そして、へいこらと頭を下げた。

「すみません、すみません」

「まったくだよ」と少年は柔和な笑みを浮かべて言った。「追いはぎかと思った」

「ある意味、間違ってないかもだけど」

盗もうとしたのは荷物ではなく、あなたの心（命）ではあるが。

僕のチョップに悶えていた夜月も「ううっ……、ごめんなさい」と素直に謝った。

そんな僕らの様子を見て、少年は首を傾《かし》げて言った。

「ところで、君たちはどうしてこんなところに？」

「いえ、実はかくかくしかじかで……」

夜月は僕にチョップされた後頭部を押さえたまま、少年に事情を説明した。すべてを聞き終えた少年は、やがて「なるほど」と口にする。

「つまり、この奥多摩にニューネッシーを探しに来て、それで遭難してしまったと」

完全にイカレた説明だった。こんな話を聞かされたら、ただでさえ悪い状況がますます悪化してしまうのではないだろうか？

だが、予測に反して少年は真剣な表情で口にした。

「確かに、僕も聞いたことがあるな。この奥多摩の山奥に、海底トンネルで太平洋と繋がっている湖があるって」聞いたことあるのかよ。「でも、もうすぐ日が暮れ始めるし、今夜泊まる予定だった宿に辿り着くのは難しいかもしれないね。ちなみに、どこに泊まる予定だったの？」

「えっと、雛鳥町《ひなどりちょう》の桔梗館《ききょうかん》という旅館で」と夜月。

「ああ、だいぶ遠いね。今日中に着くのは不可能だよ」

どうやら迷っているうちに、本来の目的地からはだいぶ離れたところまで来てしまったらしい。

そんな僕らの様子を見て、少年は「ふむ」と頷いた。そして夜月にこう提案する。

「じゃあ、今夜はうちの村の旅館に泊まる？　もちろん、お代は必要だと思うけど」

「うちの村の旅館？」

「実を言うと」と少年は少し得意げな口調で言った。「俺はこの近くの八つ箱村という村に住んでいるんだ。あっ、自己紹介が遅れたけど、俺の名前は物柿カマンベール。見てのとおり、ただの美少年だよ」

その物柿という名字が一瞬引っ掛かったが、それ以上に別のことが気になった。僕は唖然とする。こいつ……、もしかして下の名前がカマンベールなのか？

「そうだね、下の名前がカマンベールなんだ」と彼は屈託なく笑う。「そして、これはたぶん気付いてないと思うんだけど、カマンベールという名前はカマンベールチーズにちなんで名づけられてるんだよね」

いや、それは言われなくてもわかるのだが。問題なのは、生まれてきた子供にチーズの名前を付ける親がこの世に存在するということで。

「それには、やむにやまれぬ事情があるんだよ」とカマンベールは肩を竦《すく》めた。「実を言うと、俺は親父の不倫相手の子供なんだ。親父が一時期、イタリア人の留学生と不倫してたからね—

なるほど、だからカマンベールという名前なのか。確かに母親がイタリア人ならば、そんな風に名付けられても不自然ではない。いや、やっぱり不自然か。そもそもカマンベールはイタリア語じゃなくてフランス語だし。

そして、そんな彼は母親の帰国を切っ掛けに物柿家に引き取られることになったそうだ。そのころには父一郎はすでに妻と死別していたので、隠し子を引き取るという一幕について特に揉《も》めることはなかったらしい。

カマンベールはそんな風に身の上話を語った後で、「ところで、君たちの名前は？」と僕たちにも自己紹介を求めてきた。なので僕と夜月はこほんと咳をして、それぞれの名前を告げる。

「葛白香澄です」

「朝比奈夜月です」

「葛白香澄に、朝比奈夜月ね。二人とも変わった名前だね」

いや、物柿カマンベールにだけは言われたくないが。でも、カマンベールはそんな僕らの心情を無視して、やれやれと首を横に振った。そしてライトブラウンの髪を撫でて告げる。

「じゃあ、そろそろ行こうか。陽が暮れないうちにね」

カマンベールはそう言って、歩き出す。そんな彼の背中に僕は訊いた。

「でも、どうしてカマンベールはこんな山奥に？」

「ああ、野ウサギを取りに来たんだよ」と彼は懐からナイフを取り出してみせる。

「のっ、野ウサギを」こいつもか、と僕は思う。

「うん、村の名物だからね」とカマンベールは柔和に笑う。「でも、残念ながら見つからなかった。おかげで今夜は村の名物の野ウサギの刺身を食べられそうにないよ」

「さっ、刺身で食べるんだ」と夜月がドン引きしたように言う。「せめて、こう……なんか、鍋にするとか」

「いや、野ウサギは刺身が一番美味《おい》しいんだよ。騙されたと思って、一度食べてみるといい」

僕と夜月は顔を見合わせる。正直、気は進まないが、そこまで言われるとさすがにちょっと興味が出てくる。

こうして僕たちはカマンベールと一緒に彼の暮らす集落――、八つ箱村に向かうこととなった。

＊

一時間ほど山道を進むと一車線の車道に合流し、そこからさらに十分ほど歩いて、僕らは今夜の宿泊地である八つ箱村へと辿り着いた。正確には、その八つ箱村の入口だ。僕は目の前に広がる意外な光景に、思わず「えっ？」と面食らった。そして、おずおずとカマンベールに訊ねる。

「えっ、ここなの？」

「うん、ここだよ」

カマンベールは堂々と答える。それを聞いて僕はつい「まじか」と言葉を漏らした。何が「まじか」と思うかもしれないけれど、そう言いたくなるのも無理はない。だって目の前にあったのは、一般的にイメージするようなステレオタイプな村ではなく、標高一千メートルを超える山の岩肌に穿《うが》たれた、トンネルと見まごうばかりの巨大な洞窟だったのだから。

「我らが八つ箱村は、この洞窟の奥にある。この先は東京ドーム約二十個分——、百万平方メートルの広さの鍾乳洞になっているんだ」

カマンベールの話だと、その鍾乳洞は一辺の長さが一キロの正方形の形になっているらしい。つまりは、一キロ×一キロメートルの広さの鍾乳洞ということだ。確かにその規模ならば、小規模な村ならば余裕で構えることができるだろう。そして実際に五百人近い村人がここで暮らしているのだという。

「じゃあ、行こうか」

そう言ってカマンベールが洞窟の中へと入っていく。僕と夜月はやや尻込みしながら、その背中に続いた。

洞窟内はしばらくの間、トンネルのような真《ま》っ直《す》ぐな一本道になっていて、その壁と天井と地面のすべてを赤色の煉瓦《れんが》が覆っていた。なので、まるで煉瓦造りの巨大な回廊を通っているような印象を受ける。広さは二車線の道路くらい。天井にはＬＥＤの白色電灯がぼんやりと灯《とも》っていて、それに照らされた煉瓦の壁が、まるで異世界へと続くトンネルのような独特な雰囲気を作り出していた。

そして、そのトンネルを五十メートルほど進んだところで、椅子に座った体格の良い青年と出会う。彼はトンネルの壁を背にして、そこを通る僕たちの様子をじっと観察していた。カマンベールはその青年に簡単な挨拶をすると、「彼は門番なんだ」と僕と夜月に説明してくれる。「朝の三時から夜の七時までの間ずっとここにいて、このトンネルを見張っているんだ。もっとも門番は二人いて、一日ごとに交代で見張っているんだけど」

それは何ともご苦労なことだと思う。なので、僕と夜月もそれを労《ねぎら》うために小さく会釈をし、再び煉瓦のトンネルを進み始めた。そして、そこから五十メートルほど歩いたところで地面が煉瓦から砂地に変わり、そこからさらに三十メートルほど進むとようやくトンネルの突き当たりへと辿り着いた。僕は思わず「おおっ」となる。そこにあったのは巨大な鉄扉――、トラック一台は軽々と通れそうな巨大な扉だった。

「何だか、関所みたいだね」

夜月がそんな感想を漏らす。確かに、僕も似たような印象を受けた。日常生活では、まず見ることのない大きさの扉だ。

「ある意味、間違っていないね」と、そんな僕らの反応にカマンベールが笑みを浮かべる。「ここがこの先にある鍾乳洞の唯一の出入口だからね。つまり、ここを通らないと村に出入りすることができないんだ」

カマンベールはそう口にした後、扉の横に設置されていた赤色のボタンを押した。すぐに観音開きの鉄扉が音もなく開き始める。自動扉だ。

「ちなみに、この扉は朝の三時から夜の七時までしか開かないから注意してね。それ以降は扉が施錠されてしまうから」

カマンベールがそう説明する。つまり、その時刻以外は村の外に出ることができないということか。そして、それは先ほどトンネルの中央で見かけた門番の勤務時間と同じだった。つまり、扉が開錠されている間は、常にトンネルの中は門番に監視されているということだ。

そんなことを考えているうちにも、村を閉ざす重厚な鉄扉は緩慢な速度で開いていき、やがてその先にある光景を露わにする。そこには事前に聞いていたとおり、広大な鍾乳洞が広がっていた。ただし、想像していたよりも、ずっとずっと大きい規模で。

「わぁっ」夜月がそう声を上げる。そして「地下帝国じゃん」そう、率直な感想を漏らした。ただし、それは言い得て妙だ。確かにそれはSFに出てくるような地底人の国そのものだった。

まず、天井がとても高い。だいたい二十五メートルくらいの高さはある。そして天井には先ほどのトンネルと同じくLEDの照明がぶら下がっていた。ただし、その数はすさまじく、その大量に取り付けられた灯りが鍾乳洞の隅から隅までを照らし出し、現実感を失わせるような神秘的な世界を浮き上がらせていた。

そしてその鍾乳洞内に、地上の住宅街と同じような密度で幾つもの建物が築かれているのだが、それらの建物は一般の民家とは異なる少し変わった形をしていた。こんな山奥の寒村にはふさわしくない――、むしろ都会でもあまり見かけないような、つるんとした白い外壁を持つ直方体の形をしていたのだ。

そしてその直方体の家屋の形は、否応《いやおう》なくあるものを連想させる。

「箱？」

答え合わせをするように、僕はカマンベールに視線を向ける。そう――、あれは箱なのだ。おそらく土蔵のように漆喰《しっくい》で塗り固められた真っ白な箱。その箱に設《しつら》えられた窓はすべて嵌《は》め殺しで、扉はどれも鉄製で頑強そうな作りのものだ。地下帝国のよ

うな広大な鍾乳洞の中にびっしりと立ち並ぶ箱型の家。それはまさに八つ箱村という
この集落の名前にふさわしい。
そんな気圧《けお》された僕の態度に、カマンベールは満足そうな笑みを浮かべた後、「うん、
その通りだよ」と得意げな口調で告げた。
「この村は昔は『矢津箱村《やつはこむら》』って呼ばれていたんだ。『矢津』というのは、昔この辺
りを収めていた領主の名前。そして『箱』はもちろん、この村に箱型の家ばかりが並
んでいることから名付けられている」
その説明に「なるほど」と思いつつ、すぐに次の疑問が浮かんだ。思わず「あ
れ？」と首を傾げる。では、その『矢津箱村』がどうして今は『八つ箱村』と呼ばれ
ているのだろう？
でもそれを訊ねる前に夜月が別の質問をしたため、僕の疑問は立ち消えになった。
彼女の質問は「どうしてこの村の家はどれも箱の形をしてるの？」というもので、そ
れは僕もとても気になっていたので、村の名称に関する疑問は、すぐに頭の隅っこの
方へと音もなく消えていった。
そしてそんな僕を他所《よそ》に、カマンベールが夜月の疑問に答える。
「何を隠そう、それは『風鼬《かぜいたち》』の侵入を防ぐためだよ」
その言葉に、僕らはきょとんとした。夜月が「風鼬？」と首を曲げる。「鎌鼬《かまいたち》では

なく？」

「風鼬はこの地方の民間伝承に登場する妖怪だよ」とカマンベールは言った。「鎌鼬と同じく風の妖怪で、自らの体を風に変えて、ほんのわずかな隙間から家屋に浸入したりするんだ。そして住人を昏倒《こんとう》させたり、時には殺してしまうこともある。とても危険な妖怪なんだよ。だからその風鼬の侵入を防ぐために村の家屋はすべて石造りで、屋上や外壁を漆喰で塗り固めた隙間のないものになっているんだ。さらに出入口の扉も気密性の高い鉄扉が用いられている。そしてこの八つ箱村には雨が降らないから──、だから屋根に傾斜が必要なくて、建物はおのずと箱の型になるんだ」

確かにこの村は鍾乳洞の中にある。だからそれ自体が巨大な傘になり、どんな嵐が訪れたとしてもこの八つ箱村には雨は降らないのだ。

「それにしても」そこで僕は根本的な疑問を口にする。「そもそも、どうしてこの村は鍾乳洞の中にあるんだ？」

いくら巨大な鍾乳洞とはいえ、そこに村を作ろうなんて普通は考えないはずだ。地底人じゃあるまいし。となると、きっとこの村の先祖たちは、何かやむを得ない事情でこの場所に移住してきたと考えられるのだが──、

「それに関しては、実はよくわからないんだよね」でもカマンベールはあっけらかんと、そんな風に言ってのける。「山賊の隠れ里だったという説もあれば、隠れキリシ

タンが作った村だという説もある。こんな辺鄙《へんぴ》なところに村を作ったわけだから、何かしらのイワクがあるのは確かだと思うんだけど、何故だか村の設立に関わる記録がぜんぜん残ってなくて」

　それは何とも不穏な話だ。

「いや、単に先祖がずぼらなだけだったのかも」とカマンベールは笑い話のように言った。「記録は失われたのではなく、最初から取っていなかっただけなのかもね。じゃあ、そろそろ行こうか。旅館はすぐ近くにあるから」

　そこから僕たちは二分ほど歩き、村の旅館へと到着した。この村で唯一の旅館らしい。旅館は例のごとく箱型だったが、もちろん、周辺の民家よりもずっと大きかった。とにかく、僕はホッと胸を撫で下ろす。これで今夜は畳の上で寝られることが確定した。

＊

「じゃあ、中に入ろうか。女将《おかみ》さんに紹介するよ」

　カマンベールはそう言って、旅館の扉を開こうとする。するとそのタイミングで、「カマンベールくん」と彼を呼びかける声が聞こえた。視線を向けると、そこには二十代半ばくらいの二人の女が立っていた。どちらもかなりの美人で、そしてそっくりな見た目をしている。どう見ても双子だろう。髪の長さも同じくらいだが、一方はその髪をポニーテールに、もう一方はツインテールに纏《まと》めていた。

彼女たちは淡々とした表情で、カマンベールを見据えて言う。

「良かった」「こんなところに」「いたのね」「どこに行ったのかと」「思って」「困り果てて」「いた」「のよ」

何だか、妙な喋《しゃべ》り方をしだしたっ！　何で二人で交互に喋っているんだ？　物凄く聞き取りづらいんだけど。

でも、カマンベールは気に留めることなく、「ああ、双一花《ふぃか》ちゃんに双二花《ふにか》ちゃん」そんな風に彼女たちに、それぞれ視線をやりながら答える。どうやらポニーテールの方が双一花で、ツインテールの方が双二花らしい。そして首を傾げた後で、「何か用だった？」と訊ねた。

すると双一花と双二花は同時に頬を膨らませて――、

「何か用だった」「じゃないのよ」「そういうの」「無責任だと」「思う」「用というのは」「狂次郎《きょうじろう》兄さんの」「こと」「ほら」「今日はカマンベールくんの」「当番」「でしょう？」

するとカマンベールは「あれ？　そうだったたっけ？」と頭を掻《か》いて、僕たちの方に視線を向けた。そして両手で「ごめん」と手を合わせる。

「用ができたから家に戻るよ。兄貴の食事を兄弟で用意していて、今日の夕飯は俺の当番なんだ」

カマンベールはそう告げて、双子の女とともに去っていく。彼は愚痴のように「でも、一日くらい代わってくれても」と言ったが、彼女たちからすぐに反論されていた。「カマンベールくん」「いつもそういうこと」「言ってばかり」「最近ずっと」「サボっているから」「今日だけは絶対に」「やらせようと思って」

双子の言う食事の用意が何を意味しているのかはわからないが、どうやらカマンベールはサボりの常習犯らしい。それで双子は堪忍袋の緒が切れて、彼のことを探し回っていたといったところか。

僕はそう納得して、遠ざかっていくカマンベールの背中にひらひらと手を振った。そして今度こそ改めて、旅館の扉を開けて中に入った。

＊

旅館に入るとすぐに、着物を着た三十歳くらいの女将が出迎えてくれた。落ち着いた雰囲気の美人で、名前は女将《おかみ》原愛美《ばらまなみ》というらしい。「女将の女将原さんか」と夜月が言った。夜月は人の名前を覚える際に、語呂合わせをする癖があるのだ。そんな女将原に諸々の事情を説明すると、特に問題なく泊めてくれるとのことだったので、僕らは改めて一安心する。

八月だというのに、旅館の玄関には何故だか雛人形が飾られていた。しかも、一般的な雛人形とは違い、どの人形も空色の爽やかな着物を身に着けていた。

「これは？」と僕は訊ねる。

「ああ、これは夏雛《なつびな》ですね」と女将原は言った。

「夏雛？」

「この村に伝わる風習のようなものですよ。八つ箱村では、この時期になると雛人形を飾るしきたりがあるんです。何でも、昔この村を治めていた領主様が雛あられがとても好きで、雛あられを食べる口実が欲しくて雛祭りの数を増やしてしまったのだとか。だから、この村には夏雛の他にも秋雛や冬雛もあるんですよ」

随分とほんわかとした風習だ。洞窟の中にある風変わりな村の因習などとは程遠い。

旅館の玄関には夏雛のほかに、額縁に入った八つ箱村の地図も飾られていた。村の形状は先ほどカマンベールから聞いた通り正方形で、四隅がそれぞれ東西南北の方角を向いている。なので正方形というよりも菱形と言った方がしっくりくるのかもしれない。そしてその菱形の南北の頂点を結ぶような形で、裂け目のような巨大な崖が走り、村を東西に分断していた。つまり、八つ箱村は東と西の二つの集落に分かれているということだ。

「それぞれ『東の集落』と『西の集落』と呼ばれています。この旅館があるのは『西の集落』ですね」

確かに、地図を見ると『西の集落』にこの旅館の名前も書かれている。そしてその『西の集落』と『東の集落』は一本の橋で繋がっていた。

「ちなみにこの橋は、コンクリート製でとても丈夫なんですよ」と女将原は言った。「地震が来てもビクともしません。つまり、絶対に落ちない橋なんです」

*

女将原は僕たちを今夜泊まる部屋へと案内した後、「今、お飲み物をお出ししますね」そう言ってパタパタと駆けていき、やがて麦茶と饅頭《まんじゅう》の載ったお盆を持って戻ってきた。そんな彼女の様子を見て僕は訊ねる。

「この旅館って、女将原さん一人で接客しているんですか？　他の従業員とかは？」

「本当はバイトの仲居を雇ったのですが、夏風邪《なつかぜ》で寝込んでしまって」と女将原は苦笑いを浮かべて言った。「ただ、見ての通り田舎旅館なので、そこまで忙しくないんですよ。今も葛白さんたちを除けば一人しか宿泊しておりませんし。バイトを雇ったのも、夏休み代わりに少し休もうと思ったからで」

「そのバイトの人は大丈夫なんですか？」とお盆の上から拝借した饅頭を食べながら夜月が訊いた。

「もう、だいぶ熱は下がったみたいです。昨日までは高熱でうなされて、めそめそ泣いておりましたが」

確かに、風邪を引くと心細くなる気持ちはわかるが。

「それでは、ひとまずおくつろぎください」

女将原は僕と夜月に座布団に座るように促す。僕はお言葉に甘えて席に着くと、麦茶を一口飲んだ後で夜月と同じく饅頭を手に取ろうとする。そこで「おや？」と手を止めた。饅頭の包み紙には、習字を模したようなフォントで大きく「密室」と書かれていた。

密室——、何故、饅頭に密室が？

すると女将原は「あら」と悪戯《いたずら》っぽい笑みを浮かべる。

「お気づきになられました？」

それはお気づきになられるというものだ。堂々と書いてあるので。つまり、これは——、

「はい、我が旅館が独自に開発したお土産――、人呼んで密室饅頭です」

「みっ、密室饅頭？」と夜月が慄《おのの》く。

「はい、何を隠そう、この八つ箱村は密室ミステリーが名産ですから。それに便乗して、勝手にお土産を作ってしまったというわけです」

女将原はそう鼻を鳴らす。夜月は「なっ、なるほど」と感心したような様子だったが、僕は当然のことながら別のことが気に掛かった。

「……この村って、密室ミステリーが名産なんですか？」

なのでそう訊ねると、女将原はこくりと頷いて、神妙な顔で僕らに言った。

「葛白さんたちは物柿一族を知っていますか？」

その言葉に、僕は目を丸くする。

「物柿一族？」と夜月が首を傾げた。「柿の栽培で財を成した一族なのかな？」

いや、断じて違う。物柿一族とは断じて柿を育てている一族ではない。

「物柿一族っていうのは、有名なミステリー作家の一族なんだよ」と僕は言った。

そして、その一族は日本の密室ミステリーを牛耳っている。

以前に文芸部で蜜村と話した際にも話題に上った、『この密室ミステリーがすごい』という雑誌。物柿家はそのランキングの上位をほぼ独占している一族で、いわば日本の密室ミステリーを支配している一族と言っても過言ではない。

そしてその物柿一族が奥多摩のどこかの村に屋敷を構え、そこで暮らしているという話は聞いたことがあった。不覚にもその村の名前は失念してしまったけれど、もしかしたら、その村こそが——、

「はい、この八つ箱村なんです」

女将原はそう胸を反《そ》らす。なるほど、であれば先ほどの「密室ミステリーが村の名産」という女将原の言葉も頷ける。

そして僕は、先ほど僕たちをこの村に案内してくれたカマンベールのことを思い出す。彼は物柿カマンベールと名乗った。あの時は「まさか」と思ってそのままスルーしてしまったけれど、カマンベールはきっとその物柿家の人間なのだろう。そして旅館の前で彼を呼びに来た双一花と双二花も。改めてその名を思い起こすと、僕は彼女たちのことをよく知っていた。物柿家には一卵性の三つ子の作家姉妹がいて、それぞれ、双一花、双二花、双三花《ふみか》という名前なのだ。皆、名前に数字が入っているから、とても憶《おぼ》えやすい。そして双一花は天才密室SFミステリー作家、双二花は天才密室青春ミステリー作家、双三花は天才密室歴史ミステリー作家として、それぞれ名を馳せていた。もっとも先ほど会った際は、双三花の姿は見えなかったけれど。

しかし、と僕は感動を覚える。さすがは物柿家のお膝元だけあって、有名な作家にバンバンと出くわすわけだ。でも、そこで僕はとある重大な出来事を思い出す。これ

も以前に蜜村と話したことだが、その物柿家の当主——、物柿父一郎は、ひと月ほど前に亡くなっているのだった。

「ええ、そうなんですよ」と僕の発言を受けて女将原が言った。「ですので、父一郎さんの莫大《ばくだい》な遺産を巡って、一族の人間たちが険悪な雰囲気になっているという話です。すでに弁護士を交えて分配についてトラブルになっているという噂もありますしね。そして、何というか、その——」女将原は部屋に誰もいないのに、声を潜《ひそ》めるようにして言った。「実はもう、一人行方不明になっていて」

その言葉に、僕らは思わず「えっ」となった。「ほっ、本当ですか？」僕がそう訊き返すと、女将原はこくりと頷き、アナウンサーのように神妙な顔で告げる。

「ええ、物柿家には一卵性の三つ子——、双一花さん、双二花さん、双三花さんという方たちがいらっしゃるのですが、その三女の双三花さんが、父一郎さんが亡くなってから数日後に行方不明になっているのです。『ちょっと出かけてくる』と言ったまま、まるで神隠しに遭ったかのように姿が見えなくなってしまって」

その言葉に、僕は面喰《めんくら》う。物柿家の三女の双三花——、先ほど姿が見えなかったかと思ったら、まさかそんなことになっていたとは。

「まぁ、莫大な遺産が絡んでいますからね。警察は家出だと言っていましたが、おそらく殺されているでしょう」女将原はそんな風に断定するような口調で言って、「そうだ、事件と言えば、もう一つ」と思い出したように付け加える。

「物柿父一郎さんの死因――、それもちょっと変なんです」

「死因がですか？」と僕は首を曲げる。

「ええ、表向きは自然死だとされていますが、殺されたという噂もあるんです。警察も当初はその方向も視野に入れていたそうですが、とある理由で却下したそうで。なんでも父一郎さんの死亡推定時刻に、一族のもの全員にアリバイが存在したんだそうです」

女将原のその物言いに、僕は思わず眉を顰《ひそ》める。全員にアリバイが？　それは何とも――、

「怪しいでしょう？」

女将原は、噂好きの少女のような笑みを浮かべた。

僕はついつい頷いてしまう。それは確かに、とても怪しい。いや、アリバイがあるから怪しいというのも、随分と逆説的ではあるのだけど。物柿家の誰かが遺産絡みで父一郎を殺した――、そんなシナリオがどうしても頭を過《よぎ》るのは確かだった。

「それでは、ごゆるりとおくつろぎください」

噂話を語り終えた女将原は、とても満足した様子でその場を後にしようとする。でも、そのタイミングでこの部屋にある唯一の窓――、嵌め殺しの窓の外から賑《にぎ》やかな

お囃子の音が聞こえてきた。

「あれ？　何だろう？」

夜月が窓の外に視線を向けると、「ああ、あれは」と女将原が教えてくれる。

「今夜、この村で八つ箱明神祭《やはこみょうじんさい》と呼ばれるお祭りがあるんですよ。だから、こうして村中を神輿《みこし》が回っているんです」

「へぇ、八つ箱明神祭」と夜月。「何だか、仰々しい名前ですね」

「ええ、そしてそれこそ密室ミステリーがこの村の名産と言われるもう一つの所以《ゆえん》なのです。もっとも、こちらは物柿家と違って完全に負の所以なのですが」

女将原はそう前口上を述べると、改まったように僕らに訊いた。

「ところでお二人は、昭和密室八傑というものをご存知ですか？」

「昭和密室八傑？　聞いたことがないですけど」

夜月はそんな風に答えたが、僕はその名称に心当たりがあった。昭和密室八傑——、それは昭和二十年代に次々と現れた、八人の天才ミステリー作家たちのことだ。もっともその名称は当時の雑誌編集者が勝手に名付けただけという説もあるが、それを差し引いても昭和二十年代のその時期に、天才と称しても問題ないほどの密室作家が同時に八人も存在したのは確かだった。

そして来たる昭和二十八年（一九五三年）——、当時の密室愛好家たちにとって夢のような企画が立ち上がる。それはその昭和密室八傑である八人の作家たちによる共作企画。つまりは八人の作家で協力し合って、一本の長編小説を書き上げようというわけだ。

船頭多くして船山に登るとはよく言うが、この企画に関してはその例は当てはまらない。何故なら八人の天才作家が、それぞれ自身が最高だと思う密室トリックを一つずつ持ち寄るのだ。つまり最高の密室トリックが八つ入った小説になる。そして、その時点で話の質は関係なくなる。何故なら最高のトリックが八つも入っている時点で、仮にストーリーがどんなに稚拙だったとしても、それは最高の本格ミステリーになるからだ。だからこの共作企画は、昭和密室八傑の全員が参加すると決まった時点で成功することが決まっていたのだ。

でも、現実にはそうはならなかった。

何故ならその昭和密室八傑たちは、共作企画に伴う合宿中に何者かに惨殺されてしまったからだ。

八人が全員――、奥多摩にある寒村の旅館の一室で滅多刺しにされて――、

そこで僕はハッとする。

「もしかして、その旅館というのは」

「はい、何を隠そう、この旅館です」

女将原のその言葉に息を飲む。

なるほど、それは確かに負の所以――、この八つ箱村が抱える、ある種の闇のようなものだ。

「ちなみに、昭和密室八傑を殺した犯人はこの村の青年で、幸いすぐに捕まりましたが」と女将原は話を引き取る。「そこで少し奇妙なことが起きまして。事件の後、警察がどれだけ探しても見つからなかったんですよ。本来、殺害現場に確実にあるものが」

「殺害現場に確実にあるもの？」

「昭和密室八傑――、彼らが共作企画のために用意した八つの密室トリックです」と女将原は夜月の疑問に答える。「本来、現場にはそれらのトリックが書かれたメモなりノートなりが残されているはずですが、何故だかまったく見つからず。警察は犯人の青年が盗んだものだと疑いましたが、彼は知らないの一点張りで。となると青年の言葉を信じるならば、この事件にはもう一人、犯人がいることになる。つまり作家たちを殺した犯人のほかに、彼らの死後に八つのトリックが書かれたメモを盗み出した人間がいるということです」

青年の主張を信じるならば、確かにそういうことになるが。

「そして村人たちは、その盗人は村人の誰かではないかと考えました」と女将原は眉をひそめて言う。「何故なら事件の後、この村では次々と不幸な出来事が起こったからです。鍾乳洞の外に出かけた村長の娘が雷に撃たれて焼け死んだり、食中毒で八人の人間がもがき苦しみながら死亡したり。妻の不貞に怒った夫が気を違えて、妻とその両親を日本刀で斬り殺す事件が起きたり」

確かにそれは、尋常ならざる出来事と言わざるを得ないだろう。

「はい、まるで呪いのようです」と女将原は真面目な顔で頷いた。「村人たちはこのことを、殺された八人の作家たちの祟《たた》りだと考えました。でも犯人の青年はすでに捕まっていて、そのころには極刑になっていました。では、かの昭和密室八傑たちは、いったい何に怒っているのか？　当時の村人たちはそれを、八つの密室トリックが奪われた恨みだと考えました」

なるほど、と僕は思った。トリックというのはミステリー作家にとっての命のようなものだ。仮にその盗人が村人たちの中にいて、まだのうのうと生きているのならば、作家たちが村全体を呪ったとしても不思議ではない。もっともその恨みは村人たちからすれば筋違いもいいところなのだけど、その理不尽を嘆いてもある意味仕方のないことではある。何故なら呪いや祟りというのはいつだって理不尽なもので、正しい指向性を持って浴びせられることは極めて稀《まれ》なことなのだから。

「というわけで当時の村人たちは、その呪いを何とか鎮めようとしました」と女将原は言った。「京都から偉い祈禱師《きとうし》を呼んで、八人の作家たちをそれぞれ神として祀ることにしたんです。それが矢津箱明神。ただし、八人の作家を祀ったわけですから、すぐに八つ箱明神と呼ばれるようになって、転じてこの村の名前も矢津箱村から八つ箱村へと変わったというわけです」

　それが八つ箱明神――、ひいては八つ箱村の由来というわけか。

「そして、その八つ箱明神を祀る祭りが毎年開かれるようになったというわけです。それが八つ箱明神祭。そしてその祭りが開かれるのが、ちょうど今夜からになります」

「今夜から？」と夜月が首を曲げる。「祭りは何日も行われるんですか？」

「はい、祭りは今日を含めて八日ほど開催されます。もっとも明日以降の七日間は祭事のみが行われるので、神輿や出店なんかは出ませんが。その八日間の祭りの中で八つ箱明神を一日一柱ずつ、村の八人の巫女《みこ》が丁寧に祀り上げていくのです。ああ、言い忘れていましたが、祭りの期間中は何人たりとも村に出入りできません。入ることも出ることも禁止されているんです。その禁を破ったものには、八つ箱明神の祟りによって死の呪いが降りかかると言われておりまして」

「死の呪いが」

「はい、人生で味わったことがないくらいに苦しんで死ぬと言われております」

　その大仰な言い回しに、思わず背筋が寒くなる。すると、そんな僕の反応を見て女

将原はくすりと笑った後で、

「ですので、本来はこの時期の宿泊客は、長期逗留《とうりゅう》を希望される方を除いてすべてお断りしているんですよ。せっかく観光の目玉になるような祭りがあるのにもったいない話ですが、村のしきたりを破るわけにもいきませんので」

「なるほど、そういう点だと私たちは」と夜月が真面目な顔で口にする。「八連泊は余裕で可能ですね。何故なら私と香澄くんは、とてつもない暇人なので」

いや、いちおう僕は受験生で暇でも何でもないのだが。まぁ、夜月が計画した奥多摩ニューネッシー探索ツアーはもともと九泊十日の予定だったので、残念ながらその言い分は通らないのかもしれないが。

女将原はそこで話を結ぶと、「では、ごゆるりと」と小さく会釈をして、今度こそ部屋を出ていった。

部屋に静寂が訪れると、窓の外から聞こえるお囃子の音が一際大きく聞こえてきた。先ほどまではただの賑やかな音だと思っていたけれど、こうして由来を聞いてみると少し不気味に感じられ――、

「るんるんっ！」

そんな僕の情緒など完全に無視して、夜月がるんるん言い出した。彼女はトテテトテと畳の上を移動して、窓から旅館の外を眺める。僕も窓際へと移動すると、そこには

神輿行列が見えた。笠に着物姿の村人たちが、木製の横笛を賑やかな音色で吹いている。

「るんるんっ！　るんるんっ！」夜月が窓硝子《まどがらす》に張り付きながら、ご機嫌な調子で歌う。相変わらず神経が図太いというか、倫理観がバグっている女だ。

彼女は、くるりとこちらを振り返って、「香澄くんっ！」と嬉しそうに言った。

「せっかくだから、後でお祭りに行こうよ」

「うむ」と僕も同意した。祭りの不気味な所以は気になるものの、確かにせっかくの機会だし。それに、今年はまだ夏祭りに行けていないので、ちょうどいい。でも、その前に——。

「浴衣とか着ていこうかなぁ」夜月は押し入れの傍まで移動すると、楽しそうに浴衣を探す。そんな彼女に僕は言った。

「祭りまでまだ時間がありそうだし、僕はちょっと出かけてくるよ」

すると夜月は怪訝《けげん》な顔でこちらを振り返った。

「出かけるってどこに行くの？」

「いや、ちょっと」

ごにょごにょと言葉を濁す。すると、そんな僕の態度に夜月は「ははぁん」と口にした。そして、真相を看破する。

「もしかして、物柿父一郎さんが死んだっていう現場を観に行くの？　なんかさっき女将原さん、『全員にアリバイがあって〜』みたいなことを言ってたけど」

完全に図星を指されてしまった。仕方なく、僕は頷く。

すると夜月は「やれやれ」とムカつく顔で肩を竦めた。

「まったく、香澄くんも好きものだね」

随分と人聞きの悪いことを言う。

＊

僕は旅館の玄関に向かうと、そこに飾られている村の地図を確認した。この八つ箱村は、村の南北を走る崖によって『東の集落』と『西の集落』の二つの集落に分かれているが、どうやら物柿家の屋敷は『東の集落』にあるようだった。というよりも『東の集落』には物柿家の屋敷くらいしかないと言うべきか。この旅館は『西の集落』にあるので、屋敷に向かうには二つの集落を結ぶ橋を渡る必要がある。幸い道順は単純なので、迷うことはなさそうだ。念のため普段から持ち歩いているメモ帳に、簡単な地図を書き写しておく。

そうしていざ外に出ようと玄関の鉄扉に手を伸ばすと、その前に扉がひとりでに開く。外側から誰かが開けたためで、そこにいたのは若い女だった。二十代半ばのショートカットの美人で、化粧気はなく、Tシャツにショートパンツという部屋着のような恰好《かっこう》をしていた。そして口元には、火の点《つ》いていない煙草《たばこ》をくわえていた。いや、火を点ける気がない煙草と言うべきか。フィルターの部分には女の歯型の痕がいくつか付いていて、随分と長時間くわえていることを窺《うかが》わせた。

僕がその煙草をじっと見つめていると、女もそれに気が付いたのか「これ？」と口元の煙草を摘まんで言う。

「禁煙中なんだ。でも、どうしても我慢できなくて。せめて煙草の匂いくらい味わいたいなと思って」

「火の点いてない煙草に匂いがするんですか？」

「するよ。煙草の葉と、そして紙の匂いがする」

女はそう言って、「にししっ」と笑う。そして改めて僕の顔を眺めた後で、「君、この旅館に泊まっているの？」と訊ねた。

「珍しいね、こんな辺鄙な村に旅行なんて」

「いや、旅行というか」

僕はごにょごにょと口にする。実際にはニューネッシーを探して道に迷ったわけだけど、それを口にするのは憚《はばか》られた。間違いなく、頭がおかしいやつだと思われるので。

なので僕は「えっと、あなたは」と女に水を向けることにした。この旅館に入ってきたということは、彼女もここの宿泊客なのだろう。ラフな格好から見て、従業員とは思えないし。

すると女は「ああ、あたしは」とショートパンツのポケットをごそごそした。そして中から皺《しわ》の付いた名刺を一枚取り出す。

「はい、どうぞ。あたしは、こういうもんだよ」

その名刺には『密室伝奇ミステリー作家・伊予川仙人掌』と書かれていた。僕は思わず「ほう」となる。

伝奇ミステリーには疎いのでその名前は知らなかったが、相手がプロの作家ということもあり、やはりちょっとテンションが上がる。先ほど女将原が、この旅館には僕たちの他にもう一人泊まっていると言っていたが、それがこの作家の彼女——、伊予川仙人掌だということか。

「それで、密室伝奇ミステリー作家の人がどうしてこの村に？」

「ああ、それはね、単純に取材」と伊予川仙人掌は僕の疑問に答える。「伝奇ミステリーを書いてる人間にとって、日本の変わった村や因習を調べるのも仕事の一環でね。この一ヶ月くらいの間、何度かこの村に通っているんだ。ほら、この村って変わってるでしょう？」

「確かに」何せ、鍾乳洞の中に村があるのだ。

「だから、次回作の題材に打って付けだと思ったんだ。地下帝国のような村に箱型の民家——、そして八つ箱明神を崇める祭り。きっと、面白い小説になるよ」

仙人掌はそう告げると、ひらひらと手を振って旅館の中へと入っていった。どうやら、話はここまでということらしい。

僕は彼女の背に手を振って、そのまま当初の目的通り、物柿家の屋敷を目指すことにした。

*

旅館を出ると、僕はメモ帳に書き写した地図を頼りに鍾乳洞の中を五分ほど歩いた。やがて二つの集落を隔てる崖と、そこに掛かるコンクリート製の橋へと辿り着く。崖の幅は五十メートル近くあり、深さも同じく五十メートルほど。崖の側面は切り立ったように険しく、人が上り下りするのはどう見ても不可能だった。つまり、この崖に掛かった橋のみが、二つの集落を結ぶ唯一の経路ということになる。

僕は橋を渡り切り、『東の集落』へと足を踏み入れた。物柿家の屋敷は、橋からさらに五分ほど歩いた位置にあった。屋敷といってもこの村の例に漏れず形は漆喰の箱型で、ただ他の民家と比較すると随分と大きかった。横幅と奥行きがそれぞれ百メートルほどはあり、高さも二十メートル近くあるだろう。そしてその直方体の屋敷から二十メートルほど離れた場所には、先端にスピーカーが取り付けられた高さ十メートルのポールが立っていた。防災用のサイレン発生装置の類だろう。ポールの半径五メートル周囲は、腰ほどの高さの鉄製の柵でぐるりと囲まれていて、何だかそのサイレン装置を守っているような印象を受ける。そして件《くだん》のサイレン装置のスピーカーはとても巨大で、いざそれが鳴り響けば、軽々とこの村全域に響き渡ることを想起させた。

僕はそのサイレン装置から屋敷へ視線を戻し、改めて「ふむ」と思う。

こうして屋敷を訪れてみたものの、さすがに中を見学するのは難しそうだ。いきなりインターホンを鳴らして、「物柿父一郎が死んだ現場を見せてくださいっ！　他殺の疑いがあると聞いたのでっ！　興味津々なんですっ！」というのは非常識すぎる。先ほど知り合いになった物柿カマンベールがひょっこり屋敷から顔を出せば話は別だけど、生憎《あいにく》そんな都合のよい偶然は起きそうにない。

僕はそのまま一時間くらいの間、未練がましく屋敷の周囲をうろうろとしていたが、やがて腕時計に目をやって仕方なく旅館に戻ることにした。鍾乳洞の天井に灯る照明は、すでに暗くなり始めていた。どうやら時間の経過とともに明るさが変わる仕組み

らしい

*

葛白香澄が物柿家の屋敷にやってくる三十分ほど前、『密室仙人』こと伊予川仙人掌もその屋敷を訪れていた。もっとも目的は密会なので、屋敷の中へは入らない。屋敷の裏——、直方体の巨大な『箱』の裏手へと回り込み、目的の人物が来るのを待つ。ここならば完全に死角になるので、まず目撃される心配はないだろう。

そうして五分ほど待つと、ようやく目的の人物は現れた。いや、『人物たち』と表現するのが正しいか。何故なら彼女たちは二人組で、髪型が違うことを除けば瓜《うり》二つの容姿をしていたのだから。

物柿双一花と物柿双二花。それが伊予川仙人掌の待ち人だった。ポニーテールの物柿双一花は仙人掌のことを認めると、小さく会釈をした後で言う。

「お待たせして申し訳ございません。こちらからお呼びだてしたのに」

その双一花の口調に、仙人掌は「おや？」となる。

「物柿家の三つ子は、確か全員でセリフを分けて喋ってたはずだけど」

仙人掌はひと月近く前からこの村には何度か通っているけれど、双一花たちに直接会うのは今回が初めてだった。でも、以前ＢＳの番組に彼女たち三つ子が出演したことがあって、仙人掌はその番組をたまたま目にしたことがある。その時は確か「お待たせ」「して」「申し訳」「ございません」みたいな喋り方をしていたはずだ。その時の口調とだいぶ違う。

すると双一花と双二花は互いに顔を見合わせて、やがてどちらからともなく噴き出した。ひとしきりケラケラと笑った後で、「伊予川さんってスレているように見えて、意外と純粋な方なんですね」と双一花が言った。

「あんなの、マスコミの前でのキャラ付けに決まっているでしょう？　どこの世界にあんなバカみたいな喋り方をする女がいるっていうんですか。ねぇ、双二花」

「うん、そう。あっちの方がオタク受けがいいから、ああいう喋り方をしているだけ」

なるほどね、と仙人掌は思った。どうやら、思ったよりもいい性格をしているらしい。まぁ、それも当然か。何せ彼女たちは、仙人掌に殺人の依頼をしてくるくらいなのだから。

遺産のために、他の兄弟たちを皆殺しにしてほしい——、と。

「それで、首尾は？」と双一花は言った。「上手くいきそうですか？」

「それはもちろん」仙人掌は火の点いていない煙草をくわえる。仙人掌は密室代行業者——、つまりは密室黄金時代が始まってから新たに生まれた密室殺人専門の殺し屋を生業にしていて、いわばこの手の依頼についてはプロ中のプロ。なので自信をもって彼女たちに答える。「依頼は百パーセント上手くいくよ。何せ、あたしは今まで人生で一度も密室殺人に失敗したことはないからね」

それを聞いて双一花と双二花は「「さすがです」」と声を合わせた。わざとやっているのか、それとも偶然なのかはわからない。

「ところで」そこで双一花が興味津々といった感じで言った。「いったい、どんなトリックを使う気なんですか？」

「それは内緒」と仙人掌は素っ気なく言った。双一花は「むぅ」とむくれたが、いくら依頼主相手とはいえ、トリックを明かすつもりはない。しかし双一花はなおも不満そうに頬を膨らませていたので、仙人掌は仕方なく気を持たせるようなことを言う。

「いちおう、トリックの仕込みはもう終わっている」

その言葉に、双一花と双二花は目を丸くする。「ということは」と双一花が言って、仙人掌はそれに頷いた。

「今晩、さっそく一人死ぬ。もちろん、密室の中でね」

＊

旅館に戻ると、夜月はテレビで夕方のニュース番組をぼんやりと眺めていた。鍾乳洞内に電波が届くとは思えないので、おそらくケーブルテレビだろう。彼女は僕の姿に気付くと待ちくたびれたようにテレビを消した。そして実際に「待ちくたびれたよ」と頬を膨らませる。どうやら手持ち無沙汰だったらしい。なので、僕は「ごめんよ」と言って、旅館の食堂で軽めの夕食を済ませた後で、夜月と一緒に八つ箱明神祭に出かけることにした。ちなみに祭りは旅館のある側の集落——、『西の集落』の大通りで行われる。

時刻は七時。鍾乳洞の天井に設置された照明はすでに落ちていて、通りに並んだ提灯の灯りが幻想的な光景を作り出している。お囃子の音も聞こえる。いかにも夏祭りといった感じで、否応なしにテンションが上がった。

ちなみに、夜月は宣言通り浴衣姿だった。水色を基調とした、金魚柄の涼やかな浴衣。夜月は手に巾着をぶら下げて、くるりと回りながら言った。

「どう？　香澄くん。似合ってる？」

「うーん、まぁ」

「まったく、美人というのは困ったものだね」夜月は溜め息をつきながら言った。「また香澄くんを魅了してしまったか」

空には蒼《あお》い月が浮いていた。もちろん、鍾乳洞の中から月など見えるはずがないから、洞窟の天井に設置された偽物の月なのだろうが、涼やかに輝くその様は、本物の月に劣らないほどの美しさを放っていた。すっかり機嫌を良くした夜月は、その月の光の下を鼻歌まじりで歩いていく。

祭りには出店もたくさん出ていた。ざっと見渡した限り、十以上はある。こんな辺鄙な村にしては、かなりの数と言っていいだろう。定番の金魚すくいにリンゴ飴《あめ》、チヨコバナナに射的まで。なかなかの充実ぶりだ。おそらく出店の店員たちは本業のテキ屋ではなく、村の有志がこの祭りのためにひと肌脱いでいるのだろう。

「わぁ、かき氷屋さんもあるよっ！」

ワクワクと出店を眺めていた夜月が、一際テンションが上がったように言う。そして、こほんと咳をして、「香澄くん、知っているかね？」と格式ばった口調で告げた。

「私、無類のかき氷好きなんだよ」

だからどうした、という感じだった。というか、夜月は美味しいものならば何でも好きだ。食い意地の権化のような女なので。

「というわけで、買ってくるね」

夜月はそう宣言して、トテトテと出店に駆けていく。そして店主に注文を終えたところで、手に提げていた巾着袋を漁《あさ》って少し困った顔をする。そして、ちょいちょいと僕を手招きした。何だか、嫌な予感がするな。これはもしや――、僕はおっかなびっくり彼女に近づく。すると夜月は眉を八の字にして言った。

「香澄くん、大変な事実が発覚しました」

「何でしょう？」

「財布を忘れた」

「やっぱりかっ！」

何だか、そんな気がしてたんだよな。

「というわけで、ごめん、香澄くん。お金貸して」

「……仮にも大学生なのに、高校生からお金を借りる気なのか？」

「仕方がないよ、私は年下からお金を借りることに何の躊躇《ためら》いもない人間なんだから」

なかなか最低なことを言うし、何が仕方がないのかもわからない。でも、こいつとこれ以上議論しても時間の無駄なので、僕はしぶしぶ財布から金を取り出し、彼女へと手渡した。

「香澄くん、ありがとうっ！　この御恩は一生忘れないっ！」

夜月は一分後には忘れているような安いお礼を言う。そんな時、視界の端を誰かの人影が横切るのが見えた。

「あっ、双一花さん」と僕は呟《つぶや》く。物柿家の三つ子の長女の双一花——、次女の双二花と見た目がそっくりだけど、髪型がポニーテールなのであれは双一花だろう。そんな双一花は朝顔の柄の涼やかな浴衣で、雑踏の中で出店で買ったらしいかき氷を食べていた。

「へぇ、双一花さんも来てたんだ」と同じくかき氷を食べながら夜月が言った。「しかも、私と同じブルーハワイを食べてる」

「確かに」と僕は頷く。双一花の持っているかき氷の容器は、夜月と同じものだった。まぁ、小さな村の祭りなので、かき氷の屋台が二つも出ているはずはないのだけど。

「あっ、ねぇねぇ、香澄くん」そこで夜月が僕の肩を叩《たた》いた。そして、んべーっ、と舌を出す。「もしかして、舌、青くなってる？」

　確かに夜月の舌はブルーハワイのシロップで青く染まっていた。でも、はしたないのでそういうのはやめてほしい。いい歳した幼なじみが、人前で、んべーっ、と舌を出しているのを見ると悲しくなってくる。

　僕はそんな夜月から双一花に視線を戻す。彼女はかき氷を食べながら、そのまま通りをゆっくりと歩き出した。何となく、僕らも遠巻きに同じ方向へ進んでいく。双一花は誰かを探しているようだった。双二花かもしれない。二人は一緒に祭りに来て、何らかの理由ではぐれてしまったのかも。そんな僕の想像を他所に、きょろきょろと視線をさ迷わせていた双一花は、やがてその足を止める。どうしたのかな？　と思って彼女の前方に視線を向けると、そこには人影がいた。それは黒いマントを羽織り、鼬のお面を付けた怪しい人物だった。マントはダボッとしているので姿勢や体格がよくわからず、背丈や性別は判然としない。物凄く大柄のようにも、逆に小柄のようにも感じる。

「何だ、あれは」と周囲にいた誰かが言った。「風鼬のお面？」

どうやらあれは風鼬のお面らしく、そして村人たちの反応を見るに祭りの催しなどではないらしい。では、あの人物はいったい何の目的でここに現れたのだろう？

そう思い眺めていると、予想もしていないことが起きた。その風鼬の人物は懐に手を入れると、そこから何かを取り出したのだ。それは小型の回転式の拳銃だった。

そして風鼬はその銃口を双一花に向けて、まるで呼吸をするみたいに自然な動作で引き金を引いた。

銃声。

双一花の体がぐらりと揺れて、そのまま仰向《あおむ》けに地面に倒れる。双一花の額には銃創ができていた。弾が頭に命中したのだ。かき氷の容器が地面に転がり、ブルーハワイのシロップに染まった青い氷の粒が周囲に散らばる。

静寂が周囲を支配する。

やがて金切り声とともに、悲鳴が辺りに響き渡った。誰かが叫び、それが伝播《でんぱ》し、一気に祭りは狂騒の海の中へと沈んでいく。

混乱。怒声が鳴り響き、風鼬から逃げ惑うように人波がドッと流れ出す。そんな中、僕は反射的に倒れた双一花に駆け寄ろうとした。でも悪寒を感じ、僕は糸に引かれるように思わず『そちら』に視線を向ける。

銃口が僕に向いていた。風鼬の手にした拳銃の銃口が。僕は駆け寄る足を止め、代わりに風鼬が双一花へと近づいた。

風鼬は双一花の傍へと歩み寄ると、懐から鉄製の筒のようなものを取り出した。それを僕の方へと投げる。その筒は僕の足元に転がると、一拍おいて蒸気のように激しい煙を噴き出した。発煙弾だ。煙は瞬く間に村の大通りを埋め尽くし、煙を吸った僕はしばらくの間、激しくむせる。そして煙から逃げるように駆け出した。地面に倒れた双一花からの距離が遠ざかっていく。

やがて煙が晴れた時には、風鼬は消えていた。そして、地面に倒れていた双一花も。どうやら彼女は犯人によって連れ去られてしまったようだった。

＊

「とにかく、警察に連絡だっ！」

誰かがそんな風に叫んでいる。事件が起きたことで周囲は激しく混乱していた。無理もない。こんな祭りの真っただ中で殺人事件が起きたのだ。殺人——、そう断定してしまってもいいだろう。双一花は頭を撃たれていた。残念ながら、もう助からない。

「おい、早く警察をっ！」

また誰かが叫んでいる。僕はスマホを取り出すが、当然のように圏外だった。それはそうだ。こんな鍾乳洞の中で携帯電話が繋がるわけがない。

となると、固定電話を使って警察に電話を掛けるしかないのだが——、

「ダメだ、家の電話も繋がらない」誰かがそんな風に叫ぶ。「電話線が切られているのかも」「じゃあ、駐在所に直接行って」「バカ言うなっ！　あそこの駐在じゃ話にならんだろっ！」「それよりも、山を下りて直接警察署に駆けこんだ方が——」

皆の足が自然と、村の出入口へと向かう。僕もそれにつられるように歩き——、やがて走り出した。でもいざその場所に辿り着くと、皆はこの村がある巨大な鍾乳洞の出入口に通じる扉の前で人だかりを作っていた。その扉は閉ざされたままだ。

「おいっ、どうしたっ！」と誰かが声を荒らげる。「何故、外に出ない？」

「だって」躊躇うような声が返った。「まだ、祭りが終わっていないのに外に出たら——」

その言葉に、僕は女将原から聞いた話を思い出す。この八つ箱村の祭り——、八つ箱明神祭は八日間に渡って行われ、その間、何人たりとも村の外に出ることを禁じら

れているのだ。もし出れば——、

「その者に対して、必ず死の呪いが訪れる——、か」

僕はそう呟いた。そんなのただの迷信で——、でも村人たちの表情を見る限り、彼らは本気でそれを信じているようだった。先ほどまで気勢を吐いて「何故、外に出ない？」と詰め寄っていた男も、今は紙のように白い顔をして、すっかり縮こまっている。物柿双一花の殺人現場を目撃したことで得た熱を、この村を包囲する呪いで、すっかり冷ましてしまったみたいに。

馬鹿げている——、僕はそんな風に思った。なのでそのことを皆に主張しようとしたところ、僕と同じことを考えていたのか、村の若者が一歩進み出た。

「そんなのただの迷信でしょう」若者は力強い声で言った。「そんなものを信じて、村の外に出ないなんて馬鹿げている」

「村若《むらわか》くん……」

村の老人の一人が彼に言う。その村の若者はどうやら村若という名前らしく、精悍《せいかん》な顔でもう一度「扉を開けましょう」と言った。

やがてその言葉に村人の一人が頷いて、閉ざされた鉄扉の横にあるスイッチのところまで走っていく。それは僕らがこの村に来た際に、トンネルの中で見かけた門番の青年だった。門番の勤務時間は朝の三時から夜の七時までなので、今は村に戻っていたのだろう。そして、その門番の青年が駆け寄ったそのスイッチの横には硝子製のケースで覆われたもう一つのスイッチがあり、門番はそのケースを割ってそのもう一つの方のスイッチを押した。村の出入口を塞ぐ扉は夜の七時以降は開かないらしいので、そのスイッチは時間外に扉を開けるための緊急用のものなのだろう。ただしケースに覆われていたことからもわかる通り、使われたのは今回が初めてのようだった。そしてそのスイッチが押されたことにより、すぐに出入口の扉が開き始めた。

やがて村の外へと通じるトンネルが露《あら》わになる。村人たちは頷き合い、いっせいに駆け出した。僕も彼らの背中に続く。でも三十メートルほど走ったところで、彼らの脚は唐突に止まった。何故なら真っ黒に塗装された金網が、トンネルの行き先を完全に塞いでいたからだ。

なんだこれは――、と僕は思った。昼間に僕と夜月がここを通った時には、こんな金網などなかったはずだが。

見やると金網の上部はトンネルの天井に完全に接しているようだった。ということは、金網は天井からシャッターのように降りてきたのか。そして金網の下縁は槍《やり》の穂先のようになっていて、それがトンネルの地面に埋まった木材に突き刺さっていた。

トンネルの地面は村の門から三十メートル先までは砂地だが、そこからトンネルの出口までは赤色の煉瓦に覆われている。だから地面には煉瓦と砂地の境目が存在するわけで、今、金網が突き刺さっている木材こそがその境目に当たる部分だった。その木材の幅は三十センチほどで、いわばその木材のラインが、車道の一時停止線のように地面を横切っているのだ。

金網の下縁の槍の穂先は、その木材のラインに深くめり込んでいる。それはかなりの力で地面に打ち付けられたということを意味していて、ただ金網が天井から落ちてきただけでは、こうはならないだろう。ガスや火薬の力を使って、地面に向かって高速で射出されたものだと推察された。

僕は説明を求めるように村の面々に目をやった。でも彼らは僕と同じく一様に戸惑った顔をしていたので、どうやらトンネルにこんな金網が仕込まれていたことなんて、村の人間たちも誰一人として把握していないようだった。

おそらく、この金網を下ろした犯人以外の誰一人として。きっとこのトンネルのどこかに金網を下ろすためのスイッチが存在するが、その場所は犯人以外の誰も知らないということとなのだろう。

「どうしましょう?」

村人の一人が困り果てたように言った。するとそれに対して村の若者――、例の村若青年が毅然《きぜん》とした態度で言う。

「金網を切断しましょう」村若は金網の編み目を見つめる。「決して切断できない太確かに金網は普段街中で見かけるようなものよりはずっと太かったけれど、かといって絶対に破れないというほど強固なものにも見えなかった。ワイヤーカッター――、あるいは金属用の丸ノコのようなものがあれば切ることは可能だろう。

「ワイヤーカッターを」と金網を背にして村若がいった。「早く」

その指示に村人が数人頷き、トンネルを引き返していく。人だかりから少し離れた場所でその背中を見送っていた村若は、ふいにこちらに目をやって、その視線が偶然、僕とカチ合った。なので、その時の彼の顔は一生忘れることはないだろう。

村若は突然、「ぁっ」と声を漏らした。その目を大きく見開いて、何が起きたか理解していないような恐怖と苦痛に顔を染める。やがて彼の口から、絞り出したかのようなか細い声が「ぁっ、ぁっ、ぁっ」と断続的に漏れて、一度「へあっ」と大きな声を出した直後、彼は声とは別のものを盛大に吐き出した。

鉄を焼くような真っ赤な炎だ。

まるで何かの冗談のように、村若の口から吐物のような真っ赤な炎が噴き出していく。それはすぐに盛大な火柱へと姿を変えて、僕たちは一人の人間が巨大怪獣のように炎を吐き出す光景を目撃した。

それは過剰な比喩《ひゆ》でも何でもなく、本当に文字通り――、村若青年は口からビームのように火を噴き続けていたのだ。

その火が村人一人の服に触れて、盛大に燃え移る。皆はパニックになったように上着を脱いで、その火を叩いて消そうとする。でもその間、その元凶――、村若の口からは未だに炎が噴き出し続けていて、やがて彼は自身が吐いた炎に触れて引火する。火だるまになる。人体発火――、その言葉が頭を過った。そう――、これは人体発火だ。一部始終を見ていた僕にはわかる。誰も彼には近づいていない。にもかかわらず、村若は唐突に燃え始めたのだ。まるで人智を超えた力が彼自身に及んだように。

彼の体が燃え盛る光景を、僕たちは見つめていた。火だるまになった彼を見つめていた。まるで呆《ほう》けたように。目の前の出来事を、未だに受け入れられないかのように。

その絶望的な瞬間はそこから数分ほど続き――、もちろん、体感的にはもっと長かった気がするけれど、やがて人体を包んだ炎はその勢いを失っていき、最後には丸焦げになった村若の体だけが残された。とうの昔に地面に倒れ伏していた彼の体は、黒い炭でできた人形のような無惨な姿に変わっている。僕たちはなおも言葉を失ったまま村若の焼死体を見つめていたが、やがて誰かがか細い声で、こんな風に呟いた。

「祟りだ……」

皆がその声に、吸いつけられるように視線を向ける。その村人は脅えですっかり老け込んだ顔で、今度は口を開いて叫ぶ。

「祟りだぁああああああああああああああぁぁぁぁぁぁぁっ！」

「うぁああああああああああああああああああああっ！」

恐怖はトンネル中に伝播し、村人たちはいっせいに金網とは逆方向——、つまり村の方向へと駆け出した。パニックになった僕も同じように駆け出す。なんだこれはっ！　いったい何が起きているっ？

人間一人があんな風に、突然燃え出すなんてっ！

ただ一つ確かなことは、あの光景は明らかに人が創り出したものを越えていた。呪い——、あるいは祟り。八つ箱明神の祟り。祭りが開催されている八日間——、何人たりとも村を出てはならない。僕たちは愚かにもその禁忌を破ろうとし、明神様の怒りに触れてその鉄槌《てっつい》を下されたのだ。村人一人が消し炭に変わるという、あまりにも大きな代償を支払わされた。

この村は八つ箱明神の持つ呪いに覆われている。パニックになった僕の頭は少しだけ冷静に働いていて、今の僕たちが置かれた状況を俯瞰《ふかん》するように省みていた。

まず村で殺人事件が起きた。物柿双一花が夏祭りの最中に射殺されたのだ。

そして電話線も切断されている。ネット用の光回線も同様だろう。電話線や光回線はおそらく電線と一緒に地下に埋められ、村の外へと伸びているはずだが、どこかで必ず地上に出て、村の外の電柱に繋がっているはずだ。だから、その電柱の場所をあらかじめ調べておきさえすれば、電話線を切断するのはそう難しくないだろう。何週間も前にあらかじめ時限装置か何かを仕掛けていれば、今晩わざわざ村を抜け出さなくても電話線の切断は可能だ。

なので外部と連絡を取るには、この村の外に出るしかない。でも、外に出ることはできない。出れば八つ箱明神の怒りに触れて、その身を焼かれてしまうから。

つまり、今やこの村は外界から完全に隔絶されたということだ。呪いのせいで出たくても出られない。そして、僕はこの状況を端的に表す言葉を知っていた。

「クローズドサークルだ」

僕はそう呟いた。それはまさに呪いの力によって作られたクローズドサークルだった。

＊

「大変なことになったね」

村の入口の鉄扉まで戻り、そこで切らした息を整えていると後ろから声を掛けられた。振り返るとそこにいたのは、僕と夜月をこの村まで案内してくれた少年――、物柿カマンベールだった。

「俺は直接は見てないけど、双一花ちゃんが撃たれたって」

その言葉に、僕は頷く。ただし、それだけではない。人が――、目の前で燃えたのだ。

たどたどしい口調で僕がそんなことを伝えると、カマンベールは抑えた声で「そうか」と呟いた。そして気を落ち着かせるように、何度か首を横に振って言う。

「とにかく、俺は一度屋敷に戻るよ。家の連中にこのことを伝えないと」

カマンベールが言うには、『東の集落』にある屋敷への電話も繋がらなくなっているらしい。なので屋敷に直接戻らなければ、この村で起きた事件のことを物柿家の人間に伝えることができないのだという。

そんなカマンベールの説明を聞いて、「僕も一緒に屋敷に行くよ」と反射的に口にする。そして、すぐに自分が何故そんなことを言い出したのだろうと混乱する。でもカマンベールが「助かるよ」と言ったので、僕はそれ以上、気にしないことにした。

こうして僕らは物柿家の屋敷に向かうことになった。途中で夜月の姿を見かけたので、彼女に声を掛けて言う。

「夜月は宿に戻っててくれ」

その言葉に、夜月は少し眉を寄せながら「気を付けてね」と言った。

「銃を持った殺人犯がウロウロしてるんだから」

確かに夜月の言う通りだった。僕はこくりと頷いて、カマンベールと一緒に物柿家の屋敷のある『東の集落』に向かって駆け出した。

そうしてしばらくの間走り、やがて僕たちは二つの集落を隔てる崖へと辿り着いた。そこにはコンクリート製の橋が架かっており、僕たちはその橋を一気に渡り切る。

そして渡り切って少しだけ離れた後で、僕は何かの予感を覚えて橋の方を振り返った。ちょうどそのタイミングで、僕は信じられないものを目撃した。

それは今まで見たことのないほど鮮やかな光の咆哮《ほうこう》で。

すぐに身を焼くような熱と突風が押し寄せてくる。少し遅れて爆音。僕らは突風に押し流されて、その場を何度か転がった。すぐさま何が起きたのかを理解する。

「まさか——」

信じられない思いで、僕たちは橋の方へと戻る。そして、コンクリート製の橋が跡形もなく崩れ落ちている光景を目撃した。もう疑いようがない。橋が爆破されたのだ。

「何てことだ」

僕はそう呟いた。二つの集落を繋ぐ橋が——、唯一の橋が落ちてしまった。これではもう、二つの集落を行き来することはできない。

「これでこの『東の集落』も陸の孤島ってことだね」とカマンベールが言った。「しかし、まさかこの橋が落とされるとは。ダイナマイトか何かを使ったのかな？」

確かにコンクリート製の橋を落とすには、それくらいしか手段はないだろう。ということは、犯人はどこかの工事現場からダイナマイトを盗んだのか？　僕は最近どこかでその手の盗難事件が起きていないかを調べようとして、すぐにスマホが圏外であることを思い出して舌打ちした。

それにしても――、と僕は改めて崩れ落ちた橋を眺めてゾッとする。

犯人が律儀に僕たちが渡り終えるのを待ってから橋を爆破したとも思えないから、橋に仕掛けられていた爆弾は時限式のものだろう。ということは、僕らが橋を渡っている最中に爆発する可能性もあったということで、もしそうなっていたら僕たちは確実に死んでいただろう。つまり、僕らは期せずして九死に一生を得たというわけだ。

「まったくもって、容赦ないね」とカマンベールが強がるように肩を竦めた。「こんな巻き添えみたいな形で死ぬのは絶対にごめんだよ」

＊

命からがら物柿家の巨大な箱型の屋敷に辿り着くと、カマンベールは心底ホッとしたように大きく伸びをした。

「何とか、生きて辿り着けたね」

カマンベールは冗談めかしたようにそう呟くと、箱型の屋敷の正面に設えられた扉の横のスイッチを押す。すると鋼鉄製の扉が横にスライドした。自動扉らしい。そして扉の向こうに広がった景色に、僕は思わず目を丸くする。そこには黒土の敷き詰められた優美な日本庭園と、馬鹿みたいに大きな平屋建ての日本家屋が聳《そび》え立っていた。

「屋敷の中に屋敷が――」

思わず、そう呟いた。それはあまりにも奇妙な光景だった。つまり、僕が今まで屋敷だと思っていた直方体の建物は実際には屋敷ではなく、本物の屋敷の上にすっぽりと被さった殻のようなものだったのだ。いや、あるいはやはり『箱』と表現するのが正しいか。つまり、屋敷の上にすっぽりと漆喰の箱が被さっているような構造。

「いったい、どうしてこんな造りに？」

僕がそう訊ねると、カマンベールは「この村では慣例で箱型の家しか建てられないからね」と答えた。

「だから、家のデザインに凝ろうと思ったら、こうするしかないんだよ。もちろん、随分と非効率ではあるんだけどね」

確かに、外から見ると完全な箱型なので、村の慣例はクリアしているような気もする。もっともかなり法の抜け道――、もとい因習の抜け道を突いた造りではあるのだけど。

そうして僕たちは改めて鉄扉を潜《くぐ》り、物柿家の敷地に足を踏み込む。箱型の『殻』の中は明るかった。どうやら『殻』の上部に照明が埋め込まれているようだ。

「『殻』には隙間が一切ないからね。あんな風に照明で照らさないと、昼でも真っ暗になってしまうんだ」

カマンベールはそう説明しながら庭を歩いて日本家屋の玄関まで移動すると、扉を開いて中に入り、「じゃあ、俺はみんなに状況を伝えてくるから」と僕に言った。そして思い出したように「あっ、そうだ」と訊ねてくる。

「香澄は今日はここに泊まっていくでしょ？　今夜は旅館には戻れないと思うし」

その言葉に僕は「ああ」となった。確かに、先ほど二つの集落を繋ぐ橋は落とされたのだ。これでは確かに旅館のある『西の集落』に戻る方法がない。

なので、僕は遠慮がちに頷いて言った。

「じゃあ、お言葉に甘えて」

「うん、じゃあ、客間に案内を……、あっ、ちょうどいいところに」

そんなカマンベールの視線を追うと、そこにはメイド姿の女が立っていた。年齢は二十代前半で、身長は百六十センチほど。茶色く染めた髪を二つ結びにした綺麗な女だった。

「あっ、芽衣《めい》ちゃん、ちょっと」とカマンベールが彼女を手招きする。そして彼女に事情を伝えた。祭りの最中に双一花が殺されたこと。呪いにより村が外界から孤立したこと。二つの集落を繋ぐ橋が落ちたため、僕が今夜屋敷に泊まることなどを話す。

投げかけられる大量の情報にメイド姿の女――、芽衣は目をくるくるとさせていたが、やがて頭の整理が付いたようで、一つ大きく頷いた。

「つまり、あたしが葛白さんを客間に案内すればいいってことっすね？」芽衣がそう訊ねると、カマンベールはこくりと頷いた。

「うん、よろしく頼むよ」

「了解っす。では葛白さん、どうぞこちらに」

芽衣はそう言って、すたこらと廊下を歩き出す。僕はメイド姿の彼女を追いかけながら、独り言のように口にする。

「メイドの芽衣か」そう、語呂合わせで名前を憶える。「ちなみに、名字は？」

「物柿っす」と芽衣は答えた。そして、くるりと振り返り、少し含んだような表情で名前を告げる。「物柿芽衣――、それがあたしの名前っす」

そのことに、僕は少し面喰らう。ということは、彼女も物柿家の人間なのか。でも、物柿芽衣という名前は訊いたことがない。彼女は小説家ではないのだろうか？

そんな疑問を感じて訊ねると、

「いちおう、小説は書いてるんすけどね」と芽衣はバツが悪そうに言った。「でも、恥ずかしながら才能が足りなくて。なかなか新人賞に通らないんす」

「なるほど」

物柿家は天才ミステリー作家一族というイメージだが、必ずしも全員が才気に溢れているというわけではないらしい。

「正直、肩身の狭い思いっす」と芽衣は恥ずかしそうに口にした。「兄弟の中で結果が出せてないのはあたしだけっすから。まぁ、カマンベールくんもいるけど、彼は作家志望じゃないし。かと言って夢を諦めることもできなくて、こうしてメイドのバイトをしながら作家を目指してるんすよ」

なるほど、そういうことだったのか。でも、実家でバイトというのは少し珍しい気もするが。

「まぁ、それは、ただ居候しているよりもその方が気が楽というか」と芽衣は言った。「タダ飯食らいは楽っすけど、その分ストレスが溜まるっすから。それにあたし、ゴシックミステリーを書いてるんすよ。いわば、アマチュア密室ゴシックミステリー作家ってとこっすかね。そういう意味では、この格好は趣味と実益を兼ねてるんすよ」

芽衣はそう言って、両手でスカートの裾を持って、ひらひらと回ってみせる。そして、そんな自身の仕草に照れたのか少し頬を赤くして、こほんと咳をした後で「行きましょうか」と歩き出した。僕も彼女の後に続いて広い廊下を進む。しかし——、と辺りを見渡した。

「随分と広い屋敷ですね」

外から見た時にも思ったことだが、内部も高級旅館のような趣で、床や壁に使われている木材の品質も素晴らしい。すると芽衣は臆面もなく「お金はいくらでもあるっすから」と答えた。一度は言ってみたいセリフだ。さすがは日本を代表する推理作家の娘というだけのことはある。

するとそんな僕の反応を見て、「もっとも」と彼女は付け加えた。

「この屋敷を建てたのは父じゃなくて、祖父の方なんすけど。十年ほど前に祖父がいきなり『引っ越す』と言い出して、あたしたち一家はこの村で暮らすことになったんすよ」

その言葉に、僕は目を丸くする。そしておずおずと彼女に訊いた。

「祖父というと、もしかして」

「はい、物柿零彦《ぜろひこ》っす」

僕は静かに息を飲む。物柿零彦——、その名前はもちろん知っていた。投資家であり、発明家であり、そしてミステリー作家でもあった万能の天才。株と特許で数千億と言われるほどの莫大な資産を築き、相場の現人神と呼ばれ、また発明品は常に革新的で、いずれも故障知らずだった。小説家としては寡作であったものの、出した著作はすべて単巻で百万部を突破している。例の昭和密室八傑が皆殺しにされた七年後にデビューし、約六十年の作家生活で七冊の長編小説と三冊の短編集を上梓《じょうし》。それらの著作に対する評価は息子の物柿父一郎を上回るほどで、仮に零彦が作家業に専念していれば、間違いなく世界を代表するミステリー作家になっただろうと言われている。

そしてそんな万能の天才の彼は、三年前の冬——、正確には三年と八か月前の十二月に自殺し、八十歳でその生涯に幕を下ろした。家族たちの目の前で、回転式の拳銃で自らの頭を吹き飛ばしたらしい。ただし、当時世間は別のことで大騒ぎだったので、偉大な作家の衝撃的な死にも関わらずほとんど報道されなかったが。

僕は物柿零彦の著作の中でも特に『神の槍の殺人』という小説が好きだった。密室ではなくアリバイものではあるが、ガス圧と電気の力を使って槍を弾丸以上の速度で打ち出す『グングニル』と呼ばれる架空の機械が登場し、それを使った豪快なトリックに僕は衝撃を受けたのであった。もちろん、架空の機械をトリックに使っているわけだから一部の読者からは叩かれたらしいのだけど、零彦はその批判に憤慨し、なんとその『グングニル』を自ら設計し、アメリカで特許を取ってみせたのだった。それにより彼の考えたトリックは、紛れもなく現実で実行可能になった。当時の読者や書評家たちはその零彦の才気とある種の幼稚さ、そしてあまりのプライドの高さに呆気《あっけ》に取られてしまったらしい。でも、その宣伝効果もあって『神の槍の殺人』は売れに売れ、物柿零彦の最大のヒット作になったのであった。

＊

僕にあてがわれたのは、畳敷きの八畳間だった。芽衣はそこまで僕を案内すると、押し入れから取り出した布団を敷いて、小さく会釈をして去っていった。

部屋には本棚が二つほど置かれていて、そこには主に物柿家の人間が書いた推理小説が収められていた。僕はその内の一冊を引き抜き、パラパラと捲ってみる。

それは物柿家の四男――、物柿旅四郎《たびしろう》が書いた本だった。旅四郎は天才密室旅情ミステリー作家として知られていて、僕も何冊か読んだことがあるが、かなり面白い小説を書く。彼は密室殺人のマニアックさと、旅情ミステリーの大衆性をうまく融合させた作家で、その著作はよくドラマ化――、主に二時間ドラマになっていた。

旅四郎はネタ探しのために、日本中を旅しているという話を聞いたことがある。というよりも旅四郎は三日前にテレビの生放送に出演し、そのスタジオでインタビューを受けていて、受験勉強をサボっていた僕はたまたまその番組を目にしたのだったか。彼の取材旅行の話はその時に聞いたのだ。であれば彼は今もこの村にはおらず、日本全国を飛び回っているのかもしれない。

その後、カマンベールが部屋にやってきて、僕にお風呂を勧めてくれた。お言葉に甘えて、お風呂を借りることにする。

そして風呂から出た後、僕はすぐに布団に入り、眠りにつくことにした。

電灯の落ちた部屋でタオルケットに包《くる》まりながら、僕はどうしてあの時――、カマンベールがこの屋敷に戻ると言った時、自分も一緒に付いていくなどと言い出したのだろうかと考えた。いざこうして省みても、自身の心理がよくわからない。

でも、そんなことを考えている間に、僕はいつの間にやら眠りに落ちてしまった。

*

でもその翌日、僕は昨夜の疑問の答えをすぐに知ることとなった。すなわち、どうして自分がこの屋敷に来なければいけないと思ったのかについて。

そんなこと、目の前に転がる光景を見れば明白だ。

屋敷の一室――、そこには昨夜の夏祭りで射殺された物柿双一花の死体があった。その部屋の扉は完璧に施錠されていて、この事件がただの殺人から密室殺人へと切り替わったことを示していた。

だから、きっと昨夜の僕には予感があったのだと思う。この物柿家で何かが起きるという予感が。だから僕は無意識のうちに、この屋敷に引き寄せられたのだ。それがまさか密室殺人だったとは、さすがに予想していなかったけれど。

でも、この時の僕はまだ知る由がないのだった。これがのちに国内最多の連続密室殺人記録を更新することになる——、物柿家を巡る八連続密室殺人事件の、まだ序章に過ぎないことを。

＊

【密室草案・壱（昭和密室八傑・鼠山明《ねずみやまあきら》）】

　室内で被害者の死体が発見される。扉には鍵のツマミがなく、室内から扉を施錠する際にも鍵が必要となるタイプだった。鍵は死体の傍から見つかり、部屋の床には水で巨大な『Y』の字が書かれていた。

第2章　まず密室殺人が三つ起きる

カーテンの隙間から差し込む日差しでうっすらと目を覚まし、やがてそれが本物の陽光ではないことに気付くさなかで次第に意識が覚醒する。これは人工的な光のはずだ。鍾乳洞の天井に設置された照明の光。朝比奈夜月は布団から出ると、そのことを確認するために部屋のカーテンをゆっくりと開いた。

奥多摩の鍾乳洞の中にある寒村——、八つ箱村の旅館。夜月はUMA探しの途中で遭難して、今はこの旅館に泊まっている。そして一緒に村にやってきた葛白香澄は行方不明だ。二つの集落を繋ぐ橋が落とされたことは聞いているので、昨夜は物柿家の屋敷に泊めてもらったのだろう。ならば、そこまで心配しなくてもいいかもしれない。

身支度を整えた後、朝食を食べに旅館の食堂に向かうと、そこにいた女将原が「ああ、ごめんなさい」と頭を下げた。

「朝食、ご用意するのにもう少し掛かりますので」

腕時計を見ると時刻は八時前だった。夜月は朝に弱いのに、今朝は随分と早起きしてしまった。自覚はなかったが、どうやら夜月も気が張っていたらしい。あるいは、ぐっすり眠りすぎて、逆に疲れが取れてしまったか。

「じゃあ、ちょっと散歩をしてきますので」

夜月はそう言って、旅館の玄関に向かう。そして、スニーカーを引っ掛けて建物の外に出た。鍾乳洞の天井の灯りは時刻によって調整されているらしく、今はちょうど夏の早朝を再現しているように見えた。ただし洞窟内で日差しはないため、外界に比べるととても涼しい。村の道路はアスファルトで舗装されており、物見遊山で辺りを見回しながら歩いていると、周囲の家の玄関の扉がどれも開きっぱなしになっていることに気が付いた。この八つ箱村を象徴する箱型の家屋の玄関扉がどれも。それに首を傾げていると、やがて自転車を押して歩く駐在とすれ違った。見た目はだいぶおじいさんだが、定年になっていないということは実際はもっと若いのだろう。

夜月は小さく頭を下げて、「おはようございます」とあいさつした。すると向こうも、「おはようございます」と返してくる。そして、じっとこちらを見つめると、「見かけない顔ですな」と首を傾げた。

「そうですか?」

夜月は肩を竦めて言った。

「ええ、ええ、それはもう。こんな美人がいたら、忘れるわけはないですから」

「それは……、確かにそうかもしれません」

　夜月はまんざらでもない顔をする。正直、納得しかない。

「実は私、旅の者なんです」と夜月は言った。「そして迷い人でもあるんですが」

「迷い人？」

「はい、実は奥多摩にニューネッシーを探しに来たんですが、道に迷ってしまって。そこに野ウサギを取りに来たカマンベールくんと出くわしたんです」

　夜月は自分の身の上や、自身がこの村に来ることになった経緯を話す。それを聞き終えた駐在は、「なるほど、それは大変だったでしょう」とねぎらうように言った。

「ええ、でも何というか」夜月は辺りを見渡して返す。「とっても雰囲気のいい村なので、結果的には来れて良かったなって。ずっと、ここにいたいくらいです」

　夜月は社交辞令も兼ねてそう言って、すぐにそんな自身の言葉に苦笑を漏らした。

「というよりも、帰りたくても帰れないんですけどね」

　そんな風に、ひとりごちる。

　何故ならこの村は現在、八つ箱明神の呪いのせいで陸の孤島と化しているのだから。

　夜月は直接その場に居合わせたわけではないけれど、何でも村の外に出ようとした青年が一人、呪いのせいで焼け死んだらしい。唐突に苦しみだして、口から火柱を噴いたのだとか。にわかには信じがたい話だが、もしそれが本当だとすると確かに人の仕業とは思えない。村人たちが祟りのせいだと信じてしまうのも無理はないだろう。

八つ箱明神祭――、その祭りが開催されている八日間は何人たりとも村の外に出てはならない。こうなってしまっては村人の中からその禁を破るものは現れないだろうし、よそ者の夜月としても彼らと同じ気持ちだった。夜月はもちろん呪いの存在を完全に信じたわけではないけれど、「じゃあ、私が試しに外に出てみますっ！」なんて言い出す勇気はとてもない。ファーストペンギンになるのはごめんだった。焼死の可能性が少なからずある以上、正直、割に合わなさすぎる。なので夜月も村人たちと同様、村の呪いに囚《とら》われていて、この村は何人たりとも脱出することのできないクローズドサークルと化したということだ。

まぁ、この村を偶然訪れた誰かが、異変に気付いて警察に連絡してくれれば話は別なのだけど――、

「それは難しいでしょうな」と渋い顔で駐在は言った。「何せ、この村にはほとんど誰も訪れませんから。月に二度ほど――、つまり十五日に一度ほど食料や日用品を積んだトラックがやってはくるのですが、前回それがやってきたのが五日前。つまり、次の荷物を積んだトラックがやってくるのは九日後になるというわけです」

そのころには八つ箱明神祭も終わっているので、呪いも解けて自由に外に出られるようになっているはず。つまり助けを期待するよりも、やはり祟りが去るのを大人し

く待つ方が得策ということか。

そこで駐在は思い出したように制帽を取って、夜月に会釈をしながら言った。

「ああ、申し遅れました。ワシはこの村で駐在をしております、駐財田《ちゅうざいだ》と申す者です」

「駐在の駐財田さん」

「ええ、そうです。この村の駐在所に赴任して、かれこれ五年になりますかな。普段は暢気《のんき》な田舎の集落なんですが」

確かに、こんな田舎では普段は事件らしい事件など起きないだろう。それが何の冗談か殺人事件と、呪いの仕業としか思えない焼死事件が起きてしまったというわけだ。

夜月はそんなことを考えながら、ふと、この機会に先ほどまで気になっていたことを彼に訊ねてみることにした。

「ところで、どうしてこの村の家はどこも玄関の扉を開けっぱなしにしているんですか？」

改めて辺りを見回しても、やはり箱型の民家はどこも玄関の鉄扉を開けっぱなしにしている。それに対して駐財田は「それは風鼬のせいですな」と答えた。風鼬――、この地域の民間伝承に登場する風の妖怪のことだったか。

「そう、その風鼬です。風鼬は主に夜に現れ、わずかな隙間から家屋に浸入し、人々を襲うとされておりましてな。なのでこの村の家屋はどれも、その侵入を防ぐために壁は空気を通さないように漆喰が塗られているし、窓もすべて嵌め殺し。そして玄関には密閉性の高い鉄の扉が使われていて、夜には完全にそれを閉め切って眠るんですわ。でも、それには大きな弊害がありましてな。というのも、あまりに家屋の通気性が悪いために、一晩玄関の扉を閉め切っていると、中で眠っている住人の呼吸で内部の酸素濃度が著しく低下してしまうんですわ。だから毎日、朝になるとああして扉を開けっぱなしにすることで、室内の空気を入れかえて酸欠になるのを防いでいるんです」

その説明に夜月は「なるほど」と納得しつつ、同時に何とも奇妙な風習だなとも思った。実際にはただの迷信に過ぎない風の妖怪の侵入を防ぐために、家の通気性という大事な機能をわざわざ犠牲にしてしまうとは。

「土地柄ですかな？　この村の人々は、たいそう信心深いんですわ」駐財田はしみじみと口にする。「風鼬の伝承にしても、八つ箱明神の呪いにしても。あまりに熱心なものだから、他所の村の人間からは『八つ箱村の八つ箱教徒』と揶揄《やゆ》されているくらいでして。いやはや、実際には『八つ箱教』なんてものは存在せんのですが、他所の連中からはそんな風に見えるんでしょうな」

確かにある意味、新興宗教めいているかもしれない。もっともそれくらい信心深くなければ、こんな鍾乳洞の中での暮らしが何百年も続くことはないのだろうが。

そこで夜月は、ふと以前から気になっていることを思い出した。

「この村の人たちって、どういう風に生計を立てているんですか？」

何せ、洞窟の中では作物など育たないだろうし。となると、いったい何でお金を稼いでいるのか？　そのことがずっと不思議なのであった。

すると駐財田は小さく頷き、「やはり、気になりますかな？」と少しもったいぶった後、こんな答えを夜月によこした。

「キノコがね、よく採れるんです」

「キノコがですか？」

「ええ、この鍾乳洞の周囲の山でね。松茸《まつたけ》や舞茸なんかが。他にも山菜もたくさん採れるし、鹿や猪《いのしし》だって多くいます。いわゆる、ジビエというやつですな。そういうのを猟銃で撃って――、つまりは狩猟と採集によってこの村は成り立っているんです」

夜月は「なるほど」と感心した。まるで縄文時代のようだ。つまりは、それらを売りさばくことによりお金を稼いでいるというわけか。

「ええ、そうですな。少し前までは」と駐財田は含んだような言い方をする。「でも、だんだんとそれも立ち行かなくなりましてな。こんな場所なんでどうしても過疎化は進みますし、気候によっては稼ぎが随分と少ない年もある。いよいよ苦しいか――、廃村かという時に、颯爽《さっそう》と救世主が現れたらしいんですわ」

「颯爽と救世主が？」

「ええ、それが物柿零彦です」

知らない名前だ。いや、名字からして、物柿一族の誰かなのだろうけど。夜月が首を傾げていると、「おや？　零彦さんを知らんのですか？」と駐財田が説明してくれる。何でも物柿父一郎の父親で、投資家で発明家でミステリー作家でもあるらしい。どうやら夜月が知らないだけで、かなりの有名人であるようだ。

「十年前にこの村にやってきた零彦さんは、村人たちにこんな風に言ったそうなんですわ。『あなたたちの生活の面倒は、今後はすべて私が見ることにしましょう。つまり、あなたたちの生活費をすべて私が工面するということです。何、遠慮することはありません。お金は腐るほどありますから。腐ってしまうくらいなら、他人のために使った方が遥かに有意義でしょう？』」

駐財田はそんな風に、零彦の口調を真似《まね》て告げる。いや、夜月は零彦のことを知らないので、実際に似ているかどうかはよくわからないのだけど。

「『ただし、お金を渡すには条件があります』」と駐財田は言った。「『それはこの村に住み続けることです。この村を決して廃村にしないこと。もし、その条件を守っていただけるなら、年に一千万でも二千万でも好きなだけお渡ししますよ』」

そしてその支援は、零彦が死んだ今も続いているのだという。彼の遺産は子孫たちの手に渡らずに、彼の所有していた財団に全額相続されていて、今もその財団から村人たちにお金が渡り続けているらしいのだ。

それにしても、何とも奇妙な話だと思う。どうして物柿零彦は、そうまでしてこの村を存続させようとしたのだろう？　確かに鍾乳洞の中にあり、奇妙な伝承や風習を持つこの村は、推理作家でもあった零彦にとって興味深いものであったのだろうけど。でもこの村の出身でもないのに、そうまでして零彦が廃村を阻止しようと考えたのはやはり腑《ふ》に落ちないところがある。

夜月がそんな風なことを考えていると、そのタイミングで夜月の前をサッと黒猫が横切った。黒猫は夜月の右斜め前にそっと座り込むと、金色の瞳でこちらをじっと見上げている。

首輪をしているので、誰かの飼い猫のようだ。どこかの家から、開けっぱなしの玄関扉を通って外に出てしまったのだろう。夜月はそんなことを考えつつ、その黒猫の前に屈《かが》んで喉をゴロゴロしてあげる。黒猫は気持ちよさそうに目を細めた。

「かっ、かわいい」

ちょっと、びっくりするくらいの可愛さだ。さすがは黒猫。可愛いネコ選手権第一位（夜月調べ）なだけのことはある。夜月はしばらくの間、夢中になって喉をゴロゴロさせていたが、やがて黒猫がサッと立ち上がって、まるで夜月のことなどなかったかのように走り去ってしまった。夜月はその様子に「ああっ」と嘆く。

その黒猫は持ち前の運動神経で塀に飛び乗ると、そのまま民家の窓枠にぴょんと飛び移る。そして窓の中をじっと見つめ、真っ黒な尻尾をふりふりしていた。

「かっ、かわいい」

夜月はそんな黒猫の様子をしばらく眺めていたが、数分が過ぎたころに、ふと違和感を抱く。どうしてあの黒猫は、さっきからずっと窓の中を見つめているのだろう？何か面白いものでもあるのだろうか？

「駐財田さん、あの家は？」

「あそこは確か、物柿家の別荘じゃなかったですかな」

「ふーん、別荘」

夜月は何の気なしにその別荘の門扉を潜り、件の窓に近づいた。黒猫と一緒にそこから室内の様子を覗《のぞ》き込む。そして、思わずギョッとした。

「こっ、これはっ！」

室内に誰かが倒れている。

それは物柿家の三つ子の一人である、物柿双二花の死体のように見えた。

＊

「どうかしましたかなっ？」

　びっくりした様子の夜月に気付き、駐財田が駆け寄ってくる。夜月は口をパクパクしながら室内を指差した。窓を覗き込んだ駐財田も、夜月と同じくギョッとする。

「こっ、これはっ！」と駐財田は狼狽《ろうばい》しながら言った。「これは大変だ」

「中にいるのは物柿双二花さんですよね？」

　双二花とその姉の双一花は一卵性の三つ子で、瓜二つの容姿をしている。ただし、髪型だけは違っていて、双一花がポニーテールなのに対して妹の双二花はツインテールだ。部屋の中に倒れている女は髪型がツインテールなので、論理的に考えて、あれは双二花ということになる。

　それに姉の双一花は昨晩の祭りで、頭を撃たれて死んでいるのだ。風鼬のお面を付けた、男とも女とも知れない人物に。それにより双一花の額には銃創が開いた。つまり、銃弾の痕が残ったということになる。

　だが、今この部屋に倒れている女には頭部にその銃創がなかった。つまり、あれはやはり双一花ではなく双二花ということになる。

夜月がそんな風なことを駐財田に説明すると、彼はその理路整然とした物言いにひどく感心したようだった。そして「夜月さんは随分と頭が切れるんですな」と尊敬のまなざしで口にする。

夜月はポリポリと頭を掻いて言った。

「よく言われます」

本当は言われたことはないけれど。でも夜月の自己評価では、けっこう頭が切れる方だ。少なくとも葛白よりは頭の回転は速い。逆にやつは遅い——、途方もなく。

「とにかく、応援の警察官を……、はっ！」そこで駐財田は気が付いたような顔をする。「そういえば、電話線が切られているのでしたな」

そういえば、そうだったか。

「となると、駐財田さんが一人で捜査するしかないということになりますね」

この村には駐財田しか警官がいないのだから当然だ。駐在所とは、一人詰めの交番のこと。この手の寒村には普通、警察官は一人しかいないものなのだ。

でも夜月の発言を聞いた駐財田は、困り果てたような顔をしていた。そして意を決したようにこう口にする。

「残念だが、それはできませんな」

「どうしてでしょう？」

「何を隠そう、ワシはとても無能なんですわ」

堂々と言ってのける。

「おまけに、指示待ち人間で」

「はぁ」

「そんなワシに、一人で捜査ができるとお思いですかな？」

お思いですかな？　と言われても。そこまで自信満々に自分が無能だと宣言されると、さすがに彼に捜査を任せるのは無理筋だとは思うけれど。

とはいえ、警官が駐財田しかいない以上、彼が捜査を進めるしかないだろう。八つ箱明神祭が終わって村の外に出られるまで、あと七日掛かるわけだから、その間あそこに死体（？）を放置し続けるというのはさすがに良くないと思うし。

「じゃあ、他の村人たちに捜査を手伝ってもらうとか？」

苦肉の策でそう言うと、駐財田は首を横に振って困ったように夜月に告げる。

「いえ、それは難しいでしょう。何せ村人たちは昨夜の事件で相当参っているようでしたから。特に例の人体発火は」

村の若者――、村若青年が焼け死んだという事件のことだろう。夜月はその場を見てはいないが、どう見ても呪いにしか見えない死に方だったたと聞く。それは信心深い村人たちにとって相当ショッキングな出来事だったはずで、極力関わりたくないと思うのも自然なことだと思われた。

夜月は「ふぅむ」とそんなことを考えながら、改めて室内を覗き込む。

何故、双二花がこの家屋——、物柿家の別荘にいたのかは定かではないが、おそらく二つの集落を繋ぐ橋が昨晩爆破されたせいだろう。双二花は祭りに参加するためにこの『西の集落』にやって来たものの、橋が落ちたことにより『東の集落』に戻れなくなってしまったのではないだろうか？　だから、昨晩は仕方なくこの別荘に宿泊し、そこを何者かに襲われ、殺されてしまったのではないか。

そしてその何者かが、この村にいる人間の誰かなのは間違いない。何故なら村の唯一の出入口である洞窟の通路には金網が下りていて、その金網の下縁に付いた槍の穂先が地面に埋まった木材に刺さっていたらしいのだから。これでは金網を上げることができないので、通路を通るには金網を破るしかない。つまり、金網が破られていないことが確認できさえすれば、外部犯の可能性は否定できるというわけだ。

どこかで黒猫が、にゃあと鳴く。その声に思考を現実に戻して、双二花が倒れている部屋を見渡すと、死体の傍に鍵のようなものが落ちているのが見えた。そして、部屋には扉と窓が一つずつあった。つまり、窓は今夜月が覗き込んでいるものを含めて二ヶ所あるということになる。そして、そのどちらも嵌め殺しだ。だから部屋の唯一の出入口は、今窓から見えている扉のみということになる。位置関係的に、玄関のすぐ先にある扉だろう。なので夜月は玄関へと回り込んで、その重厚な鉄扉を開ける。幸い鍵は掛かっていなかったのでそこから別荘の中に入ると、予想通りそのすぐ先に扉があった。先ほど窓から見えた扉だ。夜月はドアノブに手を掛けて、扉を開けようとした。でも、内側から鍵が掛かっていて、その扉は開かない。つまり、これは――、

「密室ということか」

夜月のその言葉に、駐財田は狼狽《うろた》える。

「みっ、密室ですか」

夜月はこくりと頷いた。まだ確定ではないが、その可能性が高いだろう。

室内扉の横には嵌め殺しの小窓があり、そこから事件現場を見渡すことができた。先ほど庭に面した窓から覗き込んだ際に見えたあの窓だ。この窓を割れば、現場に入ることができる。あるいは庭に面した窓を割るか。扉が施錠されている以上、室内に入る方法はその二つだけということだ。

「……うーん」

まぁ、庭の窓を割る方が無難だろう。この部屋は密室の可能性が高いわけだから、なるべく扉から離れた窓を壊す方が証拠保全の観点からも良いだろうし。なのでそう提案すると、駐財田も同意した。二人で再び玄関から窓の方へと移動して、庭に落ちていた手ごろな石を拾い上げる。そしてその石で窓を砕こうとした。すると振り下ろ

した石は力強く窓に弾かれ、その反動で夜月の手首に衝撃と痛みが走る。「ううっ」夜月が激痛に悶《もだ》えていると、「そうだっ、忘れておりましたっ！」と駐財田が得心したように言った。

「この村の家屋では、外に面した窓はすべて強化硝子でできているんでした。ですので、石をぶつけたくらいではびくともしないんですな」

駐財田の説明によれば、これも妖怪『風鼬』の侵入を防ぐためらしい。通常の窓硝子では風鼬に簡単に割られてしまうため、それを避けるために強化硝子を用いているのだとか。もっとも、強化硝子が使われるようになったのは比較的最近――、それこそ強化硝子というものが世の中に普及し始めてからのことだそうで、それまでは信じがたいことに窓自体がなかったのだとか。

とにかく窓に強化硝子が使われている――、そういうことは、もっと早めに言って欲しかった。夜月は痛めた手首を押さえながら、恨めしそうな目でその窓硝子を眺める。硝子には傷一つ付いていなかった。

夜月はその窓を割るのを諦め、改めて玄関から室内に入った。大人しく現場のもう一つの窓――、扉の横にある窓から入ることにする。おっかなびっくり石で叩くと、今度は簡単に硝子が砕けた。

その窓は正方形の小窓で、幅が大人の肩幅ほどしかなかった。なので通るときに怪我をしないように、窓枠に付いた硝子の割れ残りも石で入念に落としていく。そしてその窓枠に体をねじ込ませ、夜月は室内へと侵入した。駐財田もそれに続く。

死体に近づくと、双二花はやはり死んでいるようだった。両手両足を投げ出した大の字の形で仰向けに倒れていて、パッと見た感じだと外傷は見当たらなかった。

「ん？　これは」

夜月は死体の近くに落ちていた『それら』を拾い上げる。一つは真っ黒な硝子でできたサイコロのような立方体だった。一辺の長さは三センチほど。キラキラとして綺《き》麗《れい》だが、何なのかはよくわからない。夜月はそれをポケットにしまうと、同じく床から拾い上げた『もう一つ』に目をやった。それは先ほど窓から覗き込んだ際にも見えた銀色の鍵だった。夜月はその鍵を手にしたまま、部屋の扉へと視線を向ける。

扉には鍵のツマミがなく、その代りに鍵穴が付いていた。つまり、部屋の中から扉を施錠する際にも鍵が必要なタイプということだ。死体のある位置から扉までは、十メートルほど離れていた。随分と広い部屋だ。縦横の壁の幅がそれぞれ十五メートルほどもある。この別荘には浴室を除けば他に部屋はなさそうだから、その分、部屋が広く取られているのだろう。

夜月は鍵を手にしたまま、部屋の扉へと近づいた。その鍵を鍵穴に挿して、捻《ひね》る。すると扉が開錠される音がした。試しにドアノブを回してみると、ちゃんと扉が開く。

ということは、死体の傍に落ちていたこの鍵は、やはり本物ということになる。

「うーん」

夜月は鍵穴に挿さった鍵を抜くと、ざっと室内を見渡した。部屋の中にある窓は先ほど夜月が割った窓と、割るのに失敗した外窓の二つだけ。どちらの窓も嵌め殺しだ。すなわち、そこから犯人が出入りすることは不可能だということだ。

そして部屋の扉は施錠されていた。ということは、やはりこの部屋は完璧な密室ということになる。もちろん、合鍵などがなければの話だが。合鍵の有無については物柿家の関係者に訊くのが一番だが、おそらくないのだろうなと思った。何となく、そんな気がする。

夜月はそんなことを考えながら、しばし部屋の中をうろうろする。そして何の気なしに再び室内を見渡して、そこで「おや?」と新たな事実を発見した。この部屋の床はフローリング――、つまりは板張りなのだが、その床の一部がうっすらと濡《ぬ》れていたのだ。まるで床全体に、水を付けた刷毛《はけ》で一気に書き殴ったみたいに。

つまり、床全体に水で巨大な文字が描かれている。この文字は――、

「『Y』?」

夜月はそう口にする。別荘の床に描かれた、全長十五メートルにも及ぶ巨大な『Y』。

そしてその『Y』の三つの頂点には、もうほとんど乾いてしまっているけれど、それ

第1の密室（別荘の密室）の現場

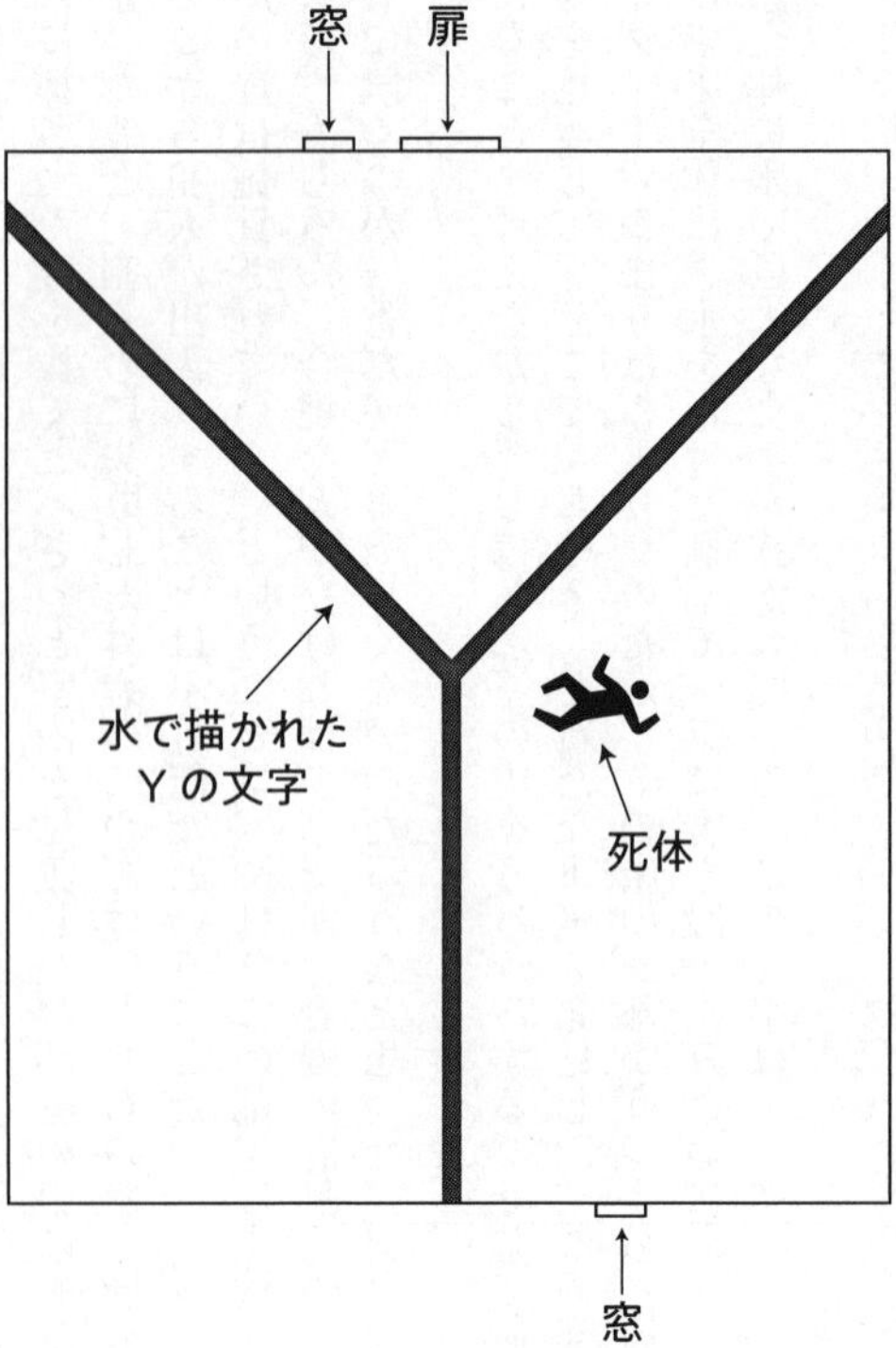

ぞれ筆先で滲ませたような水溜《みずたま》りができていた。

夜月は思わず眉をしかめた。この水で描かれたアルファベットには、いったい何の意味があるのだろうか？

夜月は「うーん」と唸《うな》りながら、しばし頭の中を整理する。すると、駐財田が部屋の中央で腕を組みながら、夜月と同じく唸っているのが見えた。

「うーん、どうしたものか」駐財田は死体を前に途方に暮れていた。死体に手を伸ばしかけ、それを引っ込めるという作業を繰り返している。「どうしたものか」

駐財田は、またそんなことを言った。それを見て、夜月は首を傾げて訊ねる。

「検死とかはしないんですか？」

「検死？　馬鹿なことは言わんでください」と駐財田は真面目な顔で言った。「私はこれでも警察官を四十年近くやっております」

「なっ、なるほど」それは心強い。「つまり、検死の経験も豊富だと？」

「いえ、まったくの逆なんですわ」と駐財田は首を横に振る。「よく考えてみてください。四十年近く警官をやっているということは、警察学校を出たのも四十年前ということです。つまり、学校で習った検死の知識なんかは、綺麗さっぱり忘れてしまっとるんですわ」

駐財田は堂々と言ってのける。いっそ、清々《すがすが》しいくらいに。確かに、四十年近く検死をしていなければ、その手の知識をすっかり忘れていてもおかしくはないが。

「でも、ひと月前に物柿父一郎さんが死んでいますよね？」

「あれに関しては、警視庁の刑事が捜査しましたのでな」と駐財田は言った。「よく考えてみてください。私のような下っ端警官が扱えるような事件じゃないでしょう？」

確かに、それはその通りだが。

「でも、じゃあ、どうすれば」

検死ができないのでは、これ以上、捜査の進めようがない。

「それに関しては、ご安心ください」と駐財田は胸を叩いて言った。「専門家にお任せしましょう。この村には診療所があって、そこに医者がおりますので」

＊

夜月は現場となった部屋の扉に鍵を掛けて、その鍵をポケットにしまう。別荘の外に出ると駐財田が自転車に跨《また》がるところだったので、夜月もその後ろに飛び乗った。二人乗りだ。駐財田がペダルを踏みしめ、二人を乗せた自転車は村の診療所を目指してのろのろと進んでいく。でも、やがて緩やかな下り坂に入り、自転車は加速した。

アスファルトで舗装された路地を走り抜け、真っ白な塀が続く民家の角を曲がる。

でも、そのタイミングで目の前に何かが飛び出した。自転車だ。飛び出してきた自転車に乗った男は夜月たちを避けようと大きくハンドルを切って、そのままバランスを崩して派手に地面に転倒した。

「だっ、大丈夫ですか？」

　夜月は自転車から降りて慌てて駆け寄る。すると相手の男は立ち上がり、服に付いた埃をパタパタ叩く。男は三十歳前後の理知的な顔立ちで、糊《のり》の掛かったワイシャツの上に真っ白な白衣を羽織っていた。

「何、心配いりませんよ」と白衣の男は言った。

「でっ、でも、あんなに派手に転んだのに」

「いえ、本当にご心配なく」男は夜月の心配をよそに澄ました顔で口にする。「気遣いでもやせ我慢でも何でもなくて、本当に痛くも痒《かゆ》くもないんですよ。私は痛みを感じない体質なもので」

「痛みを感じない？」そんなことがあるのだろうか？

「ええ、本当の話です」と男は言った。「無痛症と呼ばれる症状です。どんなに大きな怪我をしても、いっさい痛みを感じないんですよ。もっとも、それはそれで困るんですがね。痛みは体の危険を知らせる大事なシグナルですから」

　何だか、医者っぽい口調だった。というか白衣を着ているし、実際に医者なのだろう。すると、その推測を裏付けるように、「ああ、先生、ちょうど良かった」と駐財田が男に話しかける。そして夜月に彼を紹介した。

「こちらは物柿医三郎《いさぶろう》先生。この村の診療所の医者です」

「物柿医三郎？」

夜月は目を丸くする。名字が物柿ということは、彼もまた物柿家の一員ということだろう。でも、どうして物柿家の人間が医者を？　小説家ではないのだろうか？

でも、そんな夜月の疑問に構わず、駐財田は話を進めていく。

「いやーっ、先生。本当にちょうど良かった。今、先生を呼びに行こうと思っていたところだったんですわ。何せ、死体が見つかって……」

「ああ、自治会の蔵から死体が見つかった件ですか？」

その医三郎の言葉に、駐財田はきょとんとなった。夜月も同じく、きょとんとなる。

二人で顔を見合わせた後、まるでご機嫌を窺うように駐財田が訊ねた。

「えっと、どういうことですかな？」

「だから、蔵の死体の件ですよ」と医三郎は冷静な口調で言った。「そこで今朝の八時前に、首吊《くびつ》り死体が見つかったそうなんです。私の弟の――、天才密室旅情ミステリー作家の物柿旅四郎の死体が」

＊

医三郎に連れられ、夜月と駐財田は死体が発見された自治会の蔵へと向かった。蔵の前には死体の第一発見者であるという自治会の会長がいた。会長は白髪混じりの五十歳くらいの男で、ひどく狼狽した様子で蔵の入口を示してみせた。

医三郎を先頭に、夜月たちは蔵へと入る。すると事前に聞いていた通り、蔵の中には首吊り死体があった。物柿旅四郎――、というミステリー作家の死体。死体は蔵の内壁を背にし、ほとんどその壁に背中が触れるような位置で首を吊っていたが、梁《はり》に結ばれたロープが長いせいで両足は床に着いていた。ただし、膝は『くの字』に折れ曲がっている。つまり、ロープは死体の足が床から離れるほど短くはないが、膝が床に着くほど長くもないということになる。随分と中途半端な長さだ。こんな風に首を吊った死体は、ちょっと珍しいかもしれない。いや、夜月は首吊り死体を見るのは初めてなのだけど、ドラマやミステリー漫画などでは、死体の足は床から離れ、ぶらぶらと揺れているものだ。こんな風に地面に足が着き、なおかつその膝が曲がっている死体というのは、やはり随分と奇妙に思えた。

そして奇妙な点はまだあった。一つは死体の傍に真っ黒な硝子でできたサイコロのような立方体が落ちていたこと。先ほどの双二花の死体発見現場に落ちていたのと同じものだ。そしてもう一つの奇妙な点は、死体の周囲に乾いた紙が大量にばら撒かれていたことだ。近づいて確認すると、それは手書きの原稿用紙だった。それらが何百枚も蔵の床にばら撒かれ、まるでカーペットのように床を埋め尽くしているのだ。

「旅四郎の書いた原稿のようですね」と医三郎が言った。「旅四郎は今どき珍しく原稿は手書き派だったんですよ。編集者には随分と迷惑がられていたみたいですが」

医三郎は極めて冷静に口にした。というよりも冷めているような——、もっと言えば冷ややかな態度にすら思える。仮にも弟が死んだというのに。

するとそんな夜月の心中を察したのか、医三郎が淡々とした口調で言う。

「はっきり言いますが、兄弟の仲は悪かったですから」

「えっ？　そうなんですか」と夜月。

「ええ、旅四郎は以前に私の小説の悪口を言ったのでね。私はね、私の小説の悪口を言った人間は全員死ねばいいと思っているんですよ。一人の例外もなく、全員。だからこうして彼が死んだ今、私はとても清々しい気分なんです」

その物言いに夜月はちょっとドン引きする。さすがに、兄弟が死んで清々しいはヤバい。ちょっと自分の小説の悪口を言われたくらいで。

「というよりも」そこで夜月は駐財田の袖を引き、内緒話をするように彼に小声で訊ねた。「医三郎さんも小説家なんですね」

「おや、御存じありませんかっ？　それはもう、とても有名な作家さんでっ！」

おい駐財田、声が大きい。せっかく医三郎に聞こえないように声を潜めているというのに。もし夜月が『小説家・物柿医三郎』のことを知らないことがバレてしまったら、彼の高すぎるプライドを傷つけ、逆恨みされるかもしれない。

なので夜月はさらに声を潜めて、ごにょごにょと会話を続けた。駐財田もようやく意図を察したのか、「いやはや」と面目なさそうに頭を掻きながら、医三郎について教えてくれる。

何でも、医三郎は世間では天才密室医療ミステリー作家と呼ばれているらしい。もちろん、医三郎は村の診療所の医者でもあるから、医者と小説家の二刀流ということになる。ちなみに診療所は旅館と同じ『西の集落』にあるため、医三郎は『東の集落』にある物柿家の屋敷ではなく、診療所に隣接する持ち家に住んでいるらしい。その方が急患の際に便利というのもあるのだが、単純に兄弟との仲が悪いのではないかというのが駐財田の見解だった。

「内緒話は済みましたか？」夜月たちが会話を終えると、医三郎が呆れたように言った。夜月たちはバツが悪くなり、「てへへっ」と頭を掻く。医三郎は深い溜息をついた。

「とにかく私は旅四郎に限らず、他の兄弟のこともまったく好きにはなれないんですよ。みんな幼稚で我が強く、自分が一番才能があると思っている。まったく、困ったものですよ。大した小説も書けないくせに」

そう言う医三郎も随分と我が強く見える。

「とにかく、一度死体を下ろしましょうか」

やがて駐財田がそう提案して、夜月たちは頷いた。でもその駐財田は死体に近づいたところで、ふと疑問を口にする。

「それにしても、どうして旅四郎さんはこの村に？」

何でも、旅四郎は一週間ほど前から取材旅行のために茨城に出かけたということだった。となると村の外にいるはずの旅四郎が、何故村の蔵の中で首を吊っていたのかという疑問が生じる。

すると、それに対して医三郎はこう口にした。

「考えられるパターンは二つですね」彼は医者らしい、理路整然とした口調で言う。

「一つは旅四郎がこっそり村に戻ってきて、蔵に忍び込んで自殺したというパターン。そしてもう一つは取材旅行の最中に何者かに襲われ、この蔵まで運び込まれたというパターンです」

その発言に、駐財田はごくりと唾を飲む。

「つまり、自殺ではなく誰かに殺されたという可能性もあるわけですかな？」

「ええ、というより、ほぼ間違いなく他殺でしょうね。あいつは自殺するような性格ではないですし」

つまり、旅四郎は自殺に見せかけて殺されたということか。夜月がそんなことを考えていると、医三郎と駐財田が旅四郎の死体を下ろし始めた。そして死体を床に寝かすと、医三郎はさっそくその検死に取り掛かる。検死にはしばらく時間が掛かりそうだったので、手持無沙汰になった夜月は蔵の中を見て回ることにした。

蔵には段ボール箱や木箱などいろいろな物が置かれていたが、死角になりそうな場所はなく、現在この蔵に何者かが隠れているような形跡はなかった。つまり、他殺だったとすれば、犯人はすでに現場から立ち去ったということになる。そして蔵には窓や裏口は見当たらなかったため、外に出るには正面の出入口を使うしかない。

夜月はそう納得しながら、その蔵の出入口へと近づいた。そして、そこであるものを見つける。監視カメラだ。蔵に入った時には見落としていたが、カメラは蔵の内壁の――、ちょうど蔵の出入口を監視するような位置に仕掛けられていた。

「こっ、これは」と夜月は唸る。

「防犯用のカメラです」といつの間にやら夜月の近くにいた自治会長が説明する。

夜月は、もう一度、蔵の内部を見渡した。蔵には他に出入りできそうな場所はなく、このカメラに見張られている箇所が唯一の出入口のようだった。となると、ここに旅四郎を殺した犯人の姿が映っているのではないだろうか？

「ええ、私もそう思ったのですが」と自治会長が狼狽したように口にする。「でも、誰の姿も映っていなくて。それどころか……」

何でも彼も夜月と同じことを考え、死体発見直後の今朝八時にカメラの映像を調べたらしい。映像を確認するためのパソコンは蔵に隣接する集会所に置かれており、その映像は一週間ほど保存される設定になっているのだそうだ。だが、いざ確認したところ、いつの間にやら一日分の映像しか保存されないように設定が変更されていたらしい。つまり、映像はたったの一日分――、昨日の午前八時から今日の午前八時までの二十四時間分しか残されていなかったのだそうだ。おそらく犯人が事前に設定を変えていたと考えるべきだろう。八つ箱村は田舎なので集会所の戸締りも適当で、犯人がこっそりと忍び込んでカメラの設定を変えることは難しくなかったと考えられる。

つまり、これが他殺だとすれば、犯人が蔵に出入りしたのは今から二十四時間以上前だということになる。それよりも後の時間ならば、犯人が蔵に出入りする姿がカメラの映像に残るからだ。そして、もちろん、被害者の旅四郎が蔵に入ったのも犯人と同じく二十四時間以上前ということになる。

「ところで、会長さんは蔵に犯人が出入りしていたことに気付かなかったんですか？」と夜月は訊いた。「毎日、カメラの映像を確認していれば気付きそうなもんですけど」

「それが、カメラの映像は普段はほとんど確認しないんです」と自治会長はバツが悪そうに答える。「何せ、保存期間の設定が変えられていたのにすら気付かなかったくらいですからね。カメラ自体は十年以上前に設置されたのですが、蔵には大したものなど置いていませんから、正直、なぁなぁになっておりまして。最近ではカメラの映像の確認はおろか、蔵に鍵すら掛けていない始末で」

なるほど、つまりカメラはあってないようなものだったというわけか。

「ちなみに、カメラの管理が杜撰《ずさん》になっていることを知っている人は？」と夜月が訊ねると、「村の人間なら、だいたい知っていますね」と自治会長は答えた。

「自治会の飲み会で何度か笑い話のネタにしたから、村中に広まっていると思います。もしかしたら、村外の人間も知っているかも。ほら、旅館の女将の女将原さんは随分と口が軽いですから。それに集会所のパソコンにもパスワードなど掛けておりませんから、映像の保存期間の設定も誰でも変更することが可能です」

つまり田舎特有のおおらかさにより、犯人は難なく犯行を行うことができたというわけか。でも、そこで疑問が生じる。そんなに管理が杜撰な蔵だったのに、どうして死体が見つかった今朝に限って、自治会長は蔵に入ったのだろう？

「いえ、それがですね」と自治会長は声を潜めて言う。「パン屑《くず》が落ちていたんです」

「パン屑？」

「ええ、ヘンゼルとグレーテルみたいに。私の自宅はこの蔵のすぐ近所にあるのですが、その玄関から蔵に向かってパン屑が道しるべのように落ちていて。それを追って蔵に入るとそこに──」

首吊り死体があったわけか。

夜月は「ふむ」と考える。つまり、犯人は誰かに死体を発見させたかったわけか。まぁ、それは理解できる。蔵に普段、人の出入りがないのであれば、死体が発見されるのは下手したら一ヶ月後とかになっていたかもしれない。それが犯人にとって何かしらの都合が悪かったのだろうというのは想像できた。

＊

検死を行っていた医三郎たちのところに戻ると、医三郎と駐財田はとても混乱したような顔をしていた。それに面喰って夜月は訊く。

「どっ、どうしたんですか？」

「いや、旅四郎さんの死体を調べたところ、少し奇妙なことが発覚しましてな」と奥歯にものが挟まったように駐財田が口にする。「何というか、まぁ」

「死体の足が切断されていたんですよ」と医三郎が言葉を引き継ぐ。「しかも、左右の足のどちらも太腿の半ばあたりからすっぱりと」

「さっ、左右の足が切断っ！」と夜月は驚き、床に横たわる死体に視線を向ける。死体には腰から下の部分にバスタオルが掛けられていて、本当に足が切断されているかは夜月にはわからなかった。バスタオルは蔵にあったものを使ったのだろう。

なので、夜月はそのバスタオルを捲ってみる。そして、ごくりと息を飲んだ。本当に切断されている。死体の穿《は》いていたジーンズは検死の際に脱がされたようで、それにより太腿の半ばにできた生々しい切断面が露わになっていた。夜月は思わず「うぅっ」となる。切り離された両足も床の上に置かれていた。これはグロい。猟奇的だ。

「でも」そこで夜月は疑問に思う。「死体発見時には、ちゃんと足が付いてましたよね？」

それはちゃんと確かめたので間違いない。何せ、旅四郎の首吊り死体は床に足が着いていたのだ。首吊り死体としてはかなり珍しい状況。

「それは一度切断された足が、もう一度、繋ぎ合わされていたからですよ」と夜月の疑問に医三郎が答える。「と言っても縫い合わされていたわけではなく、テーピングをグルグル巻いて無理やり繋ぎ合わせた感じでしたが。今のところ、犯人の意図はまったくわかりませんね。ただの猟奇趣味なのか、あるいは何かの見立てなのか」

見立て――、医三郎が口にしたその言葉に夜月はピンとくる。

「この村にはもしかして、そういう伝説があったりするんですか？　例えば、足を切断された落ち武者が、その足を無理やり繋ぎ合わせて村人を襲う伝説とか」

「いや、そのような伝説は」と駐財田が言った。「まったく聞いたことがありませんな」

まったく聞いたことがないのか。じゃあ、見立てとちゃうか。

「そして、奇妙なことがもう一つありましてね」と医三郎は冷静な口調で言った。「足の切断面を見たところ、どうやら旅四郎の左右の足は、どちらも生きたまま切断されたようなんです」

「いっ、生きたまま切断？」

「ええ、傷口に生活反応や止血の痕があったので。もっとも、さすがに麻酔か何かで眠らせていたんでしょうが。意識がある状態で人間の足を切断すれば、激痛で暴れられて出血多量で死ぬ可能性がありますから」

なるほど、と夜月は思う。被害者はあくまで縊死《いし》――、つまり、首吊りで死んだのであって、足を切断されたことが死因ではないということか。でもそうなると、ますます犯人が足を切断した理由がわからない。足を切る意味がないのだ。なので、これはいわゆるホワイダニットというやつに当たるのだろう。何故、犯人は被害者の足を切ったのか？　そこには果たして合理的な理由が存在するのか？

突き付けられた疑問に、皆でしばらく「うーん」と唸る。そこで夜月は、まだ医三郎から重要なことを聞いていなかったことを思い出した。

「そういえば、被害者の死亡推定時刻は？」

「今から七時間から八時間ほど前といったところですね」と医三郎が答える。「今が朝の九時だから、旅四郎が死んだのは深夜の一時から二時の間くらいになります」

「ふーん、なるほど」夜月はそう相槌《あいづち》を打って、ふと強烈な違和感を覚えた。「あれ？何だろう？」

　物凄く大事なことに気付いた気がするが、それが何なのかがわからない。夜月はしばし頭を悩ませて、何らかのヒントを探すように蔵の内部を見渡した。そこでこの蔵の唯一の出入口と、そこに設置された監視カメラに目が留まる。

「はっ、もしかしてっ！」

　そのタイミングで夜月は自身の違和感の正体に気が付いた。それを頭の中で嚙《か》み砕き、情報を整理した後で自分の考えを皆に伝える。

「えっと、あの監視カメラには今朝の八時から遡《さかのぼ》ってちょうど二十四時間分の映像が残っていて……」

　その映像には、蔵に出入りする人間の姿が誰一人として映っていなかったのだ。つまり、この蔵には丸一日の間――、昨日の午前八時から今日の午前八時までの間、誰も出入りしていないということになる。

　でも、被害者の死亡推定時刻は今日の午前一時から二時の間。つまり、犯人が犯行現場である蔵を出たのは、それ以降の時間帯ということになる。でも、蔵から出る犯人の姿は監視カメラには映っていない。つまり犯人は透明人間のように、蔵の出入口に設置されたカメラをすり抜けたということになる。

　もちろん被害者は足を切断されているため、自殺という可能性はない。さらに蔵には隠れられそうな場所もないため、犯人が蔵の中に隠れていたという可能性も考えられない。つまり、これは――、

「ええ、そういうことになりますね」夜月の考えを察したように、医三郎が頷く。「つまり、この蔵は密室だったということになります」

＊

【第二の密室（蔵の密室）に関する時系列】
昨日　午前　８時００分　監視カメラの映像の始点。
今日　午前　１時００分　死亡推定時刻の始点。
　　　午前　２時００分　死亡推定時刻の終点。

午前　８時００分　監視カメラの映像の終点。

＊

先ほど物柿双二花の死体が見つかった別荘も密室だった。つまり、この八つ箱村では、一夜にして二つの密室殺人が起きたということになる。

夜月たちは二つの密室をそれぞれ、『別荘の密室』と『蔵の密室』と名付けることにした。

『蔵の密室』の現場検証を終えた夜月たちは、その足で第一の密室――、『別荘の密室』の現場に戻ることにした。双二花の検死を行うためだ。そもそも、夜月たちはそのために医三郎のことを探していたのだ。だが、探し当てた医三郎から旅四郎の死を聞かされたため、双二花の検死は一時的に棚上げされた状況になっていたのだ。

なので、夜月たちは双二花の死体のある別荘へと移動した。夜月はポケットから事件現場の部屋の鍵を取り出すと、それで扉を開錠し、再び部屋の中に入った。そこで医三郎の手により彼女の検死が行われる。彼は死体を調べながら、「手足が完全に硬直していますね」と独り言のように口にした。確かに大の字に倒れた双二花の手足は棒のように固くなっているように見える。そして検死を進めるとすぐに、犯人がどのようにして双二花を殺したのかが明らかになった。

双二花の死因は刺殺だった。彼女の胸の辺りに刺し傷が見つかったのだ。だが、死体に血痕は付着していなかった。双二花はワンピースを着ていたが、そのワンピースの胸の辺りにも刃物で刺した際の穴などは見当たらない。ただし、胸の刺し傷には生活反応が見られたため、この傷が生きている際に付けられたものであること――、つまりはこの刺し傷が原因で死亡したことは間違いないとのことだった。

「つまり」と医三郎が見解を述べる。「犯人は双二花を刺殺した後、一度服を脱がして血を綺麗に拭い、そこから別の衣服を着せたと考えられます。部屋にも血痕は見当たらないから、それも綺麗に掃除したか。あるいは別の場所で殺されて、この別荘に死体が運び込まれたか」

そこで、夜月は医三郎に大事なことを訊き忘れていたことを思い出した。

「念のために訊きますけど、この部屋に合鍵はありますか？」

ここは物柿家の別荘なので、医三郎ならば合鍵の有無を知っていると思ったのだ。

すると夜月の質問に、医三郎は首を横に振って答える。

「いえ、合鍵はありませんし、鍵は極めて特殊なものなので複製もできませんよ。ちなみに部屋の鍵は別荘の玄関の鍵と一緒に普段は庭に置かれた岩の陰に隠していて、別荘を使いたい人間がそれを取り出すというルールになっております」

すなわち昨夜は、別荘に泊まった双二花がその鍵を取り出したというわけか。

とにかく、合鍵は存在しない——、その言質を取ることができた。これでこの現場が密室であるということが正式に確定したというわけだ。

＊

『別荘の密室』の現場を出た後、夜月は朝食を取るために一度宿に戻ることにした。

食堂の席に着くと、女将原が食事を運んできてくれる。鮭《さけ》の切り身に納豆に味噌汁《みそしる》に生卵——、ＴＨＥ・旅館の朝食だ。夜月は鮭の切り身でご飯を半膳ほど掻き込んだ後、納豆を箸で掻き混ぜて、それを残ったご飯に掛ける。

食堂には夜月の他にもう一人客がいて、その人も夜月と同じく納豆をご飯に掛けていた。二十代半ばの、茶色に染めた髪をポニーテールに纏めた女優のように綺麗な女だった。眠そうに目をこすっているが、溢れ出る華やかさを隠せていない。

夜月は白米をすべて平らげた後、女将原に声を掛け、ご飯のお代わりを注文する。

「食欲旺盛《おうせい》ですね」と女将原は笑った。

「朝から頭を使ったもので」

「ああ、例の密室殺人の件ですね」

どうやら殺人事件が起きたという話は、すでに女将原の耳にも届いているらしかった。さすがは田舎。噂が伝わるのが早い。

加えて前にも思ったが、女将原には噂好きの気があるようで、彼女は興味津々な態度で事件について訊いてくる。夜月はどこまで喋っていいのかわからなかったが、結局、女将原の口車に乗せられていろいろと喋ってしまった。女将原は「なるほど、なるほど」と神妙な顔で頷きながら、最後にこんな風に夜月に訊ねた。

「それで、事件は解決しそうなんですか？」

それは何とも難しい問題だ。だが正直なところ、夜月はしばらくの間捜査に進展はないのではないかと思っていた。何故なら、探偵役が不在だからだ。

夜月には密室の謎を推理することなどできないし、医三郎だって難しいだろう。駐財田にいたっては論外だ。ならばいったい、誰がこの事件を解決するというのだろう？

夜月がそんな風なことを話すと、「なるほど、そういうことだったんですね」と女将原は頷いた。そして少しの間思案した後で、ふと思い付いたようにこんな提案をする。

「であれば、彼女に頼んでみてはどうでしょう？」

女将原はそう言って、食堂にいるもう一人の客――、現在、納豆ご飯を食べている女優のような美人を指差した。夜月は女将原のその提案に、首を横に曲げる。

「彼女ですか？」

「ええ、何でも彼女は過去に殺人事件に巻き込まれたことがあって、それを見事に解決したことがあるのだとか。知りませんか？　八甲田山《はっこうださん》五連続密室殺人事件」

「聞いたことがないですね」

葛白だったら知っているかもしれないが、残念ながら夜月は知らなかった。でも、過去に本当に事件を解決したことがあるのならば、それは随分と心強い。夜月は人差し指を立てて言った。

「つまり、彼女の職業は探偵ということですか？」

すると、女将原は首を横に振って言った。

「いえ、本業は小説家です」

夜月は目を丸くする。その反応を面白がるように、女将原は微笑を浮かべた。

「ご存じありませんか？　去年映画化された『密室畑でつかまえて』という小説を」

「あっ、聞いたことがあります」かなり話題になった映画なので、さすがに夜月も知っていた。そしてハッと目を丸くして、食堂の隅で納豆ご飯を食べている美人に視線を向ける。「ということは、彼女はもしかして」

「はい」と女将原は頷く。「彼女の名前は王城帝夏。現代最高のミステリー作家です」

＊

こうして八つ箱村の『西の集落』で起きた連続密室殺人事件は進展の兆しを見せたのだけど、対する『東の集落』にある物柿家の屋敷にいる僕は、もちろんそんなことは知らなかった。というか、『西の集落』で事件が起きたことすら知らなかった。二つの集落は完全に分断されていて、連絡を取ることがいっさいできなかったからだ。

もちろん、連絡が取れたからといって、正直、『西の集落』で起きた出来事に関わっている余裕などなかったのだけど。何故ならこの『東の集落』でも少し――、いや、かなり困った出来事が起きていたのだから。

時刻は少し遡って朝の七時。僕こと葛白香澄は布団から出てカマンベールに借りた服に着替えると、ひとまず部屋の外にある洗面所で顔を洗った。そしてお腹が空いているので何か貰おうと考えた時に、ふと廊下の窓の外の庭にパン屑が落ちているのを見つけたのだ。僕は首を傾げた後、玄関から外に出て、そのパン屑がある場所まで移動した。そして庭に出て初めて気が付いたのだが、落ちていたパン屑は一つではなかった。パン屑は十数個――、まるで何かの道しるべのように転々と続いていたのだ。

「ヘンゼルとグレーテルか」思わず、そんな風にツッコむ。

すると背後から「やぁ、随分と早起きだね」とお気楽な声を掛けられた。声の主はカマンベールで、彼はパン屑に困惑している僕を不思議そうに眺めて言う。

「香澄、どうかしたの？　何だかマヌケな顔をしてるけど」

随分と失礼な物言いだ。僕は溜め息をついた後でカマンベールに事情を説明する。

「とにかく、このパン屑を追ってみよう」

僕はそう提案して、カマンベールと一緒にパン屑を追いかけることにした。

パン屑はしばらく行くと途切れていて、代わりに真っ黒な硝子でできたサイコロのような立方体と、折り畳まれたA４の紙が落ちていた。僕は首を傾げた後、ひとまず立方体の方を拾ってポケットにしまう。そしてA４の紙の方も手に取って、折り畳まれたそれを開いて、すぐに目を丸くした。

「こっ、これは」

「この屋敷の見取り図だね」とカマンベール。

確かにそれは屋敷の見取り図のようだった。そしてその見取り図には、真っ赤なサインペンでとある部屋に『○』印が付けられていた。

「ここは普段、誰も出入りしない空き部屋だね」とカマンベールが言った。「この屋敷は広いから、そういう部屋がいくつもあるんだ」

「空き部屋ねぇ」と僕は眉をしかめる。「ようは、この部屋に行けってことなのかな?」

この紙やパン屑を残した人物が誰だか知らないが、そいつの指示通りに行動するというのも癪に障る。ただ、その目的も気になるので、結局僕たちは素直にその部屋を目指すことにした。

カマンベールに連れられて屋敷の廊下を進み、やがてとある部屋の扉の前で立ち止まる。「こっちだよ」カマンベールはそう言って扉を開いたものの、その部屋には何もなかった。僕が首を傾げていると、カマンベールは「いや、そうじゃなくて」と肩を竦めた。

「この部屋も誰も出入りしない空き部屋だけど、目的の場所はここじゃないよ。地図に書かれていたのは、あそこだ」

そう言って、その部屋の奥の壁に設えられた別の扉を指差す。

僕は「なるほど」と頷いた後で、カマンベールの指差しているその扉へと近づいた。ドアノブは円筒状の形をした、いわゆる丸ノブで、僕はその丸ノブを摑んでくるりと回すと、そのままノブを引っ張って外開きの扉を開こうとする。でもデッドボルトの引っ掛かる感触があり、扉は開かなかった。鍵が掛かっている。鍵は鍵穴とドアノブが一体化したタイプだったが、その鍵穴には融けた金属が流し込まれていて穴が完全に塞がれていた。

「この鍵は確か単純なピンシリンダー錠で」とカマンベールが言った。「合鍵も簡単に作れたはず。でも、これじゃ鍵を挿すことはできないね。いったい、いつからこの状態だったんだか」

確かに鍵穴に流し込まれた金属には、表面にうっすらと錆《さび》が浮いていた。塞がれたのは随分と前なのだろう。ただし、普段誰も出入りしない部屋のため、誰もずっとそのことに気が付かなかったというわけか。

「とにかく、これじゃ中に入れないな」

僕はそう呟いた後、カマンベールに視線を向ける。

「この部屋に窓は？」

「もちろん、あるよ」と彼は答える。「回り込もう」

僕たちは一度庭に出て、その窓の方へと回り込んだ。そして窓から室内の様子を確認する。そこは畳敷きの部屋で、その畳の上――、鍵の掛かった例の扉の近くに誰かが倒れていた。髪の毛をポニーテールに結んだ浴衣姿の見知った女。それは昨夜祭りで殺された物柿双一花の死体のように見えた。

＊

その部屋の窓は嵌め殺しで、何人たりともその窓から室内に出入りするのは不可能だった。そして扉が施錠されているのも先ほど確認している。つまり、この部屋は密室で、物柿双一花と思《おぼ》しき死体はその密室の中にあることになる。おそらく昨夜の祭りで犯人に射殺された後、二つの集落を繋ぐ橋が爆破される前に、この屋敷のある『東の集落』へと運び込まれたのだろう。

僕がそのことをカマンベールに告げると、彼は困ったように眉を寄せた後、「ひとまず他の兄弟に知らせてくるよ」そう言って、玄関の方に走っていった。十分後、宣言通り物柿家の面々を連れて戻ってくる。

そこにいたのはメイド姿の女——、物柿家の四女の芽衣。そして、他に知らない人物が一人いた。三十歳前後の眼鏡を掛けたクールな容姿の男だ。

男はかなりの痩せ気味で、その目つきは人を見下すようだったが、顔立ちはなかなかの男前だった。

「本当だ、あれは確かに双一花のようだな」と男が窓を覗き込みながら言った。「信じられん、どうして双一花の死体が密室の中に」

「うん、そう。不可思議なんだ」とカマンベールは頷いた。「で、どうしよう、涼一郎《りょういちろう》くん。やっぱり、窓を破るべきかな？」

どうやら眼鏡の男は涼一郎という名前らしい。そして、僕はその名前をよく知っていた。何故なら涼一郎は物柿家の長男で、天才密室社会派ミステリー作家としてかなりの有名人であるからだ。

もっとも今やベストセラー作家の彼ではあるが、三年前までは本当にうだつの上がらない、ただの社会派ミステリー作家だった。彼はデビュー以来ずっと密室殺人と社会派ミステリーの融合を試みていたが、知っての通り密室と社会派ミステリーは相性が最悪だ。何故なら密室というものはミステリーにおけるフィクション性の象徴で、対する社会派ミステリーはリアリティーの権化なのだから。二つ合わさると電子と陽電子の対消滅のように互いの良さを消し去ってしまう。つまりは社会派ミステリーの中に密室を登場させてしまうと、それだけで物語のリアリティーラインが下がり、同時に社会派ミステリーとしての評価も下がってしまうということだ。だから密室と社会派の融合を試みた物柿涼一郎は、志こそは立派だったが、実際には空回りしていて世間の視線も冷たかった。でも三年前に起きたとある大事件によって、涼一郎の立場はそれこそ百八十度変わることになる。

その大事件とはもちろん、三年前に起きた日本で最初の密室殺人事件——、もっと言えばその事件に対する東京地裁の無罪判決だ。その判例によってこの国では密室殺人が起きるのが当たり前になり、同時に密室殺人におけるフィクション性は失われた。つまり、密室殺人が起きることこそがリアルとなった。そして同時に密室は大きな社会問題となり、それを小説という形で取り上げ、社会に問う需要が生れたのだ。いや、需要ではなく、それは義務であるのかもしれない。日本を揺るがす深刻な社会問題である以上、社会派ミステリー作家たちは『密室』というものをテーマに作品を書き、それを世に問う必然性が生れたのだ。だが、ここで唯一にして最大の問題が立ちふさがる。それはもちろん社会派ミステリー作家には、新規の密室トリックなど思いつかないということだ。密室を解くことができないからこそ犯人が無罪になるというのに、作中の密室が簡単に解かれてしまえば、そこにリアリティーは生れない。つまりとても皮肉なことに、今までリアリティーを武器に戦ってきた社会派ミステリー作家こそが、『密室』というテーマを扱った瞬間、逆にリアリティーの欠片《かけら》もない駄作を書いてしまうということだ。それは完全に密室ミステリーと社会派ミステリーの立場が逆転したことを意味していて、その構造の歪《いびつ》な変化にいち早く気づいたのが物柿涼一郎だったのだ。

年に百件以上の密室殺人が起きる密室黄金時代——、そこは密室と社会派ミステリーの融合を試みた涼一郎にとってまさに理想郷だった。奇抜なトリックを生み出す才と重厚な筆力——、そして社会や政治に対する鋭い視点を持つ彼は、瞬く間に文壇のスターダムへと上り詰めた。この三年で発行部数が百万部を超える単著を五冊も上梓し、物柿父一郎を除けば物柿家で一番の売れっ子となった。まさにこの密室黄金時代における寵児というわけだ。

そんな有名人の彼については名前を知らない人の方が少ないのだけど、もし彼のことを知らない人がいるならば、『涼』やかな眼鏡の『長男』の涼一郎と憶えるといいかもしれない。何だか夜月ならそんな風に憶えそうな気がする。

そんな涼一郎はカマンベールの発言を受けて、「まぁ、確かにお前の言う通り、窓を破るしかないだろうな」と言った。

「警察がやって来るまでに、少なくともあと七日は掛かるからな。それまで死体を放置しておくわけにはいかないだろう。現場を保存することよりも、死体が傷むのを防ぐことを優先させるべきだ」

その彼の物言いに、僕たちは頷いた。それを認めて、涼一郎は庭に落ちていた石を拾う。そして「たしか、ここの窓には普通の硝子が使われていたな」そんな風に芽衣に確認すると、手にしたその石で嵌め殺しの窓を叩き割った。

そんな彼らの言動に僕が首を傾げていると、「この村では外に面した窓はすべて強化硝子でできているんだけど」とカマンベールが事情を説明してくれる。「この屋敷は『箱』の中にあるから、あくまで室内と同じ扱いなんだ。だから屋敷の窓には普通の硝子が使われている」

そんな会話の間にも、涼一郎は石を使って窓の穴を人が通れるサイズまで広げていった。そしてその穴から僕らが中に入り扉の近くへと駆け寄ると、そこに倒れていたのはやはり双一花の死体のようだった。昨夜、彼女を祭りで見かけた際と同じ浴衣を着ているし、何よりも額に銃創がある。死体の後頭部を見たところ銃弾は貫通していなかったので、まだ弾丸は彼女の頭部に残されているものと思われた。

彼女の死体は扉から二メートルほど離れた位置にあり、寝返りを打ったような姿勢で横向きに倒れていた。顔は扉の方を向いていて、でも顔のすぐ傍には太い柱が立っている。だから扉側から見ると、柱で彼女の顔のほとんどが隠れてしまうというわけだ。唯一、眉から上だけが——、つまり銃創のできた額だけが覗いている。そして柱に隠れた死体の顔は口がわずかに開いていて、そこから彼女の赤い舌が見えた。舌には青い着色料が付いていていた。

僕は首を傾げつつ、ひとまず死体から目を離すと、今度は扉を調べようとそちらに視線を向けた。そして思わずギョッとする。

扉のドアノブは先ほど部屋の外からも確認したがスチール製の丸ノブで、鍵とドアノブが一体になった構造をしていた。鍵のツマミが扉ではなく、ドアノブと一体になっているタイプ。でも、僕はそのドアノブを見て強烈な眩暈《めまい》を感じた。何故なら、そのドアノブには硝子製のビールジョッキがすっぽりと覆い被さっていたからだ。

つまり、ドアノブ自体にビールジョッキで蓋がされている状態だ。これではドアノブに直接触れることができず、当然、ドアノブに付いた鍵のツマミも回転させることはできない。つまり、これは鍵のツマミに物理的な力を加え、施錠するタイプのトリックが使えないことを意味している。

ビールジョッキは接着剤で扉に貼り付けられた後、さらに透明なガムテープで何重にも扉に固定されていた。明らかに人の手によって貼り付けられたものだ。扉の下を確認するとそこには五センチほどの隙間があったが、この隙間から棒などを用いてビールジョッキを扉に貼り付けることは不可能だろう。縁に接着剤を塗ったジョッキをドアノブに被せることくらいは可能かもしれないが、そのあとのジョッキにガムテープを貼り付ける作業が無理筋だ。ガムテープはそれほどまでに無作為に貼り付けられていた。気ままに人の手でペタペタと貼られたものとしか考えられない。なので犯人が扉の下の隙間を使って部屋の外から糸でツマミを回転させた後、同じく扉の下の隙間を利用してジョッキをドアノブに被せたという可能性はないと断言できた。

でも、となると犯人はどうやって現場を密室にしたのだろう？　先ほど部屋の外で確認したことだが、この扉の外側の鍵穴には融けた金属が流し込まれ、穴が完全に塞がれていた。だから部屋の外から鍵を挿すことは不可能で、扉は部屋の中からしか施錠できないということだ。だが室内から扉を施錠してしまえば、今度は犯人が部屋から出られなくなる。室内には扉は一つしかなく、見渡す限り窓もすべて嵌め殺しだった。施錠された扉以外に犯人が脱出するルートはない。

だから、僕は断言する。この部屋はこの上ないほどに完璧な密室だった。

＊

屋敷で見つかった物柿双一花の死体。そして二つの集落を繋ぐ橋が落ちたことで、この『東の集落』は完全に孤立してしまっている。それはこの場所には警察はおろか、謎を解いてくれるような探偵役さえも一人もいないことを意味していた。つまり、状況は絶望的だ。

そこでふと、同じ文芸部に所属する黒髪の少女のことが頭を過る。

だが、彼女はここにはいない。なので、僕は彼女を頼りにすることはできなかった。

＊

探偵不在の状況に置かれているのは『西の集落』にいる夜月も同じだったが、幸いなことにこちらの問題は可及的速やかに解決しそうだった。

夜月はおっかなびっくり、朝食を食べているポニーテールの美人――、現代最高のミステリー作家である王城帝夏へと近づく。

「あのー、ちょっとよろしいですか？」

鮭の切り身を口に運んでいた帝夏は、小さく顔を上げて「ウチですか？」と首を傾げる。関西弁のイントネーションだった。

「はい、ウチです」と夜月は言った。そして、こほんと咳をして、神妙な顔つきで彼女に訊ねる。「ちょっと小耳に挟んだのですが、王城帝夏さんですか？」

「あっ、うん、そうやけど」と帝夏は不思議そうな顔で言って、やがて何かに気が付いたようにハッと目を丸くする。「あっ、もしかしてウチのファン？　もう、困ったわ。ウチ、今、プライベート中なんやけど」

帝夏はそう口にしつつも、トートバッグから嬉《うれ》しそうに文庫本とサインペンを取り出した。文庫の表紙には『密室探偵ピタゴラスの殺人三平方の定理』と書かれている。

「ほんまにな、ウチ、めっちゃプライベートやねん」と彼女は肩を竦めて言った。「でもな、これも何かの縁やさかい。せっかくやからサインしたげるわ。せやけど、貰《もら》ったら帰るんやで？　何せウチ、絶賛プライベート中やねんから」

帝夏はそう言って文庫本の表紙を捲ると、最初のページの余白の部分に手慣れた様子でサインをした。そして、ハッと名案を思い付いたように言う。

「せや、あんたの名前も入れてあげるわ。あんた、名前なんていうの？」

「ヨヅキちゃんね。ええ名前やなぁ。『夜の月』でええの？　ちょっと待ってな。ほら」

「夜月です」

帝夏は自身のサインの横に、嬉しそうに「夜月ちゃんへ」と書いた。そして、もののついでとばかりに、可愛らしい猫のイラストもそこに添える。

「はい、今日はこれで堪忍な」

帝夏はそう言って、サイン入りの『密室探偵ピタゴラスの殺人三平方の定理』を差し出してきた。夜月は差し出された文庫本を、しばしの間じっと見つめる。

そして、意を決して言った。

「えっ、何ですか、これ」

「えっ、ウチが夜月ちゃんのために書いたサイン本やけど」

「えっ、別にいらないですけど」

夜月がそう答えると、帝夏は目を丸くした。そして困惑したように言う。

「えっ、いらへんの？　ウチが夜月ちゃんのために書いたサイン本……」

「はい、そもそも私は帝夏さんの小説を一冊も読んだことがないですし。好きでもない作家のサイン本なんて落書きがされてるのと一緒というか」

「……」

すると、帝夏はいきなり泣き出した。

「ひぐっ、ううぅ」

「どっ、どうしたんですかっ？　帝夏さんっ！」

「どうしたんですか……、ちゃうわっ！　えっ、何？　何でそんなに素で驚いてんの？　夜月ちゃんって、もしかしてサイコパス？　ウチが泣いてる理由なんて、一つしかあらへんやろうがっ！」

「えっ、えーと」

何だろう、素でわからない。夜月はしばし悩み、やがてハッと気が付いて言う。

「もしかして、私が帝夏さんの小説を読んだことがないってことですか？」

「ちゃうわっ！　いや、それもあるけどなっ！　普通、こんな風にサイン本を差し出されたらな、欲しくなくてもニコッと笑って『ありがとうございますっ！』って言うもんなんやっ！　それが大人の常識ってもんやろうがっ！」

「たっ、確かに」

まったくもってその通りだったたっ！　でも夜月もいろいろとテンパっていたため、つい本音が出てしまったのだ。何せ、事件の解決を依頼しに行ったらサイン本を渡されたわけなので。それは「いや、いりませんけど」みたいな反応になるというものだ。

「もうええわ、さっさと帰りな。味噌汁がマズなる」

　帝夏は酷《ひど》く不機嫌な口調で、しっしっと夜月を追い払う。追い返されそうになった夜月は、食い下がるように口にした。

「あっ、いえ、ちょっと待って。私、帝夏さんに用事があって来たんです」

　すると帝夏は眉をひそめて、「夜月ちゃんってサイコパス？」と言った。

　また、サイコパス扱いされてしまった。帝夏は、ぐすっと鼻を啜《すす》りながら、渾身《こんしん》のサインが書かれた『密室探偵ピタゴラスの殺人三平方の定理』をトートバッグにしまう。そこには他にもサインを求められた時のために用意していると思われる文庫本が何冊か入っていた。悲しい。これが現代最高のミステリー作家の姿か？

「あの、やっぱりサイン本貰いましょうか？」

「そんな同情するような顔で言わんといてやっ！　マジで腹立つからっ！」

　夜月は椅子を引いて、そんな帝夏の正面の席に座る。そして腕を組んで言った。

「でっ、本題なんですけど」

「あんた……、ほんまにサイコパスやろ」

「サイコパスじゃないです。どちらかというとサイコメトラーです」

「ほんまに？」

「中学生の時に、そういう能力があると思い込んだことがあります」

　夜月のその言葉に、帝夏はハッとした。

「ウチと一緒や……」

一緒だったたっ！　こうして夜月と帝夏は意気投合し、見事に打ち解けることに成功したのだった。

＊

「でっ、本題っちゅうのはなんや？」

朝食を終えた帝夏は、女将原が運んできた食後のコーヒーを飲みながら言った。夜月も同じくコーヒーを貰い、そこにドバドバと砂糖を入れる。

「念のために確認しますが、帝夏さんは昨夜の事件をご存知ですか？」と夜月はコーヒーを混ぜながら話を切り出す。「夏祭りで物柿双一花さんが撃たれた事件と、村の若者の村若さんが人体発火で焼け死んだ事件」

「ああ、もちろんや」と帝夏は言った。「ウチがこの宿に泊まっとるのも、その二つの事件が原因やからな。というのも、ウチはもともと客人として物柿家の屋敷に招かれとるんや」

「あっ、そうだったんですね」

「せやせや、正確には編集部の締め切りに追われて、物柿家の屋敷に逃げ込んだっていうのが正しいんやけど」

ダメな作家だった。

「それがかれこれ、半年前」と帝夏は遠い目をしながら言った。「それ以来、ウチはずっと物柿家にお世話になっとるんよ。もともと数年前から、この屋敷にはちょいちょい遊びに来とったんやけどな。せやから、双一花ちゃんの件は残念やった。何考えとるんかよくわからん子やったし、三つ子でセリフを順番に喋っていくのも聞き取りづらかったけど、それでもやっぱ、知り合いが死ぬのは悲しいもんや」

帝夏はそう言いつつ、コーヒーを一口啜る。そして「苦いな」と顔を顰《しか》めた。夜月は砂糖を一杯掬《すく》い、それを帝夏のコーヒーに入れてあげた。

「でも、帝夏さんは物柿家の屋敷に住んでいるのに、どうして昨夜はこの旅館に泊まったんですか？」

夜月がそう訊ねると、帝夏は砂糖の入ったコーヒーを眺めながら言った。

「決まっとるやろ、昨日の事件で橋が落ちたからや」

「橋ですか？」

「せや、『西の集落』と『東の集落』を繋ぐコンクリート製の橋や」

その言葉に、ようやくピンとくる。

「もしかして、橋が落ちたから物柿家の屋敷に戻れなくなったってことですか？」

「そうや、ウチも昨夜の祭りに来てたんやけど、帰り道がなくなってしもうたからな。せやから、しかたなくこの旅館に泊まることにしたんや」

夏祭りが開かれたのは『西の集落』で、物柿家の屋敷は『東の集落』にある。もっとも『東の集落』に住んでいるのは物柿家の人間だけらしいので、橋が落ちたせいで家に戻れなくなったのも物柿家の関係者だけなのだろうが。

「それで、昨夜の事件がどうかしたんか？」と帝夏が頬杖をついて訊ねる。夜月はそれに首を振って言った。

「いえ、昨夜の事件はどうでもいいんですけど」正確には、どうでも良くないが。「実は今朝、新たに別の事件が起きたんです。それも、なんと密室殺人が二つも起きて」

「密室殺人が二つも」と帝夏は呆れるように言った。「世紀末やな」

「まだ二十一世紀の前半ですけど」

「ちなみに、殺されたのは？」

「物柿双二花さんと、物柿旅四郎さんです」

「どっちも物柿家の人間か。なんや、きな臭いな。やっぱり、遺産目当てやろか」

そういえば父一郎の死により、遺産争いが発生しているのだったか。確かに物柿家の人間が死ねば死ぬほど、一人当たりの遺産の取り分は増えることになる。

「ちなみに、物柿家って何人兄弟なんですか？」

「九人兄弟や。父一郎の奥さんは何年も前に亡くなっとるから、遺産を相続できるのは兄弟のみ。そして、その権利を持った人間は全部で九人おったつうことになるな」

「えっと、ということは」すでに双二花と旅四郎の二人が死んでいるので、遺産の相続人は現在七人。いや、昨晩の祭りで双一花が射殺され、さらに双三花もひと月前に行方不明になっているから、残る相続人はたったの五人ということか。

「九人のうち三人が殺されて、一人が行方不明……」

なかなかすごい状況だ。これは一刻も早く解決しなければマズいような気がする。

「というわけで、帝夏さん」

「何でしょう」

「帝夏さんに今回の事件の謎解きをお願いしたいんです」と夜月は拳をグッと握って言った。「何せ、クローズドサークルになって警察が来れないわけですから、誰か探偵役が必要で。その役を任せられそうなのが帝夏さんしかいないんです。小耳に挟んだんですが、帝夏さんはかつて連続密室殺人事件に巻き込まれて、それを見事に解決したことがあるのだとか。えーっと、たしか」

「『八甲田山五連続密室殺人事件』やな」

帝夏は事件の名前を素早く応える。たぶん、普段から自慢しているんだろうな――、誰もがそう確信するくらいの素早さだった。

彼女は、うんうんと頷いて言った。

「いや、あれは難事件やった。次々起きる密室殺人に二転三転する展開……、まさに圧巻やった。ウチがおらんかったら確実に迷宮入りしとったやろうな」

言い方はちょっと鼻に付くが、とにかく頼りになりそうなのは間違いないっ！

「というわけで、ぜひともカを貸してくださいっ！」なので、夜月は身を乗り出して彼女に言った。「ぜひ、今回の事件も解決をっ！」

すると夜月のその熱弁に、帝夏は何故だか、すんとした態度を見せた。そして面倒くさそうに髪の毛をいじりながら言う。

「残念やけど、それはできへんなぁ」

「えっ、どうしてですか？」

「ウチは超人気作家やねん。書かなあかん原稿が仰山溜まっとるんやわ」

「でも、さっき物柿家でお世話になっているのは締め切りから逃げてきたからって言ってませんでしたっけ？」

その言葉に、帝夏は「うぐっ」となる。そして取り繕うように言った。

「だからこそ……、だからこそや。だからこそ今は原稿に本腰を入れなあかんのや」

なるほど、それは残念だ。

「わかりました、なら仕方がないですね」

どうやら他を当たるしかなさそうだ。そう思い夜月が席を立とうとすると、帝夏が「ちょっ、ちょい待ちっ！」と慌てたような口調で言う。「どこへ行く気や」

どこへ行くと言われましても。

「いや、帝夏さんに探偵役を断られたので他を当たろうかなと」

「……ウチはまだ断ってへんぞ」

思いっきり断ってたような気がするが。

帝夏の珍妙な態度に、夜月はちんぷんかんぷんになる。対して帝夏は何故かモジモジしていた。物凄く、何か言いたそうな顔。それを見て、さすがの夜月もピンとくる。

「もしかして、やりたいんですか？　探偵役」

「……うん」

「じゃあ、どうして断ったりなんか」

「だって、カッコ悪いやん、前のめりの探偵なんて」と帝夏は唇を尖らせる。「こういうのって、普通は依頼人に懇願されて仕方なくって感じのが多いやん。ウチ、そういうのに憧れるねん」

めちゃくちゃ面倒くさい人だった。まぁ、気持ちは少しわかるが。

＊

こうして帝夏を仲間に加えた夜月は、まずは八つ箱村の自治会の蔵――、物柿旅四郎の首吊り死体が見つかった『蔵の密室』を調べることにした。なので二人で蔵に向かう。帝夏の身長は百六十センチほどだったが、手足が長いためもっと背が高いような錯覚を覚える。

蔵へと到着すると夜月は、まずできるだけ詳細に帝夏に現場の状況を説明した。そして蔵の床――、首吊り死体の周囲に撒かれていた大量の原稿用紙に視線を向ける。

「まず私が気になっているのは、どうして床に原稿用紙の束が撒かれていたのかってことなんですけど」

いわゆる、ホワイダニットというやつだ。考えられる可能性としては――、

「やはり、犯人が何かしらのトリックに利用するために撒いたんでしょうか？」

すると夜月のその発言に帝夏は少し考えて、「ちゃうな、おそらくその逆や」そんな風に答えを返した。それに夜月は面喰らい、首を傾げて彼女に訊いた。

「えっ、どういうことですか？」

「犯人はとあるトリックを使った可能性を否定するために、床に原稿用紙を撒いたっ

つうことや」

　言ってる意味がわからない。「つまりやな」と帝夏は言葉を続けた。

「この密室は完璧に見えるけど、実はとあるトリックを使うと簡単にこの状況を再現することができるんや。まず、蔵の出入口に仕掛けられた監視カメラ――、あのカメラには死体発見時から二十四時間分の映像――、昨日の午前八時から今日の午前八時までの映像が残っていて、そこには犯人を含めて誰一人として姿が映っていなかった。でも被害者の死亡推定時刻は今日の午前一時から二時の間だから、本来ならばそこに蔵に出入りする犯人の姿が映っていなければおかしい。この前提が『蔵の密室』を密室たらしめている根拠や。でも、この密室状況には実は簡単な抜け道があって、とある手段を取ることによって、その抜け道を通ることができるんや」

「とある手段？」

「遠隔殺人や」と帝夏は言った。「犯人が蔵に出入りしたのは、監視カメラの映像が残っている時間帯よりもずっと前で、例えば死体の発見時刻の一日半前――、三十六時間前くらいやったんや。当然、被害者も犯人と同じ時間帯に蔵に入った。誘い込まれたのか眠らされて連れ込まれたのかはわからんけどな。そこで犯人は一定の時間が経《た》つと被害者が自動的に首を吊るような仕掛け――、つまり、遠隔殺人トリックを施して蔵を出た。この時間帯の映像は後で自動で消去されるから、犯人の姿は記録に残らへん。そしてそこから一定の時間が経ち、被害者の死亡推定時刻である今日の午前一時から二時になったタイミングで、事前に仕掛けた遠隔殺人トリックが発動して被害者は首を吊る。こうすることで犯人は被害者の死亡推定時刻に蔵に出入りすることなく被害者を殺すことができ、見事に現場の密室状況が完成するっちゅうわけや」

「なっ、なるほど」その説明に夜月は感心する。

蔵が密室だったのは、カメラの映像が残っている二十四時間の間だけだ。それより前の時間帯ならば、自由に蔵に出入りすることができる。その際に遠隔殺人トリックを仕掛けておけば、確かに現場を密室にすることができるというわけだ。

「ただし、今回の場合は大きな問題があってな」と帝夏はすぐさま前言を撤回するようなことを言う。「それは現場となったこの蔵には、遠隔殺人トリックに使えそうなものが何もないということや。もちろん、外からいろいろと道具を持ち込めば遠隔殺人は可能やけど、そうすると今度はその道具を回収することができんくなるからな。何せ、被害者の死亡推定時刻には、現場は密室状態やったんや。つまり蔵に出入りできへんから、トリックに使った道具を現場から持ち去ることも同じくできなくなるんや」

夜月はそれに「むぅ」と唸る。せっかく活路が見えたというのに、また暗闇に突き落とされた気分だ。でも、帝夏の言うことももっともだ。遠隔殺人を行えば現場に何かしらの証拠が残るはずだが、現場が密室であった以上、その証拠を回収することはできない。

「ただし、まったく手段がないわけやない」と帝夏は人差し指を立てて言う。「密室から証拠を回収することができないなら、その証拠自体を密室の中から消し去ってしまえばええんや。つまり、氷を使えばええ。例えば氷で十字架なんかを作って、そこに被害者を磔《はりつけ》にする。そうすると磔にされてるわけやから、被害者の体は立ったまま固定されるやろ？　その状態で首吊り用のロープの輪を被害者の首に引っかけておくんや。こうすると時間が経てば氷の十字架が融けるから、磔にされとる被害者の体はだんだんと倒れていって、地面に近づいていくやろう？　そして、どこかのタイミングで十字架の支えを失って自動的に首を吊る。つまり、氷を使えば遠隔殺人トリックを実現することができるんや」

その説明に夜月は「なるほど」と思う。氷で被害者を支えることで、自動的に首を吊らすトリックというわけか。

「でも、このトリックにも一つ問題がある。それはトリックに使った氷が融けると水になるっちゅうことや」

「氷が融けると水になる？」

それは当たり前のことだ。それのどこに問題が？　夜月はちんぷんかんぷんな顔をして、もう一度床に散らばった原稿用紙を眺めた。そして、ハッと目を丸くする。

「もしかしてっ！」

「ああ、その通りや」と帝夏は頷く。「氷トリックを使うと、床に撒いた原稿用紙が濡れてしまうんや。紙は濡れるとシワシワになって、元に戻すことができなくなるからなぁ。でも、実際には床の原稿用紙に濡れた跡は見当たらんやろう？　つまり、氷トリックは使用されてないということや。ドライアイスを使った場合も同様やな。冷気で結露した水が、同じく原稿用紙を濡らしてしまうからな。そして犯人はそのことをウチらに伝えるために、蔵の床にわざわざ大量の原稿用紙を撒いたんや」

　つまり、この密室は氷やドライアイスによる遠隔殺人トリックを使えば簡単に作ることができるから、犯人はそれらが使えないように原稿用紙を撒いたということか。

「じゃあ、次の謎は『犯人はどうして被害者の足を生きたまま切り落とし、それをまた繋げたのか』ですね」

　夜月はそんな風に告げる。それはある意味、この事件における最大の謎とも言える。

「まぁ、確かに。けったいな謎やなぁ」と帝夏も眉根に皺を寄せて言った。「何ちゅうか、猟奇的や」

「じゃあ、犯人に猟奇趣味があったってことですかね？　あるいは、被害者に強い恨みがあったとか？」

「まぁ、その可能性はある。一番ありそうなのは見立てやけどな。でも、この村にはそんな言い伝えはないしな。短歌も手毬歌《てまりうた》もない」

「確かに」その手の言い伝えがないというのは駐財田も言っていた。

「となると、犯人は『見立て以外の目的』で足を切断したことになるな。そして、そこには犯人なりの必然性があったたっちゅうことや」

帝夏はそんな風に言って、頭をくしゃくしゃ掻いた。そして、「うーん」と唸りながら、蔵の中をうろうろする。

「それに死体の発見された位置も気になるな。どうして、あんな壁を背にするように首を吊ってたんやろ」

帝夏は梁に結ばれている首吊り用のロープに視線をやった。ロープは壁際に極めて近い位置に垂れ下がっていた。それにより被害者の旅四郎は、壁に背が触れるくらいの位置で首を吊っていたのだ。確かに、これは気にかかる。首を吊るなら、もっと蔵の中央辺りでも問題ない気もするが。

「それに首の吊り方も気になる」と帝夏は言った。「ほら、被害者は地面に足を着けて、膝を折り曲げた状態で首を吊っとったんやろ？　どうしてそんな首の吊り方をしたんやろ。もっとロープを短くしたら足が地面に着かなくなるから、普通の首吊り死体と同じように首を吊れるはずなのに」

「えっと、つまり？」

「つまり、ロープが長いのにも意味があるっちゅうことや。そこに何かしらの意図がある――、そう言い換えてもええな」

夜月は「なるほど」と思いつつ、今まで現場に残されていた謎について整理してみることにした。

残された謎は全部で三つ。すなわち、

①何故、被害者の足は一度切断され、再び繋ぎ合わされていたのか？
②何故、被害者は壁を背にした状態で首を吊っていたのか？
③何故、首吊りに使われたロープは不必要に長かったのか？

これらが導き出す答えとは？

「そうか、わかったわっ！」突然、帝夏が叫び出す。「やっぱり、うちは天才やっ！」

「えっ、本当に謎が解けたんですか？」

夜月が半信半疑で訊くと、「モチのロンやで、夜月ちゃん」と帝夏は嬉しそうに言う。そして、人差し指を立てて続けた。

「さっきウチは、犯人が遠隔殺人トリックを使ったことを否定したやろ？　でも、やっぱり犯人は遠隔殺人トリックを使ったんや。もちろん、氷を使ったトリックとはまったく別のトリックをな。そして犯人はそのトリックを使うことで、犯行時刻に蔵の外にいながら被害者を殺害したんや」

＊

「それじゃあ、説明しようか。犯人の使ったトリックを」帝夏は改めてそう言うと、小さく咳をして告げる。「結論から言うとな、犯人は死後硬直を利用したトリックを使ったんや」

「死後硬直を利用したトリック？」

死後硬直というと、アレか。人間が死んでしばらく経つと、全身の筋肉が徐々に硬直していくという死体現象のことか。この筋肉の硬直具合を調べることによって、被害者の死亡推定時刻を算出することができるという。

「でも、その死後硬直を使って、どうやって遠隔殺人を行うんですか？」

夜月がそう訊ねると、

「死体の死後硬直は、死後から一定の時間が経つと解けるという性質があるんよ」と帝夏は言った。「夏だと、だいたい二日くらいで解けるんやったかな？　まぁ、この村は鍾乳洞の中にあるから、気温的には秋に近い。だから、実際には硬直が解けるのに二日半から三日くらいは掛かるんやろうけど、とにかく死後硬直した状態の被害者を壁に寄り掛からせておけば、被害者の体は硬直して固いから、木の板を壁に寄り掛からせているみたいに非常に安定した状態になる。勝手に倒れたりしないってことやな。で、この状態の被害者の首に首吊り用のロープの輪を引っ掛けておく。ここから一定の時間が経って死後硬直が解けると、被害者の体が柔らかくなって床に倒れるから、そのタイミングで首を吊って死亡するというわけや」

その帝夏の説明に、夜月は「なるほど」と思った。つまり、犯人はあらかじめ蔵に入ってその仕掛けを施しておいた。そして蔵が密室になっている時間帯――、正確には検死が行われた時刻の七時間から八時間ほど前に、死後硬直が解けることによって仕掛けが発動し、被害者は自動的に首を吊ったということか。これならば確かに、犯人は密室の中に入らずとも被害者を殺害することができる。

そしてこれにより、現場に残されていたいくつかの謎も解明することができる。

『②何故、被害者は壁を背にした状態で首を吊っていたのか？』

これはもちろん、死後硬直した被害者の体を壁によって支えるためで、

『③何故、首吊りに使われたロープは不必要に長かったのか？』

こちらは被害者が床に倒れるまで、首を吊らないようにするため。つまり、被害者が立った状態だと、ロープの長さに遊びがあるため被害者は首を吊らないが、被害者

が床に倒れ込めば、被害者の首の位置が地面に近づくので首を吊るというわけだ。

「でも」

残る一つの疑問、すなわち『①何故、被害者の足は一度切断され、再び繋ぎ合わされていたのか？』については、どのように説明するのだろう？　帝夏の示したトリックでは、この疑問は解消しない気がする。それに、もう一つ気になるのは、

「死後硬直って、当然、被害者が死なないと起きないんですよね？」

帝夏の説明したトリックは、被害者が死後硬直していることを前提としたトリックだ。でも死後硬直しているということは被害者は当然死んでいるはずで、死んでいる人間はもちろん首を吊っても新たに死ぬことはない。つまり被害者は首を吊ったタイミングで死亡したのではなく、蔵に遠隔殺人トリックが仕掛けられたタイミングですでに殺されていたということになり、これは検死による被害者の死亡推定時刻と明らかに矛盾する。つまり、帝夏の推理は間違っているということになってしまうのだ。

「ああ、そうやな」と夜月の疑問に帝夏は頷いた。「だからこその『①』や」

「『①』？」

「『①何故、被害者の足は一度切断され、再び繋ぎ合わされていたのか？』」帝夏は人差し指を立てて言う。「つまり足を切ったことが、今回の遠隔殺人トリックの肝の部分ということや。そこで夜月ちゃんに質問なんやけど、犯人が被害者の足を切り落と

したことによって、その切り落とされた足には何が起きたと思う？」

「被害者の足に何が起きた？」

夜月はそう反芻《はんすう》しつつも、ひどく困惑した。質問の意図がわからない。切り落とされた足に何が起きたかって？　そもそも何か起きるのか？　足を体から切り離したからって……。

そこまで考えて、夜月はようやく帝夏の言いたいことに気が付いた。すなわち――、

「切断された足のみが死後硬直したってこと？」

足を切断したことにより、被害者の足と胴体は完全に分離した。じゃあ、ここである疑問が出てくる。この時、被害者の足は生きているのか、それとも死んでいるのかという疑問だ。これは決して哲学的な意味ではなく、生物学的にどうかという問題で――、
結論は決まっている。もちろん、『死んでいる』だ。だって切り離した足を放置しておけば、いずれ腐敗が始まるから。そして『死んでいる』のであれば、当然、死後硬直は起きる。被害者は生きていても、切り離された足のみが『死んで』、やがて硬直を始めるのだ。

そして犯人は死後硬直した足を、テーピングを使って再び被害者に繋ぎ合わせた。

「犯人はこの状態の被害者を、蔵の壁に立てかけたんや」と帝夏は言った。「被害者

の足は死後硬直により棒のように固くなっとるから、上手くバランスさえ取ってやれば、被害者の体は立ったまま安定して決して倒れることはない。被害者に強力な麻酔薬を投与していたとしたら、被害者の胴体部分は眠ったまま動くことはないからなぁ」

その説明を聞きながら、夜月は試しに足をピンと伸ばしたまま、蔵の壁に寄り掛かってみた。足を肩幅くらいまで開くと、かなり姿勢は安定する。確かにこれならば被害者を立ったまま壁に寄りかけることは可能そうだ。

「そして、その状態の被害者の首に首吊り用のロープを掛ける」と帝夏は首にロープを掛けるようなジェスチャーをしながら言った。「こうすれば一定の時間が経てば足の死後硬直が解けるから、そのタイミングで被害者の体は支えを失い、地面に向かって倒れ込む。この時、足の膝を少し曲げた状態で死後硬直させておくのがポイントや。その方が死後硬直が解けた際に、膝がカクンと曲がりやすくなって、体が倒れやすくなるからなぁ。そして体が倒れたことによって、被害者はそのタイミングで首を吊る。こうして犯人は蔵の外にいながら、被害者の首を吊らすことに成功したんや」

その説明に夜月は頷いた。これで遠隔殺人――、すなわち密室殺人は完成だ。

そんな夜月の様子を見て、帝夏はふふんと鼻を鳴らす。

「ほな、次に行こうか。次は双二花ちゃんが殺された『別荘の密室』の謎解きやな」

第２の密室（蔵の密室）のトリック

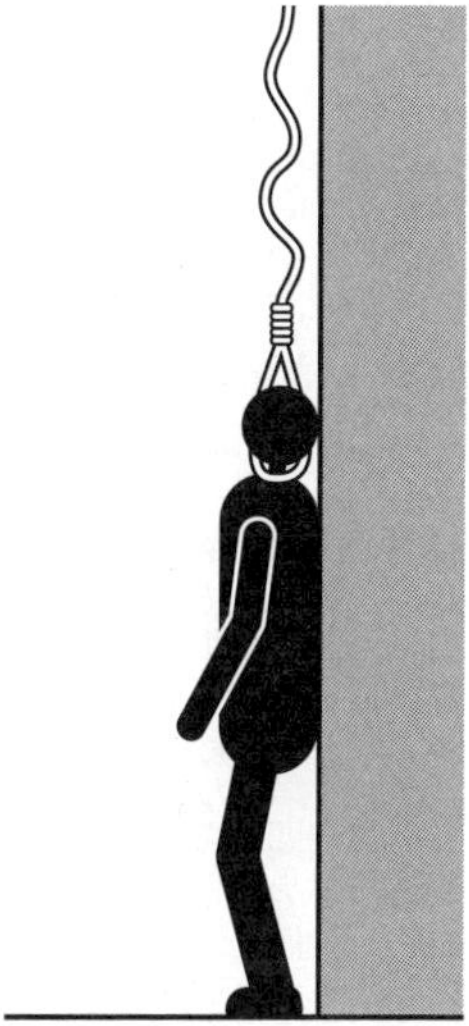

膝を少しだけ曲げた状態で
被害者を壁に寄り掛からせる

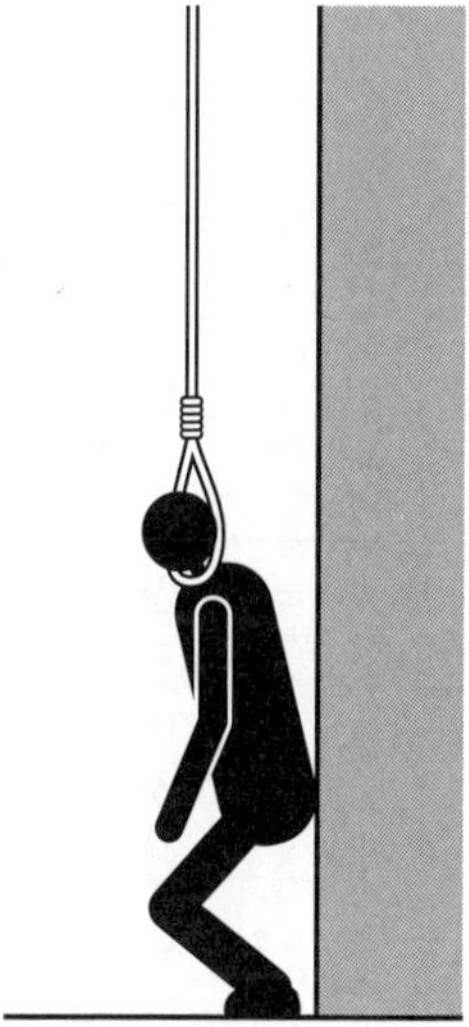

足の死後硬直が解けることで
膝が曲がり被害者が自動的に首を吊る

＊

事件の起きた別荘に帝夏を案内すると、夜月は現場の状況をできるだけ細かく説明した。帝夏は「ふぅむ」と頷いた後、まずは扉の下の隙間を確認する。

「扉の下に隙間はないみたいやな」

確かに彼女の言う通り、扉の下に隙間はない。なので、施錠に使った鍵を扉の下の隙間から室内に戻すことはできないということだ。もちろん、室内扉なので空気が出入りできるくらいの隙間はあるのだろうが、少なくとも鍵や糸を通せるような隙間は存在しなかった。

そして扉と左右の壁の距離はそれぞれ七メートルほどあった。室内にはほとんど物がなく、家具はエアコンと南西の角にベッドが一つ置かれているくらいだったので、ただでさえ広い部屋がよりいっそう広く感じられる。

室内には窓が二つあったが、どちらの窓も嵌め殺しのため、犯人がそこから出入りすることは不可能だった。なので、犯人が出入りできるルートは扉だけだ。ただし、その扉には内側に鍵のツマミがなく、その代りに鍵穴が付いている。すなわち、部屋の中から扉を施錠する際にも鍵が必要だということだ。そして、その鍵は双二花の死体の傍——、扉から十メートルほど離れた位置に落ちていた。

「気になるのは」とそこで帝夏が言った。「犯人は何故、わざわざ被害者の服を着替えさせたのかってことやな。そこに何かしらのヒントがありそうな気がする」

双二花の死体には胸に刺された痕があったが、彼女の着ていた服には刃物で刺した際にできるはずの穴は存在しなかった。これは犯人が双二花を刺した後、その服を脱がせて別の服を着せたことを意味している。でも、となると当然、犯人は何故双二花の服を着替えさせたのかという疑問が出てくる。いわゆる、ホワイダニットだ。

そこで、夜月はハッと名案を思い付く。なので、それを得意気に帝夏に語った。

「例えば犯人が被害者を襲った際に、被害者の思わぬ抵抗に遭って怪我をしてしまったというのはどうでしょう？　そしてその傷から出た血が被害者の衣服に付いてしまったというのは？」

「だから服を着替えさせて、血の付いた衣服を現場から持ち去ったっちゅうわけか」

帝夏は、ふむと頷いて言った。「定番のアイデアだが、ありえへんこともないな」

定番のアイデアだったのか。自信満々に言ったのがちょっと恥ずかしい。

「じゃっ、じゃあ、いったい犯人は何のために服を着替えさせたんですか？」

夜月は羞恥でちょっと赤くなって言う。すると帝夏は腕を組んで、「それに関しては、ちょっとアイデアがあるんや」と答えた。

「というか、たった今思いついたんやけどな。たぶん、犯人が服を着替えさせたのは、被害者の胸の傷口を隠すためや。いや、言い方が正しくないか。うーん、なんやろ。説明が難しいな」

そんな彼女の言い分を聞いて、夜月は「もしや」となった。

「ひょっとして、帝夏さん」おずおずと夜月は訊いた。「もしかして」

「ああ、その通りや」と帝夏は頷く。「ウチ、この密室の謎が解けたかもしれん」

「まっ、マジですか」

随分と速い。すると帝夏はそんな夜月の態度に気を良くしたのか、こほんと小さく咳をした。そして得意げな表情で、こう宣言する。

「ウチの推理が正しければ、犯人は双子トリックを使ってこの密室を作り出したんや」

＊

「双子トリック？」帝夏のその言葉に、夜月は目を丸くする。「それって、双子を使ったトリックのことですか？」思わず、そのまんまのことを言ってしまう。

「せやな」と帝夏は言った。「いわゆる、双子のすり替えトリックのことや。ミステリーの世界にはな、一卵性双生児を使ったトリックっちゅうもんが存在すんねん。もっとも、今回犯人が使ったのは双子やのうて三つ子やけど」

「双子じゃなくて三つ子？」

「せや、夜月ちゃんも聞いとると思うけど、今回の被害者である双二花ちゃんには、双一花ちゃんの他にも双三花ちゃんっていう姉妹がおるやろ？　双一花、双二花、双三花の三人で三つ子やから」

その情報は、以前に女将原から教えてもらったので知っていた。でも、その双三花は――、

「現在、行方不明になっているんですよね？」

ひと月ほど前に行方不明になって、おそらくもう死んでいる――、女将原は夜月たちにそんな風に話したのだ。

「せや、確かにその通りや」と帝夏は言った。「でも、その双三花ちゃんが実は生きていたとしたらどうや？　つまり実際には行方不明になったんじゃなくて、犯人に連れ去られ、今までどこかに監禁されていたとしたら？」

「双三花さんが生きている？」

確かにそれならば、犯人は双子トリックを使用することが可能になる。

「まぁ、本来やったら双一花ちゃんと双二花ちゃん――、その二人さえいれば双子トリックは使用可能なんやけど」と帝夏はポニーテールの毛先を撫でる。「知っての通り、

双一花ちゃんは夏祭りで頭を撃たれて頭部に銃創ができてしもうたからなぁ。その銃創が目印代わりになって、双子の交換に使用できなくなってしもうたんよ。でも、行方不明の双三花ちゃんなら当然、頭部に銃創はない。つまり、双二花ちゃんと双三花ちゃんなら入れ替わることは可能っちゅうわけや」

夜月はその説明に「なるほど」と相槌を打つ。そして首を傾げて言った。

「そこまでは理解できましたけど、でも、双子トリックをどう使ったというんですか？　双子トリックを使ったからって、この密室を再現できるとは思えませんけど」

何せ、被害者の双二花は鍵の掛かった部屋で殺されていたのだから。双子トリックを使ったからといって、扉に鍵が掛かるはずがない。だって双子トリックってたぶん、そういう使い方をするものではないのだから。

「それは確かに、ヨヅキーヌの言う通りやな」

ヨヅキーヌって誰だ。

「でもな、双子トリックを使えば、確かにこの密室状況が再現できるんや。せやから、今からそれを説明するで」帝夏はそう語り出す。「まず、どうやって扉に鍵を掛けたのかやけど、結論から言うとな、扉に鍵を掛けたのは被害者である双二花ちゃん本人や。双二花ちゃんは昨夜この別荘の中に入ると、そのまま自分で部屋の鍵を掛けたんや。部屋の中から、扉の内側に付いた鍵穴に鍵を挿してな」

なるほど、だから扉に鍵が掛かっていたのか。でも、となると次の問題が生じる。すなわち、鍵の掛かった部屋の中にいる双二花をどうやって殺すのかという問題だ。だって犯人が双二花を殺すには、部屋の中にいる双二花に扉を開けてもらう必要があって、その時点で扉は鍵の掛かっていない状態に戻ってしまうのだから。

「でもな、一つだけ手があるんや」と帝夏は言った。「ずばり、犯人が密室の中に入らずに双二花ちゃんを殺せばええんや。双二花ちゃんが自ら鍵を掛けたことにより、現場は密室状態になった。なら、もし犯人が扉を開錠せずに双二花ちゃんを殺すことができたとしたら、別荘は密室のまま存在し続けることになるやろう？」

それは確かに……、その通りではあるのだけど。

「でも、どうやって殺すんですか？」

「それはな」と帝夏は人差し指を立てる。「ガスや」

「ガス？」

「ああ、犯人は玄関の扉から別荘の中に入ると、その玄関で致死性のガスを焚《た》いて、玄関の内部にそのガスを充満させたんや。どんなガスかまではわからへんけど、例えば大量のドライアイスを使って二酸化炭素を発生させたのかもしれん。そしてそのガスは扉のわずかな隙間から双二花ちゃんのいる部屋へと侵入し、そこにいる彼女を中毒死させる。この村の家屋の出入口の扉はどれも気密性の高い鉄扉が使われとるけれど、室内扉やったら空気が通る隙間くらいはあるはずやからな。こうして犯人は密室の中に一歩も入らずに、見事双二花ちゃんを殺害することができたっちゅうわけや」

帝夏のその言葉に、夜月は目を丸くする。確かに、その方法ならば双二花を殺すことは可能だ。そしてそれはすなわち、現場の密室状況を作り上げることが可能だということを意味している。完璧だ、矛盾はない。夜月はうんうんと頷いて、ふと、「いや、ちょっと待ってほしい」という気分に陥った。

いや、ぜんぜん完璧じゃない。矛盾がありまくりだ。だって——、

「双二花さんの死因はガスじゃなくて、胸を刺されたことによるものなんですけど」

つまり、刺殺だ。胸に刺し傷があり、さらにその刺し傷には生活反応が見られたので間違いない。つまり、帝夏の推理はとんでもない大外れだということだ。

夜月が抗議の目を向けると、帝夏は「ふっふっふっ」と笑い出す。

「甘いなぁ、ヨヅキーヌ、ヨヅキーヌは」

だから、ヨヅキーヌって誰だ。

「えっ、どこが甘いんですか?」

「ええか、よう考えてみい」と帝夏は言った。「確かに双二花ちゃんの胸には刺創があった。でも、夜月ちゃんがその刺創を確認したのはいつや?」

「えっと」

いつだろう？　夜月はしばし記憶を辿る。えっと、死体発見時——、ではない。あの時は現場に居合わせた夜月と駐財田には検死ができないので、医者の医三郎を呼びに行ったはずだ。そして医三郎から蔵で旅四郎の首吊り死体が見つかったと聞かされて、まずは蔵に向かった。そして蔵の現場検証を終えた後で、別荘へと戻ったのだ。そこで初めて双二花の検死が行われて、胸の刺創も発見された。

夜月のそんな説明に、帝夏は「その通りや」と頷いた。

「つまりな、死体が発見されたタイミングでは、双二花ちゃんの胸に刺創があることは確認されていないんや。そして夜月ちゃんたちは医三郎くんを探すために、一時的に別荘を離れたやろ？　だからこの時、別荘は無人の状態になったわけやから——」

別荘に誰かが侵入するのは容易《たやす》いというわけか。その誰かというのは、もちろん犯人のことで、きっと犯人はどこかから別荘を監視し、そこが無人になるタイミングを見計らっていたのだろう。

「そして、ここでようやく双子トリックの出番っちゅうわけや」と帝夏は言った。「犯人はあらかじめ村のどこかに三女の双三花ちゃんを監禁しておき、その双三花ちゃんを双二花ちゃんと同じタイミングで殺害した。ただし、こっちはガスではなく刃物で刺して殺したんや。そして夜月ちゃんたちが医三郎くんを呼びに別荘を離れた隙に、その双三花ちゃんの死体を持って別荘に侵入し、ガスで死んでいる双二花ちゃんの死体を、胸に刺創のある双三花ちゃんの死体と交換した。これで室内に胸に刺創のある死体が残る。三つ子やから見た目はそっくりやからな。やがて蔵の捜査を終えて別荘に戻ってきた夜月ちゃんたちは、当然、死体が交換されていることには気づかず、その検死を開始する。そして死体の胸に刺創を発見し、双二花ちゃんの死因は胸を刺されたことによるものやって勘違いするわけや。本当はガスで死んだのに、死体が交換されたことによりその死因を誤認してしまった。つまり、犯人は双子トリックを死因の誤認に使ったんや」

その言葉に、夜月は「なるほど」と思う。密室の中にいる双二花を刺殺することは不可能だが、ガスでなら殺すことができる。そして双子トリックを使うことによって、ガスではなく刃物で殺したように誤認させた。こうなれば、もう勝ちだ。夜月たちは双二花は刺殺されたものだと思い込んでしまっていたから、当然、密室の中にいる双二花をどう刺殺するかを考える。でも、その時点で犯人の術中に嵌まったようなものだ。永遠に答えは出ずに、敗北することが決まってしまう。

夜月は、ふむふむと納得した。となると、残る疑問は一つだ。どうして犯人は被害者の服を着替えさせたのだろうか？

「その理由は、めちゃくちゃ簡単やな」と帝夏は、ふふんと笑って言う。「だって、密室内にいた双二花ちゃんはガスで殺されたんやから。刃物で刺されたわけやないから、服には穴は開かへんやろ？　でも三女の双三花ちゃんは刺殺されたわけやから、こちらは逆に服に穴が開いたはず。だから、このまま双二花ちゃんと双三花ちゃんの死体を交換すれば、服に穴の開いた死体と穴が開いていない死体を交換することになるわけやから、死体のすり替え自体がたちどころにバレてしまうっちゅうわけや。なので犯人は双三花の服を、穴の開いていない服に着替えさせる必要があった」

なるほど、と夜月は思う。つまり、殺害に使われた凶器が異なるからこそ衣服に穴の有無が生じてしまい、それを誤魔化すために双三花の衣服を交換する必要があったというわけか。

「これでしまいやな。ＱＥＤや」帝夏は大きく伸びをする。そして、勝ち誇ったように夜月に言った。「どや、ヨヅキーヌ。ウチのことを尊敬したか？」

夜月はこくりと頷いた。あまりにドヤ顔で少しムカつくけれど、確かにこれは尊敬せざるを得ない。

こうして帝夏の活躍により、八つ箱村の『西の集落』で起きた二つの密室殺人は瞬く間に解決した。となると、次なる目標は犯人を見つけること――、あるいは『東の集落』にいる葛白と合流することだが。

そこで夜月は、幼なじみの葛白に思いを馳せた。

香澄くんは元気にやっているだろうか？

＊

僕は元気にやっていたが、反面、途方に暮れていた。圧倒的な探偵不足。『東の集落』で起きた密室殺人事件を解決できそうな人材がここには誰もいなくて、事件は早くも暗礁《あんしょう》に乗り上げていた。

そこで僕はちょっと思う。ここは僕が探偵役に名乗りを上げるべきではないかと。いちおう僕は過去に二つの連続密室殺人事件に巻き込まれていて、そこで十を超える密室殺人現場を目撃している。密室経験値は豊富な方だ。

なので、僕は「あのーっ」と周囲を窺うように手を上げる。ここに探偵役がいますよ？　いかがでしょう？　そんな風に、おっかなびっくり手を上げる。

でもそんな僕の勇気は、直後にメイドの芽衣が上げた大声に掻き消される。

「あのっ！」

僕の十倍はでかい声で、皆の視線は一気に芽衣に集まった。僕はサッと手を下げて、下手くそな口笛をぴゅーぴゅー吹いた。僕の心は完全に折れてしまった。顔真っ赤である。そんな僕に気付くことなく、芽衣はハキハキした声で「あたし、思うんすけど」と意見を述べた。

「やっぱり、ここは最後の手段を使うしかないと思うんすよ」

「最後の手段？」とカマンベール。

「ずばり、狂次郎兄さんを解放するんすよ」

その言葉に、場がピリつく。

「狂次郎兄さん？」僕はそう反芻して、首を傾げる。「狂次郎さんって、作家の物柿狂次郎のことですか？」

その名前には聞き覚えがあった。物柿狂次郎は天才密室ハードボイルド作家として知られていて、その界隈ではかなり名の通った人物のはずだ。あいにく僕は読んだことはないが、狂次郎の書く小説はどれも傑作だという噂はよく聞く。

でも、その彼を「解放」するとはどういう意味だろう？　僕が首を傾げていると、

「それはね」とカマンベールが説明してくれる。「何を隠そう、狂次郎兄さんは精神を病んでいるんだ。というか、そんな生やさしいもんじゃなくて、ほとんど頭がおかしくなっている。なので死んだ親父の命令で、屋敷の離れに閉じ込めているんだ」

「屋敷の離れに閉じ込めている？」

そういえばカマンベールと初めて会った日、彼は狂次郎兄さんの食事当番があるからと双一花たちに屋敷に連れ戻されていたのだったか。つまり、兄弟たちで狂次郎の身の回りの世話をしているというわけか。

しかし、いくら頭がおかしくなっているとはいえ、血縁の人間を離れに閉じ込めるというのは。完全に昭和の価値観だった。今はいちおう令和なのだが。

「いや、だって」とカマンベールは言い訳のように口にする。「狂次郎くんは、とても凶暴なんだよ。涼一郎くんなんて、よくボコボコにされているし」

「涼一郎さんが？」

僕は物柿涼一郎に視線を向ける。すると涼一郎は苦虫を噛み潰したような顔をして、僕からぷいっと視線を逸らした。プライドの高そうな彼のことだ。弟にボコボコにされた事実を、他人に知られたくなかったのだろう。

「狂次郎くんと涼一郎くんは犬猿の仲なんだよ」とカマンベールは小声で僕に言った。「もともと仲は悪かったんだけど、決定的になったのは三年前からかな。密室黄金時代が始まって、涼一郎くんが売れっ子になってから」

確かに物柿涼一郎は時代の潮流に乗って、一気にベストセラー作家になったが。

「狂次郎くんはそのことが、とても気に入らなかったんだよ」とカマンベールはさらに声をひそめて語る。「もともと狂次郎くんは、涼一郎くんを作家として見下していたんだ。実際に実力的には狂次郎くんの方が遥かに上だったしね。でも、狂次郎くんの書く小説は不思議と売れないんだよ。書評家たちの評価はいつも抜群で、ランキングでも常に上位なのに何故だかさっぱり売れないんだ。もちろん、良い作品が必ずしも売れるわけじゃないのは確かだけど、狂次郎くんの場合は度が過ぎている。まるで魔女と契約して、小説の才能と引き換えに自身の書籍の売り上げを差し出してしまったみたいに」

その例えはよくわからなかったけれど、そう言われると僕も狂次郎の小説を読んだことはなかった。噂は轟《とどろ》いていたので読もうと思ったことは何度もあったが、何故だか不思議と購入するまでには至らなかったのだ。それが魔女の仕業だとはさすがに思わないけれど、確かに傑作を書き続けているのにまったく売れないというのは少し不思議な気がする。

「それなのに、見下していた涼一郎くんの方が爆売れしちゃったから」とカマンベールは肩を竦める。「狂次郎くんのプライドはズタズタで、それでだんだんと心を壊してしまったってわけ。もともと粗暴だったのが、ますます暴力的になって、ついには親父に離れに閉じ込められてしまったんだ」

なるほど、そういうことだったのか。僕は作家ではないので狂次郎の気持ちを完全に理解することはできないけれど、確かに自分が売れていない状況で、自分が認めていない人間が売れていくのを見るのは心が削られるのかもしれない。自分が認めた相手ならば、どれだけ売れても手放しで喜ぶことができるのだろうけど。

「でも」とそこで僕はカマンベールとの内緒話をやめ、あらためて皆に訊いた。「どうしてこのタイミングで、その狂次郎さんを解放するんですか？　そんな危険な相手をわざわざ外に出すなんて――」

「それはね、狂次郎くんは作家であると同時に名探偵でもあるんだよ」と僕の疑問にカマンベールが答える。「過去に何度か事件に巻き込まれて、それを解決したことがあるんだ」

「ええ、間違いなく兄弟で一番頭が切れるっす」と芽衣は言った。「だから、思うんすよ。狂次郎兄さんなら、今回の事件をあっさり解決してしまうんじゃないかって」

「確かに、芽衣の言ってることもわかるが」と涼一郎は気乗りしない態度で顔を顰《しか》めた。「でも、知っているだろう？　狂次郎は粗野で暴力的だ。外に出すのは危険すぎる。民度の低いライオンみたいなものだからな」

そんなに酷いのか。

「でもでも、もうそれしか手はないっすよ」と芽衣は力説した。「他に事件を解決する方法はないっす。それとも涼一郎兄さんは、このまま警察が来るまで何日も待ってた方がいいってことっすか？」

すると涼一郎は、クールな仕草で眼鏡をくいっと上げて言った。

「その方が賢明だと思うがね。少なくとも、あいつを解放するよりは百倍マシだ」

「うーん、確かに」とそこでカマンベールが相槌を打つ。「涼一郎くんの言うこともわかるし、芽衣ちゃんの言うこともまた的を射ているんだよねぇ」

　カマンベールはコウモリみたいなことを言う。カマンベールコウモリなのかもしれない。そんなコウモリがいるのかどうかは知らないが。

「葛白さんはどう思うっすか？」

　芽衣が僕に水を向けてきた。僕はそれに「うーん」と唸る。そもそも、僕はその狂次郎がどんなやつなのか全く知らないわけだし。

　でも、とりあえず「僕はどちらかと言えば賛成だな」そう一般論を口にする。

「警察が来るまで待つと証拠が失われる可能性があるし。だから、できるだけ早く捜査をするのが適切なんじゃないかなって」

　その言葉に、芽衣は「さすがっす」と嬉しそうな顔をした。そして勝ち誇ったように「これで二対一っすね」と涼一郎に視線を向ける。すると、彼は渋い顔で口にした。

「事は重要な問題だ。多数決で決めるのはいかがなものかと思うけどな」

「でも、民主的っすよ。逆に涼一郎兄さんが一人で決めるのは独裁的っす」

「民主主義がいつも正しいわけじゃない。衆愚政治という言葉があってだな。時には独裁の方が正しい結論を導き出すこともある」

「それは独裁者の言い分っすよ」

　芽衣と涼一郎はいがみ合う。そんな彼らに対して、「まぁまぁ、二人とも」とカマンベールコウモリが止めに入る。そんなコウモリを、芽衣がキッと睨《にら》んで言った。

「カマンベールくんは、いったいどっちの意見なんすか？」

「えっ、俺？　俺は……うーん」

カマンベールコウモリは十分ほど悩んだ後で、結局、狂次郎の解放に賛成した。なので、僕たちはそのまま狂次郎の監禁場所へと向かうこととなった。

＊

狂次郎が拘束されている離れへと到着すると、さっそくカマンベールがその扉の鍵を開錠する。すると少し経って扉が開き、身長百八十センチ台半ばの大男が現れた。ぼさぼさの髪の毛と無精髭《ぶしょうひげ》。服は真っ白な長袖のTシャツに、同じく真っ白なスウェットを穿いている。眼光は鋭く、飢えた獣のような鈍い光を放っていた。

こいつが狂次郎か。僕がそう圧倒されていると、彼はぼさぼさの頭を掻いて言う。

「で？」ハスキーな声が周囲に響く。「皆で雁首揃《がんくびそろ》えていったい何の用だ？　俺様をわざわざ外に出すってことは、どうせろくな話じゃねぇんだろうが」

その物言いに少し気圧されつつも、「まぁ、そうだな。違いない」と涼一郎が平静を装って言った。

「実は今、不測の事態が起きていてな」

そこで涼一郎は狂次郎に事件について説明する。そして、くいっと眼鏡を上げて、高慢な態度で言った。

「というわけで出番だ、弟よ。こういうのは得意分野だろう？　せいぜい、自らの有用性を示すことだな。そうすれば少しは立場も良くなるだろう。この監禁部屋から出て、普通に外で暮らせる日も近づくかもな」

すると狂次郎は小さく笑い、「あーっ、なるほど、はいはい」とぼさぼさの頭を掻く。そして、にかっと笑みを浮かべた。

「わかった、協力するよ」

意外と好意的な態度だった。そして彼は笑みを浮かべたままで、「ところで兄貴、一つお願いがあるんだけど」と言った。

「お願い？」と涼一郎は首を傾げる。

「ああ、足を開いてくれないか？」

「足を？」

涼一郎は首を傾げたまま、その両足を少し開く。

「いや、そうじゃなくて、もっと肩幅くらいまで」

「肩幅まで？」

涼一郎は怪訝《けげん》な顔で足を広げた。

「ああ、上出来だ」

狂次郎はそう言って、にやりと笑う。そして素早く右足を振りかぶると、その足で思いっきり涼一郎の股間を蹴り上げた。

「ぐあああああああああっ！」

涼一郎はとんでもない悲鳴を上げて、倒れ込むようにその場にうずくまる。額に冷や汗が浮いている。そんな涼一郎に対して狂次郎はもう一度足を振りかぶると、今度はうずくまる涼一郎の顔面を蹴り上げた。そうして床に倒れた涼一郎にさらなる追い打ちを掛けるように、何度も何度も踏みつけるような強烈な蹴りを喰らわせる。

僕たちはしばらくの間、ドン引きした様子でそれを眺めていた。聞いていた以上に凶暴だ。涼一郎が彼を外に出すのを嫌がっていたのがよくわかる。

「じゃあ、行こうか」

やがて涼一郎を蹴り飽きたのか、狂次郎はこちらに視線を向けた。

「いっ、行く？」と僕はドモりながら言った。「いったい、どこに？」

「はぁ？　そんなの決まってるだろ。アホかよ」と狂次郎は蔑《さげす》むように言った。「密室の謎を解くんだよ。そういう約束だろうが、ゴミが」

確かに、その通りではあるのだが。でも、これだけ涼一郎をボコボコにした後だから、てっきりその約束は反故にされるものだと思っていたが。

「安心しろ、俺様は約束を守る男だ」と狂次郎は、にやりと笑った。「それに密室を解くのも好きだからな。密室はいいぜ。いつだって俺様をワクワクさせてくれる」

狂次郎はそう告げた後、自身の顎髭を撫でて言った。

「ああ、でも、その前に」

「その前《そ》に？」

「髭を剃りたいな」

＊

狂次郎が髭を剃り終えた後、僕たちは彼を双一花の死体が発見された畳敷きの部屋へと案内した。ちなみにボコボコにされた涼一郎は未だに気を失っていたので、ひとまずその場に置いていくことにした。

時刻は朝の八時。僕たちは扉ではなく、割れた窓から部屋へと侵入する。何故なら扉の内側の丸ノブにはビールジョッキが被せられていて、そのジョッキが邪魔して丸ノブに付いた鍵のツマミを回すことができないからだ。なので、部屋の扉は死体発見時と同じく未だに施錠されたまま。もちろん、ビールジョッキを取り外せば開錠は可能なのだけど、ここはさすがに現場保存のためにそのままにしておくべきだろう。

狂次郎はそのビールジョッキの被さったドアノブを見て舌打ちする。そして、そのまま屈んで扉の下を覗き込んだ。そこで「おっ」と声を漏らす。

「扉の下に隙間があるな」

彼の言う通り、確かにそこには五センチほどの隙間がある。

「でも、どのみち無理じゃないっすか？」と芽衣が言った。「見ての通り、ビールジョッキは透明なガムテープで何重にも固定されてるっす。明らかに人の手によるものっすよね？　部屋の外にいる犯人が、扉の下の隙間を利用してビールジョッキを扉の内側のドアノブに被せた上、こんな風に何重にもガムテープで固定することなんてできるわけないっすから。つまり、この扉の下の隙間は何の役にも立たない。だったら、扉の下に隙間があってもまったく意味がないっていうか」

「うるせぇな、馬鹿は黙ってろ。そんなこと言われなくてもわかってんだよ」

その狂次郎の悪態に、芽衣はムッとする。そして僕に泣きついてきた。

「えーん、あたし、馬鹿って言われた……」

確かに、理不尽ではある。実際、芽衣の言うことはもっともで、この扉の下の隙間が何の役にも立たないことは事実だ。この扉の鍵穴は融けた金属で塞がれているから、部屋の外から鍵を使って施錠を行うこともできない。つまり、扉下の隙間から鍵を室内に戻すという定番トリックも使うことができないということだ。

となると、やはり犯人は部屋の中から手で鍵のツマミを回して扉を施錠したとしか考えられない。でも、となると当然、犯人は密室の中に取り残されてしまう。

「なら、犯人はいったいどうやって、この部屋から脱出したんだろう？」

「さぁ？　隠し通路でもあるんじゃねぇのか？」

カマンベールの質問に狂次郎はそう答えると、冗談半分といった感じで部屋の畳を捲る。そして目を丸くして、「おいおい、冗談だろっ？」とテンション高く口にした。

狂次郎が捲った畳の下には、地下へと続くコンクリート製の階段が伸びている。

「本当にありやがった。隠し通路が」

僕たちも、その発見に目を丸くする。畳の下に隠されていた部屋に出入りするための新たなルート。つまり、この部屋は実際には密室でも何でもなかったということだ。

「アホみたいな結論だが、これはこれで悪くないな」狂次郎は口笛を吹きながら、地下への階段を下りていく。そして、すぐに舌打ちして戻ってきた。「ダメだな、暗すぎて何も見えねぇ。おい、カマンベール」

「何だい、狂次郎くん」

「ちょっと、懐中電灯を持ってこい」

カマンベールは日和見な笑顔で「オッケー」と言って去っていった。そして五分ほどで懐中電灯を手に戻ってくる。狂次郎はその懐中電灯をひったくると、灯りを点けて階段を下りていく。僕たちもその後に続いた。階段はすぐに途切れ、代わりに一メートル四方の高さと横幅を持った木製の通路が続いている。木材の色は飴色《あめいろ》で、ニスでも塗られているのか懐中電灯の灯りを受けてキラキラと輝いていた。

狂次郎は懐中電灯でその通路を照らして、またチッと舌打ちをした。

「ダメだな、これは使えねぇ。蜘蛛《くも》の巣だらけだ」

確かに、その隠し通路は無数の蜘蛛の巣に塞がれていた。犯人がこの通路を通ったならば、蜘蛛の巣は必ず破れるはずだ。つまり、犯人がこの通路から部屋に出入りした可能性はないということだ。

「しかし、この隠し通路、どこに続いてるんすかね」と芽衣が言った。「方向的に隣の部屋とか?」

その言葉に、狂次郎が目を細めた。そして僕に視線を向けて言う。

「てめぇの名前は?」

「えっと、葛白香澄です」

「なるほどな、じゃあ、クズ」クズって言われた。「この通路が隣りの部屋に通じているなら、隣りの部屋にも同じように地下への階段があるはずだ。確認して来い」

その言い方に僕はムッとしたが、怖いので反論はしない。代わりに「わかりましたっ！　狂次郎さんっ！」と素直に指示に従うことにした。すると「葛白さん、あたしも行くっす」と芽衣も付いてくる。二人で窓から庭に出た後、玄関から再び屋敷に入り、現場の隣の部屋まで移動した。そこも畳敷きの部屋だった。僕と芽衣は手分けして、片っ端から畳を捲る。すると予想した通り、そこにも地下への階段があった。

階段を下りると、先ほどと同じように高さ一メートルの狭い通路があった。僕はその奥に向かって声を張る。

「狂次郎さんっ！　隠し通路、ありましたっ！」

すると隠し通路の向こうでライトが振られるのが見える。狂次郎の懐中電灯だ。やはり、この部屋の隠し通路は双一花の死体が見つかった部屋と通じているようだった。

でも実際のところ、この隠し通路は蜘蛛の巣だらけで使えない。なのでこの密室は、さながら『蜘蛛の巣の密室』と言ったところか。果たして狂次郎はこの難解な密室を、いかにして崩す気なのだろう？

僕はそう思いつつ、芽衣と一緒に元いた部屋へと戻る。すると狂次郎は地下へと続く階段の入口の傍に立ったまま、顎に手を当てて真剣な表情で考え込んでいた。そして、顔を上げて芽衣に言う。

「双一花の死体はどこに置いてある？　案内しろ」

双一花の死体は腐敗を防ぐために、屋敷の庭にあるワインセラーへと移動してある。

＊

なのでそこに案内すると、狂次郎は双一花の死体の傍へと屈みこみ、あらかじめそうすると決めていたかのように彼女の右手を手に取った。そして肘の裏の辺りを見つめて言う。

「注射の痕があるな」

「注射の痕？」

狂次郎の言葉に、僕は改めて双一花の肘の裏の辺りを見やる。すると、そこには確かに針で刺して赤くなったような痕があった。僕は思わず顔を顰める。いったい、どうしてこんな痕が？　いや、それよりも——、

狂次郎の行動は、明らかに双一花の右手に注射の痕があることを予期していたものだった。どうして彼はそれを予期していた？　まさか。

すると狂次郎は、僕の予想通りのことを言う。

「喜べ、凡夫ども。犯人がどうやって現場を密室にしたかわかったぞ」

＊

「どっ、どうやって現場を密室にしたかわかった？」

狂次郎から告げられたその言葉に、僕たちは面喰らう。そんな僕らの様子を見て、呆れるように彼は言った。

「はぁ？　何を驚いてるんだ？　そのために俺を外に出したんだろうが」

それはそうなのだけど、でも――、

「さすがに速すぎるのでは？」と僕はごちる。狂次郎が捜査を始めてから、まだ三十分も経っていないはずだ。すると狂次郎は、そんな僕の態度を鼻で笑った。

「まぁ、てめぇら凡人の感覚からすればそうかもしれねぇな」

その言葉に僕はムッとしたが、やはり怖いので反論はしない。代わりに頭の中で改めて、情報を整理してみることにした。

双一花の死体が見つかった部屋の窓は嵌め殺しだったので、部屋に出入りするためのルートは二つだけ。一つは扉。ただしその扉は内側から施錠され、鍵のツマミの付いたドアノブにはビールジョッキが被せられていた。そして、もう一つのルートは畳の下に隠された地下の通路。ただし、この隠し通路は蜘蛛の巣だらけで、誰かがそこを通ろうとすると必ず痕跡が残ってしまう。

　つまり現場となった部屋には二つの出入り口があるものの、どちらも完璧に塞がれているということだ。ゆえに、密室。ならば犯人はどうやって、その密室から消え去ったのか？

　その答えは名探偵だけが知っている。物柿狂次郎。天才密室ハードボイルド作家にして、天才的な名探偵。

　そんな彼に僕は訊いた。

「犯人はいったい、どこから部屋を立ち去ったのでしょう？」

　すると狂次郎は鼻で笑って、「そんなの決まってるだろ」と言った。

「地下の隠し通路だよ。扉の方はビールジョッキのせいで使い物にならねぇからな」

　確かにその通りかもしれない。でも、使い物にならないのは隠し通路の方も一緒なのでは？　だって、

「蜘蛛の巣が張られている以上、あそこは絶対に通れませんよね？」

　どうあがいても無理だ。鼠でもあそこは通れない。すると狂次郎は、蔑むように僕を見た。そして、「てめぇは本当に頭が悪いな」と凄く失礼なことを言う。

「いいか、少しは頭を使え。確かに蜘蛛の巣が邪魔して、あの通路は通れない。だったら、こう考えたらどうだ？　犯人が部屋を立ち去った時には、あの通路にはまだ蜘

蜘蛛の巣が張られていなかった。蜘蛛の巣はな、犯人が部屋を立ち去った後であの場所に張られたんだよ」

「犯人が部屋を出た後で、隠し通路に蜘蛛の巣が張られた？」

確かにそれならば、犯人はあの通路を通って部屋を脱出することが可能だが。でも、それは呆れるくらいに間の抜けた答えだった。なので、勇気を出して僕は言う。
「狂次郎さん……、あの、知らないかもしれないですけど、蜘蛛の巣って作るのにけっこう時間が掛かるんですよ？」

犯人は夏祭りの夜に双一花を射殺した後で、あの部屋に彼女の死体を運び込んだ。そして扉を施錠してドアノブにビールジョッキを被せ、隠し通路から部屋を後にした——、そう仮定しよう。双一花が射殺されたのは昨夜の七時過ぎだ。仮にすぐに双一花の死体を部屋に運んだとしても、死体が発見されたのは今朝の七時過ぎ。隠し通路が蜘蛛の巣で塞がれていることが発覚したのが今朝の八時過ぎだ。たったの十二時間や十三時間足らずで、あんなに大量の蜘蛛の巣が張られるわけがない。狂次郎の推理は明らかに破綻《はたん》している。

するとと僕の指摘を聞いた狂次郎は、馬鹿にしたような笑みを浮かべた。そして、「てめぇは本当に頭が悪いな」と再度失礼なことを言う。
「誰が、犯人があの部屋を脱出したのが昨日の夜だって言った。犯人が部屋を脱出したのは昨日じゃなくて一ヶ月前なんだよ」

「一ヶ月前？」

「ああ、そして犯人はその際に通路に大量の蜘蛛を放ったんだ。そして蜘蛛はひと月掛けてせっせと巣を作り、大量の蜘蛛の巣であの隠し通路を塞いだんだ」

その狂次郎の言い分に、僕は激しく混乱した。一ヶ月前？　一ヶ月前に部屋を脱出した？　言っている意味がわからない。双一花が殺されたのは昨日の夜だ。一ヶ月前に双一花の死体をあの部屋に運び込めるはずがない。

すると混乱する僕の横で、芽衣が「まさか」と呟いた。彼女は自分でも信じがたいような顔で、狂次郎にその問いを放つ。

「双子のすり替えトリックっすか？」

その言葉に、狂次郎は頷いた。

「ああ、あの部屋で見つかった死体は双一花ではなく、ひと月前に行方不明になっていた三女の双三花なんだ。これなら、犯人は一ヶ月前にあの部屋を脱出することができる。つまり、これは双子トリックを利用した密室トリックなんだよ」

＊

双子のすり替えトリック――、犯人は双一花と双三花をすり替えることにより、『蜘蛛の巣の密室』を作り上げた。

「じゃあ、犯人が具体的にどんな手順を取ったかを今から説明してやるよ」と狂次郎は言った。「まず、今から一ヶ月前、犯人は眠らせた双三花をあの部屋に運び込むと、双三花の右手に点滴用の針を刺した。死体の肘の裏にあった注射の痕がその証拠だな。そして右手の針に繋がった点滴用のチューブを扉の下の隙間から部屋の外に出して、それを点滴用のパックに繋ぐ。パックの中には栄養剤と麻酔薬が入っていて、これにより双三花は点滴で栄養を補充し、また麻酔によってずっと眠り続けることになる。そして点滴用のパックとスタンドはあの部屋の一つ手前の部屋に置いておく。あそこは空き部屋で普段誰も出入りしないから、点滴をあそこに置いていても誰かに見つかる可能性は低い。そして犯人は定期的にあの場所を訪れ、点滴用のパックを交換していたんだ」

　それにより、双三花はひたすらあの部屋で眠り続けることになったわけか。以前にカマンベールは、この屋敷は広いので、誰も出入りしない空き部屋がいくつもあると言っていた。ならば点滴用のパックとスタンドを部屋に置いたままにしていたとしても、確かに誰かに見つけられる可能性は低いのかもしれない。

　そして、あまり言及するのもアレだが尿の処理についても同様なのだろう。双三花の尿道に留置カテーテルを挿して扉の下の隙間から引き出せば、部屋の外にいながらそれを処理することができる。また、双三花はひと月の間、点滴で生きながらえていたということになるから、あらかじめ下剤などで腸の中身を空っぽにしておけば、便に関しては特に考慮する必要はないだろう。

僕がそんなことを考えているのを他所に、狂次郎は続きの言葉を告げる。

「さて、そんな風に双三花に点滴用のチューブをセットした犯人は、部屋の中からドアノブに付いた鍵のツマミを捻って扉を内側から施錠すると、そのドアノブにビールジョッキを被せた。そして例の隠し通路を通って部屋を脱出する。その際に通路に大量の蜘蛛を放つことで、ひと月掛けて通路を無数の蜘蛛の巣で塞いだんだ。これで部屋は出入り不可能な状態――、完璧な密室になった。その後、祭りの夜に双一花を撃ち殺した後、犯人は屋敷に戻り、あの部屋の外から扉の下の隙間にサイレンサーを取り付けた拳銃の銃口を向けた。その銃口の先には、部屋の中で眠る双三花の額がある。そして犯人はその引き金を引いた。扉の下の隙間は五センチもあるから、弾丸は扉に触れることなくその隙間を通過し、その先にある双三花の額に当たり、その命を奪ったんだ。あとは扉の下の隙間から、双三花の腕に繋いだ点滴用のチューブを引き抜いて回収すればいい」

そしてその瞬間、この密室殺人は完成したというわけだ。僕たちは部屋の中にあった死体を双一花の死体だと思い込み、それゆえ、どうやって双一花の死体を部屋に運び込んだのかを考えた。その時点で犯人の術中に嵌まっていたのだ。あれを双一花の死体と思い込んだ時点で、『蜘蛛の巣の密室』の謎は永遠に解くことはできない。

　そしてこの推理を聞いて、僕は何故犯人が二つの集落を繋ぐ橋を爆破し、この『東の集落』を孤立させたのかに気が付いた。集落が孤立したことにより、この屋敷には『西の集落』からの人の出入りができなくなった。僕は行ったことはないが、『西の集落』にはおそらく診療所があるはずだ。日本に診療所のない市町村など、ほとんどないはずなので。でも二つの集落を分断することで、その診療所にいる医者は屋敷に来ることができなくなった。つまり、検死をすることができず、死亡推定時刻を割り出すこともできなくなったということだ。犯人は祭りの会場で双一花を殺した後に、屋敷に戻って双三花を殺したわけだから、二人の死亡推定時刻にはどうしても差異が生じる。だから、もし検死が行われていればその死亡推定時刻のズレから、見つかった死体が双一花ではなく双三花のものだと気付かれたかもしれない。だからそれを防ぐために、犯人は橋を爆破したのだ。

　また、犯人の使った銃は小型で威力が小さかったためか、双三花の額に当たった銃弾は頭部を貫通していなかった。犯人が死体を持ち去ったため定かではないが、おそらく双一花の頭部に当たった銃弾も貫通していないのだろう。実はこれにも意味はあって、仮に弾丸が双三花の頭部を貫通していたならば、死体が見つかった部屋の壁からその弾丸が発見されてしまうのだ。これでは犯人があの部屋の中にいる人間を銃で撃ち殺したことが誰の目にも明らかになってしまい、祭りの会場で射殺した双一花の死体を部屋に運び込んだというシナリオと矛盾してしまう。犯人はそれを避けるために、あえて小型の拳銃を凶器に選んだのだ。

「というわけで、これでこの密室殺人事件の謎はすべて解けたことになるな」と狂次郎は満足そうな笑みを浮かべて言った。「あとは犯人が誰かってことだが、まぁ、それも大して時間を掛けずに見つけられるだろ。そんなことより、せっかく外に出られたんだ、久しぶりに酒が飲みたいな。おい、芽衣、冷蔵庫からビールを――」

狂次郎は言い終わることなく、糸の切れた人形のようにどさりと床に倒れ込んだ。僕たちはギョッとする。横たわった狂次郎の傍には、スタンガンを握りしめた涼一郎が立っていた。その顔は先ほど狂次郎に蹴られたせいで、大きく腫れ上がっていた。

やがて、ハッとしたように芽衣が言う。

「涼一郎兄さん、いったい何を」

「うるさいっ！　こいつはやはり危険だっ！」と涼一郎はヒステリックな声で言った。「密室の謎が解けた以上、こいつはもう用済みだっ！　これ以上好き勝手にさせると、とんでもないことになるっ！」

そう叫ぶ涼一郎はかなり頭に血が上っているようだった。でも、その気持ちはわからなくはない。何せ、涼一郎は先ほど狂次郎にボコボコにされたのだから。

「とにかく、こいつをもう一度閉じ込めるぞっ！　おいっ、カマンベール、さっさと手伝えっ！」

するとそのタイミングで、床に倒れ伏していた狂次郎がむくりと起き上がった。そして焦点の定まらない目で涼一郎を睨む。涼一郎はそれに怯んだような態度を見せたが、やがて覚悟を決めたようにもう一度スタンガンを突き出そうとした。その瞬間、狂次郎は背を向けて駆け出し、逃げるようにその場を後にした。

「あっ、待てっ！」

涼一郎はそう怒鳴ったが、追いかける気はないようだった。内心、逃げてくれたことにホッとしているのかもしれない。

＊

こうして狂次郎は皆の前から姿を消して、そのまま行方知れずになってしまったが、幸い密室の謎は解決している。なので一度『西の集落』にある旅館に戻りたかったが、橋は落ちたままなので旅館に帰るすべはない。だから、僕はその日も物柿家の屋敷に泊めてもらうことにした。そのついでにカマンベールに頼んで、物柿家の元当主――、物柿父一郎が死んだという現場も見せてもらう。父一郎は表向きは自然死したということになっているが、以前に女将原は彼が殺されたのではないかと主張していたからだ。ただ、実際に現場を調べてみたものの、新しい証拠は何一つ見つけることはできなかった。

そしてその翌朝、僕がぐっすりと眠っていると何やら外が騒がしくなって、やがて血相を変えたカマンベールがドタドタと部屋に駆け込んできた。

「大変だ、香澄、またパン屑が」

「ヘンゼルとグレーテル？」

カマンベールが言うには、庭にまたパン屑が落ちていたらしい。やがて騒ぎを聞きつけた芽衣と涼一郎もやってくる。なので僕たちは昨日もそうしたように、パン屑を追いかけることにした。その道しるべを辿って庭を進んでいくと、やがてとある部屋の窓へと辿り着く。窓から室内を覗き込むと、そこは出入口にふすまが使われた畳敷きの和室だった。そして、その和室の中には首が切断された死体があった。

死体は木製のテーブルの上に寝かされていて、胴体と足がテーブルにワイヤーで括《くく》り付けられて動けないようにされていた。まるでガリバー旅行記のようだ。首から噴き出した血液で室内は血塗《ちまみ》れになっていて、特に出入口のふすまには大量の血が掛かっていた。死体の首の切断面が、ふすまの方を向いていたからだ。

切り落とされた首は畳の上に転がっていて、何故だかフルフェイスのヘルメットを被っている。最初はただヘルメットが転がっているだけかと思ったが、首の切断面が覗いていることから、どうやら中身は入っているらしい。ただし、ヘルメットのバイザーが黒のスプレーで塗りつぶされているため、その首がいったい誰のものなのかは判別できなかった。

「いったい、誰の死体だ？」と僕は呟く。

「医三郎くんの死体かもしれない」とカマンベールは言った。「服は医三郎くんのものだし、体格もよく似ている」

「医三郎？　物柿医三郎のことか？」

天才密室医療ミステリー作家として有名だ。でも、この村に来てから僕は医三郎の姿を見かけたことがない。

「それはそうだよ、医三郎くんは『西の集落』の診療所の近くに住んでいたんだから」

「『西の集落』？」

カマンベールの言葉に首を傾げる。だって、二つの集落を繋ぐ橋は落ちているのだから。ということは医三郎は橋が落ちる前からずっと『東の集落』にいて、でも皆の前には姿を見せずにどこかに隠れていたということだろうか？

「とにかく、中に入ろう」

カマンベールがそう言って、和室の出入口であるふすまの方へと回り込もうとする。でも、そこで僕はハッとして、カマンベールの動きを制した。そして彼にこう告げる。

「いや、ふすまを開けるのはまずい。もしかしたら、これは密室かもしれない」

「密室？　何を言ってるんすか？」と芽衣が怪訝な顔をする。「ふすまに鍵なんて付いてないっすよ。だから、密室にするのは不可能っす」

確かにその通りなのだが、僕には確信めいた思いがあるのだった。

「とにかく、入るなら窓からだ」

僕はそう主張して庭に落ちている石を拾った。部屋には出入口のふすまの他に、嵌め殺しの窓が一つだけある。僕は手にした石でその窓を割ると、室内へと侵入した。むせかえるような血の匂いに、思わずくらくらする。出血量から見て、被害者が生きている状態で首を切られたのは間違いない。

畳の上には、真っ黒な硝子でできたサイコロのような立方体が落ちていた。双一花の事件の際にも落ちていたものだ。僕はそれを拾いつつ、改めて部屋の死体に目をやった。そして、それが誰なのか確かめようと、フルフェイスのヘルメットを被った状態で畳に転がっている首に近づくが、やはりバイザーの部分が黒いスプレーで塗りつぶされていて誰だかわからなかった。なのでバイザーを上げようとしたが、何故だか上手く上がらない。どうやらバイザー自体が接着剤で固定されているようだった。

「何か尖ったもの……、ナイフのようなものは」

僕がそう呟くと、カマンベールが「はい、これ」とバタフライナイフを差し出してきた。思わず、僕はギョッとする。

「お前、何でそんなもの持ち歩いてるんだ?」

「嫌だな、バタフライナイフは男の憧れでしょ?」

いろいろとツッコミどころはあるが、今は無視することにする。僕はバタフライナイフを受け取ると、その刃先をヘルメットのバイザーの隙間に挿し込み、テコの原理の要領でバイザーを開いた。二人で、そのヘルメットの中にあった顔を確かめる。

「やはり、医三郎くんだね」とカマンベールが言った。そして不思議そうに首を傾げる。「しかし、どうしてこの『西の集落』に?」

確かに、彼が何故この集落にやってきたのか——、そして何故、今まで僕たちの前に姿を見せなかったのかは疑問だった。でも、それ以上に気に掛かるのは——、
僕は部屋の出入口であるふすまへと近づいた。そして「やはり」と言葉を漏らす。

「何がやはりなんすか?」と近づいてきた芽衣が言った。「いや、これ」と僕はふすまを指差す。部屋の出入口には二枚のふすまが嵌まっていたが、その二枚のふすまが重なり合う箇所にも大量の血が付着していた。そして二枚のふすまの両方に血が飛び

散っているということは、首が切断された際にはふすまは閉まっていたということだが、仮に首を切断した後でこのふすまを開けて外に出ようとすると、血の付着したふすま同士がこすれて、ふすまに血がこすれたような跡が残るはずだ。だが、そんな跡など見当たらない。つまり血が凝固するまでの間、ふすまは開けられていないということになる。

でも、そう考えると別の矛盾が生じる。何故ならふすまの重なり合う箇所に付着した血液は、凝固したことにより乾いた油絵の具のようになっていたからだ。仮にこの状態でふすまを開けたとすれば、その凝固した血液が割れてしまい、ふすまを開けた痕跡が残ってしまう。でも、そんな痕跡は見当たらない。だから血液が凝固した後にも、ふすまは開かれていないということになる。

つまり血が固まる前も固まった後も、ふすまは開かれていないということだ。でも被害者の首が切断された以上、首を切り落とした際には犯人は必ずこの部屋の中にいたはずだ。そしてふすまを開き、この部屋を出て行ったはず。だって、この部屋の出入口はこのふすましかないのだから。

「でも、このふすまは開けない。いや、開かないんだ」

僕のその言葉に、カマンベールが首を傾げた。

「ということは？」

「ああ、つまりこの和室は、出入口が血で施錠されたある種の密室ということになる」

＊

血液によってふすまが施錠された極めて特殊な密室。どう考えても僕たちだけで解決できる代物ではない。とはいえ、探偵役である狂次郎は現在行方不明の状態だ。つまり、僕たちは謎を解くための手段を失ってしまったということになる。

なので僕たちは一度リビングに移動して、今後の方針を話し合うことにした。でも、ろくな意見が出ない。やがて誰も何も言わなくなって、重い沈黙が周囲に落ちる。

するとその沈黙を破るように、「なんや、えらい辛気臭いなぁ」と無遠慮な関西弁の女の声がした。

「なんかあったんか？」

声のした方に視線を向けて、僕は思わず目を見開く。そこには髪をポニーテールに纏めた、女優のように美しい女がいた。そして僕はその女のことをよく知っていた。

「王城帝夏？」

それは現代ミステリーの若き女帝――、現代最高のミステリー作家である王城帝夏だった。僕みたいなミステリー好きからしたら、神のような存在だ。なので、僕は激

第4の密室（血染め和室の密室）の現場

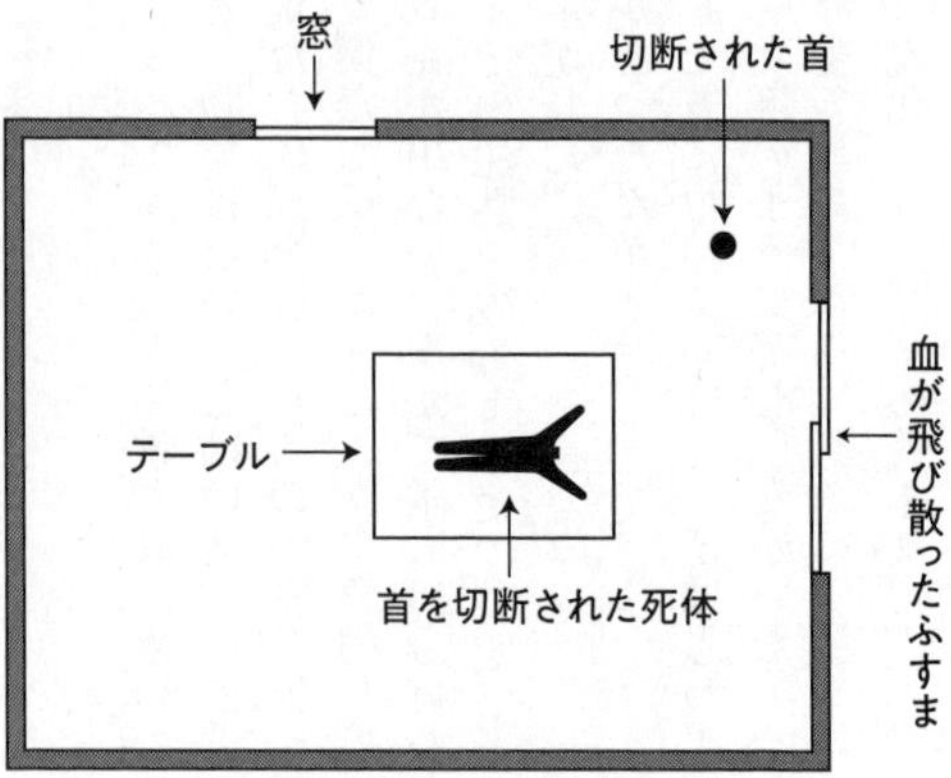

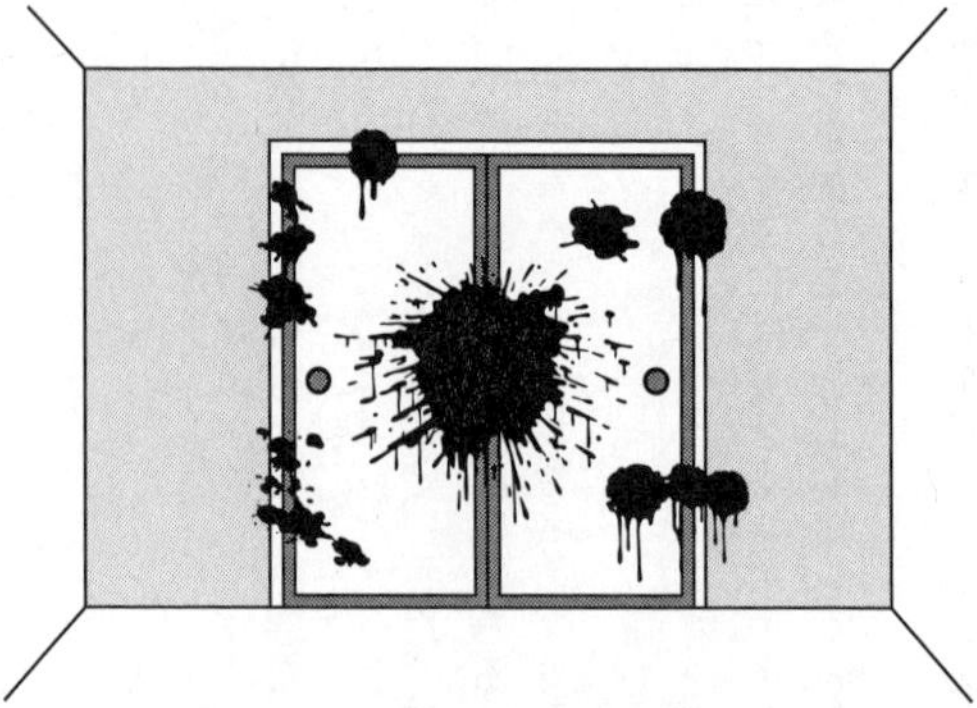

大量の血液がふすまに飛び散り、
ふすまが開けなくなっていた

しく混乱する。

「でも、どうして王城帝夏がこの八つ箱村に？」

するど、「知らなかったの？　香澄くん」と聞き馴染《なじ》んだ声がそれに答える。

「帝夏さんは物柿家の客人なんだよ。もっとも、本当は単に締め切りから逃げてきただけなんだけど」

そう語る見知った彼女の姿に、僕は思わず唖然とする。そこにいたのは僕の幼なじみの朝比奈夜月だった。

でも、どうして『西の集落』の旅館にいるはずの夜月が、この『東の集落』にいる？　二つの集落を行き来する橋は落ちているはずなのに。

夜月はそんな僕の気も知らず、にっこりと笑みを浮かべて言う。

「一日ぶりだね、香澄くん」

＊

【密室草案・弐（昭和密室八傑・牛崎《うしざき》いのり）】

和室で被害者の死体が発見される。被害者の首は刃物で切断されて激しく血が噴き出しており、ふすまに掛かったその血は凝固し、ふすまの開閉を妨げていた。

第3章　密室の天使

その日、朝比奈夜月が旅館の食堂で朝食を食べていると、そこに困った顔をした駐財田がやってきた。駐財田は夜月を見つけると、「朝比奈さん」と声を掛けてくる。

「はい、何でしょう？」と明太子を食べながら夜月は言った。

「実はちょっとご相談というか」と駐財田は眉をハの字にして言った。「医三郎さんを見かけませんでしたかな？」

「医三郎さんを？」

「ええ、所用で診療所を訪ねたら、姿が見当たらなくて」

夜月は「なるほど」と思いつつ、何故それを自分に訊ねるのだろうと思った。すると駐財田は「いえ、あらかた心当たりは探したのですが、どこにもいなくて。もしかしたらここにいるのではと」と面目なさそうに口にする。夜月はそれに「ふむ」となる。なるほど、本当に最後の心当たりだったというわけか。

しかし、何だかちょっと嫌な予感がする。夜月の勘がそう言っていた。もしかしたら、医三郎の身に何か良からぬことが起きたのではないだろうか？

　夜月がそんなことを考えていると、そこにふわふわとあくびをしながら王城帝夏がやってきた。「帝夏さん」と夜月は彼女を手招きし、椅子を引いて夜月の隣に座らせた。それを見て、駐財田も向かいの席に座る。

　ちなみに、昨日帝夏が密室の謎を解き明かしたことはすでに駐財田には伝えてある。なので夜月が促すまでもなく、駐財田は帝夏にも事情を話した。

「ふぅん、医三郎くんが行方不明なんや」と寝癖の髪を撫でながら帝夏が言った。

「行方不明というのは少し大げさかもしれませんがな」と駐財田は言った。「こういう状況ですからな。胸騒ぎがすると言いますか」

「せやな、確かにそうかもしれん」と帝夏は頷く。そして少し考えるように視線を上に向けた後、こんな風に口にした。「でも『西の集落』のどこにもおらんとなると、もしかしたら『東の集落』におるのかもしれへんな」

「えっ、でも」と夜月は言った。「二つの集落を繋ぐ橋は落ちてますよね？」

　橋が落ちている以上、そこを行き来する方法はない。二つの集落はクレパスのような深い崖に隔てられているので、そこを越えることはできないからだ。

「せやけど、例えばあらかじめ物凄い長いロープを崖の両端に繋いで、それを弛ませて崖の中に垂らしておいて」と帝夏は言った。「それをピンと伸ばして張れば、綱渡りみたいにロープの上を歩いて崖を渡れるかもしれん。まぁ、それはあくまで例えやけど、あらかじめ準備さえしておけば、崖を渡る手段はいくらでもあるっつうことや」

なるほど、と夜月は思った。なので、こう提案する。

「じゃあ、試しに崖の中にロープが隠されてないか探しに行きますか」

こうして夜月たちは旅館を出て、崖の周囲を捜索することになったのだが、幸いなことにすぐに成果は出た。犯人の残したその仕掛けは巧妙に隠されていたのだが、夜月たちはほとんどまぐれに近い感じでそれを見つけることができたのだ。発見された場所は崖沿いをずっと北に進んだ方——、鍾乳洞の壁際にほど近い場所だった。周囲に民家などはなかったので、普段は誰も近づかない場所なのだろう。

そして実際に見つかったのは、ロープではなくワイヤーだった。それも二本も。崖際の地面に金属製の杭《くい》が二本刺さっていて、ワイヤーはどちらもそのピンに結び付けられていたのだ。崖の向こう側を見やれば、同じくワイヤーが結ばれた杭が二本ある。つまり、ワイヤーはそれぞれ『東の集落』と『西の集落』の崖際に刺さった杭に結ばれ、その崖を横断するように渡されているということだ。ただしワイヤーの長さは崖の幅に比べて随分と長く、つまりはだいぶ弛んでいて、弛んだワイヤーは崖下の闇に溶けてかなり見えづらくなっていた。手で巻き取りながら手繰り寄せると、やがてワイヤーはピンと張った。夜月はなるほどと得心する。

つまりは弛んだ二本のワイヤーを手繰り寄せて、ピンと張った状態で杭に結び直せば、崖の中空を二本のワイヤーが平行に走ることになる。いわば、ワイヤーでできたレールだ。

「このレールの上に板でも並べれば」と帝夏は言った。「即席の橋になる。もしかしたら犯人はその橋を通って、二つの集落を行き来していたのかもしれん」

なるほど、と夜月は頷く。夜月はてっきり『西の集落』で起きた一連の殺人事件は、同じく『西の集落』にいる誰かの仕業だと思っていた。でも二つの集落を行き来することが可能なら、『東の集落』にいる人間が犯人の可能性もある。というより『西の集落』で殺された双二花と旅四郎――、それに祭りの夜に射殺された双一花も皆、物柿家の人間なのだ。ならば、犯人も物柿家の人間――、そのように考える方が自然なのではないだろうか？　動機が遺産目当てであるのならば、なおのこと。

夜月たちはしばし顔を見合わせて、誰ともなしに頷きあった。そして弛んだもう一本のワイヤーも手繰り寄せると、それぞれ杭に結び直し、崖をピンと横断する二本のワイヤーのレールを作り上げる。そこに『西の集落』の住民から借りた分厚い板を数十枚ほど並べていき、二つの集落を行き来できる即席の橋を完成させた。

夜月はおっかなびっくり、その橋に足を掛ける。不格好だが、強度や安定感については特に問題はなさそうだった。

＊

「こうして私たちは二つの集落を移動することができたってわけ」

得意気に語る夜月の言葉を聞いて、僕は「なるほど」と思った。そんな僕を見て夜月は「凄いでしょ」としばし満足げな様子でいたが、やがて我に返ったように「いや、そんなことよりもっ！」と声を上げる。

「大変だよ、香澄くん。実は香澄くんがいない間に『西の集落』で密室殺人事件が二つも起きて」

その言葉に、僕は思わず「えっ」となった。そんな僕の反応が気になったのか、彼女は「どうしたの、香澄くん」と首を傾げる。

「いや、実は」と僕は言った。「夜月がいない間に、『東の集落』でも密室殺人が起きたんだ。しかも、こっちも二つ」

「そっちでも密室殺人が二つ？」と夜月は目を丸くする。「つまり、この村では合計四つの密室殺人が起きてるってこと？」

「ああ、そういうことになるな」

「世紀末か何かなの？」

「まだ次の世紀末まで、八十年くらいあるけどな」

「でも、こうして二つの集落で連続密室殺人が起きたっちゅうことは」と帝夏が言った。「二つの集落で起きた事件は、同一人物の仕業と見て間違いないやろうな。つまり犯人は例のワイヤーの橋を使って、二つの集落を行き来してたっつうことや」

「確かに、そう考えるのが自然でしょうね」と少し緊張しながら僕は言った。大人気ミステリー作家である帝夏と話すのはやはりちょっとビビってしまう。夜月はめっちゃナチュラルに話しているが、それは無知ゆえになせる業だろう。

そんな帝夏は腕組みをして、少し考えるような仕草で言った。

「ちなみに、こちらの集落にいたはずの医三郎さんが行方不明になっとるんやけど」

「ああ、先ほど屋敷で死体が発見されました」と僕は答える。「しかも、とても奇妙な密室の中で。ちなみに僕はこの密室を『血染め和室の密室』と呼ぶことにしました」

「それは、なんとも仰々しいなぁ」と帝夏は肩を竦める。そして胸をぽむっと叩いて、自信満々の態度で告げた。「まぁ、でも何の問題もないわ。全部、ウチに任せとき。何せウチは天才やさかい、どんな密室でも瞬く間に解決したるわ」

すると、そんな自信満々な帝夏に便乗するようにカマンベールが言った。

「うんうん、帝夏さんに任せておけば大丈夫だよ。何せ、帝夏さんは現代最高のミステリー作家だからね」そんな風に持ち上げた後、こほんと咳をして言う。「じゃあ、情報の整理も兼ねて、お互いの集落で起きた出来事についてそれぞれ話していこうか。何かわかるかもしれないし」

その提案に、僕たちは顔を見合わせる。そして夜月がこくりと頷いて、

「確かに、情報共有は大事だね。それでは、まずはこの不肖、朝比奈夜月が――」

そんな風に、彼女がいた『西の集落』で起きた出来事について語り出す。

「というわけだったんだよ」

夜月は二十分ほど掛けて、彼女が『西の集落』で見聞きしたすべての情報を僕らに伝えた。でも、僕はそんな夜月の話を聞いて激しく混乱する。

「どういうことだ？」

すると、そんな僕のつぶやきを聞いて、「どうしたの？」と夜月は首を曲げた。

「いや、何というか」と僕は言った。ひとことで説明するのが難しい。なので僕は、ひとまず僕のいた『東の集落』で起きた出来事について説明することにした。

「この話を最後まで聞けば、何が変なのかがわかると思う」

僕はそう前置きして、『東の集落』で僕が見聞きしたすべての情報を夜月たちに伝えた。そうしてすべてを語り終えると、予想した通り帝夏が目を丸くして、驚いたように口元を押さえていた。でも、夜月やカマンベールなんかはきょとんとしている。

「えっ、どういうこと？」と夜月は言った。「いったい、何が問題なの？　別に何も

変なところはなかったような」

「いや、めちゃくちゃ変だよ」と僕は言った。「どうしようもなく矛盾している」

「矛盾？」

「『西の集落』で起きた『別荘の密室』――、双二花さんが殺されたっていうその密室トリックには双子トリックが使われていたんだろう？　被害者である双二花さんの死体を、三女の双三花さんの死体とすり替えたって」

「うん、確かに」と夜月は頷く。「そういう推理だった」

「でも、それは絶対にありえないんだ」

「どうして？」

「それは『東の集落』で起きた『蜘蛛の巣の密室』――、そのトリックにも双子トリックが使われているからだよ」と僕は言った。「犯人は双一花さんと双三花さんの死体をすり替えることによって、その密室を作り上げたんだ。『西の集落』で起きた『別荘の密室』と同じくね。でも双三花さんは当然、この世に一人しか存在しない。つまり、双三花さんを利用した双子トリックは一度しか使えないってことだ。だから『別荘の密室』と『蜘蛛の巣の密室』――、この二つのトリックのうちのどちらかが確実に間違っているということになる」

　その言葉に、夜月は目を丸くする。

「なっ、なるほど」と彼女は言った。「確かに、そう言われると」

「つまり、この二つの密室トリックは互いに矛盾している——、いわば『双子トリックのパラドックス』が発生しているということか」

涼一郎が腕を組みながら、唸るように口にする。

その通りだ。どちらも双子トリックを使ったと推理されている以上、『別荘の密室』の解が正しいのであれば『蜘蛛の巣の密室』の解が誤っており、『蜘蛛の巣の密室』の解が正しいのであれば『別荘の密室』の解が誤っているということになる。つまり涼一郎の言う通り、これらの二つのトリックは同時に存在することができないのだ。

もっとも『蜘蛛の巣の密室』では双一花と双三花の死体が交換され、『別荘の密室』では双二花と双三花の死体が交換されているわけだから、少し工夫すればこのパズルは成立するようにも見える。つまり『蜘蛛の巣の密室』で双一花と双三花の死体の交換が行われれば、犯人の手元には双一花の死体が残るわけだから、今度は『別荘の密室』においてその双一花と双二花の死体を交換すればいいわけだ。これで一見するとパズルは成立するように見えるが、実際には机上の空論に過ぎない。何故なら双一花は夏祭りで撃たれたことにより、額に銃創が存在するからだ。『別荘の密室』で見つかった死体には額に銃創などなかったから、あれは双一花の死体ではありえない。つまり『別荘の密室』において、双一花と双二花の死体を交換することはできないということだ。

だから、このパラドックスは崩れない。やはり二つの密室トリックのうち、どちらかは必ず間違っているということになる。

でも、となるといったいどちらのトリックが間違っているというのだろう？

「そんなの決まっとるやろ」と帝夏が自信満々に言った。「ウチの推理が間違っとるわけないからな。つまり、正しいのは『別荘の密室』の方や」

「でも、『蜘蛛の巣の密室』の推理も間違っているとは思えないんですよね」と僕は反論する。「あの密室こそ、双子トリックを使わない限り実現できない。だってドアノブにはビールジョッキが被せてあったし、もう一つの出入口である隠し通路は蜘蛛の巣で塞がれていたんだから」

夜月はそんな僕らの発言をしばらく「むむっ」と聞いていたが、やがて眉をハの字にして「結局、どっちなの？」と訊ねた。

僕と帝夏は顔を見合わせる。その問いに答えられる者は誰もいなかった。

＊

その後、僕たちは帝夏を交えて、改めて『血染め和室の密室』の現場検証を行った。

帝夏は当初は自信満々な様子だったが、現場の状況が明らかになるにつれて、だんだんと元気がなくなってくる。そして、最後には頭を抱えていた。

「大丈夫ですか、帝夏さん」僕が心配するように訊くと、

「大丈夫、大丈夫。任せとき。陽が沈むころには解決しとるから」

帝夏は目を泳がせながら、そう語る。本当に大丈夫なのだろうか？　何だか、とても怪しいが。

でも、ここはもう帝夏に頼るしかないだろう。もう一人の探偵役である狂次郎はどこかに行ってしまったのだから。

だからこの八つ箱村には、もう探偵は彼女しかいない。彼女が諦めた時点で、この事件は迷宮入りするのだ。

「あかん」と帝夏は言った。「あかんかもしれん」

この事件は迷宮入りするかもしれない——、何だかそんな予感がした。

＊

捜査に進展が見られないので、僕は一度着替えを取りに旅館に戻ることにした。服はカマンベールから借りていたが、やはり他人の服を着るのは落ち着かなかったのだ。

旅館の部屋で旅行鞄から服を取り出し、それに着替えていると、コンコンと控えめな音量で部屋の扉がノックされる。

「お客様、部屋の掃除の時間なのですが、よろしいでしょうか？」

女将原の声ではない。仲居さんだろうか？

「あっ、はーい」

僕はそう言って、扉を開ける。そして思わずびっくりした。扉の向こうにいる仲居さんも僕と同じく目を丸くしている。

そこにいた仲居姿の彼女は、僕の同級生で部活仲間である黒髪の美少女――、蜜村漆璃だった。そしてこの邂逅に、僕は運命めいたものを感じる。

今この八つ箱村では連続密室殺人事件が起きていて、事件は迷宮入り寸前で、ゆえに名探偵を欲していた。そして名探偵と聞いた時、僕は真っ先に彼女の顔を思い浮かべるのだ。

この密室黄金時代の象徴とも言える彼女のことを。

三年前の冬、中学二年生の女の子が父親を殺した容疑で逮捕された。現場の状況的に少女が犯人であることは疑いようがなかったけれど、裁判の結果、彼女は無罪になった。何故か？　現場が密室だったからだ。

三年前の冬――、日本で最初の密室殺人事件。

その被疑者の名前は蜜村漆璃。かつて僕の同級生だった女の子だ。

＊

僕と蜜村は互いに呆気に取られ、しばしの間、見つめ合った。やがて堪え切れなくなったように僕は訊く。

「どうして、君がこの村に？」

「どうしてって」と蜜村は言った。「バイトの募集をしていたから、住み込みで働くことにしたのよ。ほら、例のバイト情報誌に応募が載っていたから」

言われてみれば夏休みが始まる前、蜜村は部室でバイト情報誌を読んでいたか。

「でも、今まで姿を見かけなかったけど」

「夏風邪で寝込んでいたのよ」と彼女は言った。「それで今まで仕事ができなかったの」

そういえば、バイトの仲居が夏風邪で寝込んだと女将原が言っていたか。高熱でうなされて、めそめそ泣いていたとかなんとか。

「泣いてないわ」と蜜村は強く否定した。「断じて、泣いてない」

「でも、女将原さんが」

「きっと、女将原さんの勘違いじゃないかしら？　よく考えてみて。どうして私がめそめそ泣かなくちゃいけないの？　いくら顔見知りが一人もいない村で風邪を引いて、喉がずっと痛くて、食欲がまったくなくて苦しんでいたからって」

いやに描写が具体的だった。やはり泣いていたのではないだろうか？

「そんなことよりも」と蜜村は話を逸らすように言った。「葛白くんこそ、どうしてこの村に来たの？　こんな何の魅力もない村に」

えらい辛辣《しんらつ》な言い方だった。地元民が聞いたら絶対に怒るやつだ。

僕はそんなことを考えながら、彼女にこの村にやってきた理由を話す。

「僕はニューネッシーを探しに来たんだ」

自分でも何を言ってるんだろうと思う。すると蜜村は目を丸くして、「こんな奥多摩の村に？」と言った。

「そう、こんな奥多摩の村に」

「仮にも受験生なのに？」

まったくもって、その通りだ。それはさておき――、僕はこんな風に話を切り出す。

「ところで蜜村、状況は聞いてるか？」

「状況？　殺人事件が起きたことかしら？」

「知ってるのか」

「女将原さんから聞いたからね。何だか、大変みたいね。まぁ、私は部屋の掃除が忙しいから手伝えそうにないけれど」

蜜村はそう肩を竦めて、その場を立ち去ろうとする。僕はそんな彼女の背中に「待った」と声を掛けた。

「ちょっと、頼みたいことがあるんだけど」

僕のその言葉に、彼女は怪訝な顔をする。そして、「何だか、嫌な予感がするわね」とあからさまに顔を顰めた。

「何となく、あなたの言いたいことわかったわ」

「それは良かった。実は――」

「お断りよ」蜜村は僕がお願いする前に、光の速さで断ってくる。「掃除で忙しいって言ったじゃない」

彼女は、ぴっしゃりとそう言った。どうやらこちらの魂胆は見抜かれているらしい。確かに蜜村の察しの通り、僕は彼女に事件の解決を依頼しようとした。蜜村は日本で最初の密室殺人犯（ただし無罪）であるし、加えて過去に二度ほどこの手の連続密室殺人事件を解決したことがある。まさに打ってつけの人材だ。

でも困ったことに、蜜村は毎度事件への協力を渋ってくる。密室殺人の容疑者として警察に捕まった過去を持つ彼女は、その経験上、密室に関する事件に関わることを極端に嫌がるのだ。その気持ちはよくわかる。何せ彼女は僕の親友でもあるのだから。

　でも、やはり今回の事件を解決できるのは蜜村漆璃しかいないとも思う。なので、僕は食い下がって言った。

「掃除くらい何とかなるだろ」そんな風に主張する。「女将原さんに押し付ければいい」

「残念ながら、私の責任感がそうはさせないの」と彼女は言った。「本当に事件の捜査を手伝いたいのはヤマヤマなのだけれど、仕方がないわ。夏風邪で何日も寝込んじゃったし。これ以上、女将原さんに迷惑を掛けるわけにはいかないわ」

「女将原さんは部屋の掃除をするよりも事件を解決したほうが喜ぶと思うけどなぁ」

「あなたは女将原さんのことをわかっていないわ。女将原さんは事件を解決するよりも部屋の掃除を優先させる人間なのよ」

　けっこう滅茶苦茶なことを言っている。これでは女将原がとんでもなく利己的な人間のようだ。なので、僕はこう提案する。

「わかった、女将原さんは僕が説得するから」

「それはとても無理な話ね」蜜村は鼻で笑うように言った。「だって、女将原さんはとても頑《かたく》なな人間だから。あなたが何を言おうと、心変わりするとは思えないわ」

「そんなことないと思うけどなぁ」

「いーや、女将原さんはそういう人間なのよ。社会正義よりも旅館の利益を優先するの。だから決して折れることはないし、私も葛白くんもきっとしこたま怒られて」

「あら？　私がどうかしましたか？」

後ろから声を掛けられて、蜜村がびくっと肩を震わせる。彼女が恐る恐る振り返ると、そこにはニコニコと笑顔を浮かべる女将原が立っていた。

「もしかして、私の悪口を言ってました？」

「いっ、いいえ、そんなこと」蜜村はあたふたと口にする。「ぜんぜんないです。むしろ葛白くんが……」

ちょっと待てっ！　何で僕が悪口を言っていたことになってるんだっ？

「いえ、誤解です誤解です」なので僕も慌てて言った。「むしろ、蜜村が女将原さんに相談があるらしくて。でも、断られたらどうしようって心配していたんです。だから、僕は女将原さんなら絶対に良い返答をしてくれるはずだって」

そんな僕の言い分に、蜜村は口をパクパクさせている。物凄く何か言いたそうだ。でも、僕はそれをしれっと無視する。

「相談ですか？」すると女将原が、そう首を傾げて言った。「いったい、何でしょう？」

「はい、実は――」

僕は女将原に掻《か》い摘《つま》んで事情を話す。蜜村が謎解きの名手であること。彼女が事件の解決に協力したがっていること。でも旅館の掃除が忙しく、とてもそんな時間がないこと。だから掃除を一時中断して、捜査の時間を作りたいこと。

僕はそんなことをつぶさに伝えた。多少、嘘が混じっているけど。

すると、それを聞いた女将原は柔らかな笑顔で、「まぁ、凄い。蜜村さんにそんな才能があったんですね」ととても感心したように言った。そして蜜村の手にしている箒を取り上げて告げる。

「部屋の掃除は私がやっておくから、是非、捜査に協力してあげて。頑張ってね」

「……はい」

蜜村は力なくそう言った。

こうして僕は蜜村漆璃を、探偵役として招集することに成功した。

＊

死んだ魚の目のような蜜村を『東の集落』にいる皆のところに連れていくと、彼女の姿を認めた夜月がまずは驚いた顔をした。

「あっ、蜜村さん」そして嬉しそうに頬を綻《ほころ》ばせる。蜜村と夜月は過去の事件で何度か会ったことがあって、最近では一緒にスタバに行くくらいの仲に発展しているらしい。「どうしてここに？」

「いや、なんというか、仲居のバイトで」蜜村はもごもごと口にする。

そんな僕らの様子を見て、「香澄、その子は？」とカマンベールが首を傾げた。

「いや、なんというか、僕の高校の同級生で」

僕はそこで皆に、蜜村が過去に密室殺人事件を解決したことがあることを伝えた。

「にゃるほどなぁ」と僕の説明を聞いた帝夏が、感心したように言う。「意外やなぁ、めちゃくちゃ大人しそうな見た目なのに」

断じて大人しくはない。そして性格はめちゃくちゃ悪い。

蜜村はそんな僕らのやり取りを眺めた後で、やる気のなさそうな声で言った。

「で、何だったかしら？　まずはその『双子トリックのパラドックス』？　それを解決すればいいのかしら？」

そして、こちらへと水を向ける。

「じゃあ、まずは葛白くんと夜月さん――、あなたたちがこの村に来てから見聞きした情報を、できるだけ正確に私に話してくれる？」

その言葉に、僕と夜月は顔を見合わせた。僕と夜月はいわばこの八つ箱村の事件における『視点登場人物』だ。その『視点登場人物』が持つ情報をすべて共有することで、蜜村は『読者』と同じ情報を手に入れることができる。もちろん、『視点登場人物』や『読者』というのは比喩で、仮にこの殺人事件が小説だったら――、そんな風に仮定した場合の思考実験、あるいは思考遊戯なのだけど。

　なので僕と夜月はできるだけ正確に、僕らの見聞きした情報を蜜村に伝えた。蜜村は気のない返事で「なるほど」と言った後で、絹のような黒髪を撫でて告げた。

「じゃあ、次は現場に案内してくれるかしら？」

　僕たちは今『東の集落』にある屋敷にいるので、まずはその屋敷の一室が現場である『蜘蛛の巣の密室』へと蜜村を案内した。そして改めて、この密室の状況について説明する。その後、僕たちは屋敷を出ると、二つの集落を繋ぐワイヤーの簡易橋を渡って『西の集落』にある『別荘の密室』へと移動した。蜜村は「ふむ」と頷いて、一分ほどその現場を見つめていたが、やがて涼やかな声で「わかったわ」と口にした。

「『双子トリックのパラドックス』は崩れた」

　その言葉に、僕たちは目を丸くする。それはつまり、二つの密室のどちらに双子トリックが使われたのかがわかったということか。

　でも、いったいどちらの密室に？

「やっぱり、『別荘の密室』か？」と前のめりに帝夏が言った。「この密室は双子トリックを使わないと絶対に作れへんしな」

「いや、だが『蜘蛛の巣の密室』も」と涼一郎が言った。「双子トリックを使わないと同じく再現できないと思うが」

やはり、会話は堂々巡りだ。でも、どちらかの密室には確実に双子トリックが使われていないはずだ。では、彼女は果たしてどちらの密室に双子トリックが使われていると主張するのか？

すると、蜜村は大して興味もなさそうな声でこう言った。

「両方よ」

その言葉に、僕たちは啞然とした。

「それって、どちらの密室にも双子トリックが使われてるってことか？」

僕は呆気に取られてそう言った後、すぐに首を横に振る。

いや、それはありえない。だって双子トリックはたったの一度しか使えないのだから。周囲を見渡すと、他の皆も僕と同じような反応を示していた。でも、そんな僕らの様子に、蜜村は呆れたように口にする。

「葛白くんたちは何か誤解しているようね」

「えっ？」

黒髪をくしゃりと撫でて彼女は言った。

「私は二つの密室の両方に双子トリックが使われてるなんて言ってないわ。むしろ、その逆よ。私はね、『蜘蛛の巣の密室』と『別荘の密室』――、その二つの密室のどちらにも双子トリックなんて使われていないって言ってるの」

＊

「どちらの密室にも双子トリックが使われていない？」

蜜村のその言葉に、僕たちは唖然とする。そして思わず「そんなバカな」となった。だって、二つの密室はどちらも完璧なはずだ。なので、双子トリックを使わなければ解決できない。それが大前提だというのに、蜜村の主張はその前提を土台からぶち壊すものだった。

でも、蜜村はさらりとこんな風に言う。

「ええ、それが犯人の策略よ。犯人はあたかも双子トリックを使ったかのように葛白くんたちをミスリードしたの。だって、仮に検察が裁判の際に提示した密室トリックが間違っていたとしたら、そんなの大失態で――、敗訴になるに決まっているでしょう？　つまり、今回の犯人は万が一自分が捕まった時のための逃げ道を用意していたのよ。裁判で検察が双子トリックを使ったと主張した場合、その推理を否定して無罪判決を勝ち取るために」

つまり、僕たちは犯人の仕掛けた周到な罠に嵌まってしまったというわけか。

「でも、どうしてどちらも双子トリックが使われていないという結論になるんや？」と帝夏が言った。「現に双子トリックを使えばあの密室が再現できる以上、それを否定するのは無理やないか？」

するとその言葉に蜜村はふるふると首を振った。

「いや、それがね、現場の状況から絶対に双子トリックが使われていないことは断言できるんですよ。例えば『別荘の密室』だと、犯人は夜月さんと駐財田さんが犯行現場を離れた隙に、現場にあった双二花さんの死体を双三花さんの死体と交換したという推理でした。ということは犯人は現場が無人になった隙に、双三花さんの死体を部屋の中に運び入れたということになります。では、ここで質問なんですけど、犯人はその双三花さんの死体をどこから部屋の中に入れたんでしょう？」

その質問に、帝夏はきょとんとした顔になる。そして、戸惑ったように言う。

「どこからって、そんなん部屋の入口の扉からに決まっとるやろ」

「はい、普通はそう考えますよね」と蜜村は腕を組んで頷く。「でも、実際にはそれは不可能なんですよ。だってその時、部屋の扉には鍵が掛かっていたんだから」

その言葉に僕はハッとした。確かに先ほどの夜月の話だと、彼女は医三郎の診療所に向かうために一度別荘を離れた際に、現場となった部屋の扉を施錠したと言っていたか。そして、その鍵をポケットにしまったとも。これでは確かに扉から双三花の死体を運び込むことはできない。扉は内側と外側の両方に鍵穴が付いているタイプだから、鍵を挿さなければ絶対に開けることができないのだ。

「となると」と仏頂面で帝夏が言う。「犯人は窓から死体を入れたっちゅうことか」

犯行現場の扉の横にある嵌め殺しの窓は、夜月たちが死体を見つけた際に石で割られ、人が出入りできる状態になっている。だから、ここからなら死体を入れることは可能だ。そう思ったのだけど――、

「いいえ、それも不可能です」蜜村はあっさりと否定する。「何故なら夜月さんたちが犯行現場に戻った際に、部屋の中で大の字に倒れた死体は、その手足が完全に硬直していたのだから。そのことは検死の際に医三郎さんが言及しています。そして夜月さんたちが割った現場の窓は、その幅が大人の肩幅ほどしかなかった。大の字の体勢で硬直した死体を、そんな狭い窓から室内に入れることは不可能でしょう？　つまり双三花さんの死体は、窓と扉のどちらからも入れられない。部屋の中に運び入れる手段がないということです。だから、死体の交換トリックは絶対に不可能なんですよ」

その言葉に、帝夏が悔しそうにぐぅと唸る。それに構わずに蜜村は続けた。

「そして、もう一つの密室――、『蜘蛛の巣の密室』だけれど、こちらに双子トリックが使われていないことも簡単に証明できるわ。理由はブルーハワイ」

「ブルーハワイ？」と僕。

「ええ、葛白くんが夏祭りの夜に被害者の双一花さんを見かけた際、彼女は出店で買ったブルーハワイのかき氷を食べていたんでしょう？　そしてそれと同じものを夜月さんも食べていて、彼女の舌はブルーハワイのシロップで青く染まっていた。ということは同じかき氷を食べた双一花さんの舌も同じように青く染まっていたはず。そして『蜘蛛の巣の密室』で見つかった死体にも、同じく舌に青の着色料が付いていた。ここで思い出してほしいのは、仮に双子トリックが使われていたとすれば、『蜘蛛の巣の密室』の中で見つかったのは三女の双三花さんの死体であるということ。その双三花さんはひと月前からあの部屋に閉じ込められていたわけだから、舌にブルーハワイのシロップが付いていることなんてありえない。仮に閉じ込められる直前にかき氷を食べていたとしても、ひと月の間に必ず舌から着色料は落ちるはずだからね。だから密室の中で見つかった死体は間違いなく双一花さんのもので、死体のすり替えトリックは使われていないと断言できるというわけよ」

その言葉に、僕は「なっ、なるほど」と思った。そして部屋の外にいる犯人が、部屋の中に閉じ込められている双三花の舌にブルーハワイのシロップを塗ることは不可能だ。扉の下には五センチほどの隙間が開いていたが、双三花の顔のすぐ前には柱があり、扉側から見ると彼女の顔はその柱に隠れてしまうからだ。なのでその柱が邪魔になって、たとえ扉の下の隙間から棒状のものを挿し込んだとしても、舌にシロップを塗ることはできない。つまり舌に着色料が付いている以上、あれは三女の双三花の死体ではありえないということだ。

「これらの理由から、二つの密室のどちらにも双子トリックが使われていないことは証明できる」

蜜村のその主張に、僕らは納得した。「ということは」と僕は思い出したように言う。

「『蜘蛛の巣の密室』で見つかった死体の腕に点滴の痕があったのは」

「ええ、もちろん、偽装よ」と蜜村は頷く。「犯人は祭りの夜に双一花さんを撃った後で、その腕に点滴用の針を刺して、あたかも点滴の痕のように偽装したの。双一花さんは頭を撃たれたらしいけど、人間は額を撃たれても即死しない場合もあるからね。だから撃った直後に腕に針を刺せば、傷口には生活反応が残る。あと、双子トリックを使ったように偽装するためには体内から麻酔薬が検出される必要もあるから、犯人は医療用のポンプを使って、腕に刺した点滴針から死体の全身に麻酔薬を巡らせたんだと思うわ」

確かに、それならば辻褄《つじつま》は合う。でも、本番はここからだ。

「じゃあ、犯人はどうやって二つの密室を作り上げたんだ？」

彼女はその解法に、すでに辿り着いているのだろうか？

するとそんな僕の問いに対して、蜜村は小さく笑って言った。

「もちろん、解けているわ。私を誰だと思っているの」そして僕ら聴衆を見渡し、余裕綽々《しゃくしゃく》な態度で告げる。「今から、それを説明するわ。じゃあ、まずはこの『別荘の密室』から崩してみせましょうか」

＊

「少し準備があるから待ってて」

蜜村はそう言って別荘を出ていって、それから一時間ほどが経ったころに戻ってきた。待ちくたびれた僕らは別荘の床に座ってだらだらと過ごしていたが、部屋に入ってきた彼女を見てようやく腰を上げる。

蜜村は旅館の風呂場から借りてきたのか、プラスチック製の手桶《ておけ》を三つ持っていた。あと、ロープが三本。そしてもう一つ、奇妙な『それ』を床に置く。

『それ』は十字の形をした木製の板だった。長方形の二枚の板を重ねて固定することで、ゲーム機のコントローラーの十字キーのような形状を形作っている。なるほど、この板を作るために時間が掛かったということか。

「それもあるけど、水を凍らすのに、どうしても時間が掛かったのよね」

蜜村はそう言って、手にした手桶の底を見せた。そこにはうっすらと氷が張っている。どうやら桶の底を水で濡らした状態で冷凍庫に入れて凍らせたらしい。

彼女は三つの桶を床に並べる。桶の一つには水を吸った大量のタオルが入っていて、残りの二つの桶には水が張ってあった。蜜村はまずはその二つの桶に入った水を別荘の床に満遍なくぶちまけた。そしてもう一つの桶に入っていた濡れタオルを、三つの桶に均等に分けていく。こうして濡れたタオルの入った桶が三つになった。

「これで下準備は完了よ。じゃあ、始めましょうか」

蜜村はそう言って、ポケットから一本の鍵を取り出した。この別荘の鍵だ。どうやら僕の知らない間に彼女の手に渡っていたらしい。

蜜村はその鍵を手に、部屋の扉へと近づいた。扉は内側に鍵のツマミがなく、代りに鍵穴があるタイプ。つまり、部屋の中から施錠する際にも鍵が必要になるタイプだ。そして死体が発見された際、その鍵は死体の傍の床の上に転がっていた。

「扉に鍵が掛かっていたということは」と蜜村は言った。「当然、犯人がこの部屋で双二花さんを殺害した後、この鍵を使って内側から扉を施錠したということよ。そして鍵を掛けるには、次の四つのステップが必要になる」

彼女はそう告げた後、扉の内側の鍵穴に鍵を挿した。

「まず、第一のステップは『鍵を鍵穴に挿す』こと。そして第二のステップは『挿した鍵を九十度捻る』こと。どちらの方向に捻るかは扉の種類によって異なるのだけど、この扉は右に捻るみたいね」蜜村はそう言って、宣言通りに鍵を九十度右に捻る。するとガチャリとデッドボルトが飛び出る音がした。蜜村が試しに扉を開こうとすると、そのデッドボルトが邪魔して開かない。「これで鍵が掛かったから、次は鍵を抜かなければならない。でもね、このままの状態では実は鍵は抜けないの」

蜜村はそう説明した後、実践するように鍵を抜こうとする。すると、確かに彼女の言う通り鍵は抜けなかった。先ほど鍵を右に捻ったことで、鍵穴に挿さった鍵が横倒しの状態になっているからだ。なので今度はその鍵を九十度左に捻り、鍵を挿した時と同じく縦の状態に戻しておかねばならない。

「そうね、葛白くんの言う通り、第三のステップは『挿した鍵を逆方向に九十度捻る』こと」彼女は今度は鍵穴に挿した鍵を九十度左に捻った。これで最初に鍵穴に挿した時と同じく、鍵が縦の状態に戻る。「そして、最後に第四のステップ。これはもちろん、『挿した鍵を鍵穴から抜く』ことよ。これで鍵を使って扉を施錠することができた。あとはこの鍵を床に放り投げておけば、密室は完成する」

蜜村は宣言通り鍵穴から鍵を抜いて、その鍵を床に投げた。鍵は床の上を転がり、硬質な金属の音を立てる。

「さて」と蜜村は皆を見渡して言った。「もちろん、今説明したことは小学生でもわかるくらい単純明快なことよ。ただ、きちんと理解した上で私の推理を聞いてもらいたかったの。だって犯人の使った手段は、物理トリックによりこの四つのステップを自動化させることだったのだから」

物理トリックを使って四つのステップを自動化させる？

「もっとも、正確には自動化させるのは三つのステップだけだけどね。最初の『鍵を鍵穴に挿す』ところは手動でやるから。じゃあ、そろそろ実践してみましょうか」

蜜村はそう言って床に投げた鍵を拾うと、その鍵を再び扉の鍵穴に挿した。そして床に置いていた例の十字の木の板を拾う。彼女の工作の産物だ。

「まずはこの木の板を鍵穴に挿さった鍵とドッキングさせます」

十字の板の中央には、鍵の持ち手と同じ形状の穴が開けられていた。蜜村はその穴を鍵の取っ手部分に押し当て、木の板と鍵穴に挿さった鍵をドッキングさせた。そしてポケットから木工用のボンドを取り出し、それで板の穴と鍵の間の隙間を塞ぐ。

「こんな感じかしら？」

蜜村は「ふぅ」と息を吐いた後、自身の工作の成果を皆に見せた。鍵穴に挿さった鍵の持ち手の部分に十字の板が取り付けられ、その板は扉と平行な状態になっている。扉を正面から眺めた場合、十字の板を扉に貼りつけたように見える状態だ。

「ちなみに今回は準備の時間が足りなかったので便宜上、木でできた板を使いますが、実際には氷の板を使います。つまり、氷でできた十字の板ですね。そして木工用ボンドの代わりには液体窒素を使います」

「液体窒素ね」と僕は頷く。

「ええ、犯人は十字型の氷の板に開けた穴を鍵の持ち手に固定した後、そこに水を掛けて液体窒素で凍らせたの。こうすれば、凍った水がボンドの代わりになるでしょう? ちなみに先ほど桶の水を床にぶちまけたけれど、この水も液体窒素で凍らせておくのがベストね。理由は実際にトリックを見てもらえばわかると思うけれど」

その言葉を受けて、僕は水で濡れた床に目をやった。先ほどの蜜村のこの行動の意味も、いずれ明らかになるということか。

「とにかく、これで下準備は完了よ。次にこの桶とロープを使うわ」

蜜村はそう告げると、三つの手桶をそれぞれ扉の付近に集めた。桶にはそれぞれ濡れタオルが入っている。そして、その三つの桶の持ち手の部分にそれぞれロープの片端を結びつけると、そのロープのもう一方の端を鍵に固定した十字の板に結んだ。結び方はこうだ。十字の板を東西南北の四つのブロックに分けて説明すると、一本目のロープは『北』に当たる部分の先端。二本目のロープは『西』に当たる部分の先端に結ばれている。そして最後の三本目のロープは十字の板の中央部分――、板にぐるりと巻き付けて、三本目のロープの結び目が板のちょうど中央に来るように固定した。

蜜村は、満足いったように頷く。

「これでトリックの下準備はすべて完了したわ」蜜村はそう告げた後、こんな風に補足の言葉を加える。「ちなみにこの三つの桶とそこに結ばれた三本のロープも、十字の板と同様に氷で作ります。つまり、今回のトリックで使用する道具はすべて氷で作るということですね。あと、桶に濡れタオルを入れたのは桶自体を重くするためなので、実際には濡れタオルは用意する必要はありません。おそらく犯人は桶の代わりに、もっと重心の低い――、取っ手の付いた巨大な柏餅のような形状の氷を用意したんじゃないでしょうか」

彼女のその言葉に僕は頷きかけて、すぐに「うん？」と引っ掛かる。桶や板を氷で作る――、その説明は理解できる。でも――、

「ロープは？」僕と同じことを思ったのか、帝夏がそう口を開く。「ロープはどうやって氷で作るん？」

確かに帝夏の言う通りだ。桶や十字の板と違って、ロープを氷で作ることはできない。何故なら氷はとても固いので、ロープみたいに柔らかいものを作ることは不可能だからだ。

「ええ、だからそれがある意味、このトリックの一番のポイントなんですよ」すると蜜村はそんな風に、訳知り顔で口にする。「確かに帝夏さんの言う通り、氷でロープは作れない。それは事実です。だったら――」

「だったら？」

「ロープの代わりに鎖を利用するのはどうでしょう。ロープは無理でも、鎖だったら氷で作れるでしょう？」

蜜村のその発言に僕らは顔を見合わせた。やがて、代表するように芽衣が訊く。

「えっ、鎖って氷で作れるんすか？」

彼女の疑問は無理もない。確かに、鎖の輪っか一つ一つならば氷で作ることは可能だろう。問題はその輪っかを繋げることができないということだ。氷は金属と違って曲げたりできないので。無理やりつなげようとすると、氷の輪っかが割れてしまう。でも、蜜村は首を横に振ると、「いえ、充分に可能ですよ」そんな風に僕らに言った。

「やり方は単純で、まずは氷でできた鎖の輪っかを二つ用意します。この輪っかを便宜上、それぞれ『円A』、『円B』と呼ぶことにする。そしてその『円A』を半分に切って、二つの半円――、『弧A1』と『弧A2』に分割します。あとはその『弧A1』を『円B』の輪の中に通し、その状態で『弧A1』と『弧A2』を液体窒素で引っ付け、再び『円A』の状態へと戻す。するとどうなるか？　『円A』と『円B』が交わった状態――、つまり二つの輪っかが繋がった状態になるわけです。二つの輪が繋がっているわけだから、これは鎖の最小単位。あとは『円C』、『円D』と輪っかを繋げていけば、氷でできたその鎖はどんどん長さを増していく」

氷の鎖の作成方法

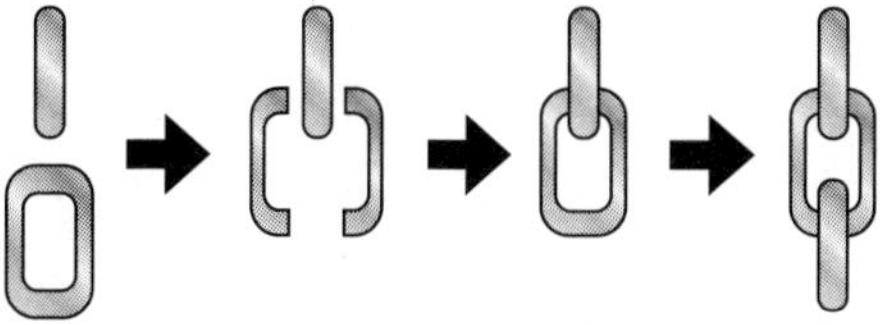

鎖の輪を一度切断し、液体窒素で繋ぎ合わせる。
それを繰り返すことで鎖を長くしていく。

確かにその方法ならば、氷で鎖を作ることができる。僕らが納得したのを受けて、蜜村はもう一度、自身が扉に施した仕掛けを見やった。

「じゃあ、そろそろトリックを発動させてみましょうか。論より証拠じゃないけれど、実際に見てもらった方が早いと思うのよね。このトリックによって、密室が自動で完成するところを」

つまりは、物理トリックによる自動化か。でも、こんなので本当に上手く鍵が掛かるのだろうか？

「当然よ」と蜜村は言った。「私を誰だと思っているの？」

自信満々なのは良いことだが。

「じゃあ、始めましょうか。夜月さん」

「えっ？　はっ、はい」

急に名指しされた夜月はびっくりする。そんな彼女に対し、蜜村は言った。

「夜月さん、あなたをアシスタントに任命します」

＊

蜜村とアシスタントの夜月は何やら打ち合わせをしていたが、やがてすべてを理解したらしき夜月が、うんうんと頷いた。

「オッケーだよ、蜜村さん」

　蜜村もそれに頷き返し、そして僕らに対して宣言する。

「じゃあ、今からトリックを実践します。よろしく、夜月さん」

「おっ、オッケー」

　夜月は少し緊張したように、桶を一つ手に取った。ロープで十字の板に結ばれている桶は全部で三つ。それぞれ十字の『北』と『西』と『中央』に当たる位置に結ばれている。僕は『北』に結ばれている桶を『桶A』、『西』に結ばれている桶を『桶B』、『中央』に結ばれている桶を『桶C』と呼ぶことにした。夜月が手にしている桶は『桶A』だ。夜月はその『桶A』を扉の右側の壁に向かってゆっくりと滑らせた。ここで言う『右』とは、扉を正面に見据えた場合の右に当たる方向のことだ。

　夜月が投げた『桶A』は床の上をカーリングのストーンのように滑っていく。そこで僕は桶の底に氷が張ってあったことを思い出した。さらに蜜村が床に水を撒いたことも。ゆえに摩《ま》擦《さつ》がほとんど生じずに、『桶A』は右側の壁に向かって進んでいった。先ほど蜜村は床にまいた水も液体窒素で凍らせると言っていたから、実際にはその摩擦はさらに小さくなるだろう。

　そして犯行現場となったこの部屋はかなり広い。扉から左右の壁まではそれぞれ七メートルほどもある。それゆえ、桶が壁に達するまでにはそれなりのタイムラグが生じる。夜月はそのタイムラグの間に『桶B』を手に取った。そして、それを今度は先ほどとは逆側の左の壁に向かって滑らせる。そして最後に『桶C』を手に取ると、今度は扉の向かい側の壁に向かって滑らせた。向かい側の壁までは十五メートルほどあるので、こちらも桶が壁に達するまでの間にタイムラグが生じる。

夜月はそのタイムラグの間に扉を開けて、素早く部屋の外に出た。その間にも三方向に投げられた桶はそれぞれ進んでいく。そして最初に変化が生じたのは、一番最初に右側の壁に向かって投げられた『桶A』だ。『桶A』は十字の板の『北』の部分にロープで結ばれていたが、『桶A』が右に進んでいることにより、やがてそのロープの長さが足りなくなって、ロープがピンと張った状態になる。でも、その状態でも『桶A』は進み続けているので、ロープはその桶に引っ張られて、やがてそのロープが結んである十字の『北』の部分に右方向の力が加わった。桶には濡れタオルが入れられ、それなりの重みを持っているので、その運動エネルギーはなかなか強力だ。だからその力により、十字の板は九十度ほど右に回転した。回転の軸となるのは、板の中央に固定されている鍵穴に挿さった鍵だ。だから、板が右に回転すると同時に鍵も右に回転し、ガチャリという扉が施錠される音が室内に響き渡る。

ステップ・『挿した鍵を九十度捻る』の自動化。

そして発動したトリックの効果は続く。次に変化が起きたのは左側の壁に向かって投げられた『桶B』だ。『桶B』は十字の『西』に当たる部分に結ばれているが、先ほど十字の板が九十度ほど右に回転したことにより、『西』に当たる部分は今は『北』に移動している。つまり、現在はロープは『北』に結ばれているということだ。そして左の壁に向かって進んでいる『桶B』に結ばれたロープはやがてピンと張り詰めて、そこから桶がさらに進んだことにより、今度は十字の『北』の部分に左方向の力が加わった。それゆえ、十字の板は先ほどとは逆の左に回転する。その瞬間、『桶B』が左の壁にぶつかり、ロープを引っ張る力は止まった。それにより十字の板の回転はぴたりと九十度で止まる。つまり鍵穴に挿さった鍵も九十度左に回転し、鍵穴に鍵を挿した時と同じ正位置に戻っていた。

鍵穴に挿さった鍵を捻る際、鍵の性質上、右には九十度までしか回転しないが、そこから鍵を左に捻ると最大で百八十度まで回転する。つまり、正位置から左に九十度捻った状態まで回転するのだ。でもこれだと回り過ぎなので、鍵の回転は九十度に留めておく必要がある。だから、犯人は壁を利用したのだ。壁にぶつかることにより、桶はその動きを止める。これは当然、十字の板がロープに引っ張られる動きも止まるということだ。ゆえにロープの長さをきちんと計算しておけば、十字の板を正確に九十度ほど左に回転させることが可能になる。

ステップ・『挿した鍵を逆方向に九十度捻る』の自動化。

そして、桶はもう一つある。扉の向かい側の壁に向かって投げられた『桶C』だ。でも『桶C』に結ばれているロープも、やがてピンと張り詰める。『桶C』のロープは十字の板の『中央』に当たる位置に結ばれていて、『桶C』がさらに前進することによりその十字の板の『中央』にも力が加えられた。『桶C』は扉から遠ざかる方向に進んでいるのだから、板に掛かる力も当然、扉から遠ざかる力となる。

ゆえに板は扉から離れる方向に引っ張られ、それにより板に固定されていた鍵も、鍵穴からすぽりと抜けた。板は桶の前進に合わせてそのまま床を引きづられていき、やがて桶が正面の壁にぶつかったことにより、その動きを留めた。板とそこに固定された鍵は部屋の中央に当たる位置まで移動していた。死体があった位置の近く――、死体発見時に鍵が落ちていたのとほとんど違わない場所に。

ステップ・『挿した鍵を鍵穴から抜く』の自動化。

「御覧の通り、鍵はきちんと掛かっています」

蜜村は扉に近づいて、それが開かないことを示した。確かに完璧に施錠されている。

そしてトリックを発動した人物――、犯人役を演じた夜月はすでに部屋の中にはいない。桶が床を滑っている間に、悠々と部屋を出て行ったからだ。

「これで『別荘の密室』は完成よ」

第１の密室（別荘の密室）のトリック

❶

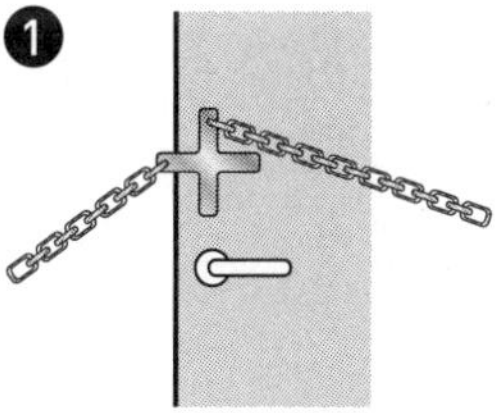

鍵穴に挿した鍵に十字の氷の板を固定。
十字の北と西にそれぞれ氷の鎖を結ぶ。

❷

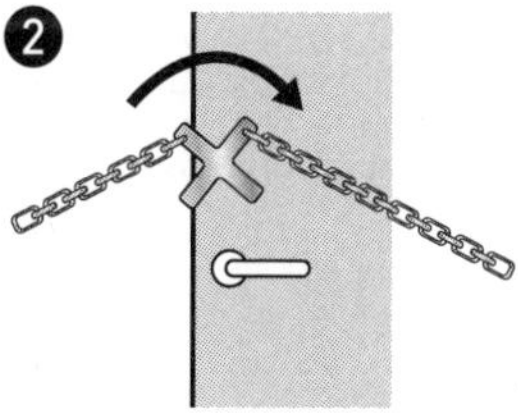

十字の北に結ばれた氷の鎖が
引っ張られることで
十字の氷の板が右に回転する。

❸

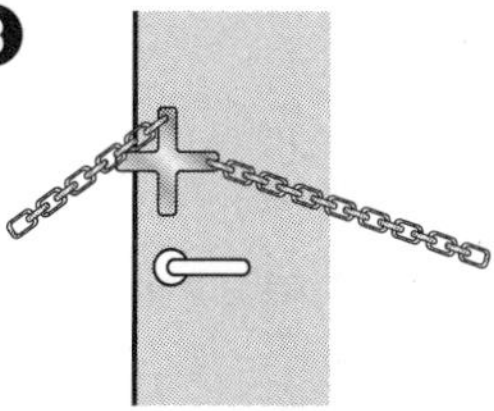

十字の氷の板が右に九十度回転したことで
鍵が施錠される。十字の西に結ばれた
氷の鎖は北に移動する。

❹

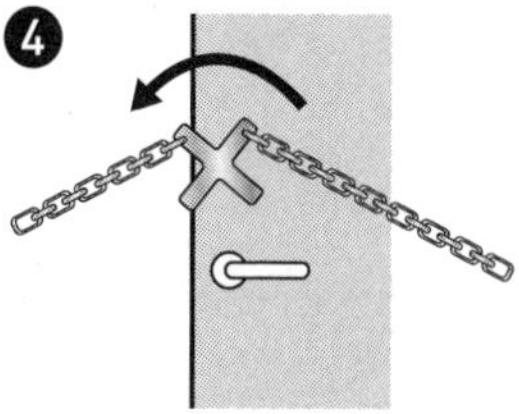

十字の北に結ばれた氷の鎖が
引っ張られることで
十字の氷の板が左に回転する。

❺

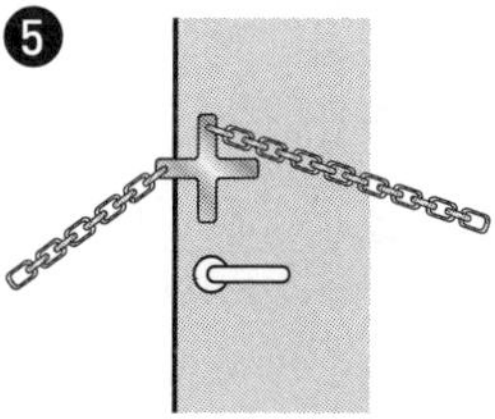

十字の氷の板が左に九十度回転したことで
鍵穴に挿さった鍵が正位置に戻る。

❻

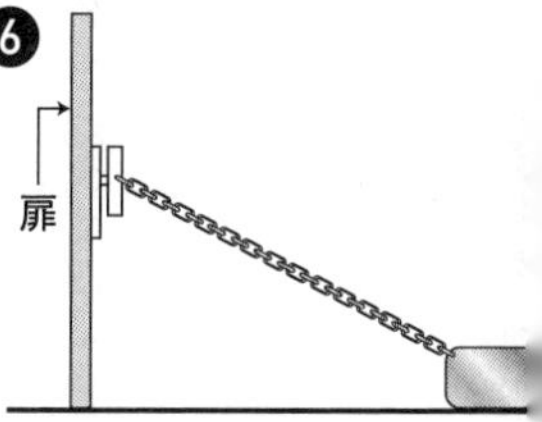

十字の氷の板に鎖で繋いだ氷の塊が
扉から遠ざかるように移動することで
板が氷の塊に引っ張られ、
板に固定していた鍵が鍵穴から抜ける。

蜜村は小さく笑って、そんな風に宣言した。

＊

目の前で起きた光景に、僕たちはしばし唖然とした。扉を施錠するためのステップをすべて自動化する——、蜜村は宣言通り、それを見事に成し遂げたのだった。

「そしてトリックに使われた仕掛けはすべて氷でできているので」呆然とする僕らを横目に、淡々とした口調で蜜村は言った。「時間が経つと融けて消失します。エアコンの暖房を付けておけば、一晩もすれば氷は融けるでしょうね」

そうすれば確かに、密室の中からトリックの証拠は消えてなくなる。エアコンのリモコンはあらかじめ別荘の外に持ち出し、良きタイミングで硝子越しにピッとやってエアコンのスイッチを切ればいい。鍾乳洞の中にあるこの村の気温は低いので、温まった部屋はそう時間も経たずに元の温度へと戻るはずだ。

「もっとも、残念ながらトリックの証拠を完璧に消すことはできなかったみたいですけどね」蜜村はそう皮肉交じりに言って、人差し指を床に向けた。「ほら、これ」

彼女が指差したのはロープだった。十字の板に繋がれた三本のロープが、三方向に向かって伸びている。そして床を這《は》うロープは、とあるアルファベットの形を作り出

していた。これは――、

「『Y』」

僕はそう呟いた後、この『別荘の密室』の現場に残されていた『Y』の文字を思い出した。水で書かれた『Y』の文字。あの不可解な図形は、トリックの痕跡だったのか。確かにロープの代わりに氷の鎖を使ったのならば、それが融けた際に床には水で描かれた巨大な『Y』の文字が残されることになる。

＊

こうして蜜村の活躍により『別荘の密室』の謎は解き明かされ、僕たちはそのまま『東の集落』にある物柿家の屋敷へと移動した。もう一つの密室である『蜘蛛の巣の密室』を解決するためだ。先ほどの蜜村の弁によれば、こちらの密室にも双子トリックは使われていないということになる。つまり、他に解法があるはずだ。でも――、

僕は改めて『蜘蛛の巣の密室』の現場を見渡した。本当にこの密室に別解などあるのだろうか？　扉の丸ノブと一体になった鍵のツマミにはビールジョッキが被せられているし、もう一つの出入口である隠し通路は蜘蛛の巣で塞がれている。でも双子トリックが使われていないとすれば、この部屋で見つかった死体は確かに夏祭りで撃た

れた双一花のものということになり、犯人は双一花の死体を運び入れた後、何らかの方法で密室を作り上げたということになる。鍵のツマミがビールジョッキで塞がれている以上、トリックを使ってツマミに物理的な力を加え、施錠することはできない。つまり、鍵のツマミは確実に犯人の手によって回されたはずだ。ということは犯人はその後、ドアノブにビールジョッキを被せた後で、隠し通路から脱出したことになる。でも、あの蜘蛛の巣だらけの通路をどうやって通過したというのだろう？

皆の視線が蜜村に集まる。すると蜜村は肩を竦めて、「犯人がどうやって蜘蛛の巣だらけの通路を通ったのか――、その方法を考える必要は一切ありません」と言った。「だって犯人は隠し通路じゃなくて、この扉から部屋の外に出たんだから。そして部屋の外から物理トリックを用いて、扉の鍵を施錠したんです」

その言葉に、僕たちは困惑した。

「そっ、それはさすがに不可能じゃないっすか？」と慌てたように芽衣が言う。「犯人が物理トリックを使って鍵のツマミを回したとしたら、まず犯人は鍵のツマミに糸か何かを繋ぎ、その糸を扉の下の隙間に通して部屋の外から引っ張ったことになる。そこまでは別にいいっす。糸でツマミを引っ張ることにより、扉は施錠されるわけっすから。でも、問題はここから。ドアノブに被せられていたビールジョッキは、どうやって貼り付けるんすか？　ジョッキを固定するのに使われていたガムテープは乱雑に何重にも貼られていて、明らかに人の手によって貼り付けられたものだったっす。犯人が部屋の外から、あんな風にジョッキを張り付けるのは不可能っすよ」

　確かにその通りだ。ビールジョッキはまず接着剤で扉に貼り付けられた後、ガムテープで何重にも扉に固定されていた。ジョッキの縁の部分にあらかじめ接着剤を塗っておけば、長く曲がった二本の棒を扉の下から通し、それらの棒で箸のようにジョッキを挟んで、部屋の外からドアノブにジョッキを被せるのは不可能ではないのかもしれない。かなり、骨の折れる作業にはなるが。だが、問題はそこからだ。どうやってガムテープを貼るのか？　それがこの密室における最大の謎だった。

　すると蜜村はこんな風に言った。

「そんなの、手で貼り付ければいいんじゃないですか？」

　僕は思わず「えっ？」と声を漏らす。それを見かねた蜜村はこう続けた。

「つまりね、根本的な考え方が間違っているのよ。犯人はツマミを回して扉を施錠したんじゃない。部屋の外から鍵穴を回して、それで扉を施錠したのよ」

＊

「部屋の外から鍵穴を回した？」

そのあんまりな物言いに、僕は思わず困惑する。そして「何を言ってるんだ?」と思った。扉の外の鍵穴は金属が流し込まれて塞がれている。だから鍵を使って扉を施錠することはできないのだ。そして流し込まれた金属の表面に錆が浮いていたことから、鍵穴が塞がれたのはかなり前。つまり時系列を鑑みると、犯人が犯行後に鍵を使って密室を作った後、鍵穴に金属を流し込んだという可能性もありえない。

「まぁ、素人はそう考えるわよね」と蜜村は肩を竦めた。「でも、ぜんぜん可能なのよ。ピンシリンダー錠が持っている性質を使えばね」

ピンシリンダー錠が持っている性質? 僕はその言葉に戸惑った。ピンシリンダー錠というのは最もポピュラーな種類の錠のことで、日本で使われている錠の九十九パーセント以上はこのピンシリンダー錠だと言ってもいい。僕の自宅の玄関に使われている錠もこれだし、この扉の錠もそうだと以前にカマンベールが口にしていたはずだ。

簡単に説明すると、ピンシリンダー錠というのは普段は錠の内部にあるピンによって鍵穴(シリンダー)が回転しないように固定されているのだけど、鍵穴に鍵を挿し込むことでその鍵の刃のギザギザの部分にピンが押し上げられ、ピンによるロックが外れることで鍵穴が回転するようになるのだ。このロックが外れた状態のことを『シャーラインが揃った』状態という。そしてその状態で鍵穴が回転すれば、扉の側面からデッドボルト(閂《かんぬき》)が飛び出して扉が施錠される。ちなみに鍵穴に針金などを突っ込み、このピンを無理やり持ち上げてシャーラインを揃える技術をピッキングという。

「つまり、鍵穴に鍵を挿すことによってピンシリンダー錠のロックが外れ」と蜜村はジェスチャーを交えながら言う。「鍵穴を回転させることができるようになるのだけど、ここからがポイントよ。実は鍵穴を少しでも回した状態で鍵穴から鍵を引き抜くと、鍵を抜いたにも関わらずピンシリンダー錠のロックが外れたままの状態になるの。つまり、ピンのシャーラインが揃ったまま固定されている状態になる。これはシリンダーにはもともとピンが上下に出入りするための穴が開いていて、本来、鍵を抜くと押し上がったピンはその穴へと戻るのだけど、シリンダーが回転することによってその穴の位置がずれてピンの真下から移動するため、戻るべき穴をなくしたピンが持ち上がったまま固定されるからよ。だからロックが外れたままの状態になる。そしてロックが外れているということは、鍵を鍵穴に挿し直さなくても鍵穴が回せるということ。つまり、鍵穴を回すのに鍵が必要ないということを意味しているわ。だから鍵穴を少しでも――、それこそ十度くらい回転させた状態で鍵穴を塞いでも、そこからその鍵穴を回転させて扉を施錠することができるのよ。さらに、そこから鍵穴を逆方向に回して、鍵穴を元の正しい位置に戻すこともできる」

通常、扉を施錠する際は、鍵穴に鍵を挿して九十度回転させた後、その鍵を逆方向に九十度回し直して鍵穴を正位置に戻す必要がある。つまり蜜村の語ったトリックで

第3の密室（蜘蛛の巣の密室）のトリック

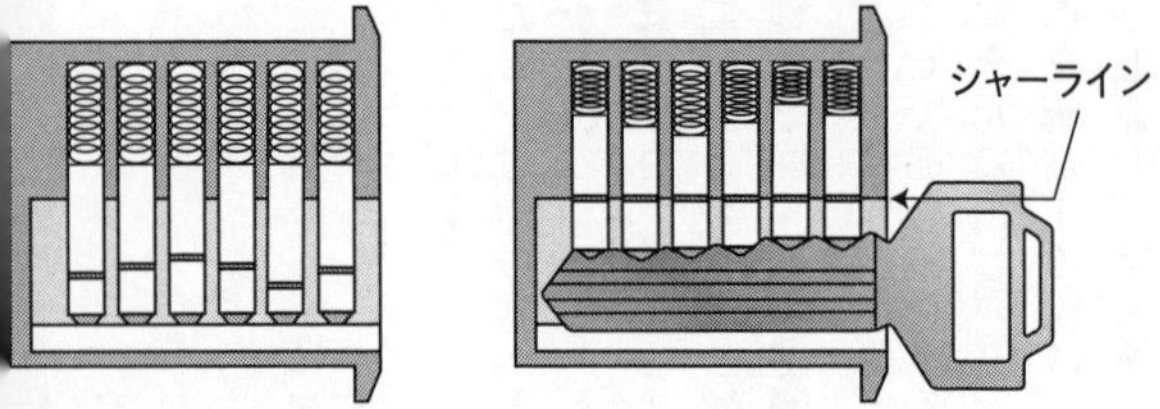

・鍵穴に鍵を挿すことで、ピンが押し上がりシャーラインが揃う
（シリンダー錠のロックが外れる）

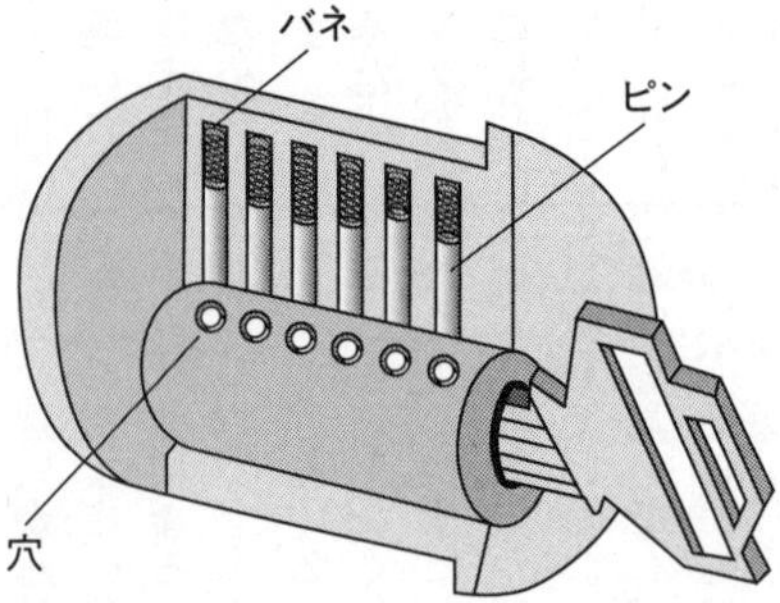

・鍵穴を回転させることにより、ピンと穴の位置がずれ、
シャーラインが固定される

・この状態で鍵を抜くことにより、鍵を鍵穴に挿さなくても
鍵穴を回すことが可能になる

は、その鍵穴を正位置に戻す作業も鍵が挿さっていない状態で行えるということだ。

「そして鍵穴が正位置に戻ることによって、持ち上げられていたピンも元の位置へと戻り、錠に再びロックが掛かって回転しなくなる。ただし鍵穴に金属が流し込まれていると、固まった金属でピンが固定されて元の位置に戻らなくなるから、本当は鍵穴には金属は流し込まれておらず、鍵穴の入口のみを塞いでいる状態だと考えられるわ」

つまり鍵穴は見かけ上、塞がれているだけで、実際には鍵穴の中は空洞のままということか。

「ただし、このトリックには一つ問題があって」と蜜村は言葉を続ける。「それは鍵穴を回転させた状態だと、鍵穴に挿した鍵を抜くことができないということよ。これは鍵のギザギザの部分にピンが絡みついているからで、そのピンが引っ掛かって鍵を抜くことができないの。だからこの問題を解決させるために氷で合鍵を作るという方法を取る。カマンベールさんの話だとこのピンシリンダー錠の構造は単純で、合鍵も簡単に作れるらしいからね。まぁ、ピンシリンダー錠の鍵というのはもともとデパートやホームセンターの鍵コーナーで簡単に複製できるくらいだから、ある程度の技術と道具があれば、氷で合鍵を作ることはそもそも難しいことじゃないのだけど。とにかく犯人はそんな風に氷の合鍵を用意して、その鍵を鍵穴に挿して十度ほど回転させた。すると時間が経てば氷の鍵が融けて、鍵が抜けたのと同じ状態になるわ」

つまり合鍵自体を消失させることで、鍵穴を回転させた状態のまま、鍵穴の中を空っぽにすることができるというわけか。

「あと、これは補足なのだけど」と彼女は人差し指を立てて告げる。「鍵穴を十度ほど回転させているということは、その分だけ扉の側面からデッドボルトが飛び出すことになるから、そのデッドボルトが干渉して扉の開け閉めができなくなる——、と思うかもしれないけれど、実はそんなことは全然ないの。鍵穴というのはね、構造上、十度くらい捻っただけだとデッドボルトはまだ飛び出さないのよ。もちろん鍵のメーカーによって角度に誤差はあるけれど、デッドボルトは鍵穴をだいたい三十度くらい捻ったところで初めて飛び出す。だから氷の鍵を使って鍵穴を十度捻っても、デッドボルトは飛び出さないから、この状態ならまだ扉を自由に開け閉めすることができるわ」

ようは、デッドボルトの干渉云々《うんぬん》については特に気にしなくてもいいということか。

僕はなるほどと納得しつつ、頭の中で情報を整理してみた。つまり犯人は殺人を行うずっと前——、おそらく何ヶ月も前に、氷の鍵を使って鍵穴をわずかに回転させ、その鍵穴の入口を融けた金属で塞いでおいた。そして定期的に水を吹きかけるなどして、その金属を徐々に錆びさせていく。あとは双一花の死体を部屋に運び込んだ後で、その扉を開けて部屋から脱出し、ゴム手袋か何かを嵌めた指を鍵穴に押し付け、その

摩擦を利用して鍵穴を回転させて扉を施錠したというわけか。しかし——、

「このトリックは——、うーん」

あまりにもマニアックすぎるのではないだろうか？　少なくともピンシリンダー錠の構造に明るくないと絶対に解けないわけだし。確かにこの方法を用いれば密室は作れそうだけど、これが真相だとお出しされても、いまいちピンとこないところがある。いわゆる「知らんがな」といった状態だ。確かミステリーの原理原則に従うと、特殊な知識を使ったトリックというのは本来歓迎されないものであるはずだし。

僕がそんな風に不満を述べると、蜜村自身も「うーん、確かにそうなのよね」と案外素直にそれを認める。そして思いついたように「あっ、じゃあ、こうしましょうか」とその両手を打ち鳴らした。

「ここからさらに別解を示すというのはどうかしら？」

そんな蜜村の言葉に、僕たちは目を丸くする。「それは、まさか」と僕が訊くと、彼女は「ええ」と頷いて言った。

「多重推理よ」

＊

この『蜘蛛の巣の密室』に別解を示す——、そう宣言した蜜村は僕たちを部屋の地下にある隠し通路に案内した。高さと横幅がそれぞれ一メートルほどの、飴色の木材でできた通路。その通路に縦横に蜘蛛の巣が張られていて、人の出入りを妨げている。つまり——、

「蜜村ちゃんの言う別解というのは、この蜘蛛の巣を何とかする——、つまりはそういうことなんやな？」

そんな帝夏の問いに蜜村は頷く。「そして、その方法はとても単純です」と彼女は言った。

「何故なら犯人がここから出入りした時にはまだ蜘蛛の巣は張られていなかったんだから。つまりこの通路が塞がれたのは、犯人がここから死体を部屋に運び込んで、そして脱出した後なんですよ」

蜜村はそう宣言する。でもそれに僕らは顔を見合わせて、やがてどこか気まずそうに芽衣が口を開いた。

「あの、蜜村さん、蜘蛛の巣が張られるのって凄く時間が掛かるんですよ？」

それはいつか僕が狂次郎に言ったセリフと一緒だった。通路にここまで大量の蜘蛛の巣が張られるのには相応の時間が掛かるはずだ。狂次郎は通路に大量の蜘蛛を放つことでその問題を解決すると言っていたが、それでも最低でも一ヶ月は掛かるだろう。

一晩でできる芸当ではない。

「そうね、確かにその通りです」蜜村もそれを承知しているように肩を竦める。「だったら、こう考えてみたらどうでしょう？　蜘蛛の巣はこの通路の中で作られたんじゃない。ここことは別の場所で作られて、それを犯人が運んできたとしたら？」

蜘蛛の巣を運んだ？

「そして」と蜜村は飴色の木材でできた通路を指差す。「この飴色の木材――、この飴色が木の色ではなく、本当に飴の色だったとしたらどうでしょう？」

その言葉に僕らは目を見張り、そしてちんぷんかんぷんになった。「いや、蜜村さん、何を言ってるんすか？」芽衣がそんな風にツッコむと、「言葉通りの意味ですよ」と蜜村は澄ました顔で頷く。

「つまり、この木製の通路は飴でコーティングされているんです。そしてそれは犯人の手によるもの。ようは犯人はあらかじめこの通路にぴったり嵌まるサイズの筒――、文房具の下敷きのように薄い飴でできた四角い筒を用意しておき、その筒の中で大量の蜘蛛を飼って、筒の内部に無数の蜘蛛の巣を張り巡らせていたんですよ。そしてこの部屋に死体を運び込んだ後で、その蜘蛛の巣の張られた筒を通路の中に嵌め込んでいく。筒は一メートルくらいの長さのものをいくつも用意しておいたんだと思います。そうして通路の内部に蜘蛛の巣を運び込んだ後で、今度はヒーターを使って通路の内部を温め、その飴を融かすことで通路にぴったりと貼り付ける。あとはその飴が冷えて固まれば通路が飴にコーティングされた状態になり、このように完全に蜘蛛の巣に塞がれた状態になるというわけです」

＊

蜜村の語った推理を受けて、僕はあらためて飴色の通路を見渡した。通路の表面はニスのようなものでコーティングされていたが、確かに言われてみるとこれはニスではなく飴のようにも見える。もっとも警察が調べれば、これが飴なのかニスなのかは簡単にわかると思うけれど、蜜村が今話した推理を念頭に置かなければ、そもそも調べようという発想は浮かばないだろう。だって飴色の木材が本物の飴で覆われているなんて——、そんなバカバカしい考えは普通は頭を過らない。

まぁ、それはさておき——、つまり、この通路を覆っているのが本当に飴であれば蜜村が今語ったトリックが真実で、逆にこれがニスであれば、ピンシリンダー錠の性質を利用したトリックの方が正しいということになる。

「うん、そうね。そういうこと」と蜜村は僕の説明に頷いた。「どちらのトリックが正しいのかは警察が来れば簡単にわかる。だから今は気に入った方のトリックを真実だと思ってくれて構わないわ」

　蜜村はそんな風に言葉を結ぶ。それは投げやりなようにも、読者に真相をゆだねる推理小説の探偵のようにも見えた。

　とにかく、これで無事に『蜘蛛の巣の密室』の謎は解き明かされ、それにより僕らを悩ませていた『双子トリックのパラドックス』は完全に崩れ去った。蜜村の宣言した通り、どちらの密室も双子トリックを使わずに実現させることができたのだ。

「これで一件落着ね。では、私はこれでっ！」

　蜜村はそう告げて旅館に戻ろうとしたので、僕は慌てて後ろから蜜村の上着の襟をグッと摑んだ。首の絞まった蜜村は「うっ」と苦しそうな声を上げると、キッと僕を睨みつけて「何をするの？」と悪態をつく。

「女の子の襟を引っ張るなんて、あなたには常識がないのかしら？」

　まったくもって返す言葉もないが。それでも僕はこのまま彼女を帰すわけにはいかないのだった。何せ、この屋敷にはまだ未解決の密室が残っているのだから。

「医三郎さんが殺された『血染め和室の密室』――、そっちも解いてほしいんだ」

　蜜村はむぅと唸ったが、やがて「まぁ、いいわ。案内して」と折れた。女将原さんに密室を解くと約束した以上、未解決の謎を残したまま戻るのは気が引けるのだろう。

なので僕はその『血染め和室の密室』へと彼女を案内した。ちなみに他のメンバーは

「疲れたから休む」と言って各々の部屋に戻っていった。蜜村は恨めしそうな顔で「私だって疲れたのに」と文句を言っていた。

現場に入ると、僕は彼女に改めて死体発見時の状況を説明した。彼女はそれを「ふぅん」と気のない返事で聞きながら、血まみれになった和室を見渡して言う。

「随分と変わった密室状況ね」

確かに、と僕は思った。

まず被害者はテーブルの上に寝かされ、胴体と足がそのテーブルにワイヤーで括り付けられていた。これではまともに動くことはできないだろう。ただし、腕は括り付けられていなかったので、そこだけは動かすことができたようだ。その証拠に、被害者は両手を上に伸ばしたバンザイのような体勢で絶命していた。

そして、被害者はテーブルに縛られたその状態で首を切断されていた。その首の切り口は、この和室の唯一の出入口に嵌まった二枚のふすまの方を向いていて、その首から噴き出た血液によってそれらのふすまが施錠されているのだ。血液で施錠されている――、というのも不思議な言い回しではあるが、仮にこの血がふすまに掛かった直後――、つまり血が乾いていない状態でふすまを開けると、ふすま同士がこすれて、そこに付いた血が掠れてしまうし、逆に血液が凝固した後だと、二枚のふすまに跨《また》がるように付着した血が乾いた糊のようになって、今度はふすまが開かなくなり、無理やり開くと跡が残る。つまり血が乾く前と後のどちらにしろ、ふすまを開けば必ずその痕跡が残るということだ。ふすまを無理やり取り外しても同様の跡が残るだろう。そしてそれらの痕跡が見当たらないということは、ふすまは開かれてもいないし、取り外されてもいないということだ。つまり、これはふすまが施錠されているのと同義になる。だから鍵が掛かっていなくても、この和室は密室であるということだ。

僕は血まみれになった二枚のふすまを眺めながら、頭の中で状況を整理してみた。

二枚のふすまの両方に血が掛かっているということは、首が切断された時点ではふすまは閉まっていたということになり、首を切断した犯人も当然、室内にいたということになる。でも、首を斬り飛ばした時点でふすまに血が飛び散るから、その時点で出入口は塞がれてしまう。つまり、犯人は部屋の中に取り残されてしまうということだ。

でも、ふすまを開けた状態で首を切れば、首から噴き出た血で廊下が血塗れになってしまうし、血が噴き出している途中でふすまを閉めると、ふすまに血を横薙《よこな》ぎに吹きかけたような跡が残る。でも先ほど、こっそりと廊下を調べてみたが、廊下に血の飛んだ跡などは見当たらなかった。廊下の床材は目が荒かったので、仮にそこに血が飛んだならば拭き取ることは不可能だろう。そして血液が噴き出している途中でふすまを閉めたような痕跡——、血液を横薙ぎに吹きかけたような痕跡もふすまには見られなかった。つまり、やはり首が切られた時点でふすまは閉まっていたということだ。では、犯人はどうやってこの和室から消え去ったのか。

そこでふと、思いつく。

「首を斬り落とした後で、犯人が噴き出る血液よりも素早く廊下に出て、ふすまを閉めるというのはどうだろう？」

その僕の主張に、蜜村は「あのね、葛白くん」と呆れたように口にした。

「そんなの無理に決まっているじゃない。血液が噴き出す速度なんて、めちゃくちゃ速いのよ。時速何百キロにもなるわ」

「そんなに」

確かにそれならば、噴き出る血液よりも素早く部屋を出るのは不可能そうだ。

僕は「ふむ」と納得した後、次の思い付きを口にする。

「じゃあ、こういうのはどうだろう？　犯人は紐で首を縛ったんだ」

「紐で？」

「ああ、そうすれば動脈が塞がれて血液の流れが止まる。だから、その状態で首を斬り飛ばしても切断面から血は噴き出ないんだ。なので、その状態で部屋の外に出れば
ふすまにはまだ血が掛かっていないわけだから、自由に出入りすることができる。」

「そのあと、紐をほどけば血が噴き出て密室が完成するというわけね」と蜜村は顎に

手を当てて言った。「でも、残念ながらそれは不可能よ」

「どうして？」

「まず、止血するくらいに首を強く縛ると、死体の首元にその痕が残るはず。でも、死体にはそんな痕は見当たらないでしょう？」

　蜜村は室内にある死体に目を向けた。僕もおっかなびっくり死体を眺めた。確かに彼女の言う通り、そんな痕跡は見当たらない。

「さらに」と蜜村は続ける。「被害者の心臓は首を切断してすぐに止まるはずだから、その時点でもう血液は勢いよく噴き出さなくなる。通常は首を切り落とした直後が一番血の勢いが強くて、だんだんと弱まっていくわ。つまり、血が本当に強く噴き出すのは心臓が止まってから数秒間。犯人はその間に部屋の外に出て、ふすまを閉めて、さらには首を縛っている紐をほどかなくてはならない。この動作を数秒でやるわけだから、これはかなり大変よ。さらに——」

「さらに？」

「部屋の外に出た犯人が、外から部屋の中にいる被害者の首を縛っている紐をほどく方法がない。仮にあったとしても室内に紐が残るわ。でも、部屋の中にはそんなもの存在しなかったんでしょう？」

　確かに、そんな紐など見当たらなかった。僕は狼狽えつつ、「でも、氷を使ったのかも」と苦し紛れに思いつきを口にする。

「ほら、氷で首を圧迫させて血流を止めれば」

「氷はそんなに簡単には融けないわ」蜜村はぴしゃりと否定した。「融けるのに数十分は掛かるでしょうね。その間に被害者の心臓は完全に止まって、首から血は噴き出さなくなるわ」

「たっ、確かに」

僕はようやく自説を取り下げた。首を切り落としてから、噴き出る血の勢いが持続するのはせいぜい数秒。その数秒間に首を縛っている紐かそれに代わるものを取り外し、なおかつ密室内に何の証拠も残さないというのはどう考えても不可能だった。

「じゃあ、氷でついたてを作って」

そのついたてを死体の前に起き、ふすまに飛び散る血液を防ぐという手も考えたが、これも明らかに不可能だろう。その方法だと、ついたてに当たった血が横方向に飛び散り、壁に不自然な状態で血液が付着してしまう。そして何よりもふすまに血が掛からなくなる。これでは現場が密室にならない。

「というわけで、葛白くんのアイデア品評会はここでお開きにするとして」と蜜村は肩を竦めて言った。「現場に残された証拠を検討していきましょう。その証拠をどのように解釈するか——、つまり、ホワイダニットの話をするの」

「ホワイダニット」僕は、ふむと頷いた。

「そして、この事件で残されているホワイは主に四つ。すなわち――、
①犯人は何故、被害者をテーブルに縛ったのか？
②犯人は何故、被害者にフルフェイスのヘルメットを被せたのか？
③犯人は何故、ヘルメットのバイザーを黒く塗ったのか？
④犯人は何故、ヘルメットのバイザーが開かないように接着剤で留めたのか？」
蜜村の告げた言葉を聞いて、僕は畳の上に転がった被害者の首に視線をやった。フルフェイスのヘルメットを被った首。確かに、犯人が何故こんな奇妙な行動を取ったのかは極めて不可解だった。

こうして改めて列挙されてみると、確かに現場にはたくさんのホワイが残されている。そしてこのホワイを解くことによって、如何《いか》にして現場を密室にしたのかというハウも解決されるということか。

「じゃあ、こちらも調べてみましょうか」

蜜村はそう言ってポケットからゴム手袋を取り出すと、それを両手に嵌めて医三郎の死体へと近づく。ワイヤーでテーブルに縛り付けられた状態で首を切断された死体。思わず目を背けたくなるような凄惨さだが、蜜村は平然としていた。

「ふぅむ」と蜜村は首の切断面を調べながら言った。「どうやら斧《おの》やノコギリじゃな

くて、ナイフや包丁のようなものを使って首を切り落としたみたいね」

「わかるのか？」

「ええ、切り口を見ればある程度はね。つまり、医三郎さんの首はすっぱりと一息に切られたわけではなく、ナイフを使ってザシュザシュと切り落とされたということよ。分厚いステーキ肉をナイフで切り裂くみたいにね」

あまり想像したくない光景だが。顔を顰める僕に対し、蜜村は涼やかに告げる。

「つまり、ホワイはさらに増えるということね。『⑤犯人は何故、ナイフで首を切ったのか？』というホワイが。そして頭部の方だけど……、うん？　あれ？」

畳に転がった被害者の首を拾い上げた蜜村が言う。彼女は被害者が被っているヘルメットとその首筋の隙間に手を入れて、盛んに首を捻っていた。

「どうした？」

「いや、ヘルメットから被害者の頭部を取り出そうとしてるんだけど」と彼女は眉を八の字にして言う。「何故だか上手く取り出せなくて。もしかしたら、接着剤か何かで頭部とヘルメットが固定されているのかもしれないわ」

「接着剤で頭部とヘルメットが固定されている？」

彼女の言葉に混乱する。言っている意味がわからない。犯人にそんなことをするメリットがあるのだろうか？　つまり――、

「『⑥犯人は何故、頭部とヘルメットを接着剤で固定したのか？』」

　蜜村はそんな風にホワイの追加を宣言する。そしてさらに「あれ？」と呟くと、手にしたヘルメットの後頭部の辺りを眺めて首を捻った。

「……ここにも接着剤が付いているわね」

「マジで？」

　おっかなびっくりヘルメットに近づくと、確かにヘルメットの後頭部辺りに少量の接着剤の跡があった。

「ということは」蜜村はヘルメットを床に置くと、死体の胴体部分が載せられているテーブルへと近づく。そして首の切断面の先――、かつて頭部があった位置のテーブルの表面を眺めて言う。

「ここにも接着剤が付いているわね」

　見やると、彼女の言う通りテーブルにも接着剤の跡があった。これはつまり――、

「首が切断される前、被害者が被っているヘルメットは接着剤でテーブルに固定されていたってことか？」

　だからこそ、テーブルとヘルメットの両方に接着剤の跡があったのだ。そして、何らかの原因でその接着剤は剝がれた。何故？　これもホワイだ。

「『⑦犯人は何故、テーブルとヘルメットを接着剤で固定したのか？』」

蜜村の言葉に僕は頷く。これでホワイは全部で七つだ。そしてこれは僕の予想だけど、これらのホワイをすべて解決することによって、この『血染め和室の密室』に使われたトリックが導き出されるはずなのだ。

僕は期待を込めた視線を蜜村に向ける。すると彼女は「ふむ」と頷いて、ゴム手袋を外しながら僕に言った。

「ちょっと髪の毛をポニーテールにするわね」

「何でだよ」

言っている意味がよくわからない。すると、蜜村は「ふふん」と鼻を鳴らして言う。

「私はポニーテールにすると集中力が増すのよ」

「そんな設定、初めて聞いたっ！」

いや、前に夜月からそんな話を聞いたような気もするが。そんな風に困惑する僕を他所に、蜜村はポケットからヘアゴムを取り出した。それで黒髪をポニーテールに結ぶと、そっと両目を閉じた後、静かにその瞼を開いた。

もともと涼やかだった彼女の目が、数度ほど温度を落とす。感情の乏しい冷涼な瞳。まるで人殺しの目だ。

いや、確かに彼女は人殺しなのかもしれないけれど。何せ、日本で最初の密室殺人犯かもしれない女の子なのだ。

「十五秒ほど時間をちょうだい」冷たい瞳で彼女は言う。「それだけの時間があれば、この密室は崩せるはずだから」

　その言葉に僕は気圧される。僕が頷きを返したのを見て、蜜村はその視線を死体に向けた。僕は心の中で数を数える。心臓がドキドキした。一秒を進む針の動きがいつもより遅く感じられた。

　そして、きっちり十五秒が経ったところ、彼女は結んだ髪の毛をほどいた。絹のように艶やかな髪の毛がはらりと零《こぼ》れる。

「わかったわ」と蜜村は言った。「犯人がどうやってこの密室を作ったのか」

「マジか」

「ええ、マジよ」と彼女は熱の戻った瞳で頷く。そして、くしゃりと黒髪を撫でて言った。「犯人はね、とても残酷で極めて突飛な密室トリックを使ったのよ」

＊

「じゃあ、今から現場を密室にした方法を説明するわね」と蜜村は自身の推理を語り始める。「まず最初に、犯人は強力な麻酔薬を使って被害者を昏睡させて、この和室へと運び込んだ。そしてナイフを使ってその首を切断したの。その際、首の骨は直接切らず、代わりに脛骨を繋ぐ軟骨部分を切断しておく。ここが一番切りやすいからね。もっとも動脈を切断するとその時点で血が噴き出るから、動脈と静脈は切らずに残しておく。ただし、どちらの血管にも血が噴き出さないギリギリまでナイフで切れ込みを入れておくわ。あと、首と胴体を繋いでいる中枢神経――、つまり脊髄ね。ここを切断するとその時点で心臓が止まってポンプの役割を果たさなくなるから、脊髄も切らずに残しておく。脊髄は頸椎《けいつい》の後ろにあるから、そこを残せばいい感じね。さらに首が転がっていかないように、首を支えるための筋肉も、ナイフで切れ込みを入れて千切れやすくした状態である程度は残しておく」

何だか、いきなり無茶なことを言い出した。

「ちょっと待て、そんなことして大丈夫なのか？」

僕が慌ててツッコむと、蜜村は平然と頷いて言う。

「平気よ、人間は動脈と静脈と中枢神経さえ繋がっていれば、しばらくの間は生きられるわ。そこさえ繋がっていれば心臓と肺は動くからね。それに犯人が切るのはあくまで首の筋肉や毛細血管や、臓器の機能を維持するのに不要な末梢神経だけよ。これらは生命維持に大して寄与しないから切断してしまっても問題ない。もっとも動脈や中枢神経を避けて首を切断するのが難易度が高いのだけど、そこは一流外科医なみの知識と技術があれば充分に可能なはずよ。それに実験もしているはずだし」

「実験？」

「人体実験よ。このトリックの練習を行うために、何人か殺してるんじゃないかしら？」

　マジか。

「おそらくね。村の外から適当な人間をさらったりして。そして、その練習の成果を被害者の医三郎さんに試したの。そして犯人はこれらの一連の作業を終えた後、この部屋を出てふすまを閉めた」

「ふむ？」そこで再び疑問が起きる。「被害者の首はまだ繋がっているけど」

　僕はそう口にする。首はほとんど切断されているが、まだ完璧には切り離されてはいない。

「そうね、この時点ではまだ繋がっている」と蜜村は言った。「だから、この段階ではまだ被害者の首に切り込みが入った状態よ。『切り取り線』と言ってもいいわね。つまり、被害者の首は通常よりもとても千切れやすい状態になっている。それこそ被害者の首を強く引っ張れば、素手で首と胴体が切り離されてしまうくらいにね。でも、まだ繋がっているのは確か。首の皮一枚というのは大げさだけど、わずかな筋繊維と動脈や静脈なんかでギリギリ繋がっている状態よ。つまり首に物理的な力を加えない限り——、直接、首を引っ張ったりしない限りは、首が完全に切断されないというのも事実。そして被害者の首に物理的な力を加えるには、犯人が再びふすまを開けて室内に入り、直接首を引っこ抜くしかない」

でも、そんなことをしたら首が千切れた瞬間に血が噴き出し、ふすまに血液が噴きかかってしまう。つまり、ふすまが血液によって施錠されてしまう。これでは犯人は室内に取り残されて、密室状況は成立しなくなってしまうのではないだろうか？

「ええ、そうね」と蜜村は頷く。「だから犯人は部屋の中に入って、首を引き千切るわけにはいかない」

「でも、じゃあ、どうやって？」

「決まっているわ、犯人は部屋の中に入らずに被害者の首を引っこ抜いたのよ」

その言葉に僕は困惑する。部屋の中に入らずに首を引っこ抜く？　彼女はそんなことが本当に可能だと思っているのだろうか？

僕はその方法をしばし考え、やがて諦めたように首を横に振った。そして「そんなこと不可能だ」と諭すように彼女に言った。

「できるわけがない。魔法でも使わない限り」

「じゃあ、魔法でも使いましょうか？」そんな風に彼女は笑う。そして肩を竦めて言った。「冗談よ。でもまぁ、ここからが本番。今までのは下準備みたいなものよ。つまり、このトリックの本質は『最後の一撃』。犯人は如何にして部屋の中に入らずに被害者の首に物理的な力を加えたのか——、よ」

　蜜村はそう告げた後、畳の上に転がっている医三郎の首を指差す。

「そして、そのトリックの痕跡は現場に堂々と残されているわ。ずばり、被害者の被っていたフルフェイスのヘルメットよ」

「フルフェイスのヘルメット?」

「そう、そしてそのヘルメットはバイザーの部分がスプレーで黒く塗り潰されていて、さらにそのバイザーは接着剤で開かないように固定されていた。さて、被害者である医三郎さんは強力な麻酔薬で眠らされていたわけだけど、彼はその状態から目覚めた際にいったい何を思ったのかしら?」

「何を思ったか?」

　思い浮かんだ答えは「痛い」だ。首をほとんど切断されているわけだから。でも、すぐに違うと気付く。以前に夜月に聞いた話だと、医三郎は痛みをいっさい感じない体質らしい。自転車で転んだ時に夜月にそう話していたそうだ。では「息苦しい」はどうだろう?　首を切断されているわけだから、当然、気管も切断されている。でも肺は動いているわけだから、気管の切断面から空気は吸えるはずだ。それに蜜村が訊いているのは、そういうことではない気がする。なので僕はもう少しだけ考えて、やがてその答えに辿り着いた。その答えとは——、

「真っ暗だ――、か」

　蜜村はそれにこくりと頷く。

「ええ、そうよ。バイザーが塗りつぶされているから、視界が完全に塞がっていて激しく混乱したはず。さらに首は筋肉を切断されているから当然動かすことはできないし、足と胴体もテーブルに括りつけられているから、唯一縛られていない腕を除けば体を一切動かすこともできない」

「腕は動くのか？」

「中枢神経は切断されていないからね」と蜜村は言った。「中枢神経は脳からの信号を手足に伝えるためのケーブルみたいなものだから。ケーブルが切断されない限り、腕を動かすことは可能よ」

　なるほど、と僕は思う。首の筋肉が切断されていても、神経さえ無事であれば腕を動かすのに支障はないということか。

「それで話は戻るけれど」僕が納得したのを見て蜜村は言う。「つまり、被害者には自身の置かれた状況がまるでわからないということよ。喉も切られているから、まともに声を出すこともできない。そこで頭部を触ってみると、何だかフルフェイスのヘルメットを被っているような感触がある。そこで被害者は初めて、このヘルメットが原因で視界が塞がれている可能性に思い当るのよ。じゃあ、ここから被害者はどうするか？　当然、そのヘルメットを取ろうとするわよね？　でも、ここに罠がある」

「罠？」

「ヘルメットの内部に接着剤が塗られていて、被害者の頭とヘルメットが完全にくっついていることよ。この状態でヘルメットを取ろうとするとどうなるか？　当然、ヘルメットの動きに合わせて、それにくっついている頭部も同時に動くことになる。でもここで思い出してほしいのは、ヘルメットの後頭部には少量の接着剤が塗られていて、その接着剤でテーブルに固定された状態だったということよ。なのでヘルメットを取ろうとしても、ぴくりとも動かない。被害者は焦りと混乱の中で、腕にさらに力を籠める。つまり、被害者の両腕にググッと力が溜められるの。そしてその力の蓄積に耐えられずに、やがてヘルメットとテーブルを繋いでいる接着剤が剝がれるのだけど、その瞬間、何が起きるか？　当然、ヘルメットを持った被害者の両腕は、自身の頭頂部の方向に向かってデコピンのように素早く動くことになる。つまり自身の意に反して、自分自身の頭を勢いよく引っ張ってしまうということよ。おそらく被害者の首には、瞬間的に数十キロの負荷が掛かったんじゃないかしら？」

「まさか」

そんな馬鹿なと思ってしまう。僕は自身の想像を確かめるように彼女に訊いた。

「つまり被害者は自分の意志でヘルメットを取ろうとして、そのことにより自身の首を思いっきり引っ張ってしまった?」

それは、つまり――、

「ええ、そうよ」と彼女は頷く。「被害者は自分自身の手で、自らの首を引き千切ったのよ」

＊

それは一見すると風変わりな自殺にも見える。だって、自分で自分の首を引き千切ったのだから。でも、それはもちろん自殺ではない。他殺だ。だって犯人の策略によって、被害者は自分で自分の首を引き千切るように仕向けられたのだから。

そして――、と僕は改めて死体に目をやった。テーブルに括り付けられた被害者は、両手を上げたバンザイのような格好で絶命していた。改めて見ると随分と奇妙だが、なるほど、自分で自分の首を引き千切ったから、こんな体勢になっているわけか。

「でもこのトリック、そんなに上手く行くかな?」

どうしても、そんな疑問が浮かんでしまう。すると蜜村は黒髪を撫でながら、「もちろん、失敗する可能性もあるわ」と返した。

「被害者が確実に犯人の意図通りの行動を取るとは断言できないし、何らかの不測の事態によって、被害者が自身の首を引き千切ろうとする前に中枢神経が切れて死ぬかもしれない。もちろん、その場合は現場は密室にはならないのだけど、きっと犯人はそれでもいいと思ってたんじゃないかしら？　仮に失敗したとしたら、別の方法で現場を密室にすればいい――、それくらいの心持ちだったと思うわ。でなければ、こんな不確実なトリックを実施しようなんて思わないはずよ。そして不確実だからこそ、成功した時のメリットは大きい」

蜜村の言葉に僕は頷く。確かにトリックは奇抜であればあるほど、見抜かれる確率は低くなる。だからこそ、奇抜なトリックを使うメリットは充分にあるのだと思う。

しかし、これは――、

「いくらなんでも突飛すぎないか？」

そんな風に口にした僕に、蜜村は小さく肩を竦めて「別にいいんじゃないかしら？」と言った。

「この村ではすでに四つも密室殺人が起きているんだもの。だったら、一つくらいこんなトリックがあっても構わないでしょう？」

＊

こうして蜜村の推理により『血染め和室の密室』は解決した。となると次の問題は例の怪奇現象――、村を出ようとした村若という青年が焼け死んだ例の人体発火現象だが。

僕と蜜村は医三郎の死体を屋敷のワインセラーへと移動した後、その人体発火現象を調べるために、村の出入口にあるトンネルへとやって来ていた。トンネルの途中には、その進路を塞ぐように金網のフェンスが下りていて、その傍に焼死体がある。僕や村人たちの前で焼け死んだ村若の死体だ。気の毒な話だけど、皆、呪いを恐れてこの場に近づこうとしないため、彼の死体はこの場に放置されたままになっていたのだ。

そしてこれは彼が死んだ後にカマンベールから聞いた話なのだけど、実は村若はデビューしたばかりの新人密室ミステリー作家で、物柿一族に憧れてこの村で暮らし始めたのだという。言われてみれば確かに彼は呪いなんて信じていないようだったし、他の村人たちと比べても合理的な考えの持ち主だったと思う。だが彼の持つ合理性は、あまりに理不尽な不合理によってその身ごと焼き尽くされてしまった。

蜜村は彼の死体の傍まで歩み寄ると、その亡骸《なきがら》をじっと見下ろして訊く。

「本当に、突然燃え始めたの？」

僕はそれにこくりと頷く。彼女は訝《いぶか》しげに言った。

「本当に？　誰かが近づいたりしなかった？」

「本当だよ」

一部始終を見ていた僕にはわかる。村若は人だかりから少し離れた場所にいて、誰も彼には近づいていない。にもかかわらず、彼の体は発火したのだ。

「なるほどね」蜜村は納得がいったように顎に手を当てる。「つまりはこれは、密室殺人ということね」

その唐突な言葉に、僕は思わず「はぁっ？」となった。同時に激しく混乱する。この女は、いったい何を言い出すのだろう？　これが密室殺人？　いったいどこが？

「いや、ぜんぜん密室じゃないだろ」

思わず僕がそう言うと、蜜村は肩を竦めて言う。

「ううん、これは密室よ。これを密室じゃないと言ってしまうのは、単にあなたの密室に対する理解度が足りないだけ」

「密室に対する理解度が足りない」

何だか、物凄くディスられているような気がするが。

「だって村若さんは、衆人環視の中で突然燃え始めたんでしょう？」と蜜村は言った。

「つまり誰も彼に近づくことはできなくて、にも関わらず彼は殺されてしまった。出入口が監視された部屋の中にいた被害者が、いつの間にか殺されてしまうタイプの事件とシチュエーション的には同じだわ。密室というものをどう定義するかにはいろいろと派閥があるのだけど、私は『現場に近づけないこと』と『現場から離れられないこと』のどちらかを満たすことだと解釈している。その定義に照らし合わせれば今回の事件は『現場に近づけないこと』という条件を満たしているから、これは紛れもない密室殺人になるというわけよ」

彼女にそう言われると、何だかそんな気もしてくる。単に屁理屈というか口八丁で丸め込まれているだけの気もするが。

そして彼女の言葉を聞いて、あらためて気が付いたことがある。

「つまり、君はこの人体発火現象に合理的な解決方法があると思っているのか？」

蜜村はこれは「密室」で、さらには「殺人事件」だと言った。つまり、彼女はこの現象を紛れもない人の手によるものだと解釈しているわけだ。

すると彼女は意地の悪い笑みを浮かべて「もちろん」と口にした。

「まさか、本当に呪いだなんて思ってた？」

その言葉に、僕はグッと黙る。そして言い訳のように口にした。

「呪いとは思ってないけど、何かしらの超常現象だとは思っていた」

「本当にあなたがそう思ってくれていたのなら、犯人もとても喜んでいるでしょうね」

違いない――、と僕は思う。何故ならそれは、魔法や超能力としか思えない方法で人を殺すことに成功したということなのだから。どんなトリックを使ったのかは知らないが、犯人冥利に尽きるだろう。

でも蜜村曰くこの事件は、決して呪いや祟りによるものではないらしい。人の手による密室殺人であるらしい。なので僕はこの事件のことを第五の密室――、『人体発火の密室』と名付けることにした。本当はこの村で起きた最初の密室殺人なので、第一の密室――、あるいは第ゼロの密室とするのが正しいのだけど、今さらナンバリングを変えるのはややこしいので、ここは第五の密室とさせてほしい。

なので僕たちはあらためて、第五の密室――、『人体発火の密室』の調査に入ることにした。

「例えば」と蜜村が言う。「村若さんの服にあらかじめガソリンか何かを染み込ませておいて、遠くから火花を飛ばして引火させたというのはどうかしら？　これなら被害者に近づかなくても、彼を燃やすことは可能でしょう？」

確かに、理屈の上ではそうだが。

「でも、そういう燃え方じゃなかったんだよな」と僕は言った。

あの光景は、実際にその目で見た人間以外には説明するのは難しい。でも服に染み込ませたガソリンに引火したような燃え方ではなかったことは確かだ。村若は唐突に苦しみだして、そして口から火柱を吹いたのだ。いったいどんなトリックを使えば、そんな人智を越えたような殺し方ができるのかがわからない。

蜜村はそんな僕の説明を聞いて、「にゃるほどね」と頷いた。そして焼死体の傍に屈みこんで、改めてその死体を調べ始める。すぐに何かに気が付いたように「あら？」と声を漏らした。

「村若さんの足の裏に穴が開いているわね」

その言葉に僕は首を傾げ、蜜村と同じ箇所に視線をやった。すると、確かに穴が開いている。村若の右足の踵《かかと》の真ん中辺りに――、五百円玉と同じくらいのサイズの穴がぽっかりと開いているのだ。村若の死体はスニーカーを履いていて、そのスニーカーは当然焼け焦げていたが、穴はその靴底を貫通していて、彼の素足の踵についても深く貫いているようだった。

「ふぅむ」蜜村は考えるように顎に手を当てて、ふいにその視線を上にやる。そして「おや？」と声を出した。

「天井に監視カメラが仕掛けられているわね」

「えっ、マジで？」

僕もつられて視線を上げる。でもそのカメラは見当たらなかった。僕が仏頂面をしていると、蜜村は「ほら、あそこよ」と指先を天井に向ける。

「ピンホールカメラだから、レンズはすごく小さいけれど」

「うーん」

そう言われると、そこにカメラがある気もする。というか、こいつ目ざといな。さすがはかつて日本中を騒がせた大容疑者なだけのことはある。いや、監視カメラを見つけるのが得意なんて、決して大っぴらに誇れるような技能ではないのだけど。

そんな僕の関心を他所に、今度は蜜村は視線を下げる。そして地面の砂をぱらりと摘まんだ。

「地面は砂地か……」

確かに、今僕らがいるトンネルの地面には、公園の砂場のように砂が敷き詰められている。でも、それがどうしたのだろう？　僕がそんな風に思っていると、蜜村は砂遊びをする子供のように、手で地面を掘り始めた。そして五十センチほど掘ったところで、「なるほどね」と小さく呟く。彼女が砂地に掘った穴の中には木製の板が見えた。

そこで蜜村は顔を上げて「わかったわ」と僕に告げる。

「犯人がどうやって被害者の体を燃やしたのか」

*

被害者の体を燃やす方法がわかった？　それはすなわち、この『人体発火の密室』のトリックがわかったということか？

そんな僕の言葉に蜜村は頷く。そして「仕掛けは単純よ」と地面に掘った穴に指を向けて言った。

「この砂地の地面の下には、おそらく地下通路のようなものが存在するの。天井が木製の板でできている、そう広くはない地下通路がね。そして犯人はそこを通って、被害者の真下まで移動した」

僕はその光景を想像しつつ、素朴な疑問を彼女に投げる。

「犯人はどうやって被害者の位置を把握したんだ？」

「それはもちろん、監視カメラよ」

「ああ、なるほど」と僕は天井を眺める。天井に仕掛けられたピンホールカメラ。その映像を無線で飛ばせば、地下通路にいながら被害者の居場所を正確に把握できるというわけか。

つまり、犯人は地下から被害者の真下――、足元へと移動した。となると次の問題は、どうやって被害者を燃やしたかだ。というよりも、それがこの事件における謎のほぼすべてではあるのだけど。

すると蜜村はその疑問に答えるように「そのヒントは被害者の足の裏にあるわ」と言った。

「すなわち、被害者の踵の中央に開いた穴。あの穴が地下から近づいた犯人によって開けられたものだとすれば、トリックも自ずと見えてくる」

　僕はその言葉に眉をしかめる。悲しいことに、僕にとっては自ずと見えてはこないことだった。すると蜜村はそんな僕に対して「順序立てて考えてみましょう」とやり手の生徒会長みたいな口調で言う。

「地下通路を通って被害者に近づくことで、犯人の姿は葛白くんや他の村人たちには見えなかった。そして犯人はそのことを利用して、被害者を真下から攻撃したの。すなわち地下通路の木製の天井を貫いて、被害者の足の裏を攻撃した。そして被害者の踵は地面にぴったりと接地していたから、その攻撃は葛白くんたちにとっては死角になり、気付くことはできなかった」

「ようはその攻撃によって、被害者の踵に穴が開いたってことか」

　僕はそう納得しつつも、改めて首を捻る。でも、どうしてそれで被害者の体が燃えるというのだろう？

「そうね、そこからは少し想像の飛躍が必要だわ」蜜村はそんな風に、少し偉そうな口調で言う。「被害者の踵に穴が開いていた――、これだけだと大して意味がないように思えるけれど、そこで発想を飛躍させるの。すなわち踵に開いたその穴――、その穴が葛白くんの想像しているよりもずっと深かったとしたら？」

　踵に開いた穴が深かった？　その言葉に僕は改めて考えを巡らせる。踵に深い穴が開いている。それは外から観察しただけでは決して気が付かないけれど、その穴がふくらはぎの中をトンネルのように伸びて、膝まで達しているとしたら——、

「ううん、違うわ」と蜜村は首を横に振る。「もっと深い」

「もっと深いのか？」

ならば、そのトンネルは膝をも通過して太腿にまで達していて——、

「ううん、違う。もっと深い」彼女は再度否定した。そしてこう言葉を続ける。「そのトンネルは太腿をも貫通して、もっと奥まで続いているの。すなわち被害者の腹部——、腸がある辺りまで続いている。つまり地下通路に潜んだ犯人は、金属製の長い杭のようなものを被害者の足の裏から突き刺し、その杭が被害者の脚の中を通って被害者の腹部まで達したのよ」

その光景を想像して、僕は息を飲む。確かに接地した人間の脚は、よほどO脚の人間を除けば地面に対してまっすぐ伸びて——、地面と垂直になっている。もちろん人間の脚だから多少の湾曲はあるものの、少なくとも五百円玉と同じ直径の細くて真っ直ぐなトンネルくらいならば穿つことはできるだろう。なので踵の裏から真っ直ぐに杭を突き刺せば、その杭は綺麗に脚の中を通ってお腹まで達するはずだ。そしてその光景は、地上にいる僕や他の村人たちには気付かれない。僕らにとって完全に死角になっていたからだ。そして、それならば被害者が燃え始める前に突然苦しみだしたこ

とにも説明が付く。足の裏からお腹まで串刺しになっていたのだ。もしかしたらその杭はもっと深く刺さり、胸の辺りまで達していたのかもしれない。ならばまともに喋れなくなるほどの苦痛を感じていても無理はない。

でも、ここで問題になるのは――、

「そんなこと、本当に可能なのか？」

杭を足の裏から腹部に掛けて一直線に貫き通すなんて。脚の中を通すわけだから、確実に骨にぶつかるだろう。ならば途中で杭が止まってしまうのではないかと思うのだが――、

「それは単純に威力の問題ね」と蜜村は言った。「例えば足の裏から小口径の弾丸を撃ち込めば、弾丸は脚の中を貫通しきらず、どこかで止まってしまうはず。でも弾丸の口径と威力を上げれば脚くらい綺麗に貫通するわ。人間の脚なんて、所詮は肉と骨だもの。だから強力な杭打機を用意して、そのフルパワーをもってして杭を足の裏に打ち込むの。そして私や葛白くんは、それに類似した機械の存在を知っているはず」

蜜村のその言葉に、僕は首を横に傾げた。そして「知っているかな？」と訊ねると、彼女は「知っているはずよ」と溜息をついた。

「聞いたことはあるでしょう？　『グングニル』よ」

その言葉に、僕は思わず「あっ」となった。『グングニル』――、その機械のことは、

もちろんよく知っている。それは物柿父一郎の父――、物柿零彦の著作の中に登場する、ガス圧と電気の力を使って槍を弾丸以上の速度で打ち出す機械のことだ。ただし、零彦はその機械を自ら設計しアメリカで特許を取っているため、『グングニル』は小説の中だけではなく現実にも存在するということになる。もちろん、実際に製造するとなると、かなりのお金は掛かると思うけれど。でも、槍という弾丸よりも遥かに質量の大きな『弾』を弾丸以上の速度で打ち出す機械ならば、確かに足の裏から撃ちこんだ杭を、脚の中を綺麗に貫通させて腹の中まで到達させることは可能かもしれない。僕は音速を越えた槍が、脚の骨を穿ちながら肉の中を上昇していく姿を想像した。人力では決して不可能だったことが、可能になっていく様を想像する。

でも、真の問題はここからだ。足の裏から長い杭を突き刺した――、そのことを受け入れても、その続きがわからない。それでどうして被害者の体があんな風に燃えることになったのか。

「そうね、でもここまで話せば、もうほとんど答えは見えている」蜜村は黒髪を一度撫でて、そんな風に宣言する。「私はこんな風に想像したの。もし被害者の脚を穿った杭の中身が空洞だったらどうだろうって。すなわち、注射針のような形状だったとしたらどうかしら？　もちろん、その注射針の先端の穴は蓋で塞がれているのだけど、針が腹部まで到達したところで、その蓋がぱかりと開いたとしたら？」

僕はその光景を想像する。踵から脚の中を貫通し、腹部まで到達した杭。その杭は注射針のように中心部分が空洞で、言ってしまえば金属でできたパイプのような形状だ。そしてそれはすなわち、被害者の脚の裏から腹部に対して、真っ直ぐなパイプを通したのと同じことで――、

「そしてそのパイプは地下通路の天井を貫いているわけだから、パイプの根元の部分は未だに地下通路の中にある」と蜜村は言った。「つまり、そのパイプを通して、被害者の腹部が犯人のいる地下通路と繋がったわけね。そして犯人はそのパイプに火炎放射器を繋いだの。その状態で火炎放射器を放射すれば、その炎はパイプの中を通って被害者の腹部へと流れ込む。そしてすぐに内臓や肺を焼き尽くし、行き場をなくしたその炎は、やがて被害者の食道を通って口から外へと溢れ出す」

その言葉に僕は目を見開く。だから被害者は口から火を噴き始めたのか。

「ええ、そうよ」と蜜村は頷く。「葛白くんが見た炎は、火炎放射器の炎だったの。犯人が地下で放った炎が、被害者の脚に穿たれたパイプを通って口から溢れ出している光景だったのよ」

＊

第5の密室（人体発火の密室）のトリック

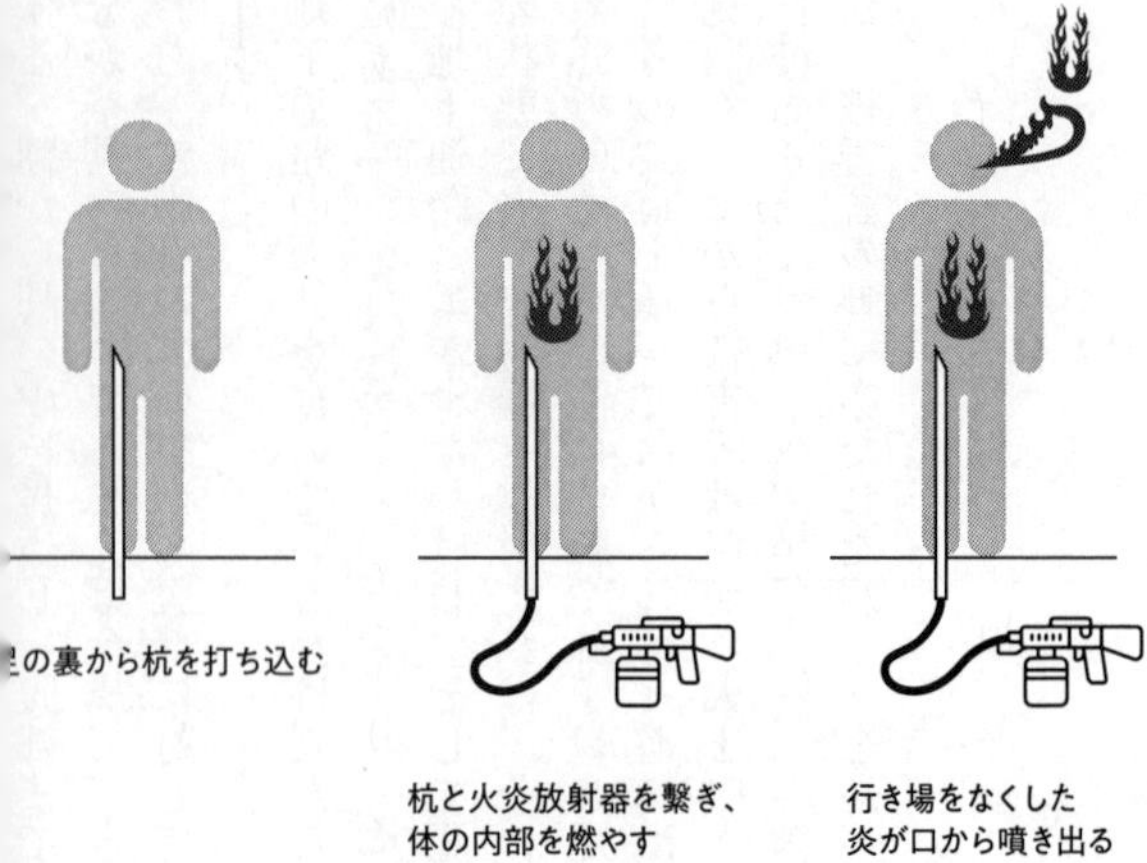
の裏から杭を打ち込む
杭と火炎放射器を繋ぎ、
体の内部を燃やす
行き場をなくした
炎が口から噴き出る

蜜村の告げたそのトリックに、僕はしばし茫然としていた。あまりにもめちゃくちゃなトリックだ。でも、確かに可能だ。少なくとも理論上は。

僕は足元の砂地に目を向ける。地下通路から被害者の足元に向かって突き立てられた杭は、地下通路の天井だけではなく、その天井の上に覆い被さっている砂地の地面にも穴を開けたはずだけど、この砂地ならば簡単にその穴は塞がってしまうだろう。被害者が倒れた時の衝撃か何かで、その穴は潰れて消えてしまう。

そして地下に潜む犯人が逃げ出す時間も充分にあった。人間ひとりが突然燃え出すという衝撃的な光景を目撃したせいで、僕らは数分間、茫然自失として、その場に立ち尽くしていたのだ。犯人はその間に地下通路から悠々と脱出して、何食わぬ顔で村の中に戻っていったに違いない。

となると残る疑問は――、と僕は顎に手を当てる。

「犯人は初めから被害者である村若さんを狙ってたんだろうか？」

この密室殺人の最大の意図は、まず間違いなく僕や村人たちに呪いの存在を信じ込ませることだろう。それにより僕たちは村から出ることを恐れ、この村はクローズドサークルになった。そしてその状況を達成させることだけが目的ならば、被害者は誰でもいいはずだ。別に村若である必然性はない。

するとと蜜村は首を横に振って、「それについてはわからないわ」と言った。

「村若さんは迷信を信じていないし、責任感が強そうな人だったらしいから、あの時、先陣を切ってこの場所に来ることは予想が付いたはず。でも、だからと言って最初から彼を狙っていたかはわからない。結局、内心の話だから、犯人に直接聞くしかないわね。それに犯人に聞きたいことは他にもあるし」

「他にもある?」

「ええ」と彼女は頷く。「『人体発火の密室』が解けたことで、同時に八つ箱明神の呪いも解けたということになる。でも、だからと言ってこのトンネルを通って村を出るのは危険だわ。私たちが外に出ないように、犯人が何かしらの罠を仕掛けている可能性も高い。少なくとも祭りの期間の八日間——、つまり、今日を含めてあと六日間はこの村に留まっていた方がいいと思う」

その罠が時限式で、期限が来れば自動で解除される仕組みだとすれば、確かにその時が来るまで大人しく待っておく方が得策かもしれない。そして、もしそれよりも早く外に出たいのであれば、犯人に直接罠の位置を問いただすしかないのだが——。

「誰が犯人かわかりそうか?」

なので、僕は蜜村にそう訊いた。すると彼女は、こくりと頷いて言う。

「アイデアはあるわ。なので今から犯人当てに関する推理を始めましょう」

＊

　犯人当てに関するアイデアがある——、そう告げた蜜村はこほんと咳をした後で、「とある人物を訊ねれば、わかるかも」そんな風に言葉を続ける。

　僕は首を傾げて言った。

「その、とある人物とは？」

「この村の門番よ」

　僕は自身の記憶を辿る。そういえばこの村にやってきた時、村の出入口に当たるトンネルの中ほどに門番がいたのだったか。つまり、蜜村は彼に事情聴取をして、何らかの情報を引き出そうというわけか。

　というわけで、僕たちはさっそくその門番を訪ねることにした。まずは芽衣の部屋を訪れ、門番の青年の暮らす家の地図を書いてもらう。以前にカマンベールから聞いた話だと、門番は二人いて一日交代で勤務しているとのことだったが、芽衣が言うにはその二人は兄弟で、一緒の家に住んでいるとのことだった。

　なのでその地図を頼りに『西の集落』にある門番たちの家を訊ねると、暇を持て余した彼らは、快く招き入れてくれた。彼らはここ何年もの間ずっと休むことなく門番の仕事に就いていたらしいが、呪いによって村が閉ざされてしまったため、門番に立つ必要がなくなり休業状態になってしまったのだ。蜜村はそんな門番たちに、こんな質問をした。

「この六日間の間に、物柿旅四郎さんが門を通るのを見ましたか？」

二人の門番はその問いに、ゆっくりと首を横に振った。蜜村はそれに小さく頷くと、彼らにもう一つ質問をぶつける。

「では、この六日間の間に、村に住んでいる誰かが大きな荷物を運んでいるのを見ましたか？」

門番たちは再び首を振った。蜜村はそれを確認すると、「ありがとうございました」と礼を言って、その場を後にした。僕と門番たちは、そんな彼女の態度にぽかんとしていた。

「ちょっと、蜜村——」門番たちの自宅を出たところで彼女に訊ねる。「えっと、どういうこと？」

物柿旅四郎——、蔵で首を吊って殺された物柿家の四男。そんな彼に関するあの質問に何の意味があるというのだろう？　それに村に住んでいる誰かが大きな荷物を運んでいるのを見たかというのも。そんなことを訊いたからって、いったい何がわかると言うのだ。

すると蜜村は肩を竦めて、いつも通り僕を見下すようなムカつく表情でこう告げる。

「わからない？」

「わからないな」

「そう、わからないのね」と彼女は言った。「この村で起きた一連の事件の犯人は、密室伝奇ミステリー作家の伊予川仙人掌よ」

＊

密室伝奇ミステリー作家の伊予川仙人掌――、僕は以前、旅館の入口で会った二十代半ばの女性のことを思い出す。そして大いに困惑した。彼女が犯人？　どうして、そんな結論になるんだ？

「理屈は簡単よ。まずは一つずつ情報を整理してみましょうか？」蜜村は教師のような口調で言った。そして人差し指を立てて続ける。「まず『蔵の密室』の被害者の旅四郎さん。彼は五日前にテレビの生放送に出演していたでしょう？」

その番組は僕も見たので知っていた。テレビ局のスタジオでインタビューを受けていたのだ。蜜村も同じ番組を見たのだろう。この村はいちおうケーブルテレビが映るので、地上波の番組もチェックすることができるのだ。

「つまり、五日前の時点で旅四郎さんがこの村の外にいたのは確定というわけよ。でも、昨日この村で旅四郎さんの死体が発見されたわけだから、彼はそれまでの間のどこかで、この村にやって来たということになるわ。――葛白くん、何か書くもの」

僕は普段から持ち歩いているペンとメモ帳を彼女に渡す。彼女はそのメモ帳に、簡単な時系列を記載した。

【物柿旅四郎に関する時系列】

今日から六日前　トラックによる村への食料等の搬入。

今日から五日前　旅四郎、テレビに生出演。

今日から四日前　犯人、旅四郎の足を切断（※）。

今日から三日前　特筆事項なし。

今日から二日前　蔵の監視カメラの映像の始点（午前八時〜）。

　　　　　　　　葛白と夜月、村に到着。

今日から一日前　旅四郎の死亡推定時刻（午前一時〜二時）。

　　　　　　　　蔵にて旅四郎の死体を発見。

※足が切断された日にちは、被害者の死亡推定時刻から算出可能。

足の死後硬直が解けたのは死亡推定時刻の二日半前から三日前であるため、

足が切断された時刻も死亡推定時刻の二日半前から三日前となる。

「こんな感じね。蔵を密室にするには、犯人は今日から二日前の午前八時までに、旅四郎さんを蔵の中に入れて、トリックの仕込みを終わらせなければならない。そうでないと監視カメラを使った密室が作れないからね。だから旅四郎さんはそれまでの間にこの村にやってきたはずだけど、門番たちはこの六日間の間に彼の姿を見かけなかったという。では、旅四郎さんはどうやってこの村に入ったのかしら？」

「それは……」と僕は考えて、すぐ蜜村の言いたいことに気が付いた。もちろん、犯人が旅四郎を気絶させたうえで、この村に運び込んだのだ。

「でも人間一人を運び込むのは、なかなかに目立つことでしょう？」蜜村はそんな風に髪を撫でる。「この村では十五日に一度、食料や日用品を積んだトラックがやって来るから、そこに紛れ込ましてしまうのが一番だけど、残念ながらトラックがやって来たのは今日から六日前。その時点では旅四郎さんは村の外にいたから、その手段は使えない。となるとスーツケースか何かに入れて運び込むしかないんだけど――」

正直、それもかなり目立つだろう。

「ええ、だから門番たちに、村に住んでいる誰かが大きな荷物を運んでいるのを見たかって質問をしたの。村の門が開錠されているのは朝の三時から夜の七時までの間で、その時間帯はトンネルは常に門番に監視されているからね。村の誰かがそんな目立つ行動を取っていたら、絶対に憶えているはずだもの。でも門番たちは村の誰かがそんなことをしているのは見なかったと言った。となると犯人は村に住んでいる人間ではなく、なおかつ大きな荷物を村に運び込もうとしても不自然ではない人物——、つまり、スーツケースを持った旅行者ということになる」

この村には旅館は一つしかなく、そこに泊まっている旅行客は僕と夜月を除けばたった一人しかない。

その人物の名は、伊予川仙人掌。つまり、彼女が犯人だということか。

*

その後、僕たちは旅館に戻り、女将原に事情を話して、彼女と共に伊予川仙人掌が宿泊している部屋へと向かった。部屋には鍵が掛かっていたので、女将原に合鍵で開けてもらう。

そうして扉を開いたが、部屋には誰もいなかった。荷物はあるが、当人の姿は見当たらない。「見当たりませんねぇ」女将原が暢気な声で言って、「あら?」と小首を傾げる。

彼女が目に留めたのは、畳の上に置かれた高さ三十センチくらいの大きさの彫像だった。一見すると仏像のようだが、顔が鼬になっている。これは、まさか——、

「風鼬？」

「ええ、鼬さまの祠《ほこら》のものですね」

女将原はそんな風に言った。なるほど、やはり風鼬を祀っている祠があるのか。

僕たちは互いに頷き合って、その祠に向かうことにした。

＊

祠は旅館と同じ西の集落にあり、祠と称するには随分とサイズの大きいものだった。八畳のプレハブ小屋くらいのサイズはあるだろう。なので祠というよりも神殿といった方が正確なのかもしれない。

その祠——、もとい神殿は木造で、正面に引き戸が付いていた。でも開こうと手を掛けても開かない。

「おかしいですね」と女将原が言った。「この引き戸には鍵なんて付いていないはずですが」

僕もそれを聞いて首を傾げる。そして、もう一度引き戸を開けようと試みた。でも、

引き戸はやはりびくともしない。何だろう——、感触的に鍵が掛かっているのとも違う気がする。もっとこう、強い力で引き戸が固定されているような。

「他に入れる場所がないか探してみましょう」

蜜村がそう提案して、僕らは神殿の周囲をぐるりと回ってみることにした。すると裏手に窓が付いていた。窓には硝子は張られておらず、代わりに目の細かい木製の格子が付いている。僕らはそこから神殿の中を覗き込んだ。

そして、息を飲む。

まず神殿正面の引き戸だが、そこには何枚もの板が念入りに釘で打ち付けられていた。どうりで開かないはずだ。だがそれ以上に目を引くものが室内にあったので、僕の視線は閉ざされた引き戸よりもそちらに釘付けになったままだった。

床にできた血溜りと、そこに倒れ込んだ女の死体。

それは今回の事件の犯人と目されていた、伊予川仙人掌の死体だった。

*

僕たちは窓に嵌まった木製の格子を壊し、室内に侵入した。伊予川仙人掌は神殿の床にうつ伏せに倒れており、その喉は鋭い刃物で切り裂かれていた。そこから流れた血は床の上に直径七十センチほどの血溜りを作り、その血はすでに固まっていて、赤黒いペンキを塗りたくったような分厚い塊になっていた。位置的には、倒れた死体の頭から五十センチほど離れた位置――、ちょうど神殿の中央に当たる場所にその血溜りはできていた。そこに血溜りがあるということは、おそらくこの神殿の床は部屋の中央に向かって少し傾斜しているのだろう。だからこそ、そこに流れた血が溜まったのだ。

そしてこの現場には、もう一つ特筆すべきことがあった。それは仙人掌の死体が血の付いたナイフを握りしめていたということだ。

「……自殺？」

蜜村が訝し気な声で言った。僕は神殿の内部をぐるりと見渡す。

部屋に出入りできる箇所は正面の引き戸しかなく、その引き戸は内側から打ち付けられた板で完全に塞がれていた。つまり、この神殿は密室ということになる。いわば『神殿の密室』だ。建物の外からあのように板を打ち付けるのは絶対に不可能だろう。僕らがこの神殿に入るのに使った窓には格子が嵌まっていて、その格子の目はかなり細かかった。対して板を打ち付けるのに使われた釘は太く、その格子の目の隙間を通らないようなサイズだった。なのでこの格子の隙間を利用し、引き戸に板を打ち付けるのはどう考えても不可能だった。

つまり現場は完璧な密室で、その中にはナイフを手に握り、自らの喉を切り裂いたかのような死体がある。

なので導かれる結論は、この事件は他殺ではなく完全なる自殺だということだ。

＊

その後、僕たちはもう一度旅館に戻り、伊予川仙人掌の部屋を調べてみることにした。彼女の荷物を漁っていると、すぐにこんなものを見つけた。真っ黒な硝子でできたサイコロのような立方体が二つと、封筒に入った手書きの遺書だ。遺書には彼女が物柿父一郎の隠し子であること——、遺産目当てに他の兄弟たちを殺したこと——、だが、罪の意識に耐え切れずに自殺を選ぶことにしたことなどが書かれていた。

僕たちは何度かそれを読み返し、どちらともなく「むぅ」と唸っていたが、やがて物柿家の屋敷に戻り、仙人掌が一連の事件の犯人であることと、彼女がすでに自殺していることを皆に伝えることにした。

「良かった、犯人は自殺したんすね」僕たちの話を受けて、芽衣はそう安堵《あんど》の表情を浮かべる。

「ああ」と涼一郎もホッとしたような表情で言った。「これでひと段落だな。事件は解決だ」

「何だか、呆気ない幕切れやけどな」と帝夏も肩の荷が下りたように、大きく伸びをする。「知らないやつが犯人つうのもあれやけど、こういう方が逆にリアルかもしれんな。やっぱり現実は推理小説とは違うんやな」

皆はそんな風に言って、やがて誰からともなく部屋へと戻っていった。残された僕と蜜村は、しばらくその場にぽつんとなる。

蜜村はどうにも納得の行かない顔をしていた。でも仙人掌の遺書が見つかったことに加え、彼女の死体が見つかった現場――、『神殿の密室』はこの上ないほど完璧な密室だった。いくら蜜村が納得のいかない顔をしていたとしても、あの状況はさすがに自殺と判断せざるを得ないだろう。

そして今回この村で起きた他の密室殺人事件はどれも――、村若青年が焼け死んだ『人体発火の密室』を除けば、現場かその周辺に真っ黒な硝子でできたサイコロのような立方体が残されていた。これらは同一の人物の手により残されたものと考えられるから、必然的にこの村で起きた殺人事件はどれも同一犯の仕業ということになる。『人体発火の密室』の現場に立方体を残さなかったのは、あくまであれは殺人ではなく、祟りによる怪奇現象だと思わせたかったからだろう。ただし、あの『人体発火の密室』が村をクローズドサークルにする目的で行われた以上、他の四つの殺人と同一犯であることは明白だ。

だから、『蔵の密室』の犯人が伊予川仙人掌だと導き出された以上、この村で起きた他の密室殺人もすべて彼女の仕業ということになる。つまり、仙人掌の自殺をもって、この連続密室殺人劇の舞台の幕は下りたのだ。

僕がそんなことを滔々《とうとう》と説明すると、

「まぁ、いいわ。なんか、すっきりしないけど」蜜村は黒髪をくしゃくしゃと掻いて、どこか投げやりな口調で言った。そして腕時計に目をやった後、「私は旅館に戻るから」そんな風に口にする。

「いちおうバイト中の身だし、これ以上、女将原さんに迷惑を掛けられないわ。また何か用があったら声を掛けて」

そう言って、旅館のある『西の集落』に向かって去っていく。その背中を見送りながら、僕はふと思い出して慌てて彼女を引き留めた。

「そういえば、もう一つ未解決の事件があるんだった」

「未解決の事件？」

「ああ、物柿父一郎が死亡した事件だ」

物柿父一郎は自然死したとされているが、以前に旅館で女将原と話した際に、彼女は他殺の可能性もあると言っていた。その根拠は「関係者全員にアリバイがあるから」といった言いがかりみたいなものだけれど、こうして連続密室殺人事件が立て続けに起きた今、それはやはり殺人だったと考える方が自然だろう。

そして僕は昨日の夕方にカマンベールに頼んで、一度その現場を見せてもらっているのだった。その時は特に他殺の証拠らしきものを見つけることはできなかったが、こうして蜜村と合流した今、彼女を交えてもう一度現場を調べておきたいという思いがある。

そんなことを僕が話すと、蜜村は渋い顔をする。

「今さらその事件を解決することに意味はあるの？」

確かに、そう言われると少し困る。でも犯人が自殺したとはいえ、未解決の謎を残したままというのも、すっきりしないのは事実だった。

そんなことを伝えると蜜村はしばし口をへの字にした後で、やがて呆れたように深々と溜息をついて言う。

「別にいいけれど、調べるのはお昼を食べてからでいい？」

そう言われると、もうお昼時だ。なので、僕も蜜村と一緒に旅館に戻ることにした。

＊

旅館で食事を終えた後、僕と蜜村は再び屋敷に戻り、父一郎の死体が発見された現場へと向かうことにした。その途中で、ばったりと夜月に出会う。夜月は芽衣と一緒にいて、その芽衣は将棋盤を抱えていた。

「あっ、香澄くん」と笑う夜月に、僕は「何やってるんだ？」と怪訝な顔で言う。すると夜月は「見ての通りだよ」と得意気な顔で言った。

「今から芽衣ちゃんと将棋を指そうと思って」

そう語る彼女に対し、僕は訝し気に眉を寄せて言う。

「しかし、何故将棋を？」

すると夜月は、こほんと咳をして言った。

「知らなかったの？　香澄くん。私、将棋得意なんだよ。アマ三段だし」

それは知らなかった。

「ほら、将棋って地頭がものをいう競技だから」と夜月は饒舌に語る。「私にぴったりだと思うんだよね」

「地頭がものをいう競技」

夜月は頭の悪さには定評があると思っていたから、まさかの意外な特技だった。しかし、これは将棋が地頭がものをいう競技だという定説が覆る出来事かもしれない。何故なら、夜月が地頭がいいということは絶対にないからだ。

「まぁ、いいや、頑張って」

僕はそう言って夜月と別れた。夜月はひらひらとこちらに手を振った後、芽衣と一緒に近くの部屋へと入っていった。ほどなくして、将棋盤に駒を広げるじゃらじゃらという音が聞こえる。

事件が解決したせいか、彼女たちは随分と気が緩んでいるようだった。いや、夜月に関してはいつもそうで、気が張っている時を探す方がむしろ難しいのだけど。

＊

夜月たちと別れた後、僕は蜜村を屋敷の書庫へと案内した。書庫の扉には鍵が掛かっておらず、扉はドアストッパーで開きっぱなしの状態になっていた。昨日カマンベールとここに入った時からこの状態だったのだ。そしてカマンベールが言うには書庫の鍵は全部で四本で、芽衣と帝夏とカマンベール――、そして父一郎がそれぞれ一本ずつ持っていたそうだ。父一郎の死後はその鍵をカマンベールが預かっていて、でも今はその鍵は僕のポケットに入っている。昨日の夜、カマンベールに「今後も書庫を調べるかも」と言ったら、快く貸してくれたのだ。もっとも、こんな風に常に扉が開きっぱなしの状態になっているのであれば、特に借りる必要はなかったのかもしれないが。

そんなことを蜜村に告げると、彼女は素っ気ない声音で僕に「その鍵を見せてくれる?」と言った。なのでポケットから取り出した鍵を渡すと、蜜村はそれをちらりと眺めた後で、さも当然のように自分のポケットにしまった。「これは私が預かっておくから」とお年玉を預かる際の母親みたいな口調で言う。僕はむぅと唸ったが、揉めるほどのことでもなかったので、素直にそれに従うことにした。

ちなみに父一郎の死体が発見された際も、書庫の扉はドアストッパーで開きっぱなしになった状態であったらしい。なので、当時も誰もがこの書庫に出入りすることが可能だったというわけだ。

僕はそんなことを考えながら、改めて書庫の内部を見渡した。書庫と言っても部屋はかなり広くて本棚もたくさん並んでいるので、図書室と称した方が適切かもしれないが。書庫の高さは二メートル弱。そして、部屋には本棚の他にもいろいろと珍しいものが置かれていた。

まず中世の騎士が身に着けているような西洋の甲冑《かっちゅう》が、無口な門番のように起立した状態で飾られている。隣にはチンパンジーの骨格標本とNASAが使っていそうな宇宙服が同じく立った状態で並べられていて、その横にはアフリカの部族が持っていそうな木製の盾。さらには宝石があしらわれたティアラに、始祖鳥の化石まで飾られていた。書庫の壁際には三十センチほどの高さの狭いステージのような場所があり、それらはすべてそのステージの上に整然と並べられている。

　蜜村はその始祖鳥の化石を見ながら、興味を惹《ひ》かれたように僕に訊ねた。

「これって、本物なの？」

「カマンベールの話だと、この部屋にあるものは全部本物らしい。ただし、集めたのは父一郎さんじゃなくて物柿零彦らしいけど」

「ふーん、物柿零彦ねぇ」と蜜村は呆れたように告げる。「大富豪の考えることはよくわからないわね。こんなものに大金を払うなんて」

　そんな風に言いながらも、彼女の眼は始祖鳥の化石に釘付けになっていた。意外と恐竜好きなのかもしれない。

「それで」と蜜村はようやく化石から目を外して、話を切り出すように言った。「物柿父一郎は、この部屋のどこで死んでいたの？」

「いや、父一郎さんが死んでいたのはここじゃなくて」と僕は部屋の隅に視線を向ける。「こっちだよ」

　僕が指差したのは、床に設えられた正方形の扉だった。それを見て蜜村は僕に訊ねる。

「地下室？」

「その通り」

僕は扉に取り付けられた取っ手を握って、地下室の扉を開いた。そこには金属製の梯子《はしご》が設置されていた。

「父一郎さんが死んでいたのは、この先にある部屋だよ」

僕は蜜村にそう言って、金属製の梯子を下りていく。蜜村は顔を顰めた後で、僕に倣《なら》って億劫《おっくう》そうに同じ梯子を下っていった。

そうして僕らが辿り着いたのは、簡素な地下室だった。昨日カマンベールから聞いた話だと、この屋敷の地下はコンクリートで塗り固められた巨大な空間を金属の壁で仕切った迷路のような構造をしているらしいが、目的の部屋までは一直線なので迷わず辿り着くことができた。時刻は昼の二時十分。

「ふぅん、ここで死体が見つかったのね」

蜜村は部屋の中を見渡して言った。室内は天井が高く、同時に物がなくガランとしていた。壁にはＬＥＤの照明が埋め込まれていて、その灯りに照らされて床に敷かれた白色のタイルがキラキラと輝いている。

「父一郎さんはここで倒れていたらしい」

僕は床の一点を指差して言う。蜜村はそこをしばし眺めた後、僕に視線を戻して訊いた。

「死因は？　さっき自然死だって言ってたけど」

「いや、実際には窒息死らしい」

「窒息死？」

「検死を担当した警視庁の監察医が言うにはそうらしい」と僕はカマンベールから又聞きした情報を蜜村に伝える。「ただ、どういう理由で窒息したのかまでは監察医にはわからなかったらしい。この地下室は空気が循環しているらしいから、普通に考えれば窒息なんて死に方はしないはずだけど」

「じゃあ、二酸化炭素でも撒いたのかしら？」

「うん、僕も実はそう考えているんだ」

　誰かを窒息させるには、ガスを使うのが一番手っ取り早い。つまり父一郎は犯人にこの部屋に呼び出され、そこでガスを吸い込んで絶命した可能性が高いということだ。

「でも、そう結論付けるには何らかの証拠が必要ね。このままじゃ、自然死という警察の見解を崩せないもの。だから、もう少しこの部屋をきちんと調べておく必要がありそうね」

　蜜村のその言葉に、僕はこくりと頷いた。その後、蜜村は証拠を探すように三十分ほど室内をうろうろしていたが、やがて「わからないわね」と不満げに眉根を寄せる。

「何の手掛かりも見つからないわ」

「確かに」

もうこの部屋の中には証拠は残っていないのかもしれない。

「それに、もうちょっと当時の情報が知りたいわね。一度、ここを出て関係者に話を聞きに行きましょう」

蜜村はそう言って、部屋の出入口の扉を開けようとする。そこで「あら？」と虚を突かれたように首を傾げた。

「扉に鍵が掛かってるわね」

「えっ、マジで？」

僕も扉を開こうと試してみると、確かに鍵が掛かっている。

「誰かが僕らを閉じ込めたってことか？」

僕はそう口にして、激しく混乱した。どういうことだ？　伊予川仙人掌の自殺により、この村で起きた連続密室殺人事件は解決したはずなのに。

「厄介なことになったわね」と蜜村は唇を尖《とが》らせる。「やっぱり、伊予川さんは自殺じゃなかったんだわ。つまり、『神殿の密室』は紛れもない密室殺人だった」

確かに、そういうことになる。だってあれが自殺だとすれば、事件はすでに解決しているはずなので、こうして僕らが今閉じ込められているという状況を説明することができないからだ。

でも――、

「となると、一連の殺人事件の犯人は伊予川さんじゃなかったってことか？」

「そういうことになるわね」と蜜村は僕の疑問に答える。「私が伊予川さんを一連の殺人事件の犯人だと結論付けたのは、彼女以外に『蔵の密室』の犯行が不可能だったから。つまり、被害者の旅四郎さんをスーツケースに入れて村に運び込めるのが彼女だけだったからよ。でも、やり方はわからないけれど、別の方法があったんだわ。つまり、伊予川さん以外にも旅四郎さんを運び込むことは可能だった」

確かに、もしそんな方法があるとすれば、伊予川仙人掌犯人説は覆ることになる。

「そしてこの一連の事件の真犯人は、伊予川さんが村にやってくることを事前に把握してたんだと思う」と蜜村は言った。「女将原さんの旅館の予約状況が書かれたノートか何かを盗み見るなんかしてね。そして一見すると伊予川さん以外に旅四郎さんを運びこむのが不可能という状況を利用して、彼女を『蔵の密室』の犯人に――、ひいてはこの村で起きる連続密室殺人事件の犯人に仕立て上げる計画を立てた。そしてその計画の仕上げとして、伊予川さんを自殺に見せかけて殺したの。つまり、伊予川さんは事件の犯人に仕立て上げられるためだけに殺されたと考えられるわ」

そして彼女を殺したその真犯人が今、こうして僕たちを閉じ込めているということか。確かに、それならば辻褄は合う。伊予川仙人掌は旅館の部屋に手書きの遺書を残していたが、それを偽装することも簡単だろう。だって、冷静に考えると僕たちは仙人掌の字を知らないのだから。遺書に書かれた内容も――、仙人掌が父一郎の隠し子だというところも含めて、すべて嘘っぱちなのかもしれない。

でも、彼女が他殺だったと考えると、やはりこんな疑問が出てくるのだ。

「犯人はどうやって伊予川さんを殺した現場を密室にしたんだろう？　仙人掌の死体が見つかった『神殿の密室』はこの上ないほどに完璧な密室だった。だからこそ僕たちは、あの事件を一度は自殺だと判断せざるを得なかったわけで――、」

「ううん、あの密室は完璧じゃないわ」けど蜜村はそんな風に、僕の疑問に首を横に振る。「だって、もう解けてるもの」

「……マジで？」

思わず、そう訊き返す。すると蜜村は黒髪を撫でながら、「当然よ」と口にした。

「私を誰だと思っているの？」

堂々たる態度だった。でも、僕はもちろん不満気な視線を彼女に向ける。だって彼女は先ほど『神殿の密室』を目の当たりにした際に、その謎に打ちひしがれて仏頂面をしていたような――、

「そんな顔はしていないわ」蜜村は即座に否定する。「あまりにもシンプルなトリックだから、とっさにはわからなかっただけよ。でも、今考えなおしたら二秒でわかっ

た。ううん、〇・五秒かしら？」

　こいつが恐ろしく負けず嫌いなのは知っていたが、さすがに度が過ぎていると思う。でも、ここで反論しても結局水掛け論になってしまうので、僕はグッと飲み込んで話を戻すことにした。

「それで、犯人はどんなトリックを使ったんだ？」

「それについては、まだ内緒よ」蜜村は人差し指を唇に当てて、名探偵みたいなことを言う。「念のために、もう一度現場を見ておきたいし」

　僕はその態度に「むぅ」となる。何だか納得がいかなかった。でも蜜村はこの件についてこれ以上喋る気はなさそうだったので、仕方なく僕は話題を変えることにする。それは今の僕たちにとって、とても重要な話題だった。

「犯人はどうしてこの地下室に僕たちを閉じ込めたんだろう？」

　僕は閉ざされた部屋の扉を見て、その疑問を口にした。だって、犯人は伊予川仙人掌に罪をなすりつけることにより、せっかく自らは安全圏に逃れることができたというのに。これでは真犯人が別にいると、わざわざ伝えているようなものだ。

「確かに、それはそうなのだけど」蜜村はそう頷いた後、僕と同じように閉ざされた扉に目をやった。そして、ぺたりと床にしゃがみ込んで言う。「まぁ、それは今考えることじゃないわね。とりあえず、いったん助けが来るのを待ちましょう」

腕時計に目をやると、時刻は昼の二時四十分だった。

確かに蜜村の言う通り、僕たちが戻ってこないのに気づいたら、誰かが助けに来てくれるかもしれない。夜月とかが……、いや、夜月に期待してもいいのだろうか？

＊

夜月は仏頂面で盤面を眺めていた。戦況は思わしくない。もちろん、将棋の話だ。

「うーん」と彼女は唸る。

これは困った。意気揚々と将棋を始めたものの、対局相手の芽衣はめちゃくちゃ強い。昼の二時に対局が始まってから一時間――、夜月たちは一度も席を外さず指し続けたが、差は開く一方だ。正直、勝てる気がしない。

でも対局前に葛白に大見得を切ったからには、簡単に負けるわけにはいかなかった。負けると、何かムカつくことを言われてしまう気がする。葛白はいつもそうだ。ナチュラルに夜月のことを見下している。

「ちょっと失礼」

夜月はペットボトルのお茶を一口飲む。そして「ふぅ」と息を吐いた。

とにかく、もう少し粘ってみよう。そしてこの対局が終わったら、腹いせに葛白を将棋でボコボコにしよう。うん、それがいい。それだけを楽しみに生きていこう。

そういえば――、とそこで夜月はふと思う。

葛白と蜜村は先ほど、どこに向かおうとしていたのだろう？　事件で何か調べ忘れたことでもあったのだろうか？　しかし、何だか引っ掛かる。何だか嫌な予感がする。

「……」

まぁ、いいか。夜月は気にしないことにした。今はとにかく将棋。それが大事だ。他のことに構っているほど夜月は暇ではないのだった。

＊

「誰も助けに来ないわね」

蜜村は腕時計を眺めながら、イライラした様子で言った。時刻は三時三十分。この部屋に閉じ込められてから既に一時間近くが経過している。

「夜月さんは何をしているのかしら？」

「うーん、まぁ」蜜村の言葉に僕は唸る。正直、夜月に期待する方が馬鹿だった気もする。「でも、まぁ、さすがに夜になったらあいつも気が付くと思うけど」

というより、夜になっても助けが来なかったら、こっちも拗《す》ねてしまう。むしろ命の危機だ。先ほど昼食を食べていて本当に良かったと思う。

蜜村も少し気が滅入《めい》ったように、深く溜息をついた。そして視線を上げて、ふと「あれ？」と呟いた。彼女は何かを気にするように、じっと天井を見つめている。

「どうかしたのか？」僕が怪訝な顔で訊くと、

「いや、なんていうか」蜜村は眉を寄せて言う。「天井が低くなってない？」

「天井が低く？」

僕は首を横に傾げて、蜜村と同じく天井を眺めた。天井が低くなっている——、か。そう言われると、そんな気もしてくるが。

「たぶん、気のせいだろう」僕はそう断言した。

「そうかしら？」蜜村は再び天井に目をやった後で、ホッとしたように胸を撫で下ろす。「そうよね、さすがに気のせいよね。ゲシュタルト崩壊ってやつかしら？」

＊

でも、それからさらに三十分が経ったころ、天井の変化は明らかに顕著になり始める。蜜村は慌てたように言った。

「いや、やっぱり天井が低くなっているわよ」

「たっ、確かに」どう見ても天井が下がってきている。ということは、もしやこれは。

「吊り天井?」

「父一郎さんを殺害したトリックが判明したわね」と蜜村は僕の言葉に頷く。「どうりで全員にアリバイがあったわけだ」

　つまり、父一郎は吊り天井に潰されて死亡したと言いたいわけか。そして吊り天井はゆっくりと下がっていくから、犯人にはアリバイができる。

「でも、父一郎さんの死因は窒息死だったんじゃ」

　カマンベールはそう言っていたはずだ。すると僕の疑問に対し、「つまりはこういうことじゃないかしら?」と彼女は告げた。

「この部屋に閉じ込められた父一郎さんは、やがて今の私たちと同じように天井が下がっていることに気が付いた。そしてこのままでは潰されてしまうから、何とか助かろうとしたはずよ。なので、できるだけ体勢を低く――、それこそうつ伏せで床に横たわった。天井がどの位置まで下がるのかはわからないから、そうしておけばもしかしたら助かるかもしれない。でも、無慈悲に吊り天井は横たわる父一郎さんの位置まで到達し、彼の背中を圧迫した。つまり肺や肋骨《ろっこつ》も圧迫されて、呼吸ができなくなるような状態ね。そして、その結果として彼は窒息死してしまったのよ」

　その時の光景を想像してゾッとする。それは窒息死というより、もはや圧死だ。もっとも外傷が残らないくらいの緩慢な圧死ではあるけれど。

「つっ、つまり、このままいくと僕たちも」

「ええ」と蜜村も困ったように頷く。「私たちも吊り天井に背中を圧迫されて窒息死してしまうわね」

そんな死に方、嫌過ぎる。なので、僕は必死に脱出しようと出入口の扉を開けようとする。でも、やっぱり鍵が掛かっていて扉は開かない。

「もしかしたら、吊り天井が発動すると自動で鍵が掛かる仕組みなのかも」と彼女はそんな風に推察した。「まぁ、それはそうよね。扉が開け閉めできるなら簡単に逃げられるもの。構造上、吊り天井の起動中は扉が自動施錠される方が自然だわ」

蜜村は論理的にそう告げる。正直、聞きたくない推理だった。

＊

そこから一時間ほどが過ぎ、天井はさらに下がってきた。

「これはさすがにマズいわね」

蜜村も珍しく焦っている。すでに天井は僕らの身長よりも低い位置にあって、必然的に僕らは姿勢を低くせざるを得なかった。それがまた閉塞感を強める。僕は扉を蹴破ろうとするが、鋼鉄製なのでびくともしない。

「あっ、そうだ」

そこで蜜村が、何か名案を思い付いたように声を上げた。そして、そのまま床にぺたりと寝転がる。その突然の奇行に、僕は怪訝な顔で言った。

「……何をしてるんだ？」

「体勢を低くしているのよ」と彼女はうつ伏せの姿勢で言う。「父一郎さんの死因は窒息死だった。つまり、死体はぺしゃんこにはなっていないということよ。だから吊り天井が下がりきった状態でも、床と天井の間には隙間は残るはず。そして父一郎さんは肥満気味だったから、私の体は間違いなく父一郎さんよりも薄いはずよ」

「なっ、なるほど」

つまり、父一郎は床と天井の間に挟まれ窒息死したけれど、華奢《きゃしゃ》な蜜村は天井が下がりきった状態でもそこに挟まれない可能性があるということか。もちろん、挟まれる可能性もあるのだけど、今の僕たちは一か八かその可能性に掛けるしかない。

なので僕も蜜村に倣い、床に寝転がろうとする。すると蜜村は咎めるように「何をやってるの？」と言ってきた。

「葛白くんには立ったままでいて欲しいのだけど」

「何故？」

「そうすれば潰れた葛白くんがつっかえ棒がわりになって、吊り天井の下降が止まるかもしれないわ」

なかなか最低なことを言う。

「つまり、僕に生《い》け贄《にえ》になれと？」

「二人とも死ぬよりはいいでしょう？　カルネアデスの板というやつよ」

随分とふざけたことを言う。僕は蜜村の提案を無視して、ぺたりと床に寝転がった。

「あっ、馬鹿」と慌てたように彼女は言う。「これじゃ、二人とも潰れちゃうじゃない」

「仕方がない。そういう運命だったんだ」

「いや、そんな澄ました顔で言われても困るのだけど。あっ……、やばい」

「どうした？」

「本格的に死ぬのが怖くなってきた」

蜜村はそう言って立ち上がる。天井はもうかなり低くなっていて、一メートルほどの高さしかない。彼女は四つん這いになると、その体勢で室内をうろうろした。やがて「あっ」と声を上げる。

「どうした？」

「いや、床に隙間が……、ある気が」

蜜村は僕の問いにそう答えると、さらに姿勢を低くして床に顔を近づけた。そしてポケットから十徳ナイフを取り出し、その刃を引き出した。彼女は常に十徳ナイフを持ち歩いている危ない女子高生なのだ。

蜜村はナイフを逆手に握り直すと、その刃を床のタイルの隙間に突き刺す。するとタイルが蓋のように剝がれた。その下は空洞になっている。隠しスペースだ。

「たっ、助かったーっ」

蜜村は胸を撫で下ろすと、そのスペースの中に飛び込んだ。僕も慌ててそれに続く。天井の高さは既に八十センチを切っていた。それから二十分ほどで天井は下がり切り、僕らのいる隠しスペースの出入口も天井で塞がれたことで辺りは闇に包まれた。

＊

僕と蜜村はスマホを取り出し、そのライトを頼りに室内を一通り調べたが、僕らのいる隠しスペースは本当に何もない部屋だった。広さ的には六畳くらいで、高さは一メートル五十センチほど。狭く閉塞感を覚えさせる部屋だった。出入口が巧妙に隠されていたため、父一郎はこの場所に逃げ込むことができなかったのだろう。

蜜村は溜め息をつき、ライトを点けたままの状態でスマホを床に置く。そして人差し指の先を舐めて、空気の流れを確認し始めた。やがて、ホッとしたように息を吐く。

「どうやら、外と繋がっているみたいね」

つまり、酸欠の心配はないということか。でも、外へと通じる通路もなさそうなので、脱出する手段がないことも事実だった。

「はぁ」と蜜村は深く溜息をつく。「どうして、こうなったのかしら？」

まったくもって、その通りだ。僕は投げやりな口調で言う。

「助けが来るのを待つしかないな」

「まぁ、それもそうなのだけど」と蜜村は上を見上げて言った。「犯人が吊り天井を自発的に上げてくれる可能性もあるわ」

彼女のその言葉に、僕は訝し気に眉を寄せる。

「うん？　つまり、どういうことだ？」

「つまりね」と蜜村は言った。「私たちは、たまたまこの隠しスペースを見つけたから助かったわけだけど、本来ならば吊り天井が起動した時点で確実に死んでいるはずでしょう？　だったら犯人は私たちを殺したと思い込んでいるはずで、どこかのタイミングで吊り天井を上げる可能性が高い。だって吊り天井が下がった状態で私たちの死体が発見されたら、この部屋に吊り天井があるのが瞬く間にバレてしまうからね。そして、それは私たちを殺した手段がバレてしまうだけじゃなく、父一郎さんの殺害方法も明らかになってしまうということよ。それは犯人にとって不都合なはず。だって父一郎さんが殺された際、物柿家の関係者には全員アリバイがあったのだから」

「ああ、なるほど」

つまり、このまま吊り天井を下ろしたままだと、父一郎殺しのアリバイまで失ってしまうということか。ならば、確かに犯人はどこかで吊り天井を上げる可能性が高い。

「おそらく、そう遠くないうちに吊り天井は上がるはずだわ。だから、のんびりそれを待ちましょう」

蜜村は、そう言ってごろりと床に転がる。そして、ふわふわとあくびをした。随分と豪胆だ。もちろん、強がっているだけなのかもしれないが。

でもそんな蜜村の推理を聞いて、かなりホッとしたのは事実だった。何とかなりそうな気がする。

「でも――」

あくまで今の蜜村の推理は、犯人が合理的に行動することが前提となっているものだ。犯人が非合理的に動く場合はもちろんあるし、何らかのトラブルで吊り天井を上げられない可能性もある。

僕がそんなことを話すと、

「葛白くんは余計な時だけ頭が回るのね」と蜜村は嫌そうな顔をした。「デスゲームの際に、みんなをいたずらに不安がらせるタイプだわ」

「たっ、確かに」

「ドンと構えて待っていればいいのよ」と彼女は目を細めて言う。「私はこんなところで死ぬわけにはいかないんだから」

それについては、僕も同じ意見だった。僕もまだ死ぬわけにはいかない。何故なら、僕には叶《かな》えなければならない約束があるからだ。

今から半年前ほどに、文芸部の部室で交わした蜜村との約束を。

＊

僕には憧れの女の子がいる。彼女はとても美しく、頭が良くて、性格は凄く悪いけれど、決して人でなしというわけでもない。雨の日に嫌々ながら傘を貸してくれたこともあるし、僕の誕生日にクレーンゲームで取った犬のぬいぐるみをくれたこともある。その犬のぬいぐるみには百円ショップで買ったリボンが巻かれていて、「これ、葛白くんにあげるから」と何故だか唇を尖らせて、ずいっとそれを手渡してきた。だから悪いやつではない。性格は凄く悪いけれど、人間性は決して悪くないのだ。

そんな美しくて頭が良くて人間性も悪くない彼女は、大抵のことは人並み以上にできたが、何よりも密室に愛されていた。もし密室の神様というものがいて、その神様が地上から誰か一人を側近に選ぶとしたら、間違いなく彼女が選ばれるだろう。まったくの迷いなく、彼女が選ばれるだろう。だから僕は時々思うのだ。彼女はもしかしたら密室の使徒として、この世に遣わされたのではないのかと。背中に真っ白な羽の生えた、密室の天使ではないのかと。

そして三年前の冬、彼女はその神の意志に従うように、日本で最初の密室殺人を起こし、この国を密室の楽園へと作り換えた。あるいは密室の地獄を創り上げた。だから僕はいつしか憧れるようになったのだ。その楽園を壊すことを。その地獄に終焉をもたらすことを。そして、そのやり方はとても簡単だ。この国で最初の密室殺人――、彼女が作り出した『始まりの密室』を僕が崩してしまえばいい。

だから僕は約束をした。半年前のあの日、文芸部の部室で。密室の使徒――、あるいは天使――、蜜村漆璃を前にして。

「君の作った密室を、僕が必ず解いてみせる」――と。

でも、彼女を楽園から解き放つ――、そこにはそんな思いは欠片もなくて、それは極めて利己的で、恥ずかしくなるくらいに個人的な衝動だった。だって、僕はただ彼女に勝ちたかっただけなのだから。彼女を救いたいんじゃなくて、ただ屈服させたかっただけなのだから。彼女の人生をどうしようもなく壊し、その時の彼女がどんな風に笑うのかが見てみたかっただけなのだから。

だから僕はまだ死ねない。

彼女との約束を果たし、この楽園の『始まり』と『終わり』を司《つかさど》る密室トリックに辿り着くまでは。

*

「うーん」

夜月は数分ほどそんな風に唸っていたが、やがて将棋盤の向かい側にいる芽衣に「負けました」と告げる。これで芽衣とは三局ほど対局したことになるが、すべて手痛い敗北だった。将棋つよつよ女子としての夜月の自信は見事に打ち砕かれたのだった。

「そうだ、夜月さん」と将棋つよつよ女子の芽衣は言った。「今晩、うちで夕飯を食べていくっすか？」

「えっ、いいの？」

「はい、実は上等なすき焼き肉がありまして」

「上等なすき焼き肉」

それは耳よりの情報だ。思わずよだれが垂れそうになり、夜月は慌ててそれを拭う。

その態度が面白かったのか、芽衣はくすりと笑って言った。

「夜月さんはすき焼きは好きっすか？」

「三度の飯より好きかもしれない」妙な言い方だが、そのくらい好きだ。

「それは良かったっす」と芽衣は将棋の駒を片づけながら言う。「でもその代りに、ちょっと手伝ってほしいことがあるんすけど」

その言葉に、夜月は首を傾げて訊いた。

「手伝うって何を？」

「夏雛っす」

＊

八つ箱村では、例年この時期になると雛人形を飾る風習がある。物柿家でもそれは例外ではなく、毎年リビングに飾っているのだとか。

そういえば、女将原の旅館の玄関にも雛人形が飾られていたか――、と夜月は思い出す。夏雛という単語もその際、女将原に教えてもらった気がする。

「厳密に言えば、夏雛は盆入りの夜から飾るのが正しい風習なんすよ」と芽衣は笑う。「女将原さんは毎年フライングしてるっすけど。で、今日がその盆入りっすから、その飾り付けを夜月さんにも手伝って欲しいなって思って」

　つまりそれが芽衣の提示する、すき焼きを食べるための交換条件。

「手伝いましょう」

　夜月はそう即答する。夜月はすき焼きを食べるためならば、何でもする女だった。

「でも、もう一人くらい人手が欲しいんすよね」

　夏雛を保管している倉庫に向かいながら芽衣が言う。この屋敷はリビングを中心に『北エリア』と『南エリア』と呼ばれる二つの区画に分かれていて、倉庫はその『北エリア』にあるらしい。もっとも『北エリア』にあるのは倉庫とカマンベールの私室と洗面所付きのトイレくらいで、それ以外の部屋はすべて『南エリア』に集中しているらしいが。つまり、今まで事件が起きた部屋もすべて『南エリア』にある。そして『北エリア』には出入口がなく窓もすべて嵌め殺しなので、『北エリア』にはリビングを通らなければ絶対に行くことができない構造になっているらしい。

　夜月たちがそのリビングに入ると、そこにあるダイニングキッチンで涼一郎が夕食の準備を進めていた。「普段の料理はあたしがやってるんすけど」と芽衣が説明する。「すき焼きに関しては、涼一郎兄さんが取り仕切っているんすよ。何せ、我が家のすき焼き奉行っすから」

「我が家のすき焼き奉行」

物柿家の屋敷の見取り図

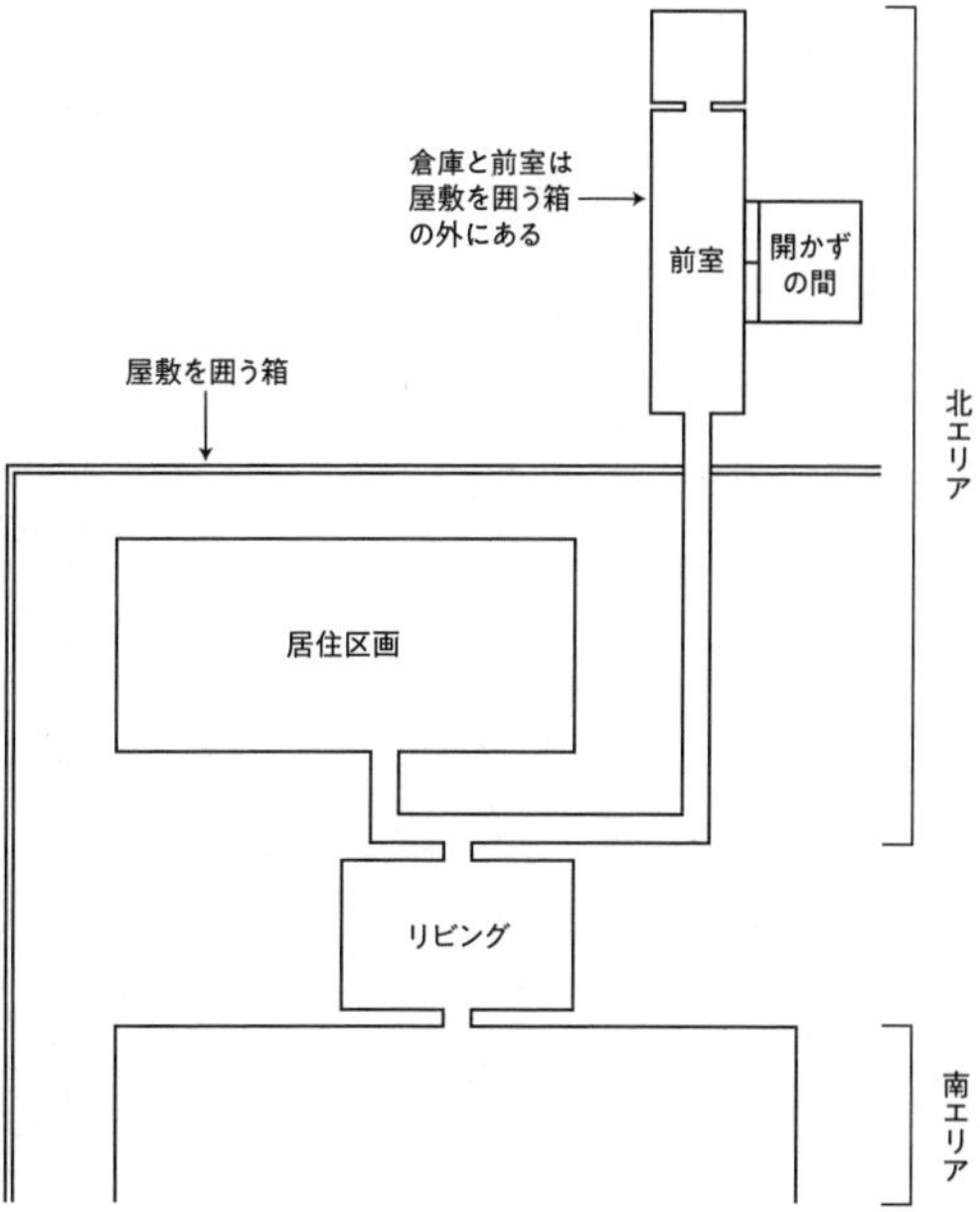

それはとても楽しみだ。でも、だとすると涼一郎は夏雛の飾りつけを手伝えそうにない。ならば、とリビングに視線をやると、ソファーで文庫本を読んでいる帝夏の姿が目に付いた。芽衣はそんな彼女に近づくと、「ちょっといいっすか」と声を掛ける。

「ちょっと手伝ってほしいことがあるんすけど」

「なんや？」と帝夏は面倒そうに言う。「見ての通り、ウチ、ちょっと忙しいんやけど」

芽衣は怪訝な顔で言った。

「文庫本を読んでいるだけに見えるっすけど」

「いかにもや、これも大事な仕事やからな」と帝夏は偉そうな口調で言った。「ウチは作家やからな、こうやって日々自分の中に活字を取り込むことで、活字と自分自身との親和性を高めとるねん」

言っている意味がわからない。芽衣もよくわからないのか「やっぱり、遊んでるだけに見えるっすけど」と唇を尖らせる。そして、もう一度帝夏に言った。

「というわけで、手伝ってください。夏雛の設置準備を」

「嫌や、ウチは本を読む」

「いいっすけど、このままだと肉なしっすよ」

「なんやて？」

「今夜のメニューはすき焼きっすから、誰に肉を与えるかはあたしに権限があるんすよ。何故なら、涼一郎兄さんが我が家のすき焼き奉行だとしたら、あたしこと物柿芽衣は我が家の牛肉管理大臣っすから」

「ぜっ、絶対権力者過ぎるっ！」と帝夏は狼狽えたように言った。「かっ、堪忍《かんにん》してや。肉のないすき焼きなんて花のない花屋みたいなものや」

それはもう潰れてるのでは？　と夜月は思う。

「堪忍や、堪忍や」帝夏はぶるぶると震え出した。「芽衣ちゃん、イケズすぎるのでは？」

すると物柿家の牛肉管理大臣の芽衣は、両腕を組んで言う。

「というわけで、手伝ってくれるっすね？　夏雛の飾りつけ」

帝夏は力なく頷いた。こうして帝夏も一行に加わり、夜月たちは三人で倉庫に向かうことになった。

＊

芽衣に先導されてリビングの北側の出入口から『北エリア』の廊下へと出て移動すると、やがて一枚の扉に辿り着く。それは電子式の分厚い金属製の扉で、芽衣が扉の傍らにあったスイッチを押すと、その扉が自動で開いた。

扉の先にあったのは横幅十メートル、奥行き四十メートル、高さ二十メートルほどの縦長の部屋で、壁や床はすべてコンクリートでできているようだった。そしてその床の中央には、何故だか直径二メートル、深さ五十センチの謎の窪《くぼ》みが設置されていた。デザインとしては少し奇妙だし、浅めの落とし穴のようでちょっと危ない。そしてコンクリート造りの壁や床とは対照的に、天井だけは目の細かい金網でできていて、そこから屋敷の外の景色——、鍾乳洞の天井を見上げることができた。物柿家の屋敷は建物全体に箱型の『殻』を被せたような構造をしているが、今この部屋の天井から鍾乳洞が見えるということは、どうやらこの部屋自体はその『殻』の外にあるらしい。つまり、この部屋はある種の『離れ』のようなもので、先ほどの廊下を通ることでのみ移動することが可能なのだ。

そして巨大な直方体の構造を持つこの部屋の中には、出入口の扉とは別に、さらに二枚の金属扉が存在した。一つが出入り口から見て正面の壁——、つまり北側の壁に設えられた扉で、高さ二メートル、横幅一メートルのスライド式の電子扉だった。そしてもう一つの扉が、出入り口から見て右手の壁——、つまり東側の壁に設えられた扉で、こちらはエレベーターのように左右の扉がスライドして開くタイプ。ただしそのサイズが半端ではなく、左右の扉がどちらも高さ十五メートル、横幅七・五メートルほどもある。つまり、左右の扉を合わせると横幅が十五メートルほどあり、開くと一辺の長さが十五メートルもある巨大な正方形の通り道が出現するということになる。ガンダムでも格納してるのだろうか？　夜月はそう訝しんだが、どうやら芽衣の目的はそちらの扉ではなかったらしい。

「こちらが目的地の倉庫っす」

芽衣はそう言って、部屋の北側にある小さい方の電子扉へと近づいた。そっちが目的の倉庫らしい。芽衣はその倉庫の扉の傍らに付いた円形のスイッチを押した。すると分厚い金属製の扉が横にスライドし、倉庫の中身が露わになる。中にはいくつもの段ボール箱や木箱などが置かれていた。芽衣が中に入ったので、夜月と帝夏もそれに続く。

「えーと、夏雛は」

芽衣はそう言って、目当ての夏雛が入った段ボール箱を探す。その間、夜月は何の気なしに倉庫の中を見渡していたが、やがて目に留まったそれを見てギョッとする。

「こっ、これは」

それは銃だった。猟銃のような形状の長銃。銃身を含めた長さは一メートル近くある。夜月は倉庫の内壁に立てかけられたそれを、まじまじと見つめて言った。

「何故、こんなところに銃が？」

「ああそれ、祖父の物柿零彦のコレクションなんすよ」芽衣はそんな風に何気ない口調で言う。「この屋敷を建てたのは零彦だって話はしましたっけ？　その銃はこの屋敷ができた時からずっとそこに置かれているんすよ。いわば、零彦の遺産の一つっすね。彼が何を考えてそんなものを残したのかは永遠の謎っすけど」

「にゃるほど」

夜月はその銃を手に取ってみた。じゃらりと鎖の音がする。よく見ると銃床の部分には鎖が取り付けられていて、その鎖が倉庫の内壁に取り付けられた金具へと繋がっていた。鎖は随分と古いもので、表面が酸化してざらざらしている。

手にした銃に目を戻すと、その銃口には何重にも紙が貼られ、封印が施されていた。だから、紙を剝がさないと使えない。でもその紙はかなり黄ばんでいて、少なくとも最近、誰かがこの銃を使った形跡はなさそうだった。

「ウチも前から、この銃が気になっとったんよ」と帝夏が夜月の手にした銃を眺めて言う。「何度かこの倉庫には入ったことはあるんやけど、そのたびに目に入ってな。実際に撃とうと思ったこともあったんやけど、見ての通り鎖に繫がれとるし、銃口も封印されとったから諦めたねん」

帝夏は残念そうな口調で言った後、「ちなみに、弾はここにある」と勝手知ったるように倉庫の中にあった木箱の一つを開けてみせる。そこには杭のような巨大な銃弾がいくつも入っていた。直径五センチほどのごっつい弾で、大きさはすべて揃っている。

でも、弾には薬莢が見当たらない。夜月は銃器に詳しくないが、これでは弾が飛ばないのではないだろうか？

「ああ、これは空気銃なんや」と帝夏が言った。「要するにエアガンや」

「エアガン？」

「ああ、ここにコックがあるやろう？　これをカチカチと動かしていくことで、徐々に空気を充塡《じゅうてん》していくんや」

帝夏の言う通り、確かに本来なら撃鉄がある位置にコックが取り付けられていた。火薬銃の場合、撃鉄が薬莢《やっきょう》を叩くことによって弾が発射されるが、空気銃の場合は撃鉄が必要ない。なので、その代わりにコックが付いているのだろう。

しかし、こんなにもゴツいエアガンは初めて見た。おそらく特注だろう。まぁ、物柿零彦は常軌を逸するほどの金持ちだったから、このような銃を作らせることくらいわけのないことなのだろうけど。

「あっ、ようやく見つかったっす」

そこで芽衣からそんな報告が届く。見やると、確かに蓋の開いた段ボール箱から雛人形が覗いていた。

夏雛の入った段ボールは全部で三箱。なので夜月たちは一人一箱ずつ持って、それをリビングに運ぶことにした。皆で箱を抱えて倉庫を出て、さらにその倉庫の手前の部屋——、前室ともいうべき部屋を出ようとすると、夜月はふとその東側にある巨大な扉のことが気になった。エレベーターのように左右に開くタイプの、高さ十五メートルにも及ぶ巨大な扉だが、その扉が何枚ものお札で厳重に封印されていることに気が付いたのだ。お札は足元から目線の高さまでの範囲に全部で十枚ほど貼られている。

何だろう、この扉。明らかに怪しい。

「あの、さっきから気になってたんだけど、この扉は？」夜月がそう訊ねると、

「ああ、それは」と芽衣が神妙な声で言った。「謎の扉っすね」

何だそれは、と夜月は思う。何の答えにもなっていないではないか。

「いや、それが本当にわかんないんすよ」と芽衣は言い訳がましく口にする。「一説によると、魔物を封印しているとか」

「魔物を封印」

唐突に魔物とか言われても困る。それに何とも子供騙しな話だ。もっとこう、風諭みたいな民間伝承に出てくるマイナーな妖怪とかにしてほしい。

夜月がそう抗議すると、「いや、確かにそうなんすけどね」と芽衣は言った。

「まぁ、正直魔物なんてのはあたしも嘘だと思ってるんすけど。ただ、この巨大な扉について祖父の零彦から言われたのは」

芽衣は人差し指を立てて、少し芝居がかった口調で言う。

「この扉は絶対に開けてはならないということっす。これは誇張でもなんでもなく、開けた人間には例外なく死が訪れるとか」

「例外なく死が」

「安っぽいホラー映画みたいやな」と帝夏が言う。

確かに馬鹿馬鹿しい話だ。開けると必ず死ぬ扉か。昔の推理小説じゃあるまいし。

夜月は試しに扉に近づいて、それを開けようと試みた。でも扉の傍らに付いた開閉ボタンの上には硝子製のケースが覆いかぶさっていて、どうやらそのケースを壊さないとボタンが押せない仕組みになっているようだった。防犯シャッターの開閉ボタンなどで、時々見かけるタイプのケースだ。これでは、おいそれと興味本位で扉を開くことはできない。

夜月は「むぅ」と唸り、納得の行かない表情で首を捻る。でもこれ以上どうにもならないので、夜月たちは段ボール箱を抱えて倉庫の前室を出ることにした。

＊

倉庫の前室を出てリビングへと続く廊下を歩いていると、そこでアコースティックギターを弾いているカマンベールの姿を見かけた。

「ああ、カマンベールくん」と芽衣が声を掛ける。「そろそろ夕飯っすけど」

「ああ、ちょっと待って。すぐ行くよ」

カマンベールはそう言って、ギターをギターケースに仕舞う。ケースは全長一メートル強の樹脂製のケースで、その厚さは十五センチくらい。ケースの容積はギターのサイズとほぼ同じで、ギターをすっぽりと収めると、もうそこには何も入りそうになかった。

「しかし、何故、ギターを？」と夜月が訊くと、

「ああ、俺、ギターが趣味なんだよね」とカマンベールは意外な答えを返した。「だから毎晩、夕食の後に屋敷の外でギターの練習をするのが日課なんだ。いや、ギターの妖精《フェアリー》と戯《たわむ》れるのが日課――、と言った方が正しいのかもしれないけど」

何だかキザなことを言い出したので、夜月はちょっとドン引きした。妖精と戯れるって何だ。まぁ、それはともかくとして少し意外な趣味だった。夕食前にも関わらず廊下でギターを弾いていたのは、夕食後の練習に向けてのウォーミングアップといったところだろうか？　あるいは「俺、ギター弾けますけど」というアピールなのか。

「それにしても、なかなかお洒落《しゃれ》なギターだね」夜月はそんなことを考えながら、ケースの中に納まった彼のギターに目を向ける。「なんか、猫の模様も付いているし」

もっとも、実際に猫が描かれているわけではなく、ギターの表面に使われている木

材の節目（木目の中にある目玉のような模様の部分）が偶然、ちょこんと座り込んだ猫のように見えるだけなのだが。でも、その猫は耳や尻尾の輪郭がはっきりわかるくらい極めて精巧な形をしていて、その大自然の産物――、あるいは悪戯とでもいうべき模様が、ギターに何とも言えぬ味と、お洒落さを生み出しているのは確かだった。

「ああ、凄いでしょ。お気に入りなんだよね」とカマンベールは得意気に言った。「偶然、楽器屋さんで見かけて一目惚れしちゃって。まさに恋だね。何せ、こんな猫柄の節目が入ったギターなんて、世界に一つしかないんだから」

　確かに、それはそうかもしれない。節目がこんなにも緻密に猫を描くなんてこと、まず起こりえないだろう。素材となった木材のスライスの仕方が一ミリでもずれていたら、それはまた別の絵柄――、決して猫とは言えないような絵柄に変わっていただろうし。

　カマンベールはそれからしばらくギターの自慢をしていたが、やがて満足したのかケースの蓋を閉じて、それを廊下の隅に移した。そして夜月たちに合流し、皆でリビングへと移動する。

＊

リビングに置かれたテーブルには、すでにすき焼きが並べられていた。物柿家のすき焼き奉行である涼一郎がすべて準備してくれたらしい。その涼一郎は一足早く席に着き、眼鏡をクイっとしていた。澄ました表情だが、どこか得意気にも見える。

そしてテーブルの席には何故だか駐財田も座っていて、硝子のコップに注がれた日本酒をちびちびと飲んでいた。あまりにも自然に酒を飲んでいるので夜月が困惑していると、それに気が付いた駐財田は言い訳がましく口にした。

「いや、事件の報告書作りのために、もう一度現場を見ようとここに来ましたらな、涼一郎くんから『ぜひすき焼きを食べませんか?』と誘われたもので」

「その言い方は語弊があるが」と涼一郎は厭味《いやみ》ったらしく言う。「あなたが『それにしても、何だかお腹が空きましたな。今日の夕飯は何ですかな?』と言ったんでしょう?」

「いやはや、こいつは一本取られましたな」

ぜんぜん、一本取ってないような気もするが。すると見かねたカマンベールが「まぁまぁ、涼一郎くんもそうツンケンせずに」と助け船を出す。

「駐財田さんには普段からお世話になっているし、そのお礼も兼ねてということで。というわけで駐財田さん、ぜひぜひ遠慮せずに、くつろいでいってください」

その言葉に駐財田はいたく感動したようだった。そして涙を拭いながら、「いやはや、それではお言葉に甘えて、くつろがせていただきましょうかな」と宣言する。

しかし、くつろぐことに関しては夜月も負けていないのである。そして、すき焼きを食べることに関しても。

テーブルの上には、Ａ５ランクと思しき極上のお肉がたくさん並べられていた。涼一郎がその肉を鍋に入れ、そして割り下を入れる。割り下が熱せられ、リビング中にすき焼きの匂いが充満した。

夜月たちはたまらず席に着き、「いただきますっ！」と声を張り上げる。こうして八つ箱村すき焼き戦争の火蓋が切られたのだった。

焼けた霜降り肉を箸で摘み、卵に潜らせて口に運ぶ。美味い。極上だ。ご飯を掻き込む。さらに美味い。これは極上。

夜月はふと頭の中で、何かを忘れているなと思った。

それはもちろん葛白と蜜村の不在なのだが、圧倒的な肉の美味さに夜月は自身の懸念を秒で忘れた。そして再び深い深いすき焼きの深淵に落ちていく。

＊

「ふぅ……」

それから一時間後、夜月は満腹感に浸っていた。食った。もうお腹いっぱいだ。他の皆も満足そうな表情をしている。夜の七時から始まった夕食は誰一人として一度も席を外さず、ひたすら肉を奪い合い、そして貪り食っていた。

カマンベールも満足したように「ふぃーっ」と言い、布のナプキンで口元を拭う。

「これはもう、最高だね」

カマンベールはそのまま席を立つと、リビングの北側の出入口から『北エリア』の方へと出ていった。リビングには北と南に出入口が一つずつあり、それぞれ『北エリア』と『南エリア』に通じているのだ。それ以外に出入口はなく、またリビングにある窓も嵌め殺しのため開かない。

カマンベールは『北エリア』に移動してから五分後、例のギターケースを持ってリビングへと戻ってきた。「じゃあ、ちょっくらギターを弾いてくるよ」と彼は言った。そして「ふっ」と息を吐き、上機嫌で言い直す。「いや、ギターの妖精と戯れてくるよ」

「行ってらっしゃい」と夜月は言った。「存分に戯れておいで」

夜月の淡白な物言いに、カマンベールはとても悲しそうな顔をした。そして、そのままリビングの南側の出入口から『南エリア』の方へと出ていった。そちらは玄関のある方角だ。

「じゃあ、俺もそろそろ」と涼一郎が席を立つ。「仕事に戻るか。原稿の続きを書かなくちゃいけないからな」

涼一郎はそう告げて、カマンベールと同じく『南エリア』の方へと移動する。どうやら涼一郎の部屋はそちらの方向にあるらしい。

「涼一郎くんは毎日、夕食後には必ず部屋に戻るんや」と帝夏が満腹なお腹をさすりながら言った。「ストイックなやつやからなぁ。毎日、夜の二時とか三時まで部屋に籠って執筆しとる。ウチには夕食後にも働くなんて理解不能やけど」

いや、帝夏はもう少し働いた方がいいと思うのだが。夜月がそんなことを考えているうちにやがて芽衣も席を立ち、メイドとはかくありけりと言わんばかりにテーブルの上をテキパキと片づけていく。芽衣は食器や鍋をすべてリビングの中にあるキッチンの流し台に運んだ。そしてテーブルの上を布巾で拭く。

その間、駐財田は一人でちびちびと酒を飲んでいた。既にかなりアルコールが回っているようで、赤ら顔でうつらうつらしている。そして時おり独り言のように「まったく、最近の政治家は」とか言っていた。確実に酔っている。それだけは確かだった。

芽衣はキッチンで手を洗うと、タオルで手を拭いながら、「じゃあ、そろそろ夏雛を飾りますか」そんな風に宣言した。

夜月はその発言に「うっ」となる。そういえば、まだそんな大仕事が残っていたか。

正直、お腹がいっぱいなので、もう何もしたくないのだけど。

でも芽衣はそんな夜月の心情など知らずに、快活に口にする。

「じゃあ、夜月さんと帝夏さん、始めるっすよ。さっさと手を洗ってください」

「ううぅ、はい」

「ウチ、腹パンパンで動けへんのやけど」と帝夏も嫌そうに立ち上がる。

こうして夜月と帝夏はキッチンで手を洗い、夏雛の設置を手伝うことになった。夏雛はパーツが多く、さらに説明書もなかったため、組み立てるのに一苦労だった。

作業が始まって一時間弱。時計の針が午後九時を指したころに、夜月はとうとう音を上げた。そして「ちょっ、ちょっと気分転換に夜気に当たって来るーっ」と南側の出入口からリビングを出て、『南エリア』にある玄関の方へと逃げ出した。

外に出ると、ひんやりとした夜気が心地良い。夜月がそんな夜気を堪能しながらしばらく庭を歩いていると、ふと、どこかからギターの音が聞こえた。その音を頼りに少し歩くと、アコースティックギターを手にしたカマンベールの姿が目に入る。そこは庭の端っこの、辺鄙でまず人が訪れないような場所で、彼はそこで例の猫の模様の節目が入った――、夕食前に彼が見せてくれたギターを弾いていた。屋敷を覆う箱の上部に埋められた照明の光が、彼の姿を照らし出している。

「楽しそうだね、カマンベールくん」と夜月は彼に声を掛けた。「ギター、そんなに上手じゃないけど」

「うん、そうだね」と彼は言った。「まだまだギターの妖精との戯れが足りないみたいだ」

うん、中々に気持ち悪いことを言う。でも、カマンベールはそんな夜月の態度など意に介さずに、楽しそうに下手くそなギターをジャンカジャンカと奏でていた。夏雛の設営作業ですっかり疲れ切っていた夜月は、何とはなしにぼんやりとそのギターの音色に耳を傾ける。カマンベールは『アリス探偵局』のメインテーマや『王様のレストラン』のメインテーマ、『スーパードンキーコング2』のメインテーマなどを弾いていた。彼はメインテーマばかり弾く男だった。しばらくそんな時間を過ごし、ふいに時計に目をやると時刻はもう夜の九時半だった。そろそろ戻らなければ、芽衣に怒られてしまう。

＊

夜月がリビングに戻って夏雛の作業を再開すると、その三十分後にカマンベールもリビングへと戻ってくる。そんなカマンベールに、夏雛設置委員会座長の芽衣が「カマンベールくんも」と声を掛けた。みなまでは言っていないが、「カマンベールくん

も手伝え」という意味だろう。カマンベールは仕事をサボっていたのがバレたサラリーマンのように「おっと」と肩を竦めると、

「でも、その前に荷物を置いてくるよ」

と手に持ったギターのケースを掲げた。そのままリビングから『北エリア』の方へと移動すると、それから五分後に手ぶらでリビングへと戻ってきた。

そこからカマンベールを交えて、夜月たちは夏雛を設置する作業を続けた。そして日付が変わったころにようやく完成した。時刻は夜の十二時五分。作業は夜の八時から始めたので、実に四時間ほど掛かったことになる。もっとも、夜月は三十分ほど散歩に出かけてサボっていたが。でも、芽衣と帝夏は一度も席を外さずに作業を続けていたそうだ。もっとも帝夏はたびたび逃げ出そうとしていたが、芽衣の監視の目が厳しく、それは叶わなかったらしいが。

ちなみに駐財田はずっとテーブルで酒を飲んでいたが、夜の十時半ごろに「ちょっと、トイレをお借りしますな」と言ってリビングから『北エリア』の方へと出ていった。物柿家をよく訪れているのか、トイレの位置は把握しているらしい。そしてハンカチで両手を拭きながら十分ほどでリビングに戻ってくると、「それでは、本官はそろそろ勤務に戻りますな」と敬礼して、今度は玄関がある『南エリア』の方へと去っていった。赤ら顔で随分と酔っぱらっているようだったのでちゃんと帰れるのか訝し

んでいると、それから三十分後にひょっこりと戻ってくる。「どうしたんすか？」と芽衣が訊ねると、「いやはや、お恥ずかしいのですが」とぽりぽりと頭を掻いて言った。「ちょっと、トイレを借りてもいいですかな？」

やはり、かなり酔っているらしい。駐財田は「面目ない」と両手を合わせながら『北エリア』の方に移動すると、十分ほどでリビングに戻ってきて、またちびちびとお酒を飲み始めた。まるで自分の家のようだ。彼は時計の針が十二時を回ったタイミングで、「おや、もうこんな時間ですか」と白々しく口にすると、今度こそ玄関のある『南エリア』の方へと去っていった。

夜月はそんな駐財田の行動を思い返しながら、リビングで大きく伸びをした。そして、ふわふわとあくびをしながら、そろそろ旅館に戻る旨を告げる。すると芽衣が「せっかくだから、泊まっていくっすか？」とありがたい提案をしてくれた。正直、旅館まで戻るのは面倒だったので、お言葉に甘えて泊まることにする。

それからお風呂を借りて布団に入った後で、夜月は「何か忘れているな」と思った。そして、それが葛白たちのことだとようやく思い出す。

時刻は既に夜の一時を回っている。

さすがに二人とも旅館に戻っているだろう。夜月はそう思い、それ以上は気にしないことにした。

＊

地下の隠しスペースの床に寝転がっていたら、いつの間にやら眠ってしまったらしい。その床の固さに目を覚ますと天井方向から照明の光が差し込んでいることに気が付いた。この隠しスペースには照明はないはずなのでおかしいな――、僕は寝ぼけた頭でぼんやりとそんなことを考えていたのだけど、やがてその事実にハッとした。上の部屋に灯った明かりがこの場所まで届いているのだ。

おっかなびっくり視線を上げる。すると吊り天井が上がっていた。昨日まではこの隠しスペースの出入口を塞いでいたのに、今はその出入口から覗く吊り天井は元の高さに戻っていた。

「蜜村」

僕は少し離れた場所で眠っていた蜜村に近づき、体を揺する。「おい、蜜村」と声を掛けた。彼女は目をつむったまま言う。

「むにゃむにゃ」

「蜜村？」

「えっ、待って。この猫ちゃん、めちゃくちゃ可愛いんだけど」

なんか夢を見ているらしい。僕はもう一度体を揺する。

「蜜村。おい、起きろ馬鹿」

「馬鹿って言わないで」

起きた。そして怒っている。

「いや、吊り天井が」

僕は弁解するように上を指差した。すると蜜村はハッと起き上がる。

「ついに来たわね、予想通りだわ」

彼女は得意気にそう語った。そういえば、昨日蜜村は犯人が吊り天井を上げる可能性があると主張していたか。僕たちをまんまと殺害したと思い込んだ犯人が、吊り天井を使ったことを隠すために再び天井を上げるのではないかと。

「ということは」と僕は言った。「もしかしたら、ここで待っていたら犯人の方からやって来るんじゃないのか？」

僕たちが本当に死んだかどうかを確めるために、犯人がここにやって来るのではないだろうか。すると蜜村は眉を寄せて、「確かに、その可能性はあるけれど」と言った。「でも万が一、犯人がもう一度吊り天井を下ろしたりしたら今度こそ終わりだわ。出られるうちに出ておきましょう」

確かに、その通りではある。なので僕と蜜村は隠しスペースを出て、元の吊り天井のある部屋まで戻った。そしてその部屋の扉に手を掛けると、昨日はびくともしなかったのが嘘のように扉はすんなりと開いた。施錠が解除されている。蜜村は昨日、この部屋の扉は吊り天井が下がると自動でロックされるのではないかと言っていた。その予想は見事に当たったようだ。

「これで、ようやく地上に戻れるわね」蜜村は、そう胸を撫で下ろした。「まったく、昨日は最悪の一日だったわ」

「確かに」

仮に死ぬとしても、吊り天井に肺を圧迫されて死ぬのはごめんだった。もっとこう、暖かな布団に包まれるような安らかな死を迎えたい。

僕と蜜村は頷き合うと、吊り天井の部屋から外に出た。そのまま地上に戻ろうと、地下通路の中を進む。

この地下は迷路のように入り組んでいるが、幸い、出入口である書庫までは一直線だ。迷いようがない。なので真っ直ぐに進んでいると、途中で蜜村がすんと鼻を動かした。彼女は首を傾げて言う。

「ねぇ、葛白くん。何だか変な香りがしない？」

「変な香り？」

蜜村に倣って、僕も鼻を動かす。すると、確かに変な香りがした。金木犀《きんもくせい》の香りだ。

もちろん地下に金木犀が咲いているわけがないので、この香りは香水か何かだろう。

でも、なぜ香水の匂いがするのか？

僕たちが今いる通路は途中で東方向に枝分かれしていて、金木犀の香りはその枝分かれした通路の奥から漂っていた。蜜村はその匂いにつられるように、ふらっと進み出す。なので、僕もその背中に続いた。

僕らは金属製の壁に仕切られた地下の迷路を進み、やがてとある部屋へと辿り着く。

そして、二人で目を見開いた。

そこには胸を杭で撃ち抜かれた、物柿涼一郎の死体が置かれていた。

＊

【密室草案・伍（昭和密室八傑・辰田《たつた》欧樹《おうき》）】

屋内にある巨大な迷路の中で被害者の死体が発見される。迷路の内部にはパイプ椅子に座った複数人の見張りがいて、犯人はその見張りに見つかることなく迷路を進んだことになる。

幕間

伊予川仙人掌が立てた殺人計画は、依頼主の物柿双一花が殺されたことで早々に狂ってしまった。なので彼女はひとまずその日に予定していた密室殺人を取りやめ、様子を見ることにしたのだけど、その翌日にはもう一人の依頼主である物柿双二花まで殺されてしまう。こうなってしまっては、もう殺人を行う意味がない。仙人掌は自身の犯罪に芸術的な意味を見い出すタイプの殺し屋だったけれど、殺し屋は所詮は殺し屋だ。パトロンの付いた絵描きのようなもの。金を貰えないのであれば、一人たりとも殺す意味はない。

なので仙人掌は早々にこの村から立ち去りたかったのだけど、今ここで姿を消してしまえば明らかに怪しまれるだろう。あいつが犯人なのではないか——、と疑われる可能性もある。だから彼女は大人しく旅館の自室に引き籠っていることにした。火の点いていない煙草を口に咥えて弄ぶ。本当は火を点けて煙を吸いたいのだけど、禁煙中なので仕方がない。

そして、二日目の深夜――、
部屋に誰かが訪ねてきた。

第4章　四色木箱の密室

地下の迷路の一室に集まった物柿家の面々は、皆、茫然とした様子で胸に杭の刺さった涼一郎の死体を見つめていた。僕たちは死体を見つけてすぐに地下を出て、屋敷にいる皆を呼びに行ったのだ。涼一郎が殺されたことと、その死体が見つかるまでの諸々の経緯を説明すると、皆は一様に呆気に取られた表情を浮かべていた。書斎の扉は、昨日と同じくドアストッパーで開きっぱなしの状態になっていて、僕らはそこから書斎に入って、床の扉から地下へと降りてその一室へと辿り着いた。

死体の周囲には強烈な金木犀の香りが満ちていた。どうやら金木犀の香水が大量にぶちまけられているらしい。

涼一郎の死体の傍には、これまでの殺人と同様に真っ黒な硝子でできたサイコロのような立方体が落ちていた。僕は彼の死体に近づくと、その立方体を拾い上げる。そして死体の心臓に刺さっている杭を確認した。その杭の根元の部分には発光ダイオードのランプが埋め込まれているようで、今はそのランプが緑色に点灯していた。

「うーん、これは」カマンベールも死体に近づき、胸に刺さった杭を眺めて言う。「凶器はどう見てもこの杭だね。ということは、犯人は杭をナイフのようにして涼一郎くんの心臓を刺したということか」

「いや、これは」と芽衣が言った。「おそらく、空気銃を使ったんだと思うっす」

「空気銃？」

「ほら、倉庫に保管されていたやつっすよ」

「ああ、そんなのもあったたね」

カマンベールはそんな風に納得した様子だったが、それに対して僕はまったくのちんぷんかんぷんの状態だった。蜜村も同じくちんぷんかんぷんな顔をしている。そんな僕らを見て芽衣が得心したように、次のようなことを説明した。

何でもこの屋敷の中にある倉庫には空気銃が保管されていて、その銃は杭状の弾丸を発射する仕組みであるらしい。芽衣は夜月や帝夏と一緒に昨夜、倉庫でその銃を見かけたそうで、その時の様子を詳細に話してくれた。

その話を聞いて蜜村は得心したように頷いた。そして「その倉庫に案内してもらってもいいですか？」そんな風に口にする。

芽衣は頷いて、地下迷路の出入口に向かって歩き出した。僕たちもその背中に続く。

＊

倉庫のある『北エリア』には屋敷のリビングを通らないと移動することができないらしい。なので僕たちはリビングを通ってその先の通路を進み、やがてとある部屋の前へと辿り着いた。電子扉で、芽衣がその傍にあるスイッチを押すと、扉が自動で開く。そこは天井が金網でできた奥行き四十メートルの縦長の部屋で、部屋の奥の北壁には高さ二メートルの電子扉が設置されていた。

「あれが例の倉庫ね」

蜜村はそう言って倉庫の扉に近づくと、その扉の傍にあったスイッチに手を伸ばす。すると芽衣が何故だか慌てたように、そんな蜜村を止めようとした。でも蜜村はそれに気付かず、人差し指でスイッチを押し込む。するとその瞬間――、

耳をつんざくようなサイレンの音が辺り一面に響き渡った。

蜜村はとっさに両手で耳を塞ぐ。僕らもパニックに陥ったようにそれに倣う。でも地響きを起すようなサイレンの音はその両手を軽々と突き抜けて、意識を飛ばしそうなくらいの轟音で僕らの鼓膜をなぶり続けた。

やがて芽衣が再びスイッチを押し、開かれた扉が閉じたところでようやく音は鳴り

やんだ。シンとした静寂が、今もなお耳の奥をいたぶり続けているような気がする。

「今のは？」やがて蜜村がそう訊ねると、

「警報装置の音っすね」芽衣はそう告げた後、人差し指を立てて神妙な顔を見せる。「ほら、この屋敷の隣に巨大なサイレン装置があったでしょう？　あのサイレンが鳴った音っすよ」

そういえば、この屋敷の外――、正確にはこの屋敷を覆う箱型の『殻』の外に、高さ十メートルのポールに取り付けられた形でサイレンが設置されていたか。

芽衣はそんな僕らに頷くと、こんな風に補足した。

「この倉庫には防犯装置が設置されていて、その装置は深夜の十二時から朝の八時まで作動しているんすよ。そしてその防犯装置は、屋敷の外のサイレンと連動している。なのでその時間帯に倉庫の扉を開くと、扉が開いている間中、今みたいにサイレンの音が鳴り響く仕組みなんす。しかも今聞いた通り、めちゃくちゃ大音量で。あたしも過去に何度かあのサイレンが鳴っているのを聞いたことがあるんすけど、屋敷のどこにいても余裕で聞こえるし、それどころかこの八つ箱村全域に響き渡ります。何せ、サイレンの音量は実に百七十デシベル――、スペースシャトルを打ち上げる際の音と同じくらいの音量らしいっすから」

さすがに大音量過ぎる。すると蜜村も渋い顔をして、「そういうことはもっと早く言ってほしかったのだけど」と痛めた耳を押さえながら愚痴をこぼす。そして「今が七時五十分だから」と腕時計を見ながら言った。

「あと十分で防犯装置が解除されるということね」

「じゃあ、待った方がいいな」と僕は言った。扉を開けている間中、あんな爆音が鳴り続けるのは勘弁だし。「ちなみに、その防犯装置のスイッチ自体を切る方法は？」

「そんな方法はないっすね」芽衣はある意味、予想通りのことを言った。

なのでそれから十分間、僕たちは倉庫の前で待機した。そして時計の針が八時を過ぎてから、倉庫の自動扉を開けて中に入った。

＊

倉庫の中には確かに空気銃が置かれていた。

「ありますね」と芽衣が言う。

「うん、しかも昨日と同じ位置に」と夜月。

「でも」と帝夏が眉を顰めて言った。「銃口にしてあった封は外されとるなぁ」

確かに先ほど聞いた話だと、昨日の夕食前の時点では銃口に紙で封がされていたらしい。でも、今は銃口には何も貼られていない。犯人に剥がされたということだろう。

そして変化はもう一つあった。昨晩の時点では空気銃と倉庫の内壁が鎖で繋がれていたという話だったが、今はその鎖がワイヤーカッターのようなものでばっさりと切断されていたのだ。蜜村はその切断されて二つに分かれた各々の鎖を手に取ると、その鎖の切断面をパズルのように合わせて言う。

「切断面が一致するわね。となると、やはり犯人はこの鎖を切って銃を持ち出した後、それで涼一郎さんを撃って再び倉庫に戻したということかしら？」蜜村はそう口にした後で、芽衣に視線を向ける。「ちなみに、これと同じ銃って他にはないんですか？」

「ないっすね、その銃は世界に一丁だけのオーダーメイドっすから」と芽衣が答える。

「なんでも、スイスのメーカーが作った極めて特殊な銃で複製は不可能なんだとか」

「なるほど、ちなみにこの銃の弾は？」

「ここにあるっすけど」

蜜村の質問に、芽衣は木箱の一つを開いてみせる。確かに、そこには十発近い杭が入っていた。これが空気銃の弾丸というわけか。

「ふーん」と蜜村はそれを眺めた後で、揚げ足を取るように口にする。「でもこれだと、この弾をナイフみたいに直接刺したという可能性も捨てきれないですよね？」

確かに杭の先端はとても鋭いので、刃物のような使い方をすることも可能だろう。

「ところがどっこい、っすよ」と芽衣は、ふるふると首を振る。「この弾丸を直接手で刺した可能性はありえないんすよ。何故なら弾丸はこの空気銃で撃った時に限り、弾丸の根元に付いている発光ダイオードのランプが灯るようになっているんすから」

そういえば、と僕は涼一郎の死体に刺さった杭状の弾丸を思い出す。確かにその根元の部分には緑色のランプが灯っていた。おそらく引き金を引いた際に銃本体から信号が発せられ、それを受け取ることによりランプが点灯する仕組みなのだろう。つまりランプの点灯の有無で、その銃弾が本当に銃から発せられたものかどうかを見分けることができるというわけだ。

「でも」と、そこでまたもや蜜村が言う。「一度弾丸を別の場所に撃った後でその弾丸を回収して、それを涼一郎さんの胸に突き刺した可能性もありますよね？」

すると芽衣は再び首を横に振って、「いや、それもないっすね」と否定した。

「何故ならこの弾丸は物体に当たると、先端から長さ三センチほどの『返し』が十字状に飛び出すような仕組みになっているんすから。つまりこの銃で人を撃った場合、その『返し』が邪魔をして杭が抜けなくなるんすけど、逆に言えば『返し』の出ている弾丸でナイフみたいに人を刺そうとしても、その『返し』が邪魔をして突き刺すことができないんすよ。ちなみに『返し』や杭自体を無理やり折ったりすると、弾丸に点灯したランプが消える。だから、その手段も使うことはできないっす」

つまり一度空気銃から発射した弾丸を、ナイフのように被害者に突き刺すことはできないというわけだ。

そんな流暢な芽衣の説明を聞いて、蜜村は訝し気な顔をした。「随分と詳しいんですね」と蜜村が冗談めかして言うと、「何せ、説明書を読んでるっすから」と芽衣は肩を竦めた後で、倉庫に置かれていた一冊の冊子を見せてくれた。冗談かと思ったが、どうやら本物の説明書であるらしい。

「ふぅん、なるほどねぇ」蜜村はそんな風に説明書を捲った後で、木箱に入った銃弾を一つ手に取る。「実際に試してみてもいいですか？」

彼女は倉庫に置かれていた空気銃も手に取ると、それを握ったまま倉庫を出る。そして、そのまま倉庫の手前にある前室の出入口へと進んでいく。皆も慌ててそれに続くが、そこで夜月がふと立ち止まって、不思議そうに首を曲げた。

「どうかしたのか？」僕がそう訊ねると、

「いや、何というか」と夜月は怪訝な顔で言う。「あの扉、封印が開けられてない？」

「あの扉？」

夜月が指差した先を追うと、そこには部屋の東側の壁に設えられた巨大な金属製の扉があった。エレベーターのように左右に開くタイプの扉で、どちらの扉も高さ十五メートル、幅七・五メートルもある。つまり、二枚合わせると横幅十五メートルほどで、その二枚の扉が合わさった部分には確かにお札で封印されていたような跡があった。でも、そのお札は今は破られている。誰かが扉を開けたのだ。でも、それがどうしたというのだろう？

　すると、夜月が得意気に言った。

「あの扉はね、昨日まで開かずの扉だったんだよ」

「開かずの扉？」

　僕が怪訝な顔をすると、夜月は「そう、開かずの扉」となおも得意気に口にする。

「何せあの扉、魔物を封印しているんだから」

「それは……、一大事だな」

「開けたら死ぬという噂も」

　こいつ、頭大丈夫か？

「いえ、実は」

　そこで芽衣が僕と蜜村に事情を説明した。僕たち以外は知っている情報らしい。

　すると話を聞き終えた蜜村は「ふぅん」と興味を惹かれたように言った。

「つまり、誰かがあの扉を開けたということね。まぁ、普通に考えれば開けたのは犯人だと思うのだけど」

　確かに、「開けたら死ぬ」とまで言われているイワク付きの扉だ。何か良からぬことを考えている人間でなければ、開けようとは思わないだろうが。

蜜村を先頭に僕たちはその扉に近づく。そして、その扉を見た蜜村はハッとした。

「ボタンの硝子ケースが壊されているわ」

確かに彼女の言う通り、扉の横に設置されたボタンには硝子製のケースが被せられていたが、そのケースはハンマーのようなもので無理やり割られた痕跡があった。ボタンを押すために割ったのだろう。

「昨日の夕方までは、確かにケースは無事だったんだけど」と夜月が言った。

ということは、このケースは昨日の夕方以降に割られたということか。そしてこのケースを割り、扉を開いたのはおそらく一連の事件の犯人だろう。となると、犯人は何のために扉を開けたのか？

僕たちはこくりと頷きあって、その扉を開くことにした。開けたら死ぬというイワク付きの扉を。

蜜村が代表して扉の開閉ボタンを押す。すると数秒のタイムラグの後、金属製の扉がエレベーターのように左右に開き、その中の光景が明らかになる。

僕らは静かに息を飲んだ。

そこは一辺の長さが十五メートルの、コンクリート製の巨大な立方体の部屋だった。ただし、部屋の中には何もなく――、そして床すらもなかった。つまり本来は床がある場所に、十五メートル×十五メートルの巨大な正方形の穴が開いていた。

*

扉の向こうに現れた巨大な穴。それを見て、皆は息を飲む。

穴の縁には地下へと続く階段があった。ビルの非常階段のような、簡素な造りの金属製の階段だ。蜜村がスマホのライトを点けて、彼女を先頭にその階段を下りていく。階段の先には広大な地下空間が広がっていた。

その地下空間は鍾乳洞で、ただし、八つ箱村がある『地上』の鍾乳洞とは比べ物にならない大きさだった。天井までの高さは優に百メートルほどはあり、広さについては見当が付かないほど——、階段を降りきった僕らは今鍾乳洞の壁際にいるが、その反対側の壁がどこにあるか見通せないほどに広かった。まさに地下帝国だ。よくぞ、自然界にこんな巨大な鍾乳洞が存在したものだと呆れてしまう。

地下の鍾乳洞の天井には照明が設置されていて、僕たちがそこに降りたことで、自動で発光ダイオードの明かりが灯る。そしてその地下鍾乳洞の中に、ぽつんと直方体の構造物が建てられていた。というよりもそれは直方体の小屋のような建物で、扉や窓も付いていた。広さ的にはワンルームくらいだろう。僕はその建物に近づいて、扉を開けようとする。でも、扉は開かなかった。扉は内開きだが、何かが引っ掛かっていてそれが開くのを妨げている。

「何かが引っ掛かってるな」と僕は言った。

「ふーん、何だろ」

夜月が暢気な声で言って、建物の東側の壁に設えられた窓の方へトテトテと駆けていく。そして嵌め殺しのその窓から室内を覗き込んでギョッとした。

「香澄くん、あれ」

夜月は窓の中を指差して、そうアピールする。何だか不穏な空気だ。なので僕も窓に近づき、中を覗き込む。そして夜月と同じくギョッとした。建物の中は十畳くらいの部屋になっていて、そこには胸にナイフの刺さった物柿狂次郎の死体があった。

狂次郎は一昨日、涼一郎にスタンガンで気絶させられそうになった際に、その場から逃亡して現在行方不明だったはずだ。ということは犯人はその狂次郎を見つけ出し、殺害したうえでこの部屋に運び込んだということか。

「それにしても」

と僕は息を飲む。この部屋には彼の死体以上に人目を引くものがあったのだった。

それは原色のペンキで塗られた色とりどりの木箱だった。それがいくつも並べられ、部屋の中に敷き詰められている。木箱はすべて直方体で様々な大きさのものが入り混じり、どれも赤、青、黄色、緑のいずれかの色で塗り分けられていた。そしてその木箱が内開きの扉を塞ぎ、扉の開閉を妨げていたのだった。

「これは――」と僕は唸る。

あまりに奇妙な密室。僕らはその密室を『四色木箱の密室』と名付けることにした。

＊

窓硝子を割って室内へと入ると、やはり狂次郎は死んでいた。ペンキで塗られた木箱はほとんど隙間なく部屋に敷き詰められていて、部屋の中を移動するにはその箱の上を歩くしかないのだけど、南東の角だけは木箱が置かれておらず、そこだけぽっかりと隙間が開いていた。狂次郎の死体はそこに倒れていた。

「この木箱」と蜜村が皆を見渡し言った。「誰か見覚えがある人はいませんか？　例えば、屋敷のどこかの部屋に置かれていたとか」

すると物柿家の面々は顔を見合わせた後、代表するように芽衣が答える。

「いや、一度も見たことがないっすね」

「なるほど、ということは」蜜村は顎に手を当てる。「木箱は最初からこの地下に置かれていたということですね。そして犯人はあらかじめこの木箱や、現場となったこの部屋が地下の鍾乳洞にあることを知っていた。だからこそ、こうして木箱を利用し

第7の密室（四色木箱の密室）の現場

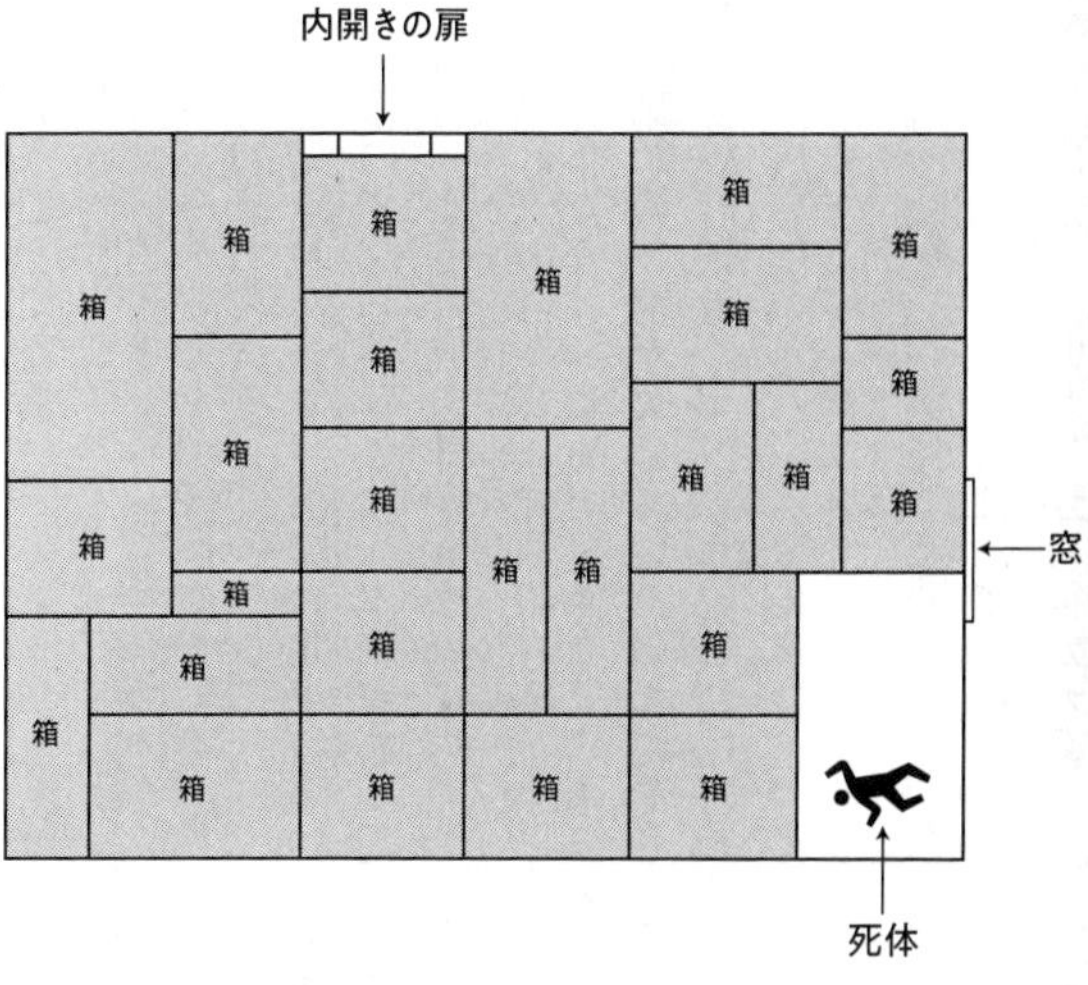

内開きの扉が箱で塞がっている

た密室を作るために『開かずの扉』の封を破ったんです」

なるほど、確かにそういうことになる。

「せやかて、蜜村ちゃん」と帝夏が言った。「犯人は何でそんなことを知ってたんや？」

「そうですね、謎は深まるばかりですが……」

蜜村はそう言って辺りを見渡した後で、部屋の北東の隅に視線を留める。部屋には木箱が敷き詰められているので、当然そこにも木箱があったが、その箱の上には真っ黒な硝子でできたサイコロのような立方体が置かれていたのだ。蜜村は部屋に敷き詰められた箱の上を移動して、その立方体を回収して戻ってくる。一辺の長さは三センチほど——、いつもの立方体だが、いつもと違うところもある。何故ならその立方体にはヒビが入っており、硝子の一部が欠けていたのだ。そしてそのことにより、この立方体の中身が空洞だと初めて気付く。つまり、これは言わば『箱』で、その中には——、

「何か入ってるわね」

蜜村は硝子の割れ目から、『箱』の中を覗き込んで言った。そしてポケットから十徳ナイフを取り出すと、ナイフの刃を割れ目に突っ込み、梃子《てこ》の原理でそれを広げる。彼女が『箱』を振ると、広がった割れ目から何かが落ちた。それは小さく折り畳ま

れた紙で、彼女はそれを広げると「おや？」という顔をした。

「謎が一つ解けましたよ」

彼女はそんな風に言って、広げた紙を皆に見せた。それはメモ用紙くらいの大きさの紙で、そこには印字された文字でこのように書かれていた。

【密室草案・捌（昭和密室八傑・羊屋国彦《ひつじやくにひこ》）】

室内で被害者の死体が発見される。部屋には色とりどりに塗装された大量の木箱が敷き詰められていて、その木箱が内開きの扉の開閉を妨げていた。

「こっ、これはっ！」

僕たちは、食い入るようにそれを見つめる。その紙に書かれた密室状況は、まさに今目の前にある『四色木箱の密室』の現場に酷似していた。そして昭和密室八傑という肩書。それは昔この村で惨殺されて、今は『八つ箱明神』として祀られている、八人の伝説的な推理作家たちを指すものではなかったか。

そして、この文章が書かれた紙は、現場から見つかった硝子製の立方体に入っていたのだ。その立方体が見つかったのは、これが初めてでない。今までに五つ――、いや、伊予川仙人掌の部屋にあったものを含めると七つ見つかっているのだ。

つまり、この『四色木箱の密室』で見つかったものを含めると、八つ。否が応にも、その想像が頭を過る。

「ちょっと、他のも取ってくる」

僕はそう言って、『四色木箱の密室』の現場となった建物の外に出た。それらの立方体については、僕がまとめて預かっていたのだ。他に誰も預かろうとしなかったので。なので僕は自分が泊まっている屋敷の部屋まで慌ててそれらを取りに行くと、息を切らせながら再び皆のところに舞い戻った。皆は『四色木箱の密室』の建物の外――、そこに出入りするために割った窓のすぐ傍で待っていたので、僕は持ってきた黒い立方体を鍾乳洞の地面に並べる。最後に先ほど涼一郎の殺害現場の地下迷路で拾った一つを加えると、そこに七つの『箱』が揃った。

「お疲れ様」蜜村はそんな風に僕を労《ねぎら》うと、「じゃあ、さっそく割ってみましょうか」と鍾乳洞で拾ったらしき拳大の石を皆に見せた。

そんな風にして七つの『箱』を砕くと、予想通りその中からは七枚の紙が出てきた。

【密室草案・壱（昭和密室八傑・鼠山明）】

室内で被害者の死体が発見される。扉には鍵のツマミがなく、室内から扉を施錠する際にも鍵が必要となるタイプだった。鍵は死体の傍から見つかり、部屋の床には水で巨大な『Y』の字が書かれていた。

【密室草案・弐（昭和密室八傑・牛崎いのり）】
和室で被害者の死体が発見される。被害者の首は刃物で切断されて激しく血が噴き出しており、ふすまに掛かったその血は凝固し、ふすまの開閉を妨げていた。

【密室草案・参（昭和密室八傑・虎原梅香《とらはらうめか》）】
室内で被害者の死体が発見される。鍵穴は塞がれており、扉の内側の鍵のツマミには硝子製の瓶が被せられていた。部屋の地下には隠し通路が存在したが、そこには蜘蛛の巣が張られており人の出入りはできなかった。

【密室草案・肆（昭和密室八傑・卯野《うの》エイスケ）】
衆人環視の中、被害者が突然焼死する。発火の際、被害者に近づいた人間はおらず、現場はある種の密室殺人の様相を呈していた。

【密室草案・伍（昭和密室八傑・辰田欧樹）】
屋内にある巨大な迷路の中で被害者の死体が発見される。迷路の内部にはパイプ椅子に座った複数人の見張りがいて、犯人はその見張りに見つかることなく迷路を進んだことになる。

【密室草案・陸（昭和密室八傑・巳戸《みと》海里《かいり》）】
土蔵の中から被害者の首吊り死体が発見される。被害者の両足は太腿の部分で一度切断され、ガムテープによって繋ぎ直されていた。

【密室草案・漆（昭和密室八傑・馬宿京子《うまやどきようこ》）】
室内で被害者の死体が発見される。被害者は喉を切り裂かれて殺害されており、死体の傍には大きな血溜りができていた。部屋の扉には木の板が釘で打ち付けられており、その扉から出入りするのは明らかに不可能だった。

「とっ、ということは、やっぱり」芽衣が息を飲むように言う。「犯人は昭和密室八傑が考えたトリックを使って、事件を起こしてるってことっすか？」

　すでに予想していたこととはいえ、僕らは改めて戦慄する。確か密室八傑たちは、八人の共作で一つの小説を書き上げるために、この村の旅館で合宿を行ったはずだ。そして、各々が一つずつ密室トリックを持ち寄っていた。だが、彼らは旅館で惨殺され、その後、何者かの手によってその八つのトリックは奪われてしまったのだ。

　そして、その八つのトリックが何らかの経緯で今回の事件の犯人の手に渡ってしまい、犯人はそれらを用いて殺人を繰り返しているというわけか。まるで死んだ八人の作家――、昭和密室八傑の亡霊にとり憑《つ》かれたかのように。

「でも、この草案」と帝夏が首を傾げて言った。「ちょっと変やな。ほら、『密室草案・伍』」

　確かに、と僕はその草案に目を通す。『巨大な迷路』という記述から見て、それが涼一郎の死体発見現場に対応するものなのは明らかだが、一つ大きな問題がある。何故ならあの現場は密室などではなかったからだ。迷路の中にも当然、パイプ椅子に座った見張りなどいなかったし。

　僕はそんな風に思いつつも、改めて今朝の書庫の様子を思い浮かべてみた。涼一郎の死体が見つかった地下迷路への入口は書庫の床にあり、その書庫に出入りするための扉はドアストッパーで開きっぱなしの状態になっていた。つまり、書庫――、ひいては地下迷路には誰でも出入りできることになり、やはり密室状態とは程遠いということだ。

「とはいえ」そんな風に夜月が口を挟む。「何か見落としがあるかもだから、後で調べた方がいいんじゃないの？」

夜月にしては、真っ当なことを言う。なので、僕は渋々それに頷くと、次の問題に立ち向かうべく、割れた窓から改めて室内を見渡した。色とりどりの木箱に扉が塞がれた、あまりにも異質な部屋。僕はその光景を眺めて呟く。

「物柿零彦は何で屋敷の地下にこんな部屋を造ったんだろう？」

この屋敷を建てたのは、芽衣たちの祖父である物柿零彦だ。ならば、『四色木箱の密室』の現場となったこの部屋も零彦が造ったと見て間違いない。つまり、物柿零彦は何らかの経緯で昭和密室八傑が残した密室草案を手に入れて、その一つである『密室草案・捌』――、つまり『四色木箱の密室』のトリックを再現可能な部屋をこの地下空間に用意したのだ。鍾乳洞の中に小屋を建て、その中に色とりどりの木箱を用意して。でも、零彦はいったい何のためにそんなことをしたのだろう？

「そんなの決まっているわ」と蜜村は僕の疑問に答える。「わざわざ屋敷の地下にこんな部屋を造った理由――、そんなの実際に密室殺人を行うために決まっている」

＊

実際に密室殺人を行うために部屋を造った？　そんな蜜村の言い分に、僕らは驚愕《きょうがく》する。でも――、とそこで思い直す。思えば村の若者の村若が焼き殺された『人体発火の密室』には『グングニル』と呼ばれる物柿零彦が発明した機械が使われていると推察された。そんな機械、当然簡単に入手できるわけがないのだが、発明者であり巨万の富を持つ物柿零彦ならば話は別だろう。つまり、零彦ならば『人体発火の密室』――、すなわち『密室草案・肆』を再現するために『グングニル』を用意できる。というよりも、彼にしか用意できないだろう。となると零彦が昭和密室八傑のトリックを用いた殺人計画を立てていたという説は、あながち眉唾でもないのかもしれない。つまり、零彦は八つのトリックを使った連続密室殺人事件を計画していた？　そして零彦の死によってその殺人計画は一度は頓挫したが、各密室草案やその計画の詳細が書かれた手記――、この『四色木箱の密室』用の部屋に関する情報も含めて記された手記か何かを犯人が入手していたとしたら？

それはありえなくはない話だ。手記が残されているとすれば、この屋敷のどこかにあるはずで。それを犯人が偶然見つけ、計画そのものを乗っ取ったという可能性は充分に考えられる。

僕がそんなことを話すと、芽衣が顎に手を当てた後で、「確かに、それはあるかもしれないっすね」と神妙な顔で口にした。

「物柿零彦が密室殺人を計画していた——、ターゲットはもしかしたらあたしたち物柿一族の人間だったのかもしれないっすけど、その可能性は充分に考えられる。何故なら物柿零彦は、密室に精神を蝕《むしば》まれた人間だったんすから」

「密室に精神を蝕まれた？」

「文字通りの意味っすよ」と僕の言葉に芽衣は答えた。「物柿零彦は密室ミステリーを読み過ぎた。それにより脳の容量の大半を密室に奪われてしまったんすよ。つまり零彦の精神は密室という概念——、あるいは密室の神様そのものに乗っ取られてしまったんす」

＊

「この地球上に、密室トリックを扱った小説はいったいいくつあるのか？　その答えを知る人間は誰もいません。数十万なのか、あるいは数百万なのか——、膨大過ぎる数ゆえに、誰も正確にその数を把握することができないんす」

芽衣はそんな風に語った後で、「ただし」と人差し指を立てる。

「同時にこんな都市伝説もある。この地球上のどこかに、この世界に存在するあらゆる密室ミステリーが所蔵されている幻の図書館があると。それは『密室書庫』と呼ばれ、ロンドンのどこか――、あるいはキャンベラ――、あるいはブエノスアイレスにあるとも言われているっす。つまり場所はわかんなくて、それゆえ実在もあやふやなんすけど、物柿零彦の話を信じるならば、彼は五十代の頃にその『密室書庫』を訪れ、十年かけてこの世に存在するあらゆる密室ミステリーを読んだそうなんすよ」

「この世に存在するあらゆる密室ミステリーを読んだ？」

僕は思わずそう反芻する。何とも眉唾な話だ。そもそも『密室書庫』なるものが存在すること自体が怪しいし、そこに所蔵されている数十万作――、あるいは数百万作の密室ミステリーを全部読んだなんて――、いくら十年の月日を費やしたとはいえ、人間にそんなにたくさんの量の小説を読むことが可能なのだろうか？

「それが可能なんすよ」と芽衣は人差し指を立てて言う。「何故なら零彦は『百読』と呼ばれるスキルを身に付けていたんすから」

「『百読』？」

「あらゆる小説を百秒で読むことができるという超速読技術っすよ」と芽衣は僕の疑問に答える。「つまり、単純計算で一時間に三十六冊の小説を読むことができる。零彦はそのスキルを使い一日二十時間、三百六十五日の一日も休まずに十年間『密室書庫』の蔵書を読み漁ったそうなんす」

あくまで本人の談ですが――、と芽衣は付け加える。仮にそれが本当ならば、零彦は十年間で二百六十二万八千冊の密室ミステリーを読んだことになる。確かにそれだけの量ならば、この世に存在するあらゆる密室ミステリーを読んだことになるのかもしれない。あくまでそれは理屈の上での話で、やはり眉唾の域を出ないエピソードではあるのだけど。

「まぁ、話の真偽はさておき」と芽衣は肩を竦める。「『密室書庫』から戻ってきた物柿零彦は完全に人格が変わっていました。以前はプライドが高すぎることを除けば普通の人間ではあったんすけど、書庫から帰ってきた彼は密室以外のあらゆることに興味をなくしていたんす。金にも地位にも興味がなくて、ただ密室と――、そこから得られる名声以外に価値を感じなくなっていた」

僕らは静かに息を飲む。密室ミステリーを読み過ぎて人格が変わった――、そんなことが本当にありえるのだろうか？　するとその疑問に帝夏が「理屈の上ではあり得るかもしれへんな」そんな風に口を挟んだ。

「そもそも人の性格いうのは、記憶に依存する部分が多いからなぁ。他人に何度も騙されたら疑い深い性格になるし、善人ばかりに囲まれて育てば自然と性格も良くなるっちゅうもんや。ようは人が思考している状態というのは、記憶というデータベースを脳細胞というアプリケーションで読み込み、プログラムを走らせている状態とも言える。当然、出力される結果は記憶の内容に依存するわけや。だから、仮に二百六十二万八千冊の密室ミステリーを読み、その人の持つ記憶の大半が密室に塗り替わっていたとしたら――」

「密室以外のことを考えなくなる人間が生れると？」

それは壮大な冗談にも、的を射た真実のようにも聞こえる。でも――、とそこで僕は思い出す。確かに、かつて物柿零彦が書いた『神の槍の殺人』――、例の『グングニル』が登場する小説はアリバイものの小説ではあった。となると、以前の彼は確かにそれなりの寛容さを持ち合わせていたのかもしれない。密室以外のミステリーを書く寛容さを。だが、密室に精神を蝕まれたことにより、その寛容さをなくしてしまった？

「とにかく『密室書庫』から戻ってきた零彦は完全に脳を密室にやられていて」と芽衣が話を戻す。「ある日突然、この八つ箱村に引っ越そうと言い出したんすよ。あたしたちはそのことにとても面喰って。何故、零彦はそんなことを言い出したんだろうって。でも、思えばそれも自身の考えた殺人計画の準備のためだったんすね」

芽衣は納得したようにそう頷く。そういえば以前夜月に聞いた話だと、零彦はこの村が廃村にならないように、村人たちの生活費を工面してあげていたのだったか。思えばそれも、殺人の舞台となる八つ箱村を存続させるためであって――、

そこで僕は「あれ?」と思う。どうして零彦はそうまでして、この八つ箱村に拘《こだわ》ったのだろう? 確かに村人たちは信心深く、人体発火トリックによる『呪い』でクローズドサークルを作り出すには打ってつけの村ではあるのだけど。でも、それだけのために彼がこの村に固執したというのも何だか不自然な気がする。それとも何か他にもこの村を殺人劇の舞台に選ばざるを得なかった理由――、そんなものが存在するのだろうか?

それに、もう一つ――、零彦の死に方についても妙だ。零彦は拳銃自殺によってその生涯に幕を下ろしたわけだが、彼が八つ箱村での連続殺人を計画していたのだとすれば、それを実行する前に自ら死を選んだというのはどうにも奇妙なことに思う。零彦は家族の目の前で自殺したという話なので他殺の可能性はないのだろうが、であれば何故死んだのか――、そのホワイが今になって小骨のように引っ掛かるのだった。

蜜村の方に視線をやると、彼女も顎に手を当てて何かを考えているようだった。僕と同じことを考えているのかもしれない――、何だかそんな気がした。

＊

その後、僕たちは改めて『四色木箱の密室』の現場となった部屋を調べてみることにした。部屋の中は箱だらけなので、その箱の中に犯人が隠れているのではないかと思ったのだ。

木箱にはどれも重箱の蓋のような薄い蓋が付いていた。なので手分けして部屋の中にある箱のすべての蓋を外してみたが、どの箱の中にも誰も隠れていなかった。ただし、代わりに別のものが入っていた。水と丸く加工されたソフトボール大の石だ。ただし、部屋には全部で二十六個の木箱があって、水はすべての箱に入れられていたけれど、丸い石が入っているのは、そのうちの八箱のみだった。

僕らは首を傾げる。

おそらく、犯人はこの地下までホースを引いて水を入れたのだろう。あるいはこの地下空間の封印が破られる前から、木箱に水が入っていたのか。

でも、犯人が何故そんな行動を取ったのか、その意図はわからなかった。

＊

『四色木箱の密室』の調査を終えた後、僕たちは広大な地下鍾乳洞の中をくまなく調べることにした。この鍾乳洞は大まかに言えば直方体の形をしていて、高さが百メートルほど——、縦と横の長さがそれぞれ五キロほどだった。もっとも、歩く速度と歩いた時間から算出した、あくまで推定の距離ではあるけれど。つまり、鍾乳洞の周囲の長さは二十キロということになり、僕たちは二手に分かれて、その外周に沿って歩いたのだ。結果から言えば、鍾乳洞に脇道のようなものはいっさいなかった。完全に閉じた密閉空間だということだ。でも二手に分かれた僕たちがちょうど合流した地点——、つまり、スタート地点である階段のちょうど真反対に当たる位置の岩壁には、一辺の長さが八十メートルほどの巨大な正方形の鉄扉が設置されていた。今までの人生で見たことのないサイズの扉だ。「アリババみたいだね」と夜月が言った。「合言葉を唱えると開くのかな？」

でも、もちろんそんなわけはなく、扉の横にはボタンが設置されていた。つまり、電子扉だ。その電子扉には腰くらいの高さにマンホールの蓋のような円形の子扉が付いていたが、確認したところその子扉は施錠されていて開くことはできなかった。

でも親扉の方――、つまり電子扉の方は開くかもしれない。なので蜜村が代表して扉の横のボタンを押すと、数秒のタイムラグの後、その巨大な鉄扉がゆっくりと外側へと開いていく。

そして、そこから漏れる眩《まぶ》しい光に思わず目を眇《すが》めた。

人工的な光ではない――、数日ぶりに見る神々しい光。これは――、まさかこれは――、

「日光？」

夜月がそう呟いて、僕らはいっせいに駆け出した。まさかっ！　まさかこの扉が、外へと通じているなんてっ！

でも、そんな僕らはすぐに、ぬか喜びをすることになる。結論から言うと、確かに扉の先は外の世界へと通じていた。だけど、その事実はまったく意味がない。何故なら扉の先にあったのは周囲を崖に囲まれた広大な空間で、つまりはそこは深い深い穴の底だったのだから。

僕たちは巨大な井戸の底のような場所から、恨めしく天を仰ぐ。真っ青な夏の青空が見えた。周囲の崖は険しく、とても登れそうになく、僕たちは決してその夏空に触れることはできなかった。

＊

地下の鍾乳洞から屋敷へと戻る際、僕らは改めてその鍾乳洞の入口である、倉庫の前室に設置された『開かずの扉』を調べてみた。『開けると必ず死ぬ』と言われていた例の扉だ。そこで発覚した事実としては、『開かずの扉』の内側——、つまり、地下の鍾乳洞側にも扉を開閉させるためのスイッチがあったということだ。

「これで謎が一つ解けたわね」蜜村が納得がいったように頷いた。そんな彼女の態度に僕らが首を傾げると、「ほら、旅四郎さんが殺された『蔵の密室』には未解決の謎が一つあったでしょう？」と説明してくれる。

「村の出入口であるトンネルは門番によって監視されていたから、伊予川仙人掌さんを除けば誰も、被害者である旅四郎さんを村に運び込むことができなかった。でも、この『開かずの扉』が地下鍾乳洞の側からも開けられるということは、犯人が地下鍾乳洞を通って旅四郎さんを運び込むことが可能だったということを意味しているの。つまり、村に出入りするためのルートはもう一つあったということよ」

そして犯人はそのルートを使用したということか。もちろん、扉を開くとそこに貼られたお札が破れてしまうから、似たようなお札を用意しておいて貼り直す必要はあるけれど。

　そんな風に納得した後、僕たちは屋敷の玄関へと移動し、そこから庭に出た。涼一郎の殺害に使われた空気銃の実験をするためだ。芽衣が言うには空気銃で杭状の弾丸を撃つと、杭の根元のランプが光り、先端からは『返し』が飛び出るらしい。なので実際に銃を撃って、それを確かめてみようというわけだ。

　蜜村が、手にした空気銃に弾を込める。そして銃に取り付けられたコックをカチカチと鳴らして、徐々に空気を充塡していった。

　空気を溜め終えると、その銃口を足元から少し離れた地面に向ける。庭の地面は鍾乳洞の地肌ではなく黒土が敷き詰められていて、蜜村はその踏み固められた土に向かって空気銃の引き金を引いた。パシュッという音がして、五メートル先の地面に弾丸が突き刺さる。文字通り、目にも留まらぬ速度だった。さすがに火薬銃には劣るのだろうけど、おそらく音速に近い速度が出ているのだろう。少なくとも、ボウガンとは比較にならない速度だ。

　僕たちは着弾点へと近づく。杭状の弾丸は半分くらい地面に埋まっていた。そして銃から発射されたことにより、弾丸の根元に付いたランプは緑色に光っていた。

「じゃあ、弾の先端から本当に『返し』が出ているか確かめてみるっすね」

　芽衣はそう言って、あらかじめ用意していたスコップで地面を掘り返した。そうして取り出された弾丸は、確かに先端から五センチほどの場所から十字状の返しが飛び出していた。

「なるほど、確かに」と蜜村は頷く。「これだと、杭をナイフのように被害者に突き刺すことは不可能ですね」

彼女は納得したようだった。

「つまり、凶器はこの銃だというのは間違いないわけで」と蜜村は手にした銃を眺めて言う。「となると、ある程度、犯行時刻は絞れますね」

「犯行時刻が絞れる？」

僕が首を傾げると、「ええ、そうよ」と彼女は頷く。

「だって、この銃は朝の八時の時点では確かに倉庫に保管されていたでしょう？　そして倉庫には防犯装置が仕掛けられていて、深夜の十二時から朝の八時まではその装置が作動している。装置自体のスイッチをオフにすることも不可能よ。しかも、その装置が連動しているサイレンの音は村中に響き渡るほどの大音量。つまり、深夜の十二時から朝の八時の間に倉庫の扉を開くと、サイレンが鳴って皆に気付かれるから倉庫から銃を持ち出すことはできない。よって、銃は深夜の十二時以前に持ち出されたということになるわ。つまり、犯行が行われたのは深夜の十二時よりも前ということよ」

なるほど、と僕は思った。確かに、これである程度の犯行時刻は絞れそうだ。

「そういうことなら」と芽衣は記憶を辿るように言う。「銃は夕食前の夜の七時の時点では確実に倉庫にあったっすよ。つまり、犯行は七時以降ということになるっすね」

確かにその通りで、そしてその時に芽衣たちが見かけた銃は確実に本物だと断言できる。つまり昨夜芽衣たちが倉庫で見かけた銃が実は偽物の銃で、本物の銃はどこか別の場所に保管されていたという可能性はないわけだ。何故なら朝の八時の時点で僕たちが倉庫を確認した際に、空気銃に繋がれた鎖と倉庫の内壁に繋がれた鎖の切断面が一致していたからだ。もし昨夜の時点で倉庫に鎖で繋がれていた『銃Ａ』と、今朝倉庫で発見された『銃Ｂ』の二つが別の銃である場合、鎖の切断面は一致しないはずだから、やはり『銃Ａ』と『銃Ｂ』は同一のものということになる。そして『銃Ｂ』は先ほど蜜村が試し撃ちしたことで本物であることが証明されているから、必然的に『銃Ａ』――、すなわち昨夜芽衣たちが倉庫で見かけた銃も本物ということになる。

つまり、やはり芽衣の言う通り、涼一郎が殺されたのは夜の七時以降ということになるわけだが――、

「まぁ、それはそうなんだけど」とカマンベールが揚げ足を取るように言う。「そもそも夕食の時点では、涼一郎くんはまだ生きていたわけだし」

「あっ、そっか」と芽衣。

「最後に涼一郎さんの姿を見たのは誰ですか？」

蜜村のその質問に、皆は顔を見合わせる。

「夕食の後は、誰も見かけてないかもしれへん」と代表するように帝夏が言った。

すると蜜村は、少し考えるような仕草で黒髪を撫でる。そして「昨夜、皆がどんな行動を取ったか、細かく教えてもらってもいいですか？」そんな風に提案する。

「あっ、じゃあ、私、駐財田さんを呼んでくる」と夜月が右手を上げた。「あの人も昨日屋敷にいたから」

夜月はそう言ってトテトテと『西の集落』の方に駆けていった。そして三十分ほどで駐財田を連れて戻ってくる。

こうして駐財田を交えて、昨夜の行動の洗い直しが始まった。

＊

皆でリビングへと移動すると、蜜村は昨夜の行動を一人ずつ話していくように言った。皆はそれに頷いて、昨日の夜に自身が体験した出来事について、各人の視点で、できるだけ細かく話していく。蜜村はそれを紙にまとめ、起きた時間順に並び替えたタイムライン（時系列表）を作成した。

【事件当夜のタイムライン】
18時50分　夜月、帝夏、芽衣、倉庫に空気銃が保管されていることを確認。
19時00分　夜月、帝夏、芽衣、カマンベールがリビングに移動。
涼一郎、駐財田とともに夕食を開始。
20時00分　夕食の終了。
カマンベール、リビングから『北エリア』へと移動。
20時05分　カマンベール、ギターのケースを持ってリビングに戻る。
ケースを手にしたまま『南エリア』の玄関へと移動。
20時10分　涼一郎、『南エリア』への自室へと移動。
20時15分　夜月、帝夏、芽衣、夏雛の設置を開始。
21時00分　夜月、散歩のために『南エリア』の玄関へと移動。
21時30分　夜月、リビングに戻る。
22時00分　カマンベール、ギターのケースを持ってリビングに戻る。
ケースを手にしたまま『北エリア』へと移動。
22時05分　カマンベール、リビングに戻り夏雛の設置を手伝う。
22時30分　駐財田、トイレのために『北エリア』へと移動。

２２時４０分　駐財田、リビングに戻る。
２３時１０分　駐在所に戻るため、『南エリア』の玄関へと移動。
２３時２０分　駐財田、トイレを借りるためリビングに戻ってくる。
２４時００分　トイレのために『北エリア』へと移動。
２４時０５分　駐財田、リビングに戻る。
２４時１０分　駐財田、駐在所に戻るため、『南エリア』の玄関へと移動。
　　　　　　　夏雛の設置完了。
　　　　　　　夜月、帝夏、芽衣、カマンベール、リビングを離れる。

＊

「ふーむ」と蜜村は自ら作成したタイムラインを眺めて言った。「帝夏さんと芽衣さんは、一度もリビングを離れてないんですね」

「せやな」と帝夏は頷く。「うちらは、一歩たりともリビングを出てへん」

「間違いないっすね」と芽衣も同意した。「偶然っすけど、ある意味、互いが互いを監視してたっていう状況になるっすね」

　つまり、二人のアリバイは完璧なわけか。

「そして空気銃が置かれた『北エリア』の倉庫には、リビングを通らないと移動できない――、か」

　蜜村はそんな風に言って、しばらくの間、考え込む。その間に僕は夜月に訊いた。

「ちなみに夜月は二十一時三十分に散歩に出かけてるけど、何故その時間に散歩に？」

「それは夜気に当たりたくなったから」と夜月は言った。「女の子にはそういう夜があるんだよ」

「いや、単なるサボりっすね」芽衣が辛辣なことを言う。「夏雛の設置が面倒になって」

「いや、そんなことっ！　そんなことないってばっ！」夜月は慌てたように反論した。「単なる気分転換だよ。夜気に当たって、ギターの音色を聞いたりして」

「ギターの音色を？」と僕。

「うん、散歩してたらカマンベールくんがギターを弾いているのを見かけて。なんか、猫の模様の節目が入ったギターを」

　夜月はその時のことを詳細に話す。

「うん、相違ないよ」とカマンベールも言った。「二人でギターの妖精と戯れていたんだ」

　ちょっと意味がわからない。ギターの妖精と戯れるって何だ。僕が困惑していると、

「つまり」と蜜村が気を取り直したように口を開く。「涼一郎さんが夜の八時十分にリビングを出たということは、犯行時刻は夜の八時十分から十二時までの間ということになりますね」

確かに、そういうことになる。でも――、

「仮に皆に睡眠薬が盛られて、ぐっすり眠らされていた場合は？」と僕は言った。「夜中に倉庫の防犯装置が作動して外のサイレンが鳴っても、誰も気づかないという可能性もあるよな？」

「いや、それは大丈夫じゃないかしら」と蜜村は言った。「仮に薬を盛られていたとしても、弱い睡眠薬なら大音量で目が覚めるはずだし、逆に強い睡眠薬だったとしたら起きた時に倦怠感《けんたいかん》を覚えるはず。でも、そういうのは特になかったんでしょう？」

その問いに、皆は顔を見合わせる。

「うん、ぐっすり眠ってたけど。めちゃくちゃ普通だったよ」と夜月が答える。「本当にいつも通りの睡眠って感じで、突然めちゃくちゃ眠くなることもなかったし、目覚めも爽やかだったなって」

つまり、薬を盛られた可能性はないということか。

「それに」と芽衣が手を上げる。「仮に薬が盛られていたとしても、サイレンが鳴った可能性はないっすよ。知っているかもしれないっすけど、この村の祭り――、八つ箱明神祭では村の八人の巫女が八つ箱明神を一日一柱ずつ八日間掛けて祀り上げるという儀式が行われるのですが」

　そういえば以前、女将原もそんなことを言っていたような。

「その儀式というのが夜の十二時から朝の八時まで行われるんすよ。つまり、偶然にも倉庫の防犯装置が作動している時間と一緒っすね。儀式が行われるのは『西の集落』に点在する八つの祈禱所で、それらの祈禱所に八人の巫女が一人ずつ詰めて、八時間の間、飲まず食わずで祈りを捧げ続けるんすよ」

　そこまで聞いて、僕はようやく芽衣の言いたいことに気が付いた。

「つまり、その八人の巫女は昨日の夜の十二時から今日の朝の八時までの間、確実に起きていたと？」

「はい、だから仮にサイレンが鳴ったとしたら、その八人の巫女が必ず気付くはずっす。何せサイレンは村の全域に響くほどの大音量っすから、聞き逃すはずがありません。そして夜にサイレンが鳴れば必ず騒ぎになるはず。なのでその騒ぎが起きていない以上、必然的にサイレンは鳴っていないということになるんすよ」

　確かに理屈の上ではそうだ。でもいちおうその八人の巫女たちの言質を取ろうということになって、僕らは『西の集落』に移動して彼女たちに話を聞きにいった。途中、道端で首輪を付けた黒猫と遭遇し、夜月が「あっ、一昨日に見た猫ちゃん」と感慨深い顔をしていた。でも夜月が手を伸ばすと、黒猫はそれを避けるようにダッと駆け出してしまう。黒猫はそのまま扉が開けっぱなしになった民家の中へと消えていったが、すぐにその猫を抱えてワンピース姿の若い女が姿を現す。「ちょうど、良かった。彼女が巫女の一人っす」芽衣がそんな風に説明する。

そんな風にして僕らは八人の巫女の家を一軒ずつ訪ねていったが、巫女たちは一様に「サイレンの音など聞いていない」と主張した。やはり、予想通りサイレンは鳴らなかったらしい。ただし、先ほどの朝七時五十分に蜜村が誤って倉庫の扉を開けた際のサイレンの音は聞こえたらしく、かなりの大音量が祈禱所の中にも響き渡ったのだという。そしてそれは祈禱所の壁がサイレンの音を遮断できないということを意味していて、仮に夜間にサイレンの音が鳴ったとしたら、その音は確実に巫女たちの耳にも届いたはずだ。祈禱所自体に巨大な防音シートを被せた可能性も考えたが、祈禱を行う祭壇の前には窓があり、その窓からは鍾乳洞の天井に設置された人工の月——、僕と夜月が祭りの夜にも目にした例の月が見えるのだという。これは八つの祈禱所すべてに共通する造りらしい。なので祈禱所に防音シートや防音材でできたドームなんかを被せると、その月が見えなくなり、八人の巫女たちはその異変に必ず気付くということだ。なので防音シートの類で音を遮った可能性は考えられないし、それにそもそもあのサイレンの轟音《ごうおん》はスペースシャトルの打ち上げ音なみ——、防音シートごときで遮断できるレベルの音量ではない。

その後、僕らは村に点在する八つの祈禱所を観に行ったが、そこは村の民家と同じく、やはり漆喰が塗られた箱型の建物だった。先ほどの巫女たちの証言通り、祭壇の前には嵌め殺しの窓があり、その窓からは確かに鍾乳洞の天井に設置された人工の月が見えた。もっとも今はその月の照明は落ちてしまっているけれど。

そうして祈禱所の調査を終えた後、僕らは鍾乳洞の出入口に下りた金網を調べに行くことにした。蜜村が念のために調べておきたいと言ったからだ。そして実際に確かめてみると、金網にはワイヤーカッターなどで破られた形跡はなく、また金網の下縁の槍の穂先も地面に埋まった木材に突き刺さったままだった。仮に一度金網を上げたとしたら、槍の穂先が木材から引き抜かれるため、その引き抜いた痕跡が木材に残ってしまう。でもそんな痕跡は見当たらなかったので、金網は一度も上げられておらず、ひいては誰かがこの洞窟を通ったこともないということだ。

そんな風に状況を確かめた後、僕たちは『東の集落』に戻り屋敷の傍に立つサイレン装置を調べようとしたが、ここに来て芽衣から新たに二つの情報が提示された。

一つはサイレンの周囲は背の低い鉄柵で囲まれているが、その柵を乗り越えるとセンサーが反応し、サイレンの音が鳴り響くこと。これは犯人がサイレンに近づき、防音シートを被せるなどしてスピーカーを塞いだ可能性がないことを意味している。また、これにより何日も前からスピーカーに防音シートを被せておき、犯行後、そのシートをワイヤーなどで引っ張り回収したという可能性も否定される。何故ならサイレンのスピーカーはかなりの大きさで、仮に防音シートを被せたとすると、そのシートも相応の大きさになってしまうからだ。そのサイズの防音シートを、センサーに反応させずに回収するのはどう考えても不可能だろう。

そして芽衣から提示されたもう一つの情報は、サイレンからは鍾乳洞の四方の壁と天井の計五方向に向かって赤外線レーザーが照射されており、その赤外線が遮られると、その時点から二十四時間の間、サイレンが鳴り続けるということ。これが何を意味しているのかというと、例えばサイレン装置よりも一回り大きな防音材でできたドームを用意し、それをサイレン装置に被せた場合、サイレンから照射されている赤外線が途切れ、鍾乳洞の壁や天井へと届かなくなってしまうということだ。そしてそのことにより、そこから二十四時間の間サイレンは鳴りっぱなしになるから、当然事件の翌朝も鳴り続けているということになり、サイレン装置にドームを被せたことが瞬く間にバレてしまう。なのでこの方法でサイレンの音を遮ることも同じく不可能だということだ。

もちろん、さんざん言っている通り、サイレンの爆音は防音シートや防音材でできたドームでどうにかなるレベルではないが、犯人がその手の手段を用いなかったことはこれで改めて証明されたということになる。

僕はふむと頷いて、自身の考えをまとめた。

まず、夜月の証言から皆に睡眠薬が盛られていないということは担保できる。また、睡眠薬なしで大音量が鳴れば必ず目覚めるはずなので、このことからサイレンが鳴らなかったということも同じく担保される。加えて八人の巫女の証言からも、やはりサイレンは鳴っていないと結論付けることができるというわけだ。

これにより、犯行時刻は二十時十分から二十四時までの間ということが確定した。

＊

こうして犯行時刻は絞られたが、やるべきことはまだたくさんある。まず僕と蜜村は、僕たちが吊り天井の部屋に閉じ込められている間に起きた出来事について夜月に訊ねた。つまり、昨日の昼の二時から翌日の明け方までに夜月が見聞きした情報を共有してもらうことにしたのだ。でも、そこでは特段有用な情報は得られなかった。夕食の前までは夜月はずっと将棋を指していたらしいし、夜の十二時過ぎにリビングを離れた後は、風呂に入って眠っただけらしい。なのでやはり重要なのは、犯行時刻である二十時十分から二十四時までの間の出来事になるということだ。

次に僕と蜜村は、伊予川仙人掌が殺された『神殿の密室』の現場へと向かうことにした。自殺と目されていた、あの事件だ。現在、この村で起きた未解決の密室殺人事件は二つあるが、以前に蜜村はこの事件の謎がすでに解けていると言っていたので、まずはこちらから潰すことにしたのだ。

ちなみに、他のメンバーは「疲れたから休む」と部屋に戻っていったので、ここからはホームズとワトソンの二人行動だ。蜜村も「私だって疲れてるのに」と生意気なことを言っていたが、それについてはもちろん、聞こえなかったふりをしておく。

こうして僕らは『西の集落』に移動し、風鼬を祀っているという祠——、もとい神殿へと辿り着いた。

木製の格子を破った窓から神殿の中に入ると、改めて現場を見渡した。この建物の唯一の出入口は正面にある引き戸だけで、その引き戸には内側から板が打ち付けられて開閉できない状態になっている。部屋の外からこの板を打ち付けるのは絶対に無理なので、犯人がここから出入りすることは不可能だろう。

でも、となると犯人はいったいどうやって、この神殿の中に出入りした？　僕は改めて部屋の中央近く——、伊予川仙人掌の死体が置かれていた場所を見やる。死体が傷むのを避けるため、死体は昨日の昼のうちにすでに女将原の旅館のワインセラーに移動してある。なので僕は頭の中で、死体発見時の現場の状況を思い浮かべた。手にナイフを握りしめ、一見すると自殺に見えた死体。その死体の喉は鋭利な刃物で深く切り裂かれていて、そこから溢れ出た血が今も、床に直径七十センチの乾いた血溜りを作っていた。仮に犯人が神殿の外から室内にあったナイフを何らかの方法で操作し、被害者の喉を切り裂いたと仮定しよう。でもそれで、こんなにも深く綺麗に喉を切り裂くことは可能だろうか？　さらにその刃物を被害者の手に握らせることは――、

「どう考えても不可能でしょうね」

そんな風に蜜村は言った。確かに、そうだろうとは思う。窓に格子が嵌まっているとはいえ、その格子の目は細かくて、糸くらいしか通らない。その糸をナイフの柄に結んで操り被害者の喉にぶつけようとしても、そんなにピンポイントに当てられるとは思えないし、何よりも喉を切り裂くほどのパワーは得られないだろう。

「でも、じゃあ、犯人はどうやって被害者を殺したんだ？」

正直、八方ふさがりだ。すると蜜村は肩を竦めて、「前にも話したけれど、犯人は極めてシンプルなトリックを使ったのよ」と言った。そして、スッと人差し指を立てて続ける。

「ずばり、犯人は隠し通路から脱出したの」

その言葉に僕は目を丸くして、すぐに「何をバカなことを」と心底呆れかえった。たしなめるように、彼女に言う。

「この神殿に隠し通路なんてあると思っているのか？」

「何を言っているの？　葛白くん」すると蜜村も意趣返しのように呆れた表情を返してくる。「こんな簡素な神殿に隠し通路なんてあるわけないじゃない。前から思っていたのだけど、もしかして葛白くんってアホなのかしら？」

僕は心底仏頂面になった。こんな理不尽が許されるのだろうか？　隠し通路云々の話を始めたのは、目の前のこのクソ女だというのに。

そのクソ女は、やれやれとムカつく仕草で肩を竦めた。

「勝手に誤解しておいて、不機嫌になるのはやめてちょうだい」彼女はそう告げた後、細く長い指先で黒髪を撫でて言う。「私はこの神殿に隠し通路があるなんて一度も言っていないわ。犯人はね、自らの手で隠し通路を造ってそこから密室を脱出したのよ」

＊

犯人が隠し通路を造った？　僕は呆気に取られたまま、室内をぐるりと見渡した。

蜜村はそんな僕に構わず、「今からそれを証明するわ」と窓から神殿を出ていった。

「道具を取ってくる」

それからおよそ十分ほどで、彼女は神殿に戻ってきた。窓の外に何かを置いた後、窓枠を乗り越えて再び神殿に入ってくる。

「じゃあ、さっそく推理を始めましょうか」

蜜村は顎に手を当てつつ、そんな風に宣言した。

「と言っても、今回のトリックはとても単純よ。さっきも言ったように、犯人は自らの手で隠し通路を造ったの。つまり壁や床に人の通れる穴を開けて、そこから脱出したというわけね」

僕はその説明に眉を寄せつつ、再び室内を見渡した。でも当然、口をへの字に曲げざるを得ない。何故なら室内のどこにも、人が通れるサイズの穴など見当たらないからだ。

「そもそも」だから僕は言った。「そのトリックは根本的に無理がないか？　木製の壁や床に穴を開けたら、その穴があまりに目立ちすぎる。その時点でトリックが成立しなくなってしまうんじゃ――」

「だからね、その穴をいかに隠すか――、それがこのトリックでもっとも重要なところなのよ」

脱出のために開けた穴を隠す――、つまりはこの神殿には今、紛れもなく穴が開いていて、犯人はその穴を巧妙に隠しているということか。

でも、いったいどこに？

「例えばの話だけど」と蜜村は言った。「犯人が壁に穴を開けて、その穴を塞いだ後で、その穴の痕跡の上からペンキを塗りたくったとするでしょう？　そしたらそのペンキが乾けば、穴の痕跡はペンキで隠れて完全に見えなくなる。じゃあ、もし今この部屋でも、それと同じ状況が起きているとしたらどうかしら？」

「つまり、犯人は脱出に使った穴をペンキで塞いだと？」

そう言って改めて室内を見渡したけれど、室内にはどこにもペンキが塗られた跡はなかった。なので蜜村に目を戻すと、彼女は肩を竦めた後で「あるじゃない、ここに」と神殿の中央の床を指差した。それは死体があった場所のすぐ傍にできた、直径七十センチの血溜りだった。

「まさか」

「ええ、その通りよ」蜜村はこくりと頷く。「犯人は部屋の中央の床に穴を開けて、そこから密室を脱出したの。そして被害者の切り裂かれた喉から溢れた血が、その上に血溜りを作る。血溜りはやがて凝固してペンキのように固まって、犯人が造った隠し通路の痕跡を完全に隠してしまったのよ」

＊

蜜村のその推理を聞いて、僕は改めて部屋の中央の血溜りを見やった。赤黒く乾いた血液で床の表面は完全に覆い隠され、とてもそこに人が通れるサイズの穴が開いているようには見えなかった。

「じゃあ、確かめてみましょうか」

蜜村はそう言って窓の外へと身を乗り出し、神殿の外に置いていた荷物を室内へと入れる。それは水の入ったバケツとデッキブラシだった。推理を始める前に、彼女が取りに行っていたものだろう。蜜村はデッキブラシをバケツの水につけると、それで中央の血溜りをこすった。すると血が流れ、隠されていた床が露わになる。そこには確かに、床が円形にくり貫かれた跡があった。くり貫いた後、再び嵌め直したような痕跡だ。

「前に現場検証をした際にも気づいていたと思うけど」と蜜村は言った。「この神殿の床は、部屋の中央に向かって少し傾いているでしょう？　だから被害者の喉から流れた血は、やがて部屋の中央に溜まる。しかも、流れた血が全部ここに溜まるわけだから、血溜りはそれなりの厚みになるわ。その状態で血が凝固したら、この通り床に開けられた穴の痕跡を完全に隠してしまうというわけよ」

僕はそれに「なるほど」と頷いた。理に適ったトリックだ。でもそこでふと、このトリックの致命的な欠点に気が付く。

「このトリックって、警察に現場を調べられたら簡単にわかってしまうんじゃ」

何せ、床に思いっきり穴が開いているのだ。仮に警察が気付かなかったとしても、事件後に室内の清掃でもされたら、その時に確実にバレる。つまり、このトリックは遅かれ早かれ、露見してしまうというわけだ。

「そうね、だからこそのクローズドサークルよ」蜜村は髪の毛の先を撫でながら、そんな風に口にする。「このトリックは、警察が現場に来られないクローズドサークル状況でのみ使えるの。だからきっと犯人は、警察が来る前にこの神殿を燃やすつもりだったんじゃないかしら。そうすれば床に開けた穴も燃えて、トリックに関する一切の証拠がなくなってしまうでしょう？」

確かにその通りだ。ただし、すぐに燃やしてしまうのはあまりにあからさまなので、犯人的には燃やすのはできるだけ後にしたかったのだろう。そして、それは犯人のトリックに対する自信の裏返しでもある。つまり、床の穴という明確な証拠を現場に残しておいてもなお、このトリックが見破られないという自信があったということだ。

そして、それはあながち過信でもない。シンプルながら一度は蜜村を出し抜いたトリックだし、灯台下暗しじゃないけれど、事件の現場における血溜りの下というのは、確かに何かを隠す際には意外と盲点になる場所かもしれない。

＊

　こうして第六の密室である『神殿の密室』は解決し、無事に伊予川仙人掌は他殺であることが証明された。なので次に僕と蜜村は、物柿家の屋敷の地下空間にある第七の密室――、『四色木箱の密室』の現場を調べることにした。ちなみに、狂次郎の死体はすでに屋敷のワインセラーへと移動してある。

『四色木箱の密室』の現場はコンクリート製のシンプルな造りの建物だった。内部の床は板張りで、壁には白い壁紙が貼られている。

　そして、室内には色とりどりの木箱が敷き詰められていた。箱の大きさは様々だが、すべて腰ほどの高さで統一されている。そして、それらの箱が内開きの扉の開閉を妨げていた。扉の前に置かれた木箱は、扉の幅よりもずっと大きい。

　なので、僕は改めて思う。

「犯人はどうやって扉を塞いだんだろう？」

　木箱は室内にほとんど隙間なく敷き詰められていた。唯一、木箱が置かれていないのは死体があった南東の角のみ。なので僕と蜜村はまず、スライド式のパズルのように、木箱を南東の角に向けて一つずつずらしていった。つまり、南東の角の空きスペースの隣に置かれた木箱をそこにスライドし、そうしてできた新たなスペースに、また隣り合う木箱を移動させていくというわけだ。かなり面倒な作業だが、こうやって一つずつ木箱を移動させていくしか、扉の前の木箱を動かす方法はない。

こうして僕たちは作業を続け、南東の角にあったスペースを扉の前まで移動させた。移動させた木箱の数は実に八個。これでようやく内開きの扉を開くことができる。おそらく、これがこの部屋に死体が運び込まれた際の木箱の配置だったはずだ。

そして木箱で扉を塞ぐには、これとは逆の作業――、つまり、今度は扉の前にできたスペースに向かって再び木箱をスライドしていかなければならない。こうすることで、スペースは南東の角へと移動する。そして扉は敷き詰められた木箱に塞がれ、開くことができなくなる。こうした手順を踏むことで、ようやくこの『四色木箱の密室』が完成するというわけだ。

でも、問題なのは――、

「その動作を全部、部屋の外からしなくちゃいけないってことだよな」

木箱を動かして扉を塞ぐと、当然、部屋の中から出られなくなる。だから、犯人は部屋の外から木箱を動かしたということだ。でも、いったいどうやって？

「扉の下にも隙間はないみたいだしな」

僕は扉の下を覗き込んで言う。これではワイヤーなどを扉の下の隙間に通して、木箱を扉に引き寄せることはできない。

となると、やはりポイントとなるのは——、

「箱の中に入っていた、水と丸い石ってことになるけど」

僕は以前にこの部屋を調べた時と同じように、木箱の蓋を開けてみた。蓋を外した木箱は酒を飲む際に使う升のような形状をしていて、中のスペースは意外と狭い。そしてそこには以前と同じように、なみなみと水が注がれていて、さらにソフトボール大の石の球が一つ入っていた。

蜜村も僕と同じように、別の木箱の蓋を外す。そして僕の方に視線をやって、「もう一度、手分けして全部の箱を開けてみましょうか？」そんな風に提案する。

こうして僕と蜜村は再び、部屋中の箱の蓋を開けることになった。もちろん、結果は以前と同じで、室内にあるすべての箱には水が入っていたが、石が入っている箱はそのうち八個のみだった。ただし、以前は特に気にしなかったけれど、ただの八個というわけではなかった。この密室を作り上げるためには八個の箱をスライド式のパズルのように動かしていく必要があるが、石はそれらの八個の箱の中に入れられていたのだ。

「ふーん、なるほどねぇ」と蜜村は考え込むようにして言った。「それによく見ると、それぞれの箱で入っている水の量が違うわね」

その言葉に、僕は改めて各々の箱を見やった。石が入っている木箱はどれも同じ大きさだったが、確かにそれぞれ入れられている水の量が違う。僕が首を傾げていると、そんな僕に蜜村が言った。

「葛白くん、何か書くものないかしら？」

「うん？　ああ」

僕はペンとメモ帳を蜜村に渡す。すると、蜜村はメモ帳に現在の部屋の木箱の配置図を描いた。そして石が入れられている八個の木箱に、それぞれ扉に近い順にＡからＨまでのアルファベットを記載する。

蜜村はそれを僕に見せて言った。

「こんな感じで、アルファベットがＡに近づくほど水の量が少なくなっているわね」

「ふーむ？」

なるほど、と思いつつ、だからどうしたという気もしなくもない。

でも蜜村は「ということはたぶん」と箱を少しずらした後で、「よっ」と箱の片側を持ち上げて箱自体を傾ける。そして箱の下を覗き込んで、「やっぱりね」と笑った。

「予想通りだわ」

「うん？　何が？」

僕は蜜村が傾けている箱の裏を覗き込んでみる。すると、そこにはわずかな空間が

木箱の初期配置

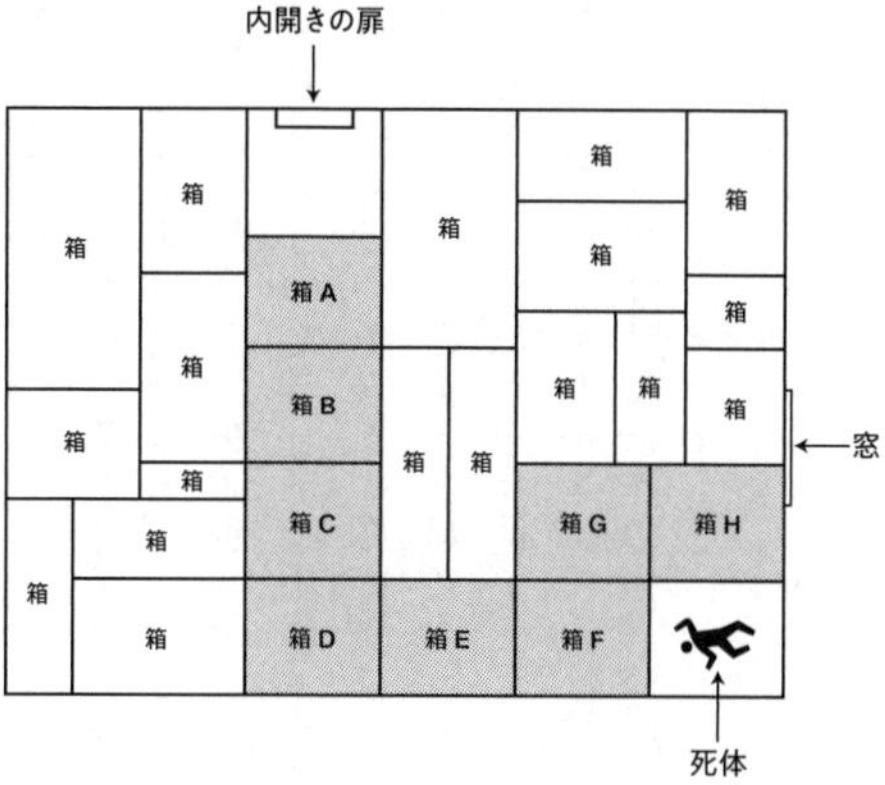

扉を開くために箱A~Hを移動した状態。
部屋を密室にするには箱A~Hを再び扉の前まで
移動しなければならない。

室内に置かれた木箱の形状

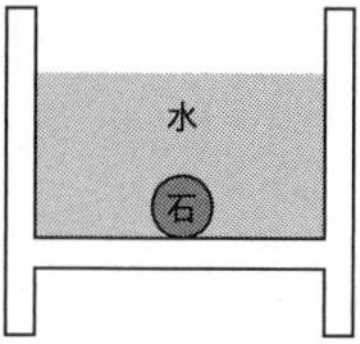

箱の中に水と石の球が入っている

あった。箱の底面の縁の部分だけ他の底面よりも十センチほど迫《せ》り出しているため、それにより箱の底と床の間にわずかなスペースが生じているのだ。ただし、縁の部分は完全に床と密着しているため、こんな風に箱を傾けてみないとそのスペースの存在には気付かない。

　僕は首を傾げた後、蜜村からメモ帳を返してもらうと、そこに箱の概略図を書いた。でも、そこで再び首を捻る。

「でも、いったいこれが何か」箱の下にスペースがあるからといって、いったい何の役に立つというのだろう？　正直、意味がわからない。

でも、蜜村は自信満々な顔で僕に言った。

「じゃあ、今から教えてあげるわ」

その言葉に、僕は目を見開く。

「ということは、もしや？」

「ええ」と彼女は黒髪を撫でて言った。「この密室の謎はもう解けている」

＊

蜜村は「じゃあ、今から実演してみせるから」そう言って、部屋を出ていった。その際に、箱の中にあった石を一つ持っていく。謎の行動だ。一人で部屋に残された僕は、そのまま手持無沙汰に木箱の一つに腰かける。

そしてそれから三十分後、蜜村は戻ってきた。夜月も一緒だ。蜜村と夜月は二人がかりで何やら巨大な道具を運んでいた。キャンプなどで使う炭の入ったコンロだ。どうやら夜月は助っ人として蜜村に呼ばれたらしい。

「ふいーっ、重かった」と夜月はコンロを部屋の外の、扉のすぐ近くに下ろして言う。

「重労働だったよ」

「ご苦労様です」と蜜村は夜月をねぎらいつつ、彼女自身も額の汗を拭う。

コンロにくべられた炭は真っ赤に燃えていた。そして、その炭の上に先ほど蜜村が持ち出した石――、つまり、木箱の中に水と一緒に入れられていた石の球が入っている。石は炭に熱せられて、灼熱《しゃくねつ》の色を放っていた。これはいったい――、

「じゃあ、さっそく始めましょうか」

蜜村はそう言って部屋に入ると、扉に一番近い木箱の蓋を開ける。木箱は今は扉から離れた位置にずらされているため、扉の前にはぽっかりとスペースが開いている。

「要するにこの木箱を」と蜜村は言った。「この開いているスペースに移動させることができれば、この密室は完成するわけね。もちろん、実際には八個の木箱を動かさなければならないのだけど、今回は実験なので一つの木箱のみを動かして見せるわ。

それでいいかしら？」

蜜村の言葉に僕は頷く。でも、問題なのはどうやって動かすのかということだ。

「それには、この水と石を使う」と蜜村は箱の中にあるそれらを指差す。「もっとも石についてはあっちのを使うから、これはいらないわね」

蜜村はそう言って、箱の中にある石を取り出した。そして視線を部屋の外にある炭がくべられたコンロに向ける。そのコンロの上で石が赤色に燃えている。つまり、今回はこちらの焼けた石を使うということか。

「そう、犯人と同じくね。じゃあ、夜月さん、お願い」

蜜村はコンロの傍にいる夜月にそう指示を出す。事前に説明を受けていたのか、夜月は特に戸惑うことなく「オッケー」と口にした。そしてコンロの取っ手に引っかけていた火ばさみを手に取ると、それで炭の上に置かれた焼けた石を挟み上げる。そのまま危なっかしい手つきでその石を運び、それを扉に一番近い木箱に張られた水の中に投入した。その瞬間、大量の水蒸気が上がる。夜月はそれに構わず木箱の蓋を締めると、そのまま内開きの扉を閉めた。そして、ドヤ顔で蜜村を見る。蜜村はそれにグッと親指を立ててみせた。仲がいいなぁ、と僕は思う。

「これで準備完了よ」と蜜村は宣言する。「あとは箱が動くのを待つだけ」

その言葉に、僕は戸惑いの表情を浮かべる。箱が動くのを待つって。今、問題なのは、どうやってその箱を動かすのかってことなのだけど。

「それは、もちろん」と蜜村は笑う。「私のハンドパワーで」

　悪ふざけだ、と僕は思った。「悪ふざけかどうかは」と彼女は言う。

「結果を見てから決めてほしいわね。そして、その結果はもうすぐ出る」

　蜜村は石を投入した木箱に視線を向けた。僕と夜月も固唾を飲んで見守る。そして
それから一分ほどが経ったところで、僕たちはそれを見た。

　扉の一番近くに置かれたその木箱が、突然、何かに押されたように唐突に進み出す。

その動きは滑らかで、まるで浮き上がるかのように木箱は床をスライドした。そして
扉にこつりとぶつかり、その動きを止める。扉の前に開いていた木箱一箱分のスペー
ス。木箱はそのスペースに滑らかに滑り込み、今や内開きの扉を完全に塞いでいた。

僕はそれに唖然とする。

「いったい、どうやって」

　蜜村は、ふふんと鼻を鳴らして言った。

「それはもちろん、ハンドパワーで」

　いや、それはもういいから。

「ごめんなさい、調子に乗ったわ」と蜜村は反省したように言う。そしてこほんと咳
をした後、「これはね、とある物理現象を利用したのよ」と告げた。

「ええ、正式名称は知らないけれど」蜜村は人差し指を立てて言う。「一般的には『味噌汁をテーブルの上に置くと勝手に動き出す現象』として知られているわ」

「とある物理現象？」

＊

蜜村の告げたあまりに意外な言葉に、僕は思わず唖然とした。確かに僕はその物理現象を知っている。何故だか知らないけど味噌汁が勝手に動き出す、あの怪奇現象を。

「つまり、犯人はその物理現象を使って密室を作ったの」と蜜村は言った。「ほら、味噌汁のお椀って、底のテーブルと接する部分に空間が開いているでしょう？　温かい味噌汁をお椀に注ぐと、その熱でお椀の底に含まれた空気が膨張するから、その力でお椀が浮き上がって摩擦がほとんどゼロになるの。そしてテーブルのわずかな傾斜を滑って移動する。だからあれはね、ちゃんとした科学的な根拠のある物理現象なのよ」

その言葉に夜月が目を丸くして、「そうだったんだ」と呟いた。

「ずっと幽霊の仕業だと思っていた」

幽霊の仕業だと思っていたのか。

でも、僕もどんな理由であの現象が起きているのかまでは知らなかった。

「ということは、今、木箱が動いたのは」

「ええ、そういうことよ」と蜜村は頷く。「ご存知の通り木箱には水が張られていて、焼けた石をそこに入れたことにより、その水が沸騰したの。そしてそのことにより木箱の底の空気が膨張し、味噌汁の入ったお椀のように木箱が浮き上がったのよ」

なるほど、そういえば木箱の底には空間が開いていたのだったか。確かにそう考えると木箱の形状はお椀と酷似していた。いや、明らかにお椀を模して作られている。

「もっとも、木箱を浮き上がらせるには木箱の底がぴったりと床に密着している必要があるから、あらじかじめ室内に少量の水を撒いておく必要があるのだけど。こうすることにより、木箱が床にぴったりと接地するの。ほら、お椀をテーブルに置く場合でも、渇いたお椀よりも底が濡れたお椀の方がテーブルにぴったりと引っ付くでしょう？　あれと同じ理屈ね。そして、この部屋の床は――」

蜜村は視線を落として続ける。

「きっと人の目では気づかないくらいにわずかに傾いているはずよ。だから空気の膨張により浮き上がった箱は、その見えない傾斜を滑り魔法のように移動した。さらにこの部屋の中には見ての通りびっしりと木箱が敷き詰められているから、今、移動した木箱の左右は別の木箱によって塞がれているわ。そしてその左右の木箱は、いわば進路を限定する役割を果たしているの。だから動き出した木箱はまるでレールの上を進む電車のように、真っ直ぐに扉に向かって進んでいくというわけよ。それに加えておそらく木箱自体も、木箱が傾斜をきちんと滑るように重心を計算して作られているはず。木箱の重さなんかも含めてね。だって、この木箱は昭和密室八傑のアイデアをもとに、万能の天才である物柿零彦が密室を作り上げるためだけに制作した木箱なんだから。そんじょそこらの木箱じゃないわ。百回やったら百回成功するように精巧に作り上げられているはず」

つまり、何度繰り返しても確実に密室は作られるというわけか。となると、残る疑問は――、

「残りの木箱をどうやって移動させるのかってことだけど」

動かさなければならない木箱は一つではない。今、箱が一つ動いたことで、扉の前に開いていたスペースは、木箱一つ分だけ南に移動したことになる。でも、この密室を完成させるには、他の木箱をスライド式のパズルのように順番に動かしていき、最終的にそのスペースを南東の角まで移動させなければならない。箱は床の傾いている方向に動くから、箱の動く『通路』を扉に向かって徐々に傾けていけば、各々の木箱が扉に向かって進んでいくことは理解できる。だが問題となるのはここからで、その動力となる焼けた石を対象の木箱すべてに入れてしまうと、それらの木箱が同時に動

第7の密室(四色木箱の密室)のトリック

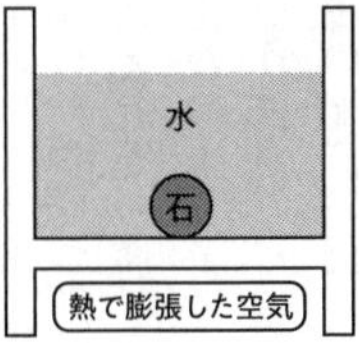

焼けた石の球を水の中に
入れることで、水が沸騰し、
箱の下の空気が温められて膨張する。

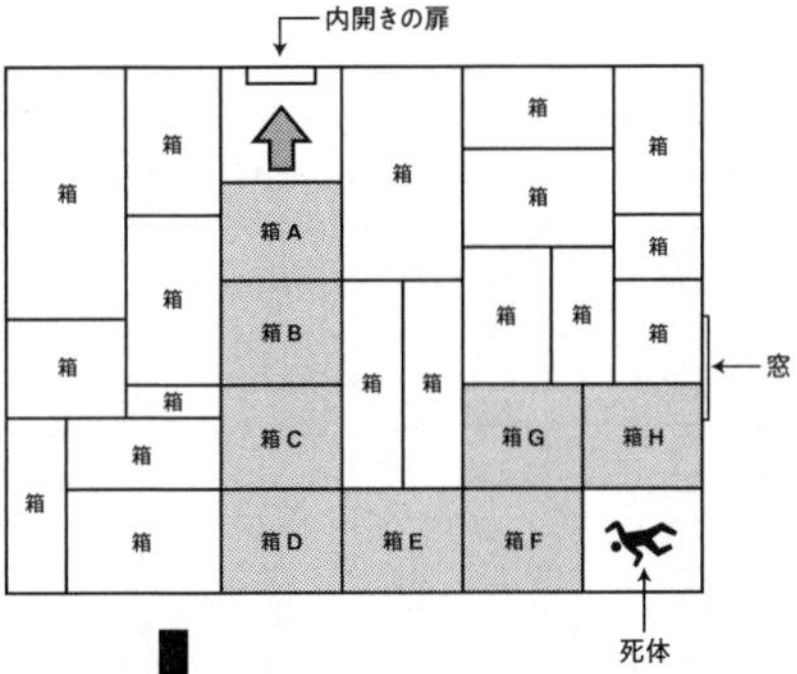

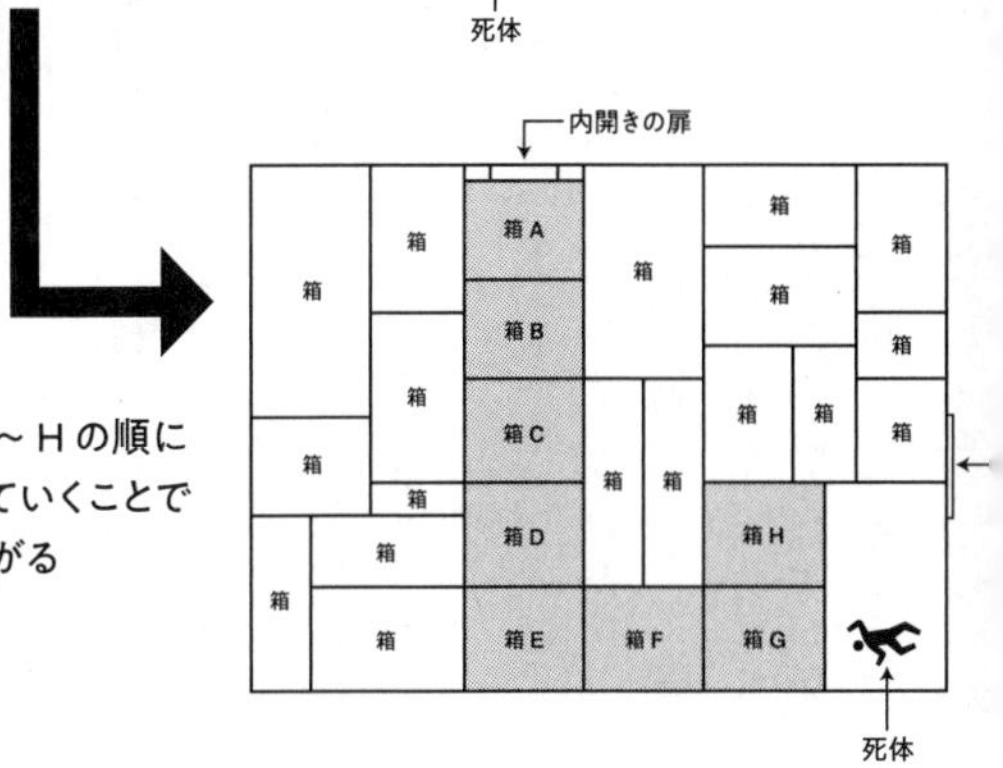

箱がA～Hの順に
移動していくことで
扉が塞がる

き出し、結果的に上手く密室を作ることができないのではないだろうか？　だから、木箱は一つずつ順番に動かしていかなければならないはずだ。

「ええ、その通りよ」と蜜村は頷く。「だから、犯人は箱に入れる水の量を一箱ずつ変えたのよ」

そう言って、彼女はポケットから折り畳んだ紙を取り出した。先ほど蜜村が描いた木箱の配置図だ。木箱にはAからHまでのアルファベットが振られていて、それらは木箱に入った水の量を表していた。Aの木箱が一番水が少なく、Hの木箱が一番水が多い。木箱は扉に一番近い位置のものにAが、扉に一番遠い位置のものにHが振られていた。つまり後から動かしたい木箱ほど、水の量が多くなっているということだ。

「ということは」

「ええ、そういうことよ」と僕の言葉に蜜村は頷く。「水の量が少ないほど、水は早く沸騰する。つまり、木箱の底の空気が温められるのも早いというわけよ。だから、木箱は水の量が少ない順――、この図に書かれたアルファベット順に動き出す。つまり石を入れるタイミングがほとんど同じでも、木箱は同時に動き出すわけじゃなくて、一つずつ規則正しく動き出すということよ。そして、それにより木箱の置かれていない空きスペースが少しずつ扉から遠ざかって行き、最終的に南東の角まで移動する」

それはすなわち、事件発覚時の木箱の配置と同じだった。つまり、この方法により

『四色木箱の密室』は作り上げられたということか。

＊

こうして無事に『四色木箱の密室』が解決したことにより、僕たちは地下空間の階段を上り、地上へと戻ろうとした。すると階段の上段辺りで芽衣と遭遇する。帝夏とカマンベールも一緒だ。

「あっ、葛白さんたち、こんなところにいたんすか」

どうやら僕たちを探していたらしい。なので「どうしたんですか？」と訊ねると、「いや、伝え忘れていたことがあって」と申し訳なさそうに芽衣が言った。

「涼一郎くんの死体が見つかった例の地下迷路――、あそこには実は監視カメラが仕掛けられていたんすよ」

＊

涼一郎の死体が発見された部屋へと向かうべく、皆で地下に作られた迷路を移動する。そしてその迷路の途中で、芽衣が足を止めて言う。

「ほら、ここっすよ。ここに例の監視カメラが」

見やると、確かにそこには監視カメラが仕掛けられていた。

以前、カマンベールから聞いた話によれば、この地下施設は巨大な地下空間をコンクリートで塗り固めたような作りになっているらしい。その地下空間はクッキーの箱のように平べったい直方体の形をしていて、その空間を真っ黒に塗装された金属製の壁で区切り、金属とコンクリートでできた巨大な迷路のような構造を作り上げている。そして監視カメラは三脚のような器具で、足元のそのコンクリートにネジで固定されていた。カメラのサイズはスマホくらいで、ちょうどレンズが真東の方向を向くように設置されている。カメラは金属製の壁を背にしていたが、壁との距離が極めて近く、カメラと壁の間にある隙間を通ることは不可能だった。

「さっきは言い忘れていたんすけど」と芽衣は面目なさそうに言った。「ここに入るの、久しぶりだったもので」

確かに通路はそれなりに広いため、僕たちも先ほど通った時にはカメラの存在に気付かなかったが。

「あれ？　でも、カメラがこんな位置にあるということは」とカマンベールが首を捻って言った。「もしかしたら、そのカメラに映ってるんじゃないのかな？　涼一郎くんを殺した犯人の姿が」

「いや、それは」と帝夏が呆れたように言う。「さすがに顔は隠しとるんやないか？　そんなにマヌケちゃうやろ」

　確かに、そんな形で犯人の正体が明らかになるとは思えないが。

「でも、確かめてみる必要はありそうですね」

　僕がそんな風に言うと、皆もこくりとそれに頷いた。

*

　監視カメラの映像は、パソコンで確認できるらしい。なので僕たちは地上に戻ると、そのパソコンが置かれている屋敷の一室へと移動した。

「でも、その前に」とパソコンの前に座った芽衣がディスプレイに、とある画像を表示させる。「これが地下迷路の地図っすね」

　僕らは画面に表示されたその地図を眺めた。地図には監視カメラの場所も記載されていて、カメラは全部で五個あった。そしてそれらのカメラはすべて、涼一郎の死体が見つかった部屋に向かうための通路に設置されていた。つまり、現場に辿り着くまでには五つの監視カメラの傍を通過しなければならないということだ。

「じゃあ、カメラの映像を確認するっすね」

芽衣がそう言ってパソコンを操作して、監視カメラの映像を再生する。そして、しばらくして「あれ？」と首を傾げた。

「あれ？　おかしいっすね。誰の姿も映っていないっすけど」

確かに、五つの監視カメラにはどれも人っ子一人映っていなかった。唯一映っているのは、朝の七時二十分ごろに通路を進む僕と蜜村の姿。つまり、死体発見時の映像だ。その後、僕たちが皆を呼ぶために通路を逆走し、その十数分後、皆を引き連れて戻ってくるという映像が記録されている。

でも、犯人と被害者である涼一郎の姿は一切映っていなかった。昨夜、涼一郎がリビングを後にした夜の八時から、翌朝、僕と蜜村が死体を見つけた朝の七時二十分までの間、五つのカメラは何の代わり映えもしない通路を映し続けている。

これでは犯人はおろか、被害者である涼一郎すら犯行現場に移動することはできない。この状況はまさに――、

「密室ね」と蜜村が黒髪をくしゃりと掻いて言う。「さながら、『地下迷路の密室』といったところかしら？」

＊

出現した新たな密室。この八つ箱村で起きた八番目の密室殺人事件だ。

そしてその密室状況が、以前に見つかった『密室草案』の一つに該当することは明らかだった。すなわち――、

【密室草案・伍（昭和密室八傑・辰田欧樹）】

屋内にある巨大な迷路の中で被害者の死体が発見される。迷路の内部にはパイプ椅子に座った複数人の見張りがいて、犯人はその見張りに見つかることなく迷路を進んだことになる。


これで昭和密室八傑が残した八つのトリックはすべて使われたことになる。つまり、物柿零彦が立てた殺人計画――、八つの『密室草案』を用いた殺人はすべて達成されたということだ。

『密室草案・伍』に描かれた密室状況は、パイプ椅子に座った見張りが三脚に固定された監視カメラに変わっているという点を除けば、涼一郎が殺された『地下迷路の密室』とほぼ同じだった。

＊

その後、僕と蜜村は『密室草案・伍』――、すなわち『地下迷路の密室』の謎を解き明かすために、再び地下迷路を訪れることにした。

「ひとまず、この地図が正確かどうかを確認しましょう」

蜜村は芽衣に印刷してもらった地下迷路の地図を手にして言う。それから僕たちは、その地図が正しいかどうかの検証を始めた。まず、迷路に仕掛けられた監視カメラの位置を一つ一つ確認していく。これらはどれも地図に記載されている位置と同じだった。

五つのカメラはどれも三脚のような器具で足元のコンクリートに固定されていて、そのレンズはすべて正確に東か西を向いていた。このカメラが向いている方向は地図にも記載されていて、その記載と実際のレンズの向きも一致していた。また、すべてのカメラは金属製の壁を背にしていて、壁とカメラの間にはほとんど隙間はない。つまり、カメラの背後をすり抜けることは不可能だった。ゆえに、カメラの死角などは存在しないということになる。

次に僕たちは、地下空間を仕切る金属製の壁に隙間がないかを確認した。あるいは、

地下迷路の地図

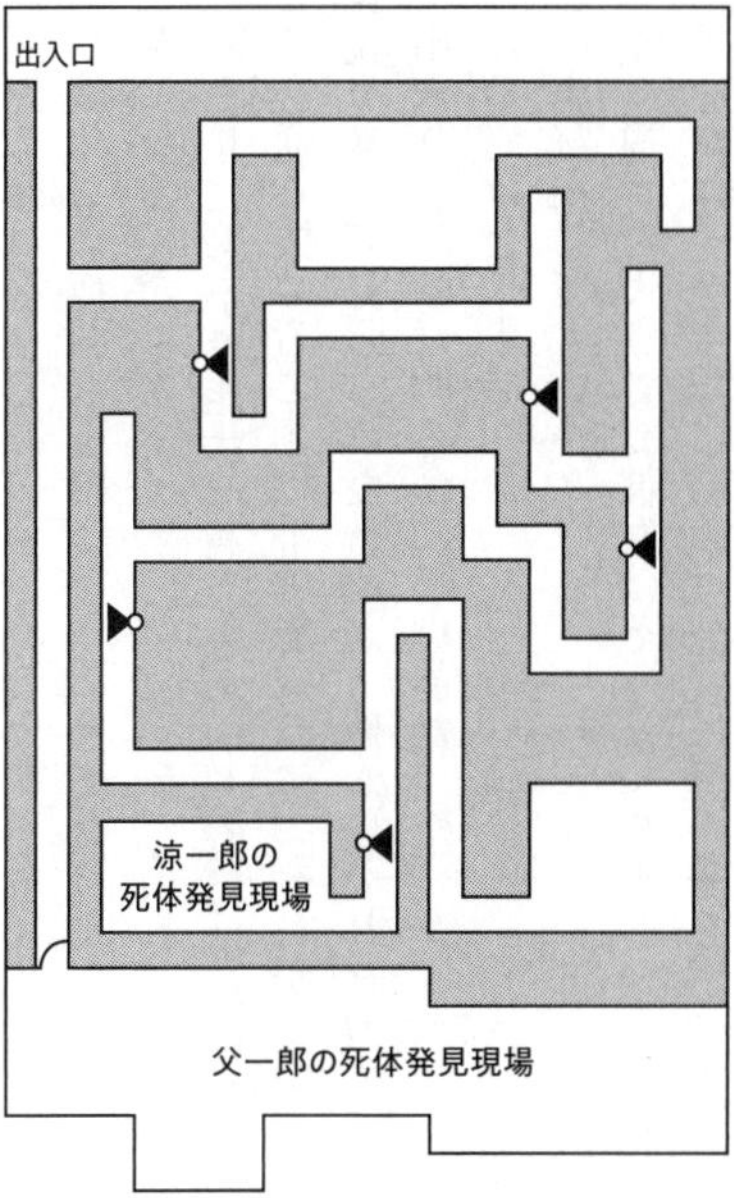

監視カメラによって通路が監視されているため、
犯行現場へと辿り着けない。
（灰色の部分は金属でできた迷路の壁。
▲の部分は監視カメラの撮影範囲を表す）

その壁の一部が開いたりしないかを。結果としては、金属製の壁に一切の隙間はなかった。金属の壁はすべてひと繋ぎになっていて、決められた道順以外の通路を通ることはできない。また、当然のことながら壁の一部が開いたりすることもなかった。つまり、隠し通路の類は存在しないということだ。

なので、やはりこの地図は正確ということになる。つまり、現場は完璧な密室——、そういうことになるのだけど。

「そうね、あまりにも不可能状況過ぎるわ」と蜜村は顎に手を当てて言う。「一つの監視カメラでも通り抜けることは不可能なのに、それが五つもあるなんて」

五つの監視カメラで見張られた密室か。確かにそれらのカメラにいっさい映らずに、犯行現場に出入りするのは明らかに不可能だった。

そう思ったのだけど——、

「ちょっと、本気出してもいい？」

蜜村の考えは違ったようで、彼女はそう言ってポケットからヘアゴムを取り出した。それで髪の毛をポニーテールに結ぶ。彼女は髪の毛をポニーテールに結ぶと、集中力が増すのだ。僕がその特殊能力を知ったのはつい昨日のことなのだけど。

長い黒髪をポニーテールに縛った彼女の瞳の温度が下がっていく。涼やかな目が、怜悧《れいり》な瞳に。まるで人殺しのような目に。

「それじゃあ、始めるわ。少しだけ黙っていてね」

　蜜村は顎に右手を当てて、その視線を中空に投げる。でも、たぶんその瞳には何も映っていない。彼女に見えているのは過去だけ。自らの記憶の中に沈んだ伏線を拾い集め、それで密室を崩すための情報を再構築しているのだ。

　そしてわずか十七秒──、彼女が結んだ髪の毛をほどく。その瞳には熱が戻っていた。と言ってもまだまだ愛想のない、しれっとした瞳なのだけど。

　その瞳に僕を映して言う。

「わかったわ」

　それは、密室が崩れたことを宣言する言葉。僕が思わず「本当に？」と訊くと、彼女は「もちろん」と笑って言う。

　そして、こう宣言した。

「じゃあ、そろそろ始めましょうか。この八つ箱村で起きた八連続密室殺人事件の、最後の密室の謎解きを」

第5章　第八の密室の解法

　蜜村が『地下迷路の密室』のトリックの実演をするというので、僕たちはその地下迷路にある涼一郎の死体発見現場へと集められていた。その場には僕の他に、夜月、カマンベール、帝夏、芽衣、駐財田がいる。つまり、事件の関係者全員だ。でも、肝心の蜜村がやってこない。待ちぼうけを喰らった僕らは部屋の中をうろうろしていたが、やがて一時間ほどが過ぎたころに蜜村がひょっこりと現れた。

「ごめんなさい、お待たせしました」

お待たせしました、ではないのである。僕がそう抗議しようとすると、蜜村は両手を合わせながら「ごめん、ごめん」と再度謝る。

「ちょっと、探し物をしていたの。簡単に見つかると思ってたけど、思ったよりも時間が掛かってしまって」

「探し物」

　何だろう、気になるな。

「そうね、気にしていてちょうだい」と彼女は笑う。そして、左の手首に巻いていた腕時計を外して床に置いた。

「さて、今回の密室状況は、犯人がこの地下迷路に仕掛けられた五台の監視カメラにいっさい映らずに、この部屋まで移動して涼一郎さんの死体を遺棄し、そして同じくそれらのカメラに映らずこの迷路を脱出したというものです。なので、今から私がそれと同じことを再現してみせます。すなわち、五台の監視カメラに映らずにこの部屋へと侵入し、今、私が床に置いたこの腕時計を回収する。そして同じくカメラに映らずにこの地下迷路を脱出する。それができれば、すなわち今回の密室トリックが再現できたということになるでしょう？」

その言葉に、僕たちは顔を見合わせた。そして誰からともなく、こくりと頷く。

確かにカメラに映らずにこの部屋に出入りできたら、トリックを再現できたということになる。そしてこの部屋にきちんと入ったということを証明するために、今、蜜村が床に置いた腕時計を回収してみせるということか。

「でも、ほんまにそんなことできるんか？」と帝夏が疑わしそうに言った。「五台の監視カメラをすり抜けるなんて、どう考えても不可能やと思うけど」

「それがね、実は可能なんですよ」と蜜村は小さく笑う。「まぁ、どうやるかはお楽しみとして、ひとまず移動しましょう」

「移動？」と僕。

「地下迷路のカメラが監視できるパソコンのある部屋へと移動するのよ」と蜜村は言った。「そこでリアルタイムで五台のカメラを監視して、本当に私がそこに映らないのかを見張っていてほしいの」

＊

「それじゃあ、よろしく頼むわね」

皆でパソコンが置かれている部屋まで移動すると、蜜村はそう手を振って一人で部屋を出ていった。つまり、今から地下迷路に侵入するというわけか。

「それじゃあ、あたしたちはしっかりと確認しましょう」と芽衣が言った。

パソコンにはすでにカメラの映像が表示されている。ディスプレイに五つのウィンドウが表示され、そこに地下迷路に仕掛けられた五つのカメラの映像がリアルタイムで映し出されているのだ。

なので僕たちはそのウィンドウを凝視した。最大限の集中力を駆使し、鼠の一匹すら見逃さないように神経を研ぎ澄ませる。部屋の壁に掛けられた時計の音がカチカチと響く。十分、二十分、三十分――、そして一時間が過ぎた。

「えっ、まだっ?」やがて、しびれを切らしたように夜月が言う。「蜜村さん、まだ通らないのっ?」

　確かに、まだカメラには誰の姿も映っていない。いや、蜜村はカメラの監視をすり抜けると言っているのだから、映らないのが正しいのではあるのだが。それにしても、もう一時間だ。あまりにも時間が掛かりすぎている。

「もしかして」と帝夏が言った。「蜜村ちゃん、うちらの集中力が切れるのを待っとるんじゃ」

「それは、つまり」

「ああ、そうや、香澄ちゃん。それが蜜村ちゃんの作戦なんよ。つまり、蜜村ちゃんはうちらの集中力が切れてカメラの映像から目を逸らした隙に、ささっとカメラが監視している通路をすり抜けるつもりなんよ」

　それはさすがに姑息《こそく》すぎる。

「いや、それは」と僕は弁明するように言う。「さすがにそんなことはしないような」

「でも、蜜村さんならやりかねないよね」と夜月が言った。彼女の中の蜜村はいったいどういう人間なのだろう?

　とにかく万が一ということもあるので、僕たちはよりいっそう、カメラの映像を凝視した。そうしてそこから一時間が過ぎ、さらにもう一時間が過ぎて合計で三時間が経ったころに、ようやく蜜村が部屋へと戻ってきた。

「お待たせ」

ほんとにな、と僕は思った。

「こんなに時間が掛かるなんて聞いてないぞ」

僕がそう非難すると、「そういえば、言ってなかったわね」と蜜村はしれっと告げる。

「このトリック、実は凄く時間が掛かるのよ」

おかげで僕らは疲労困憊《こんぱい》だった。ずっと集中力を切らさずに、パソコンを見つめていたのだから当然だ。なので僕らは皆、恨みがましい目で蜜村のことを睨んでいた。蜜村はそれに「うっ」となり、「たっ、確かにこちらにも落ち度はあったかもだけど」と素直に謝った。「でも」と彼女は続ける。

「でも、ちゃんと成果はあったわ。ほら」

彼女は手にした『それ』を見せる。その瞬間、僕らの疲労は一気に吹き飛んだ。僕らは信じられない目でそれを眺める。

『それ』は腕時計だった。彼女が先ほど、地下迷路の一室に置いてきたはずの。

「それは、つまり」と僕は呻《うめ》く。「地下迷路に侵入して、腕時計を回収してきたってことか？」

「そんなバカなっ！」と芽衣が呻く。「カメラには誰の姿も映ってなかったっすよ？」

確かにそうだ。僕らは五つのカメラをリアルタイムで監視していたのだ。でも、そこには蜜村はおろか、他の誰の姿も映っていなかった。ならば、彼女はいったいどうやって地下迷路を通過したというのだろう？

「もしかして」と帝夏が言った。「やっぱり、見逃してしまったんとちゃうかな？　つまり蜜村ちゃんは本当はカメラに映っとったんやけど、ウチら全員がたまたまそれを見逃してしもうて、結果的に偶然密室状況が成立してしもうたんやないか？」

「でも、見逃すって」とカマンベールが肩を竦めて言う。「カメラは六人の人間で監視していたのに、全員が見逃したってこと？　しかも、カメラは五台もあるのに？」

確かにカメラが五台あるということは、蜜村は少なくとも五回はカメラに映ったということだ。いや、往復だと十回か。そのすべてを僕たち全員が見逃したとはとても考えられない。

つまり、やはり蜜村はすり抜けたのだ。何らかのトリックを使って、五つの監視カメラすべてを。

「いったい、どうやって」

僕は素直にそう漏らす。すると彼女は口元で笑んで言った。

「もちろん、今から説明するわ。奇術のタネ明かしをしない探偵なんて、ただのマジシャンと変わりないからね」

＊

「それでは、説明を始めましょうか」

蜜村はそう言って、折り畳んだ地下迷路の地図を取り出した。それをセロハンテープで壁に貼り付け、その傍に立って言う。

「復習になりますが、事件が起きた地下迷路はこのような構造になっています。御覧の通り、死体発見現場に至るまでのルートは五つのカメラによって監視されている。では、ここをすり抜けるためにはどうするか？　それには発想の転換が必要です」

「発想の転換？」と夜月。

「ええ、文字通り、ものの見方を変えるんですよ。視点を変えると言ってもいい。例えば」と蜜村は僕に視線を向ける。「葛白くんはこの地図、どのように見えるかしら？」

「どのように見える？」

その言葉に僕は困惑する。どのように見えるって、それはもちろん――、

「ええ、そうね」と蜜村は頷く。「でも、ここでちょっと手を加えてみるの。例えば、ほら――、ここをこうしたらどうかしら？」

蜜村はそう言って、ポケットからサインペンを取り出した。それで地図にインクで

黒い線といくつかの文字を書き加える（次ページの図参照）。そして口元に笑みを浮かべて言った。

「どう？　これで見方が変わったでしょう？」

そのことに、僕たちは目を丸くする。

ああ、確かに見方が変わった。先ほどまでは地下迷路を上から俯瞰《ふかん》した図のように見えていたのに、蜜村がペンで加筆したことによって文字通り視点が変わったのだ。すなわち俯瞰で描かれた地図が、真横から眺めて描かれた側面図へと。まるでスーパーマリオのような、横スクロールのアクションゲームのような地図に。

つまり、僕たちは真横から描かれた側面図を、愚かにも俯瞰で描かれた地図だと思い込んでいた――、
ということは、ぜんぜんなくて。

「そっ、そんな」と夜月が驚愕する。「何で蜜村さんは、そんな当たり前のことを今さら説明するの？」

そう、僕たちは知っていたのだ。初めから。地下迷路の地図が俯瞰図ではなく、側面図だと。そして蜜村はその当たり前のことを、何故だか今さら説明し始めた。正直なところ、その意図がまったくわからない。

「だって、仕方がないでしょう？」蜜村はそう肩を竦める。「この地図、凄く不親切

地下迷路の地図（側面図）

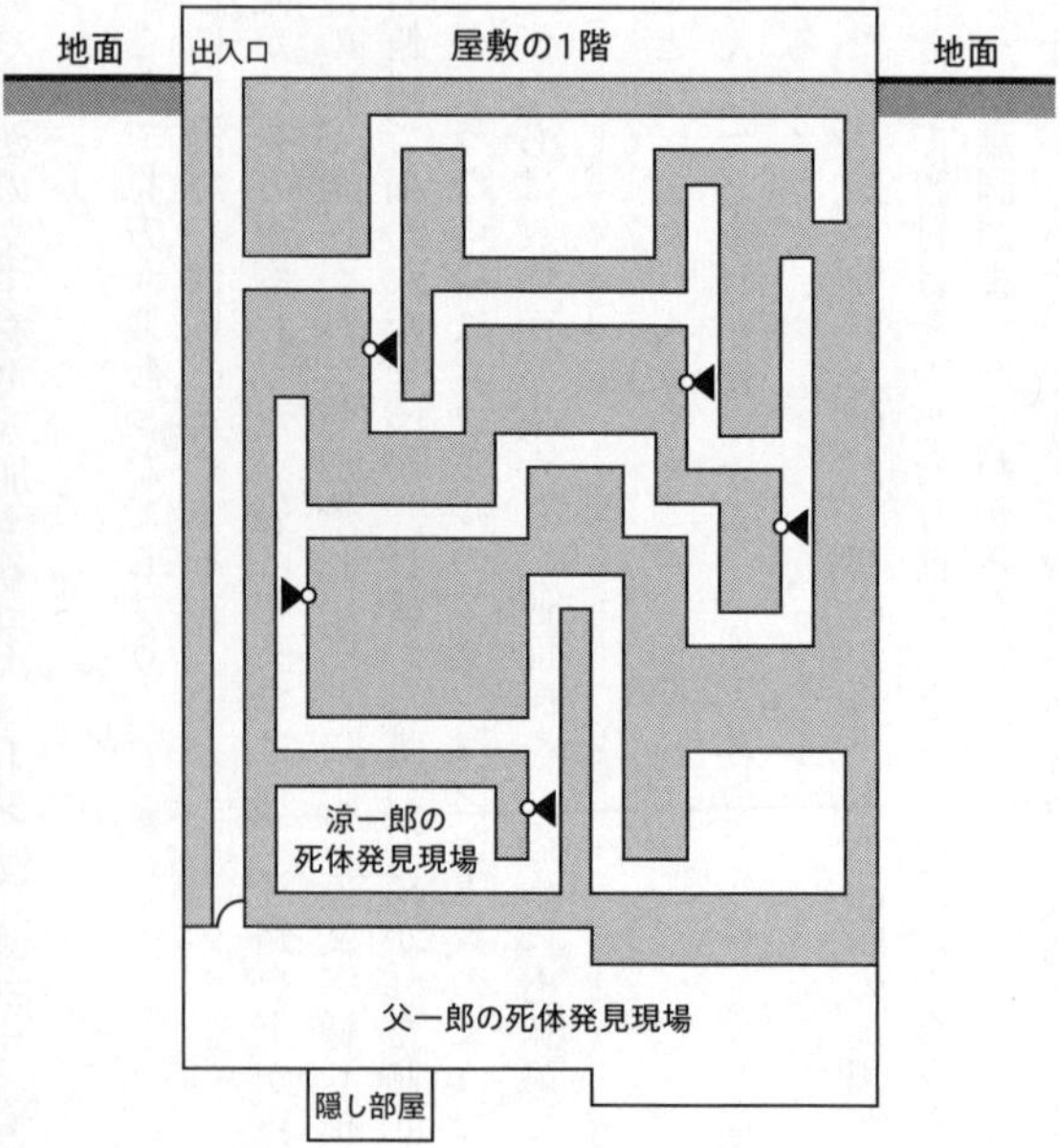
地面
出入口
屋敷の1階
地面
涼一郎の
死体発見現場
父一郎の死体発見現場
隠し部屋

なんだもの。私たちは実際にこの地下に行ったことがあるから、言われなくてもこの地図が側面から描かれたものだとわかるわ。でも仮にこの地下に行ったことがない人がこの地図を見たら、絶対に俯瞰で描かれたものだと思い込むはずだもの」

その言い分に、確かにそうかもしれないと僕は思った。何も知らない人がこの地図を見れば、確かに俯瞰図だと思い込むかもしれない。特にミステリーマニアの場合は、見取り図が出てきたら俯瞰図だと思い込むように訓練されているのだから。

それに『密室草案・伍』のこともある。あそこには『迷路の内部にはパイプ椅子に座った複数人の見張りがいて』という記載があり、それもある意味、迷路が平面であるという先入観を植え付ける役割を果たしていたと言える。仮にあの草案を読んだ後に地下迷路の地図を見せられたならば、地図が側面図だと見破ることはなかなかに困難であるに違いない。

「でも」とそこで帝夏が言った。「それがいったい、どうしたって言うんや？　確かにこの地図を俯瞰図だと思い込む人が一定数いるのはわかった。でも、それが何なん？　上からじゃなくて横から見た図だとしたら、密室の謎が解けるとでも言うんか？」

すると、その質問に蜜村は小さく笑って、「いい質問ですね」と言った。そして黒髪を撫でて告げる。

「ええ、それがね、この地図が側面図である場合、とある一つの事柄が大きく変わってくるんですよ。ずばり、この地下迷路で起きたとある事件——、その事件の見え方が百八十度変わってくる」

「とある事件?」と夜月。

「はい、もちろん、涼一郎さんが殺されたのとは別の事件です」と蜜村は語る。「何を隠そう、昨日、この地下迷路ではとある重大な事件が起きていたんです。ずばり、殺人未遂事件です。もっとも、今となっては本当に殺意があったのかは怪しいですが、とにかく殺されかけた人間がいた。それも二人も」

「そんな」と僕は驚愕する。「まさかそんな事件が起きていたなんて」

「いや、何を言ってるの、葛白くん」蜜村が軽蔑《けいべつ》した視線で僕に言う。「あなたはその事件のことを知っているはずよ」

「いや、知らないけど」聞いたこともない。

「いーや、絶対に知っているはずよ」と蜜村は意固地になったように言う。そして、深い溜め息をついて告げた。「だって、殺されかけたのは私とあなたなのだから」

「えっ?」

「だから、殺されかけたでしょう? 昨日、父一郎さんの死体が見つかった部屋で、吊り天井に潰されかけて」

その言葉に、僕は思わずハッとする。そう言われるとそうだった。僕らは九死に一生を得たのだった。

でもそれは、今回の密室トリックとは何の関係もない事件――、そう思っていた。だが、この地下迷路の地図が俯瞰ではなく、側面図で描かれているとなると物の見方が変わってくる。何故なら僕たちが吊り天井で潰されかけた部屋――、父一郎の死体が見つかった部屋は、俯瞰図では南の端にあるが、側面図では一番下――、一番地下深くにあることになるのだから。そしてその場合、僕と蜜村が潰されかけた天井は、天井であると同時にこの地下迷路を仕切る巨大な金属製の壁ということにもなる。この地下迷路はコンクリートで塗り固められた巨大な空間を金属の壁で仕切った構造になっているが、その金属壁の底面が、吊り天井の天井部分を担っているというわけだ。

「そしてこの金属製の壁は、すべてひとつながりになっているわ」と蜜村は言った。「また、その壁の間に隙間はない――、そのことは私と葛白くんですでに確認済みです。では、この状態で吊り天井が下がるとどうなるか？　その答えは明白ですよね。吊り天井は金属壁の底面で、それが下がるということは地下を仕切る金属の壁全体が下がるということを意味しています。すなわち――」

蜜村はポケットから別の紙を取り出し、それを地下迷路の見取り図の隣に貼った。それは手書きで描かれた地下迷路の新たな地図で、概ね元の図と差異はない。でも、一点だけ大きく異なるところがある。

第8の密室（地下迷路の密室）のトリック

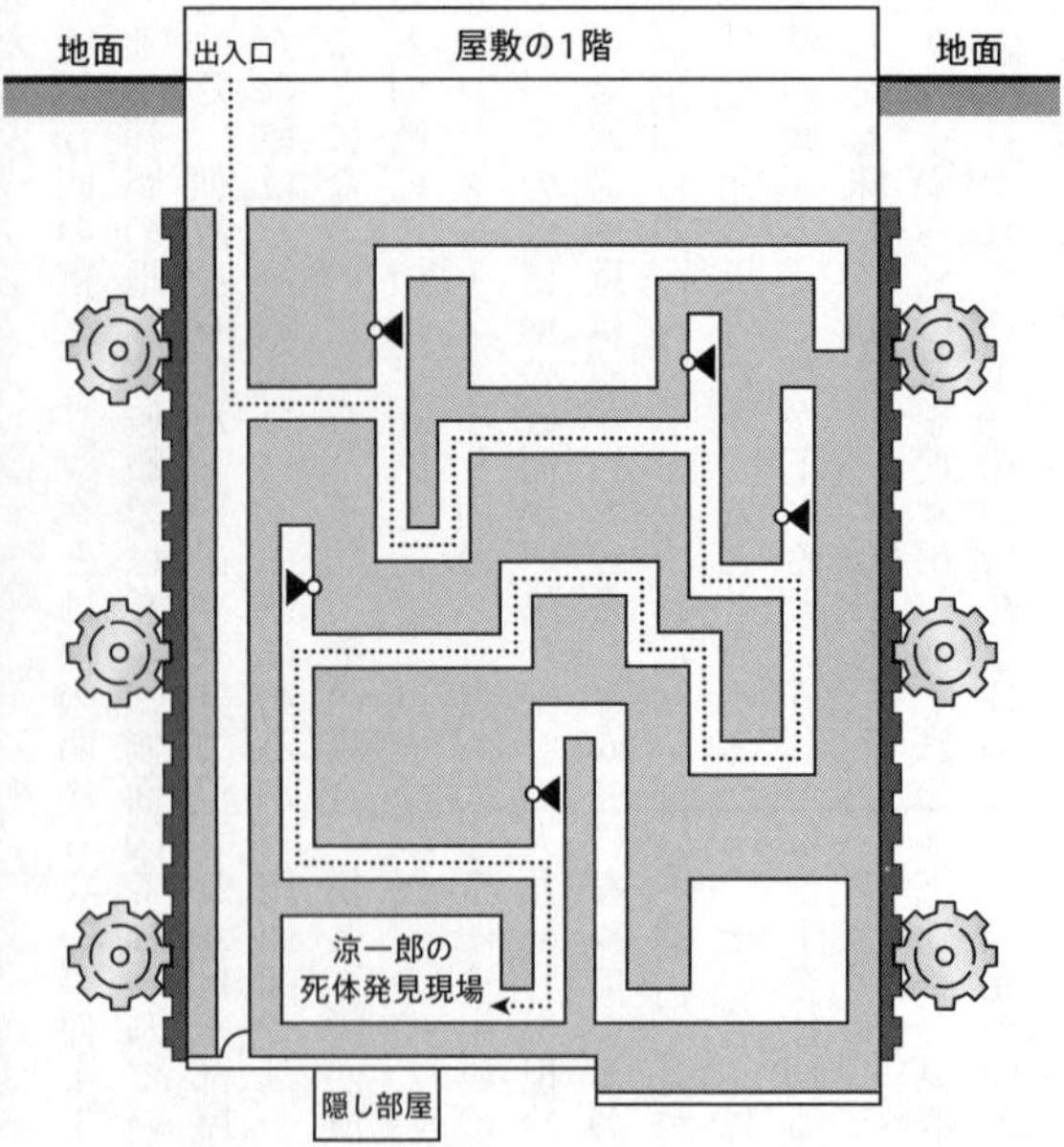

金属壁を下方向に移動させることによって、
監視カメラの位置を相対的に移動させる。
監視カメラの撮影範囲（▲の部分）を通らないため、
カメラの目に触れることなく移動可能。

それは迷路を構成する金属の壁がまるごと下方向に下がっているということだ。壁の底面が吊り天井の部屋を押し潰すように限界まで下がることにより、他の壁も連動して同じ距離だけ下がっている。そして、そのことにより何が起きたか？

「カメラの位置が変わっている？」

帝夏がそう声を漏らす。確かに彼女の言う通り、新しい地図では地下迷路に仕掛けられたカメラの位置が変わっていた。地下迷路はコンクリートで塗り固められた巨大な空間を金属の壁で仕切ることにより造られていて、カメラは三脚のような器具でそのコンクリートの壁に固定されている。つまりカメラが固定されているのはあくまでコンクリートの部分であって、金属の壁には固定されていないため、本来ならば金属の壁が動いてもカメラの位置が変わることはない。でもここでポイントとなるのは、金属の壁が構成する迷路自体は動いているということだ。つまり、カメラ自体はコンクリートに固定されて動かなかったとしても、そのカメラの周囲にある迷路が動けば、ある意味、カメラが迷路の中を動いたのと同じになるということだ。そしてカメラが迷路の中を移動したということは、すなわちカメラが撮影する範囲自体も変わるということを意味している。

「えっ、うそ」と金属の壁が動いた新たな地図を眺めていた芽衣が言う。「どうしてこんなことが起きてるんすか？」

芽衣はしばらくの間、混乱したような顔をしていたが、やがて意を決したようにその事実を指摘する。

「犯行現場へのルートが開いている？」

その言葉に、僕もようやくその事実に気が付いた。確かにその通りだ。なくなっているのだ。地下迷路の入口から犯行現場に至るまでのルート——、そこに仕掛けられていたはずの監視カメラがすべてなくなっている。

いや、そこにあったはずの監視カメラがすべて移動しているというべきか。

「カメラが相対的に移動したせいか」と帝夏が言った。「カメラ自体の位置は変わらんでも、金属の壁全体が下方向に移動したことにより、五台の監視カメラがすべて相対的に上方向に移動したんや。それによりカメラの撮影範囲も同様に上に移動して、本来なら迷路を塞ぐように撮影していたはずなのに、迷路のぜんぜん違う場所——、迷路を進む人間の進路を塞がない場所を撮影するようになったんや」

それによりカメラに塞がれていた地下迷路は、カメラに塞がれていない迷路へと姿を変えた。これならば、まったくカメラに映らずに犯行現場に出入りすることが可能だ。つまり、密室は崩れたのだ。

「でもでも」と夜月が言った。「金属の壁が移動したら、その壁が移動している時の映像がカメラに残るんじゃ。でも、そんなのぜんぜん気付かなかったけど」

確かに、先ほど蜜村がトリックの実演のために地下迷路の中を移動した際、僕たちはパソコンの画面を通じて、ずっとカメラの映像を眺めていた。あの時、蜜村が金属壁を動かしたのならば、僕たちはそれに気が付いたはずだ。仮に見逃したとしても、後から録画された映像を見返せばすぐにわかるはず。ならば、誰にも気づかれずに壁を動かすことなんて不可能ではないだろうか？

「それがそうでもないんですよね」と得意げな顔で蜜村が言った。「だって、葛白くんは知っていると思うのだけど、あの吊り天井、凄くゆっくり下がっていたでしょう？」

「凄くゆっくり下がっていた？」

僕はそう反芻して、やがてこくりと頷いた。確かに、天井は凄くゆっくり下がっていた。あまりにもゆっくり下がりすぎていて、最初は天井が下がっていることに気付かなかったほどだ。

そこで僕は蜜村の言いたいことにピンとくる。これはつまり――、

「壁自体があまりにもゆっくり動いていたから、誰も壁が動いていることに気が付かなかったということか？」

吊り天井は地下を仕切る壁の一部だから、当然、壁と吊り天井は動く速度が同じだ。そしてその動きがあまりにゆっくりだと、人間はその変化に気付かない。テレビのクイズなどで写真の一部分がゆっくり変わっていくものがあるが、大半の人間はその変

化に気付かないのだ。ましてや地下を仕切る金属壁は真っ黒に塗装された単色の壁だ。それがゆっくり動いたところで、カメラの映像には何の変化も起こらないだろう。同じ壁をただ映し続けているのと変わらない映像になる。だから誰にも気づかれずに壁を動かすことができるのだ。

そしてその事実を受けて、ようやく先ほどの不可解な出来事の理由に気が付いた。それは蜜村がトリックの実演をした際に、三時間もの時間を要したこと。何故あんなに時間が掛かったんだろうと思っていたが、何のことはない。壁が非常にゆっくりとした速度で移動するため、どうしても時間が掛かるのだ。

「さらに言えば」と蜜村は地下迷路の地図に視線を向ける。「この地図を見てもわかる通り、五台の監視カメラはすべて東か西を向いているわ。そしてここからが重要なのだけど、カメラはすべてT字路に設置されていて、そのT字路の交差点を背にするように固定されているということ。これにもきちんと意味はある。だってカメラのレンズが交差点の方を向いていた場合、カメラが相対的に移動した際に、必ずカメラの撮影範囲に交差点が入ってしまうでしょう？　そして交差点が映るということは映像に変化が生じるということで、そんな映像を見れば壁が動いていることに簡単に気付かれてしまう。だからカメラは交差点を背にして、壁を映し続けるように設置されているの。カメラが壁の方を向いていれば、壁が動いても映像に変化は生じないからね」

なるほど、つまりこの地下迷路は、密室トリックを成立させるためにカメラの向きまで計算して造られているということか。

そしてそこまで話を聞いて、僕はようやくあることに気が付いた。僕と蜜村が例の吊り天井に潰されそうになった時のことだ。僕は今までずっと、あれは犯人が僕たちを殺そうと吊り天井を下ろしたものだと思い込んでいた。でも実際にはそうではなく、犯人にはきっと僕たちを殺そうという意図などなかったのだ。単にもともとその夜に犯行に及ぶ予定で、でも壁を動かすのには時間が掛かるから、昼間のうちに前もって動かしておいただけ。そして僕と蜜村は偶然それに巻き込まれ、危うく吊り天井に潰されかけた。つまり、あれは不幸な事故だったのだ。そして朝になると吊り天井が上がっていたのも、犯人が涼一郎の死体を現場に遺棄して犯行が完了したことで、壁を元の位置に戻したから。つまり、そこにも犯人が僕たちを助けようとしたなどという意図はなかったということだ。そう考えると、ちょっとゾッとする。

でも、僕たちは結果的には助かった。蜜村が部屋の地下にあった隠しスペースを見つけたからだ。でも改めて地図を見やると、その隠しスペースもきちんと記載されていた。めちゃくちゃ堂々と書いてあった。

「だから、もしあらかじめ私か葛白くんがこの地図を見ていれば」蜜村はそう溜息をつく。「あんなに慌てることもなかったのになって思うのだけど」

＊

その後、僕たちは地下迷路へと移動して、実際に監視カメラがどうなっているのかをこの目で確かめることにした。書庫の床にある地下迷路の入口を開くと、そこから地下に向かって金属製の梯子が伸びていた。地下迷路は横スクロールのアクションゲームのステージのような構造をしているため、縦方向に移動するためには梯子が必要になる。その梯子はコンクリートの壁に固定されていて、そこを下りていくと、やがて東方向に別の通路が現れた。つまり、通路が枝分かれしているということだ。このまま真っ直ぐ下りていくと例の吊り天井の部屋へと辿り着く。あの部屋には天井に当たる位置に扉が付いていて、そこから室内に出入りすることができるのだ。扉は外開きで七十度ほどしか開かないため、手を離すと勝手に閉じる。そして部屋の天井には扉の傍に縄梯子が垂れ下がっており、それを伝って床へと降りることができるという仕組みだった。これが金属製の梯子ならば吊り天井が下がった際に潰れたり曲がったりしてしまうが、縄梯子であればその心配は必要ないというわけだ。

でも今回の目的地は、あの吊り天井の部屋ではない。なので僕たちはそこへは向かわずに、梯子から降りてもう一方の通路である東に伸びた通路へと移動した。金属製の床と天井を持つ迷路の右方向へと続く通路で、そこを進むとやがてT字路の交差点へと突き当たる。そこでは進路が上と下の二方向に分かれていて、さらにその通路を行き来するための金属製の梯子が設置されていた。ただし、今度の梯子はコンクリート壁ではなく、金属壁の床と天井部分を繋ぐように固定されている。そしてその梯子を上っていくと、やがてこの地下迷路に仕掛けられた監視カメラの傍を通りかかる。カメラは三脚のような器具で、梯子を上る僕の足元のコンクリート壁に固定されていた。もちろん、ここで言う『足元』というのはあくまで相対的な表現で、僕がたままその位置にいたから、そういう言い回しをしただけなのだけど。

そして梯子はその監視カメラのちょうど正面に位置していて、さらにカメラのレンズに梯子の真横を向けるような角度になっていた。つまりカメラの側から見ると、梯子の横木部分（上り下りする際に手足を掛ける手すりのような部分）が、梯子の縦木部分（梯子の左右のポールのような部分）の完全な死角になっているということだ。つまりカメラからはポールに隠れて手すりが見えない。そしてこれは凄く重要で、何故なら梯子は金属壁に固定されているから当然金属壁と一緒に動くのだけど、カメラからは手すりの部分が死角になるので梯子が動いていることに気付かないのだ。もし少しでも手すりが映れば、梯子自体が動いていることに簡単に気が付けるのだろうけど、カメラからはポールしか見えないので、あたかも動いていないように見えてしまう。この梯子とカメラの位置関係は明らかに計算されたもので、おそらくこの地下にある梯子のうちカメラに映り込むものはすべて、このように手すりの部分が死角になるような角度で設置されているのだろう。

こうして僕たちは梯子を上り下りしながら迷路を進み、やがて涼一郎の死体発見現場へと辿り着いた。そしてその際、死体発見現場へと続くルートには一台もカメラが見当たらないことを確認した。現在、金属の壁は下がっている状態だから、それにより五台のカメラが相対的に移動しているためだ。

「じゃあ、残る問題は」と帝夏が言った。「この金属壁を動かすためのスイッチがどこにあるのかって話やな」

でも実際に今こうして壁が下がっているわけだから、蜜村はすでにそのスイッチを見つけているということだろう。すると彼女はやはり頷いて、「ありますよ、こちらです」と迷路を出口方向へと進んでいく。僕たちはその背中に続いた。

＊

蜜村の話だと、金属壁を移動させるための機器は書庫の壁の中にあるらしい。書庫の床の隅の方――、本当に目立たない場所の床の一部に小さな隠し蓋が存在し、その蓋をぱかりと開くと鍵穴が一つ出現する。蜜村が言うにはこの鍵穴には書庫の扉の鍵が対応しているらしく、彼女はその言葉を裏付けるようにポケットから鍵を取り出すと、それを鍵穴に挿して右に捻った。すると書庫の本棚の一つがゆっくりとスライドし、その後ろから壁に埋まった操作パネルが姿を現す。

僕はその光景を見て、今回蜜村が密室の謎解きのために僕らを集めたにもかかわらず、彼女がしばらくその場に姿を見せなかった時のことを思い出した。何故遅刻したのかと思っていたが、この操作パネルを見つけるのに手間取っていたということか。確かに地下迷路の壁を操作するための機器が見つからないと、実際にトリックを実演することができないので仕方がないとも言える。むしろ、こんなわかりづらい場所にあったのに、よく探し当てたというべきか。僕だったら一週間かけても見つけられない自信がある。

僕はそんなことを考えながら、改めてその操作パネルに目をやった。パネルには液晶画面と十一個のボタンが付いていて、ボタンにはそれぞれ『0』から『9』までの数字と『Ｅｎｔｅｒ』の文字が書かれていた。蜜村がその『Ｅｎｔｅｒ』のボタンを押すと、液晶画面に四ケタの数字が表示される。もう一度同じボタンを押すと、その数字が消えて別の四ケタの数字が表示された。

「つまり『Ｅｎｔｅｒ』を押すたびに、表示される数字が変わるみたいなの」と蜜村は言った。「表示される数字は毎回ランダムみたいね。ちなみに、このまま何もしないと、表示された数字は十秒で消えてしまう」

すると彼女が言った通り、画面に表示された数字は消えた。蜜村がもう一度『Ｅｎｔｅｒ』を押すと、画面にまた数字が表示さる。もちろん、先ほどまでとは違う数字で、今回は『９９２６』と表示されていた。

「どうやら十秒以内に操作を完了しないと、画面に表示された数字がリセットされてしまうみたいなの。なので急いで操作しないといけない。やり方はとても単純で、誰かに教えてもらわなくても感覚的に理解できるわ。ずばり画面に表示された数字と同じ数字を入力した後で、『Ｅｎｔｅｒ』を押せばいいだけ。つまり、これらの操作を十秒以内に行わなければならないということね」

蜜村はそんな風に説明しながら、『０』から『９』までのキーを使って、現在画面に表示されている『９９２６』を入力した。そして『Ｅｎｔｅｒ』のボタンを押す。すると画面の数字が消えて『Ｃｏｍｐｌｅｔｅ』の文字が表示された。

「これで操作は完了よ」と蜜村は肩を竦める。「この瞬間、地下迷路の金属の壁が動き始めた。つまり画面による操作を行うと、壁が下降――、あるいは上昇するというわけね。そしてこれは先ほどすでに確認済みなのだけど、同時に例の吊り天井の部屋の扉もロックされる」

僕は蜜村と一緒に吊り天井に潰されかけた時のことを思い出した。あの時、部屋の扉がロックされて外に出られなくなっていたのは、やはりそういうことだったのか。

改めて操作パネルの画面を見やると、そこには『Ｌｏｃｋ』という文字が表示されていた。ロックされている。つまり一度吊り天井を動かし始めると、途中で止めることはできないということだろう。

「これで『地下迷路の密室』に関する説明は終了よ。ご理解いただけましたでしょうか？」

蜜村はそんな風に言いながら、床の隅に隠されていた例の鍵穴――、そこに挿したままになっていた鍵を左に捻る。すると本棚が再びスライドし、壁の操作パネルを覆い隠した。

僕らはその光景を見届けた後、互いに顔を見合わせて、誰ともなしに頷いた。うん、トリックは完璧に理解できた。確かにこれで『地下迷路の密室』は無事解決したということになる。となると残る問題は、やはりこの一連の密室殺人事件を引き起こしたのは誰なのかということだが。

「それはもうわかっているわ」と蜜村は言った。「すでに犯人を指摘するためのデータはすべて揃っている。だから今から、この八つ箱村の事件における最後の謎解きを始めましょう」

第6章　誰が皆を殺したのか

今からこの八つ箱村における連続密室殺人事件の犯人を指摘する——、その言葉に皆の間に緊張が走る。皆というのは芽衣とカマンベールと帝夏、そして駐財田と僕と夜月のことだ。つまり、この六人の中に犯人がいる——、蜜村はそう言いたいわけか。

蜜村は、一人一人を見やって言う。

「まず前提となるのは、今回の事件の容疑者はこの八つ箱村にいる村人全員だということです。屋敷のあるこの『東の集落』と、村人たちが住む『西の集落』を繋ぐ橋が落とされているとはいえ、例の崖に隠されていたワイヤーによって、二つの集落は自由に行き来することができますから。つまり、村人の中に犯人がいる可能性も充分に考えられる。もっと厳密に言えば、地下鍾乳洞を通って『開かずの扉』から外部犯が侵入してきた可能性も。でも、実を言うとそれはない。それは涼一郎さんの殺害時の状況から断定することができます。というわけで、まずはこれをご覧ください」

蜜村はそう言って、懐から紙を取り出した。それを皆に見えるようにテーブルの上に置く。それは以前に彼女が作成した、涼一郎殺害当夜のタイムラインだった。

【事件当夜のタイムライン】
１８時５０分　夜月、帝夏、芽衣、倉庫に空気銃が保管されていることを確認。
１９時００分　夜月、帝夏、芽衣、カマンベールがリビングに移動。
　　　　　　　涼一郎、駐財田とともに夕食を開始。
２０時００分　夕食の終了。
　　　　　　　カマンベール、リビングから『北エリア』へと移動。
２０時０５分　カマンベール、ギターのケースを持ってリビングに戻る。
　　　　　　　ケースを手にしたまま『南エリア』の玄関へと移動。
２０時１０分　涼一郎、『南エリア』への自室へと移動。
２０時１５分　夜月、帝夏、芽衣、夏雛の設置を開始。
２１時００分　夜月、散歩のために『南エリア』の玄関へと移動。
２１時３０分　夜月、リビングに戻る。
２２時００分　カマンベール、ギターのケースを持ってリビングに戻る。
　　　　　　　ケースを手にしたまま『北エリア』へと移動。
２２時０５分　カマンベール、リビングに戻り夏雛の設置を手伝う。

２２時３０分　駐財田、トイレのために『北エリア』へと移動。
２２時４０分　駐財田、リビングに戻る。
　　　　　　　駐在所に戻るため、『南エリア』の玄関へと移動。
２３時１０分　駐財田、トイレを借りるためリビングに戻ってくる。
　　　　　　　トイレのために『北エリア』へと移動。
２３時２０分　駐財田、リビングに戻る。
２４時００分　駐財田、駐在所に戻るため、『南エリア』の玄関へと移動。
２４時０５分　夏雛の設置完了。
２４時１０分　夜月、帝夏、芽衣、カマンベール、リビングを離れる。

「まず、涼一郎さんがリビングを出て『南エリア』へと移動したのが」と蜜村はタイムラインを示しながら言う。「夜の八時十分――、つまり、二十時十分ですね。この時点では涼一郎さんは生きていましたので、彼が殺されたのは間違いなく二十時十分以降ということになります」

僕たちは、ふむと頷いた。そこまでは、まだわかる。

「そして、重要となるのは」と蜜村はタイムラインの一点を指差した。「十八時五十分の時点では、凶器の空気銃がまだ『北エリア』の倉庫の中にあったということです。

そしてそのあとすぐに夕食が始まって、夕食が終わる二十時まで皆のアリバイは成立している。夕食の間は誰も席を立ちませんでしたから。つまり内部犯だと仮定すれば、犯人が空気銃を取りに行ったのは二十時以降ということになります。そして――」

彼女は指先で紙を撫でる。

「ここでポイントとなるのは、二十時から倉庫の防犯装置が作動する二十四時までの間――、つまり、犯行が行われたとされる二十時から二十四時までの間、リビングには常に人がいる状態だったということです。そして以前に芽衣さんが説明していたとおり、倉庫のある『北エリア』に行くには必ずリビングを通らなければならない。つまり昨日リビングにいた皆さんは、図らずとも凶器の空気銃が保管されている倉庫に出入りする人間を監視していたということになります」

確かに彼女の言う通りだ。倉庫の前室にある『開かずの扉』は地下鍾乳洞を経由して外に通じているものの、村のもう一つの出入口――、僕らが村にやってきた時に通った、村の正面玄関とでも言うべき例の洞窟は金網のフェンスで塞がれている。そして涼一郎の死体が発見された後に皆でそのフェンスを調べたところ、金網に破れはなかったし、フェンスを動かした痕跡もなかった。つまり『開かずの扉』を使って凶器を一度村の外に持ち出した後、正面玄関である洞窟を通って凶器を村に持ち込んだ可能性はないということだ。だから蜜村の語る通り、凶器を持ち出すにはやはり衆人環視のリビングを通らなければならず、そして衆人環視だったがゆえに、そのリビングで皆がどんな行動を取ったのかはこのタイムラインに詳細に記録されている。

そしてこの段階で村人犯人説や外部犯説は消去される。何故なら、それらの人間がリビングを通った場合、必ずそこにいる夜月たちに姿を目撃されるからだ。

「では、犯人は犯行を行う際に具体的にどんな行動を取ったのか？　それを考えていきましょう」蜜村は黒髪を撫でながら、口元に小さな笑みを浮かべた。「まず涼一郎さんを殺すためには、リビングから彼のいる『南エリア』へと移動する必要があるから、犯人は当然二十時から二十四時の間に『南エリア』に行った人間ということになります。そして犯人は倉庫に空気銃を取りに行く必要もあるので、当然、『北エリア』にも移動したということになる。つまり犯人は、①凶器を取りに行くために『北エリア』へと移動して、②その後、リビングへと戻り、③被害者のいる『南エリア』へと移動した人間ということになりますね」

つまり、①～③のすべての条件を満たす人間が犯人だということか。『北エリア』には出入口はなく窓もすべて嵌め殺しだから、犯人が『北エリア』から庭を経由して『南エリア』に移動することはできないし、同様に被害者が『南エリア』から庭を経由して『北エリア』に移動することもできない。また、『北エリア』の窓は開かないため、犯人が『北エリア』の窓から庭にいる被害者を撃ち殺すこともできない。となると、やはり蜜村の言う通り、犯人は『北エリア』からリビングを経由して『南エリア』に移動した人間ということになる。

「そして犯人は涼一郎さんを殺害した後、倉庫の防犯装置が作動する二十四時までに、倉庫に空気銃を戻さなくてはいけません。つまり、犯人は涼一郎さんを殺した後、④再びリビングへと戻り、⑤そこから『北エリア』へと移動した」

蜜村のその言葉に、僕はタイムラインに目を這わせた。つまり犯人は『北エリア』に凶器を取りに行った後、『南エリア』へと移動して、再びその凶器を戻しに『北エリア』へと向かった人物ということか。

そして、その行動に該当する人物は二人いる。カマンベールと駐財田だ。

「つまり、二人のうちのどちらかが犯人です」と蜜村は言った。「では、二人のうちのどちらが犯人なのか？　ここでポイントとなるのは、空気銃のサイズです。空気銃は銃身を含めた長さが一メートル近くもある――、つまり、かなり大きな銃です。そして大きすぎるがゆえに、拳銃のように懐に隠して持ち運ぶことはできない」

確かにその通りだ。でも、そこで僕は「あれ？」となる。だから、その疑問をそのまま口にした。

「でも、それだとおかしなことにならないか？　リビングは衆人環視の状態だったんだ。空気銃が懐に入らない以上、銃は剝《む》き出しのまま持ち運ぶしかない。でもそんなことをしたら、銃を持ってリビングを通る犯人の姿が皆に目撃されてしまうんじゃ」

でも、そんな目撃談など誰からも聞いていない。

「確かに、その通りなのよね」と蜜村は神妙に頷いた。「でも、となると犯人はどんな手段を使ったのかしら？　誰にも見とがめられないように、空気銃を運ぶにはいったいどうすればいい？」

その言葉に少し考えて、とても単純な手を思いつく。

「鞄に入れた？」

「ええ、その通りよ」と蜜村は頷く。「そして、その役割に打ってつけの鞄があるわ。その鞄は全長一メートル強のケースで、厚さは十五センチほど。まさに空気銃を入れて持ち運ぶのに最適な鞄でしょう？　その鞄とは――」

「アコースティックギターのケースかっ！」

帝夏がそう声を上げる。「ええ、そうです」と蜜村は頷く。

「その人物はあの夜、ギターのケースに銃を入れて衆人環視のリビングを通り抜けた。中にギターが入っていると偽ってね。つまり、犯人はあなたしかいないんです」

皆の視線が、その人物に吸い寄せられる。蜜村がその名を告げた。

「物柿カマンベールさん、あなたが犯人です」

名指しされたカマンベールは、しばらくきょとんとしていたが、やがて慌てたように口にする。

＊

「えっ？　ちょっ、ちょっと待ってよ、蜜村さん――」

「このタイムラインを見ればわかるように――」蜜村はカマンベールの言葉を遮り、続けた。「カマンベールさんは二十時五分に『北エリア』からリビングを経由し『南エリア』に移動していますが、その時、確かにギターのケースを持っていたと書かれています。そして二十二時に『南エリア』からリビングを経由して『北エリア』に戻ってきた時も、同じくケースを持っていたと書かれている。逆にもう一人の容疑者である駐財田さんは、タイムラインには書かれていませんが手ぶらでした。私はその場には居合わせませんでしたが、駐財田さんが二十二時四十分に『北エリア』のトイレから戻ってくる際にはハンカチで両手を拭いていたと聞いていますし、二十三時十分に『北エリア』に移動した際も「面目ない」と両手を合わせながらリビングを出ていったそうですからね。つまり外部犯を含めたあらゆる人間の中で、カマンベールさんだけが『北エリア』の倉庫から『南エリア』に空気銃を移動させ、なおかつそれを

『北エリア』に戻すことが可能だったんですよ」

するとその言葉にカマンベールは動揺を見せた後、瞬時にその色を消して、大仰に肩を竦めてみせた。

「……違うよ。蜜村さん、何を言ってるの？」余裕ぶったその声には、明らかに虚勢が混じっていた。「俺はあの時、本当にギターを弾きに行ったんだよ。ケースの中にも確かにギターが入っていた。空気銃なんかじゃなくてね」

そんなカマンベールの反論に、蜜村は小さく肩を竦めた。「見苦しい言い訳ですね」

そう口の端に涼やかな笑みを浮かべる。

「第一、不自然なんですよ。どうして連続殺人事件が起きたばかりなのに、暢気にギターの練習なんてするんですか？　普通は自重するでしょう？　となると理由は一つしか考えられない。あなたが犯人で、犯行を成立させるためには空気銃を入れるためのケースが必要になるからです。なので、あなたは多少不自然に思われてもいいから、ギターの練習を決行したんですよ」

「いや、違う……、違うんだよ」カマンベールはだんだんと覇気をなくしたように言う。「あの夜、ギターの練習をしたのは本当にそれが趣味だからだよ。ギターを弾くのが好きなだけなんだ……。だから本当に毎晩、弾いてて。あっ、そうだ――、みんなもっ！　みんなも俺がいつもそうしてるって知ってるよねっ？」

カマンベールは縋《すが》るように皆を見た。でも誰もが視線を逸らしたり、首を捻ったりしている。心当たりのある者は一人もいない。

「そんな……」彼の顔が絶望に歪む。そして消え入りそうな声で言った。「ねぇ、信じてよ……、どうして誰も信じてくれないんだ？　俺は本当に殺してなんか……」

場に重い沈黙が落ちる。

だが、そんな中、ただ一人僕だけは激しい混乱に襲われていた。

おかしい……。こんなの絶対におかしい。どうして、こんなことになっているんだ？

だって――、

蜜村漆璃の推理は、完全に破綻しているからだ。


僕は自信満々に推理を語る彼女の横顔をじっと見た。自らの正しさを微塵も疑っていないような表情。もしかして――、本当に気付いていないのか？　自らの論理に含まれた圧倒的な矛盾を。

だとしたら――、それはあまりにも愚かではないだろうか？

僕は激しい失望を覚える。こんなのは、僕の知っている彼女のやることではない。

でも、だとしてもどうする？　蜜村の推理は間違っている。でも、途中までの道筋は正しいのだ。そして、だとすると犯人がいなくなってしまう。外部犯を含めた誰一人として、涼一郎を殺すことができなくなってしまう。つまりは不可能犯罪だ。

そこまで考えた時、突如、僕の頭の中に稲妻のような激しい光が走った。不可能犯罪――、そうか、だとすると、
この事件は密室殺人なのか。

第七の密室である『四色木箱の密室』や、第八の密室である『地下迷路の密室』という意味ではない。いわば、これは第九の密室。この八つ箱村で起きた八連続密室殺人における、九番目の密室というわけだ。

でも、だとするとその密室はあまりにも強固で、僕には手も足も出ないものだった。どうしようもない。だから僕はつい、いつもの癖で彼女に目を向けるのだけど、その彼女は変わらず我がもの顔でカマンベールを詰問し続けている。

僕はとても悲しかった。ああ――、なんと滑稽なのだろう。僕は彼女のこんな姿など、絶対に見たくなかったのに。

だって、彼女は僕の憧れの人なのだから。密室を司る天使なのだから。でも、今や背中に生えた真っ白な羽は引き千切られ、地を這う虫けらのような哀れな姿を晒している。目の前から消えて欲しい――、心の底からそう思った。これ以上、醜態をさらす前に――、僕の前から永遠に。

するとそんな僕の視線に気づいたのか、蜜村がくるりとこちらを向いた。そして口元に、にやりと笑みを浮かべる。

「何か、言いたそうな顔ね、葛白くん」

「ああ」自身の声が強張っていることに気付く。「君には心底、失望したよ」

「失望？　穏やかな言葉じゃないわね」彼女はくしゃりと髪を掻いて、にやりと意地の悪い笑みを湛えて言った。「もしかして、気付いたのかしら？　私の推理が決定的に――、絶望的なまでに矛盾しているということに」

「はっ？」

思わず、変な声が出た。皆も困惑したように、焦点の合わない目で彼女を見つめる。

「えっ？　どういうこと？」

やがて堪え切れなくなったかのように、夜月がそう口を開いた。蜜村はそれに肩を竦めた後で、「言葉通りの意味ですよ」と返した。

「だってカマンベールさんは、本当は犯人じゃないですから」

その言葉に、今度こそ皆は呆気に取られた。「いやいや、ちょっと待って」と慌てたように帝夏が割って入る。

「蜜村ちゃんは、いったいどういう立ち位置なん？」帝夏は頭痛を堪えるようにして言った。「あんた、ついさっきまでカマンベールくんが犯人やって言うてたよな？

それがどうして今は真逆の立ち位置になってるや？　意味がわからへんのやけど」

「君子、豹変《ひょうへん》すってやつですね」蜜村は堂々と言ってのける。「賢い人ほど簡単に意見を翻すという意味です。私も賢い人間なので、その例に漏れません」

「蜜村ちゃん、ふざけてんの？」

「少しふざけました、ごめんなさい」蜜村は小さく頭を下げる。そして未だに青ざめた顔をしているカマンベールにも「ごめんなさい」と平謝りする。

「でも、これは必要な行為だったんです」

「必要な行為？」

「はい、言わば犯人に対する宣戦布告です」

蜜村は皆を見渡して言った。その瞳は涼やかで——、ともすれば、冷たい。

「私は『あなた』の仕掛けた策略など疾《と》うに見破っている。『あなた』は私がカマンベールさんを犯人だと指摘するのを見てほくそ笑んでいたのかもしれないが、私はそんな『あなた』を見て哀れだと笑っていた。ひとことで言えば、私は『あなた』よりも遥かに格上ということです。そんな私に喧嘩を売った愚かな『あなた』を、今からタコ殴りにします」

蜜村は皆に対して告げる。

「もう一度言いますが、カマンベールさんは犯人ではない。これは真犯人の仕掛けた罠です。その人物は姑息にもカマンベールさんを犯人に仕立て上げようとした。だから、あえて乗ってあげたんですよ——、犯人の仕掛けたミスリードトリックにね」

「みっ、ミスリードトリック？」

夜月がそう声を上げた。蜜村はそれにこくりと頷く。

「はい、正確に言えば、『密室トリックを応用したミスリードトリック』ですが」

＊

『密室トリックを応用したミスリードトリック』——、唐突に出てきた聞きなじみのない言葉に、皆は一様に混乱の表情を浮かべる。

でも、やがて芽衣が意を決したように訊ねた。

「ところで、そもそも『密室トリックを応用したミスリードトリック』とは何っすか？」

「ええ、そうですね。まずは基本からお話ししましょうか」と蜜村は言った。「ミステリーにおける犯人当てロジックは大きく二種類に分かれます。『Aという行動を取る必然性があった人物はBだけだ』というパターンと、『Aという行動を取ることが可能だった人物はBだけだ』というパターン。前者が心理的な要素によって犯人を指摘するのに対し、後者は物理的な要素によって犯人を指摘します。例えば前者の場合、

B以外の人物は現場でAという行動を取る必然性がないから、犯人はBになる――、といった感じです。でもここで重要になるのは、B以外の人物にもAという行動を取ることができるということです。必然性がないだけで、行動すること自体は可能。なのでそこには常に、真犯人が探偵にそう推理させるためにそのような行動をしたという可能性が介在する。では、後者の場合はどうでしょう？」

蜜村は皆を見渡し、告げる。

「こちらはAという行動を取れる人物がBしか存在しないわけですから、B以外の人物にAという行動を取ることはできません。つまり、探偵の推理が真犯人によって誤誘導された可能性はない。ただし、例外はあります。トリックを用いれば、B以外の人物にもAという行動を取ることが可能だからです。何故ならトリックというものは、不可能状況を作り上げるために存在するものなのだから」

彼女は口元に笑みを浮かべて言った。

「そして今回、犯人は密室トリックを用いて不可能を可能にしました。なので犯人が用いたのは、『密室トリックを応用したミスリードトリック』ということになります」

そんな蜜村の説明に、皆は「むむっ」と唸った。「わかったような、わからないような」夜月がそう首を捻る。

「いや、そもそも」と芽衣が手を上げる。「犯人はどうして密室トリックを使う必要があったんすか？　今回の事件――、涼一郎兄さんが殺された事件には、どこにも密室なんてないように思えるんすけど」

確かに今回の涼一郎が殺された事件には、すでに解決済みの『地下迷路の密室』を除けばどこにも密室など存在しないように見える。でも――、と蜜村は言った。

「それは素人の考えですね」

「悪かったっすね」

「冗談です。でも、まぁ」蜜村は肩を竦めた後、こちらにちらりと視線を向ける。「それに関しては、葛白くんが説明しますよ。だって葛白くんも私と同じく、『密室トリックを応用したミスリードトリック』の存在に気付いていたんだから」

突然そんな風に話題を振られて僕は固まる。でも蜜村に「そうなんでしょう？　葛白くん」と言われて、覚悟を決めた。確かに彼女の言う通り、僕はその存在に気付いていた。蜜村の言う『第九の密室』の存在に。

だから僕は口を開く。

「確かに、なかなか気付きづらいかもしれませんが、今回の事件にも密室は存在します」少し緊張した声で、そんな風に語り始めた。「何故ならリビングには常に人がいて、凶器のある『北エリア』の出入口は常に監視された状態にあったんですから。つまり『北エリア』は衆人環視――、いわゆる『広義の密室』状態だったというわけです。

そしてその密室状態だった『北エリア』から凶器を持ち出すことができたのはカマンベールだけだったから、必然的に彼が犯人だという結論に至った。つまり物理的な要因によって、犯行が可能な人物はカマンベール一人に絞られたということです」

「なるほど、つまり」その言葉に帝夏が唸る。「凶器が密室に保管されとったことにより、容疑者がたった一人に絞られたっちゅうわけやな」

でも、そこで帝夏は「むむっ」と眉を顰めた。そして、おずおずと口にする。

「でも、それだとやっぱりカマンベールくんが犯人っちゅうことにならへんか？」

帝夏のその発言に、カマンベールの顔が再び青ざめる。でも確かに彼女の言う通り、普通に考えればカマンベールが犯人だとしか思えないだろう。

なので僕は帝夏の言葉に、こくりと一つ頷いた。

「はい、帝夏さんの気持ちはよくわかります」ひとまずそう認めた後、僕は人差し指を立てて続ける。「でも、そのカマンベールにも犯行が不可能だったとしたらどうでしょう？　つまり、彼にも凶器の空気銃を移動させることが不可能だったとしたら？」

その言葉に、皆は唖然とした。その気持ちは理解できる。だってカマンベールに凶器の移動が可能なことは、先ほどの蜜村の推理で確かに証明されたことなのだから。

蜜村自身も腕を組んで僕を見る。僕の実力を試すような、品定めするような視線。僕はその視線に一度頷いて、推理を先に進めた。

「ヒントはこのタイムラインを作った際の僕たちの会話にあります」僕はそうタイムラインを指差す。「あの時、僕は夜月にこう言いました。『ちなみに夜月は二十一時三十分に散歩に出かけてるけど、何故その時間に散歩に？』すると夜月はこう答えた。『それは夜気に当たりたくなったから。女の子にはそういう夜があるんだよ』」

僕のその説明に夜月はきょとんとした顔をした。そして首を傾げて「うん、確かにそんなことを言ってたような気もするけど」と告げる。

「でも、それがどうかしたの？　そんなことで、本当にカマンベールくんの疑いは晴れるの？」

「いや、実を言うとこの発言自体は大して重要ではないんだけど。大事なのは、そのあとの会話の方だよ。あの時、会話はこう続いた。『いや、単なるサボりっすね。夏雛の設置が面倒になって』と芽衣さんが言って、『いや、そんなことっ！　そんなことないってばっ！　単なる気分転換だよ。夜気に当たって、ギターの音色を聞いたりして』と夜月が返して、『ギターの音色を？』という僕の言葉に、夜月はさらにこう続けたんだ。『うん、散歩してたらカマンベールくんがギターを弾いているのを見かけて。なんか、猫の模様の節目が入ったギターを』って」

僕のその言葉に、皆は顔を見合わせる。そして代表するように夜月が言った。

「うん、言ったと思う」

「何よりだ」僕はそう頷きを返す。そして皆を見渡して言った。

「以上のことから、カマンベールが犯人でないことがわかります」

「えっ？」

夜月と芽衣の声が重なる。「えっ、何で？」とカマンベールも困惑の声を漏らした。

「重要となるのは、最後の夜月のセリフだよ」と僕は告げる。「夜月はカマンベールがギターを弾いているのを見たと言った。カマンベールが愛用している、猫の模様の節目が入ったギターを」

僕は彼のギターを直接見たことはないが、そのギターにはちょこんと座り込んだ猫の模様の節目が入っているのだという。夜月は昨夜の夕食前にカマンベールからそのことを自慢され、僕もタイムラインを作る際に皆の詳細な行動を聞いているから、その時にギターの模様についても一緒に教えてもらったのだった。

僕はさらに言葉を続ける。

「そしてここからが重要なんだけど、事件当夜、夜月と帝夏さんと芽衣さんは、十八時五十分に『北エリア』の倉庫を出た後、リビングに向かう際に、その猫の模様の入ったギターを弾いているカマンベールに出会ったということです。そしてカマンベールはギターをケースに入れてそれを廊下に置いた後、夜月たちと一緒にリビングに向かった。そうでしたよね？」

「確かに、そうっすけど」と芽衣が言った。「それが何か関係あるんすか?」

「めちゃくちゃ重要なことですよ」と僕は肩を竦めた。「だってカマンベールが犯人だとしたら、彼は凶器の空気銃をギターのケースに入れて運んだんですよ？　にもかかわらず、カマンベールは夕食後に猫の模様の入ったギターを弾いている。つまり夕食の直前に『北エリア』の廊下にあったギターが、夕食後には屋敷の外に移動していたということになります。散々話していることではありますが、『北エリア』には出入口はありませんからね。屋敷の外に持ち出すには、衆人環視のリビングを通ってギターを『南エリア』へと移動させる必要があります。では、カマンベールはいったいどうやってギターを『南エリア』へと移動させたのでしょう？」

その言葉に、皆は顔を見合わせる。僕は彼らの返答を待たずに言った。

「簡単ですよ、ギターのケースに入れて移動したんです」

皆、虚を突かれた顔をした。それはそうだろう。夕食後の二十時五分、ギターのケースを持って、『北エリア』から『南エリア』に移動するためにリビングを通ったカマンベール。凶器の空気銃が入っていると思われていたそのケースの中には——、

「やっぱり、ギターが入っていたってことっすか？」

芽衣の発言に僕は頷く。ああ、その通りだ。カマンベールは本人がそう主張していたとおり、本当にケースの中にギターを入れていたのだ。にもかかわらず、皆は犯人

のミスリードに引っ掛かり、その中に凶器が入っていると思い込んでしまった。

「ちなみにケースの中にギターを入れると、ケースの中は満杯になります。そこに空気銃が入る余地はありません」

僕はそう補足した。そのことは夕食前にカマンベールがケースにギターを仕舞う際に、夜月たちが目撃している。

「でも、カマンベールくんが同じギターを二つ持っていた可能性は？」と帝夏が言った。「つまり、ケースの中にはやっぱり空気銃が入っていて、カマンベールくんは屋敷の外に用意していたもう一つのギターを弾いていたという可能性はどうや？」

「その可能性はないですね」と僕は彼女の言葉に首を横に振った。「何故ならギターに入った猫の模様の節目は、あくまで自然の悪戯で偶然生まれたものだからです。猫の耳や尻尾の輪郭がはっきりわかるくらい極めて精巧な形の模様で、同じ形の節目が生れる可能性はほぼゼロだと言っていい。つまりその模様が入ったギターもまた、世界に一本しかない複製不可能な品物ということになります」

つまり、夕食前に夜月が目撃したギターと、夕食後に庭でカマンベールが弾いていたギターはやはり同一のものになる。そしてギターが同一のものならば、カマンベールはやはりそのギターをケースに入れて持ち運んだということになり、ケースの中に空気銃を入れて運ぶことはできないということになるのだ。

「というわけで、カマンベールにも犯行が不可能だということが証明されました」と僕は言った。「真犯人は、カマンベールが普段からギターを『北エリア』に保管していることを知っていて、さらに夕食後にそのギターを練習する習慣があることも同じく知っていた。つまりカマンベールが夕食後にギターのケースを持って、『北エリア』と『南エリア』の間を行き来することを犯人は予期することができたということです。さらには涼一郎さんは毎晩執筆のために夕食後は『南エリア』にある自室に籠りきりになる習慣があるから、彼が『南エリア』に籠りきりになることも同じく予測できます。だから犯人はそれを利用して、カマンベールを罠に嵌める計画を考えた。この村では毎年盆入りの夜に夏雛を飾る風習があるから、その日にリビングが衆人環視の状態になるのも事前に予測できますからね」

僕はそこで言葉を切った。これでカマンベールの疑いは晴れ、再び全員が容疑者になった。そして新たな問題が生じた。カマンベールを含めて誰一人、『北エリア』の倉庫から空気銃を持ち出すことができなかったのにも関わらず、『南エリア』にいた涼一郎がその空気銃によって射殺されてしまったという問題だ。

皆の目に見えなかった、隠された密室――、九番目の密室。

「犯人はいったいどうやって、その密室状況をクリアしたんだろう？」

僕が独り言のように呟くと、芽衣が「もしかして」と思いついたように手を上げる。

「凶器の空気銃じゃなくて、被害者の方が移動したんじゃないっすか?」

「被害者自身が移動した?」と夜月が首を傾げる。

芽衣は、こくりと頷いて言った。

「犯人は庭にギターを放置してギターケースの中身を空にした後で、『南エリア』の自室にいる涼一郎兄さんを気絶させて、そのギターケースの中に入れたんすよ。そして彼の入ったそのケースを持って、『南エリア』からリビングを通って『北エリア』へと移動した。そして同じく『北エリア』にある空気銃を使って涼一郎兄さんを殺害したんすよ。これなら空気銃を『北エリア』から持ち出さなくても犯行は可能になる」

その推理を聞いて、カマンベールが慌てたように言う。

「そっ、それって結局、俺が犯人ってこと?」

「……あくまで可能性の話っすよ」と芽衣は視線を逸らして言った。そしてその眼を僕に向けた。「どうっすか?」

「正直、それもありえないですね」と僕は首を横に振った。「だって、ギターのケースは全長一メートル強で、厚さは十五センチほど。それなりの大きさだけど、人が入れるほどのサイズじゃない。なのでその中に被害者を入れて運ぶことは不可能です」

その僕の言い分に、芽衣は素直に納得する。でも、僕もそんな風に言ってみたものの、内心途方に暮れていた。偉そうに講釈を垂れてみたものの、僕とて犯人の講じた手段がまったくわかっていないのだ。

というよりも、この完璧な密室状況をクリアする――、そんな魔法みたいな方法なんて本当に存在するのだろうか？

でもそんな僕の様子を見て、蜜村はくすりと笑う。

「もちろん、あるわ。その方法は」

彼女は涼やかな目で僕と――、僕たちの中にいる真犯人を見据えて言う。

「『第九の密室』のトリックは確かに存在する。だから、今から説明するわ。この八つ箱村連続密室殺人事件における、本当に最後のトリックを」

＊

『第九の密室』のトリックは存在する――、そう宣言した蜜村に対し、僕らはごくりと息を飲む。

「では、今一度、状況を整理しましょうか」と名探偵の少女は、黒髪を撫でて言う。

「今回の密室状況は、リビングが衆人環視の状態だったがゆえに生じたものです。すなわち二十時から二十四時十分の間、リビングには常に誰かがいて、空気銃の置かれた『北エリア』に出入りする人間を監視していた。ゆえに『北エリア』は密室になり、銃を持ち出すことはできなかった——、そんな感じですね。なので、この状況を打ち崩す方法は極めて単純です。ずばり、リビングから人がいなくなった二十四時十分以降に、『北エリア』に侵入して空気銃を持ち出せばいいんですよ」

蜜村は、そう堂々と言ってのける。その言葉に僕たちは慄き、そして同時に呆れ果てた。「いや、何言ってんすか、蜜村さん」見かねた芽衣がそう告げる。「二十四時十分以降に空気銃が持ち出せるわけないじゃないっすか。だって倉庫は二十四時以降、防犯装置が作動して扉が開けなくなるんすから」

確かにその通りだ。防犯装置によって起動するサイレンの音は耳をつんざくような大音量で、屋敷の中はおろか村全域に鳴り響くほどだ。でも『西の集落』で夜通し八つ箱明神に祈禱を捧げていた八人の巫女たちは、誰もそのサイレンの音を聞いていない。つまり二十四時以降——、正確には深夜十二時から朝の八時までの間、倉庫の扉は犯人によって一度も開かれていないということだ。

「あっ、もしかして」そこで帝夏が思いついたように言う。「もしかして犯人は二十四時よりも前に『北エリア』の倉庫に移動して、こっそり倉庫から空気銃を出しておいたっつうことか？　そしてリビングの監視が解けた二十四時以降に、銃を『北エリア』から持ち出して涼一郎くんを撃ち殺した」

確かにそれならば、一見すると今回の密室状況を崩すことができるようにも見える。

でもその推理に対して、やはり蜜村は首を横に振った。そして「いいえ、違います、帝夏さん」と見下すように口にする。

「もっと、頭を使ってください」

「むっ、むかつく」

「ごめんなさい」蜜村は帝夏に対して、素直に謝った。「でもね」と蜜村は言う。「帝夏さんの推理は、どう考えても成立しないんですよ。だって朝の八時——、防犯装置が解除された時点で空気銃は倉庫の中にあったんだから。つまり犯人があらかじめ倉庫から銃を持ち出しておいたとしても、犯人はその銃を使った後で、それを倉庫に戻さなければならない。帝夏さんの推理だと空気銃が犯行に使われたのは二十四時以降だから、当然、倉庫の防犯装置は作動しています。その時点で銃を戻そうと倉庫の扉を開けば、サイレンが鳴り響いてしまう。つまり、犯人は二十四時以降に倉庫に銃を戻すことはできないということですよ」

確かに、そういうことになる。すると帝夏も悔しそうな表情で「それもそうやな」と納得した。

でも、となるといったいどうなる？　どうすれば『第九の密室』を破り、倉庫から銃を持ち出すことが可能になる？

「だからそれはね」と蜜村は涼やかな声で言った。「先ほどから言っている通り、二十四時以降に倉庫の扉を開けて銃を持ち出せばいいんですよ。もちろん、その時間帯は防犯装置が作動しているから倉庫の扉は開けられない。扉に鍵は掛かっていないけど、それでも開けられないんです。つまり扉はある意味、防犯装置によって施錠されているということですよ。だから密室状態になっているのは本当は『北エリア』全体ではなく、その『北エリア』にある倉庫のみということです。だから、どうやってそれを破るのかを考えればいい。そして、御存じのとおり――」

彼女はそこでくすりと笑った。

「それは私の得意分野です。たぶん、世界で一番得意です。だから『第九の密室』の謎はすでに解き明かされている」

＊

「それでは、そろそろ本題に入りましょうか。その前に、場所を移しましょう」

蜜村はそう言って、皆を『北エリア』の倉庫の手前にある前室へと連れてきた。蜜村が倉庫の扉の傍に設置されたボタンを押すと、倉庫の扉が自動で開く。

「では、トリックについて説明しましょう」彼女はそう語り出す。「何度も話に出ていますが、この倉庫の扉は深夜の十二時から朝の八時までの間に開くと、防犯装置が作動して屋敷の外のサイレン装置が大音量で鳴り響きます。でもその防犯装置を解除することはできないし、センサーの影響でサイレンに近づくこともできないため、スピーカーに防音材を被せるといった細工をすることもできなかった。では犯人はどうやってその問題をクリアして、この扉を開いたのか？　それが今回の密室における最大の謎です。そして、その謎を解決するには――」

蜜村は前室の東側の壁に視線を向ける。

「今回の事件で、まだ未解決だったもう一つの謎を使います。それはすなわち、あの開かずの扉です」

蜜村は部屋の東側の壁に設えられた巨大な金属扉を示す。エレベーターのように左右に開くタイプの、高さ十五メートル、横幅七・五メートルの二枚の電子扉。

「あっ、あれは『開けると必ず死ぬ扉』」夜月がそんな風に言う。

確かに、そんなイワクのある扉だった。犯人は事件当夜あの扉を開き、狂次郎の死体を地下鍾乳洞の中へと運び込んだ。なのでそこには犯人が何故そんなことをしたのかという謎が付きまとう。でも、その謎はとっくに解決済みのはずだ。犯人はあの地下鍾乳洞にある建物の中で『四色木箱の密室』を作り上げた。だから、犯人は密室を作るために『開かずの扉』を開いた――、そのような結論になったのだった。

僕がそんな風に説明すると、蜜村は「ええ、その通りよ」と頷いて言った。

「でも、もしその動機がカモフラージュだったとしたらどう？　つまり、犯人は第七の密室である『四色木箱の密室』を作るためにあの扉を開いたのではなく、『第九の密室』を崩すために扉を開いたのだとしたらどうかしら？」

「ちょっ、ちょっと待ってよ、蜜村さん」と夜月が慌てたように口にする。「どうして『第九の密室』を崩すために扉を開いた？

「それはあの扉の持つ、とある性質によるものですよ」と蜜村は言った。「じゃあ、逆に質問なのですが、あの扉の持つ性質とは何ですか？」

「『開けると必ず死ぬ』こと？」

まるでオカルトだ。それに扉を開けた犯人は現に生きており、『四色木箱の密室』を作り上げたのだ。なので、そんなのは下らない妄想だ。

でもそこまで考えて、ハッと気が付く。もし、本当にその話を文字通り解釈するとしたらどうだ？　つまり、扉を開けた人間が本当に死んでしまうとしたら？

「毒か？」

もし、あの扉の先にある広大な地下鍾乳洞が毒ガスで満たされていたとしたらどうだ？　あの『開かずの扉』は金属製だから気密性は抜群だ。そしてその扉を開くと地下の鍾乳洞から毒ガスが漏れ出して、扉を開いた人間はその毒により死亡してしまう。

だから、『開けると必ず死ぬ扉』というわけだ。

僕がそんなことを話すと、蜜村は「悪くはない考えだけどね」と笑った。

「でも、地下に毒が満たされていたとしても『第九の密室』は崩せないでしょう？」

確かにその通りだ。僕がそんな風に唸っていると、「でも本当にいい線、行ってるのよね」と蜜村は告げる。

「犯人があの地下の鍾乳洞を使って密室を破ったのは確かなの。そして葛白くんの言うとおり、確かにあの地下には死に至る『何か』が隠されていた。その『何か』を利用することによって、犯人は『第九の密室』をクリアしたのよ」

問題なのは、その『何か』というのが何なのかだ。扉を開くと必ず大音量でサイレンが鳴り響く倉庫。いわば、音で施錠された扉。その状況をクリアするには、いったい何が起きればいい？

僕たちは蜜村に視線を向ける。すると彼女は肩を竦めて言った。

「あんまりもったいぶってもアレだから、そろそろ答えを話すわね。結論から言うと、犯人はとある物理現象を利用したのよ」

「とある物理現象？」

「ええ、こんな話を聞いたことはないかしら？」

蜜村は人差し指を立てて、悪戯っぽい口調で僕らに言う。

「真空だと音は聞こえない」

その言葉に、僕らは目を丸くした。「まさか」と帝夏が唸る。蜜村は、こくりと頷いて言った。

「ええ、御存じのとおり、この八つ箱村は巨大な鍾乳洞の中にある。地下の鍾乳洞には及ばないものの、東京ドーム約二十個分――、約一キロ平方メートルの広大な鍾乳洞です。だから犯人は村を覆うその鍾乳洞内の空気をすべて抜くことで、この八つ箱村全域を巨大な真空状態にしたんですよ。つまり犯人が倉庫の扉を開けた際、屋敷の外にあるサイレンは確かに鳴っていた。でも村の中は真空だったから、サイレンの音はいっさい響かず、誰の耳にも届かなかったんです。だから犯人は防犯装置が作動しているにも関わらず、倉庫から堂々と銃を持ち出すことができたんですよ」

＊

鍾乳洞内の空気をすべて抜いて、村全体を真空にした？　そのあまりにも壮大なトリックに、僕らは思わず息を飲む。

壮大で――、荒唐無稽だ。

「いったい――」僕は慌てたように言った。「犯人はいったいどうやって、鍾乳洞内の空気を抜いたんだ？」

　蜜村の言う通り、この村全域が真空になれば、確かにサイレンの音は聞こえなくなり『第九の密室』はクリアできる。だが、問題なのはそのやり方だ。東京ドーム約二十個分――、約一キロ平方メートルの空気をすべて抜くなんて、そんなことが――、

「可能なのよ、あの広大な地下の鍾乳洞を使えばね」と蜜村は言った。「あの地下の鍾乳洞には死に至る『何か』が隠されていた。その『何か』というのが真空だったとしたらどうかしら？　つまり、あの地下にはいっさい空気が入っていなかったの。そして地下の鍾乳洞が、底面積が二十五キロ平方メートル、高さが百メートルの巨大な直方体であるのに対し、この村がある地上の鍾乳洞は、たかだか底面積が一キロ平方メートル、高さが二十五メートルの直方体に過ぎない。つまりあの地下の鍾乳洞は、村がある地上の鍾乳洞の百倍の広さがあるということよ。その状態で地下の鍾乳洞へと通じる扉が開かれればどうなるか？　当然、二つの空間の気圧は均一になるから、地上の鍾乳洞の気圧は約百分の一になる。０・０１気圧――、限りなく真空に近い状態よ。つまり犯人は『開かずの扉』を開くことによって、この村に音の響かない真空状態を作り出したの」

　その言葉に、僕は今自分がいる部屋の天井を見上げた。この倉庫の前室は天井が金網になっていて、そこからはこの村を覆う鍾乳洞の天井が見える。『開かずの扉』を

開けるとこの前室の東側の壁に十五メートル×十五メートルの通路が開くことになり、真空の地下鍾乳洞に通じるその穴は、いわば吸気口の役割を果たし、瞬く間にこの前室の空気を吸い尽くすだろう。だが天井が金網になっていることで、吸われて減った分の空気が地上の鍾乳洞から補充されるのだ。つまり村を覆う鍾乳洞内の空気は、前室の天井の金網から前室の中へと流れ込み、さらに前室の東側の壁に開いた穴から地下鍾乳洞へと流れ込む。だから、いわばこの前室自体が村を真空にする吸引装置の一部――、掃除機でいうところのノズルの役割を担っているというわけだ。

そして村自体を真空にするのにも、さほど時間は掛からないはずだ。仮に一気圧の空気の入った缶がふわふわと宇宙を漂っているとして、その缶に穴を開けた場合、その穴から周囲の真空に向かって空気が漏れる速度は、穴の大きさに関わらず確か一律で秒速三百四十メートル。そして村を覆う地上の鍾乳洞には、真空の地下鍾乳洞との間に十五メートル×十五メートルの『穴』が開いているから、その穴から一秒間に漏れる空気の体積は十五メートル×十五メートル×三百四十メートルになるわけだ。その値で村を覆う地上の鍾乳洞の体積――、千メートル×千メートル×二十五メートルを割ると、その解は約三百二十七。つまり三百二十七秒――、六分も経たずにこの村の空気はすべて抜けてしまうということになる。もちろん空気が抜けていくにつれ、鍾乳洞内の気圧は下がるから、『穴』から空気が抜ける速度は少しずつ落ちていくのだけど。それでも村が完全な真空になるまで六〜七分ほどしか掛からないだろう。

　そして猛スピードで空気が抜けるわけだから、当然地下鍾乳洞に向かって突風が吹くはずだが、犯人は床の窪みに隠れることでそれをやり過ごしたのだろう。前室の床にあった直径二メートル、深さ五十センチのあの謎の窪みだ。そして『開かずの扉』には、開閉ボタンを押してから開くまでの間に数秒間のタイムラグがあったから、犯人はその間に窪みに入り、突風に吹き飛ばされないようにそっと身を伏せたのだ。

　ただし、空気の流れが速いのはあくまで『穴』の付近だけで、村全体の空気の流れは比較的緩やかなのだろうけど。風呂の栓を抜いた際に、排水口の傍以外の水の流れが遅いのと同じ理屈だ。村を覆う広大な鍾乳洞と比較すると、『穴』のサイズはとても小さく、それゆえに空気が渋滞を起してスピードが遅くなってしまうのだ。

　また、このトリックを前提に置けば、地下の鍾乳洞に通じる扉が金属製だったのも頷ける。あの扉は空気が満ちた前室と、真空状態の地下鍾乳洞を隔てる役割を果たしていたのだから。木製の扉ではその気圧差に耐えられず、場合によっては扉自体が吹き飛んでしまうだろう。なので頑強で、なおかつ気密性の高い金属扉を用いたというわけだ。ボタン一つで開く自動扉だったのも、気圧差で扉が開かなかったり、逆に勢いよく開きすぎたりするのを防止するためだろう。前室や倉庫の扉が金属製なのも、きっと同様の理由だ。

ただし前室とは違い、倉庫の扉の気密性は高くないのだろうと僕は思った。前室は天井が金網でできていて、村を覆う鍾乳洞と直接繋がっているから、村全体が真空になれば当然、前室自体も真空になってしまう。なので倉庫に銃を出し入れした後で、その真空状態の前室に再び空気を入れる必要があるのだが、その際に倉庫の扉を開けっぱなしにしていると、村が真空ではなくなったことによりサイレンの音が鳴り響いてしまうので、村や前室に空気を入れる際には必ず、倉庫の扉は閉め切っておかなければならない。

でもそうすると前室に空気が入った後も、倉庫の内部が真空のままになってしまう。この倉庫の内部に空気を入れるのは難しい。何故なら村が真空でなくなった後で、倉庫に空気を入れようと再び扉を開くと、その瞬間、防犯装置が作動しサイレンが鳴り響いてしまうからだ。

でも倉庫の扉の気密性が低ければ、この問題は解決できる。前室の中の空気が、扉の隙間から徐々に真空状態の倉庫の中に流れ込んでいくからだ。

そして肝心の真空状態になった村を元に戻す方法だが、これは驚くほど簡単だ。何故なら地下鍾乳洞の奥には一辺の長さが八十メートルの――、アリババを彷彿《ほうふつ》とさせるような巨大な正方形の鉄扉があり、その扉は外の世界へと通じているからだ。つまり、扉を開けばそこから大量の空気が流入する。その空気は地下の鍾乳洞を満たす過程で、前室へと流れ込み、前室の上部の金網から村を覆うもう一つの鍾乳洞の中へと注入される。つまり地下鍾乳洞の奥にあるあの扉は、外の大気を取り込むための吸気口の役割を果たしているというわけだ。

その吸気口から真空の地下鍾乳洞に流れ込む空気の体積は、一秒間に八十メートル×八十メートル×三百四十メートル。ただし徐々に地下鍾乳洞内に空気が溜まり、その気圧が上がっていくから、一秒間に吸い込まれる空気の量は徐々に落ちていくはずだ。それでも地下鍾乳洞内の容積――、五万メートル×五万メートル×百メートルを満たすには、さほど時間は掛からないだろう。ざっくりと計算したところ、三十～四十分といったところか。

そしてこの段になって、前室にあったイワク付きの扉――、『開けると必ず死ぬ扉』というその意味もようやく理解できた。確かに扉を開くと村全体が真空になるわけだから、扉を開けた人間は必ず死んでしまうだろう。むしろ村人全員が死んでしまう。だから『開けると必ず死ぬ扉』というのは呪いやこけおどしではなく、ただの注意書きだったというわけだ。

でも、そうなると疑問が生じる。

「扉を開けた犯人はどうして死ななかったんだろう？」

扉を開けたことで犯人は真空に晒されたはずだ。そして村全体が真空になれば、同

じく村人たちも真空に晒される。そしてそれは村人たちだけではなく、物柿家の人間や僕や蜜村も例外ではないはずだが——、

「ああ、その点は大丈夫よ」蜜村はしれっとそう告げる。「まず犯人が無事だった理由だけど、それは犯人が宇宙服を着ていたからよ」

「宇宙服？」

「ええ、書庫にあった宇宙服をね」

その言葉に、僕は目を見開く。確かに書庫には宇宙服が飾られていて、以前、カマンベールがその宇宙服は本物だと言っていたけれど。まさか、あれが犯行に使われているだなんて思いもしなかった。

「ええ、犯人はその宇宙服を着て真空から身を守ったの。そしてそれとは別に気密性の高いプラスチック製の箱を用意して、その中に事前に薬か何かで眠らせておいた涼一郎さんを入れておいたはず」

「涼一郎さんを箱に？」蜜村の言葉に、僕は首を捻る。何故、そんなことをする必要があるのだろう？

「それはこの村を真空にする——、そのトリックを使えるのがたった一回だけだからよ」と蜜村は言った。「一度地下鍾乳洞の奥の扉を開けて村の中に空気を入れてしまえば、もう二度とこの村を真空にすることはできない。だって、真空の詰まった地下

鍾乳洞はたった一つしかないからね。でも犯人は倉庫から空気銃を持ち出した後、その空気銃を再び倉庫に戻さないといけないから、必ず倉庫の扉を二度開ける必要があるの。でも村が真空でなくなれば、倉庫の扉を開けた際にサイレンが鳴り響くから、村が真空であるうちに銃は倉庫の中に戻さなければならない。つまり何が言いたいのかというと、犯人はこの前室から銃を持ち出すことができないということよ。前室の扉を開ければその影響で屋敷の内部が真空になってしまうから、屋敷の中にいる人間が全員死んでしまうからね。だから犯人が被害者を銃で撃つためには、被害者自身をこの前室に運び込まなければならないの。でも被害者を剝き出しの状態のままこの部屋に運んでくると、前室が真空になったことで被害者が死亡し、さらには真空が原因で死んだというその痕跡が死体に残ってしまう。だから犯人は被害者を箱に入れて、その箱ごと被害者の胸を撃ち抜いたのよ。もちろん箱に杭状の銃弾が刺されば、箱と杭の間に隙間が生じてそこから空気が抜けるから、すぐにガムテープか何かでその隙間を塞ぐ必要があるのだけど」

なるほど、犯人にはそんな意図があったのか。

「そして次に村人たちが死ななかった理由だけど、それはこの村の持つ特殊な因習によるものよ」

蜜村は唐突にそんなことを言い出した。僕は当然、「特殊な因習？」と訊き返す。

蜜村は「ええ」と頷きながら、右手の人差し指を立てた。

「その因習とは、ずばりこの八つ箱村には箱型の家しか存在しないことよ」

その言葉に、僕は首を横に傾げた。確かにこの八つ箱村には、箱型の家しか存在しない。でも、それが村人が死ななかったことと何の関係があるというのだろう？

「わからない？　この村の箱型の家はすべて、石造りに漆喰を塗った気密性の高い造りになっているのよ？」と蜜村は言った。「同じく扉も気密性の高い金属製で、窓も強化硝子の嵌め殺しのものが使われていた」

「そういえば」と夜月が言った。「『別荘の密室』で双二花さんの死体を見つけた時に、石で窓硝子を割ろうとしたんだけど、固くて割れなかったんだった。そしたら駐財田さんが言うには、この村の家屋の外窓は全部、強化硝子でできているって」

その言葉に、駐財田はこくりと頷く。

「ええ、確かにそんな会話もしましたな」

「それに朝散歩していたら、どの家も玄関の扉を開けっぱなしにしていて。何でそんなことをしてるのかって聞いたら、夜の間中、扉を閉め切っていたら家の中の酸素がなくなるから、ああやって空気を入れ替えて酸欠を防いでいるって駐財田さんが」

「ええ、確かにそんな会話も」

「つまり、この村の家屋はどれも、空気がいっさい漏れないくらいの高い気密性を持っているということよ」と蜜村が、夜月と駐財田の会話を引き取る。「そして鍾乳洞内の空気がすべて抜けて村が真空になった際、そのことは重要な意味を持つ。何故なら家の外が真空になったとしても、家の気密性が高ければそこからいっさい空気が抜けず、家屋の内部は一気圧に保たれるからよ。窓も強化硝子だから、気圧差で割れることはない。つまりこの村の箱型の家屋はどれも、村の空気を抜いた際に村人たちが生存できるような造りになっているということよ」

その言葉に、僕らは息を飲む。それはつまり「村に箱型の家しか存在しない」という因習自体が、『第九の密室』のトリックの一部だということか？

「でもでも」と夜月が眉を寄せて言う。「この村の家屋が箱型なのは、風鼬の侵入を防ぐためじゃなかったの？」

「ええ、きっとこの村ができた当初は、その目的で箱型の家が建てられたはずです」と蜜村は頷く。「そこでそもそも風鼬という妖怪が何者かって話になるんですけど、日本の妖怪の中には天災や自然現象が元ネタになったものが多々あります。同じ風の妖怪である鎌鼬なんかもそうですね。だから私は風鼬の元ネタも自然現象の類じゃないかって思っていて——、ここで風鼬の性質を振り返りますけど、風鼬はほんのわずかな隙間から家屋の中に侵入し、村人を昏倒させたり、時には殺してしまったりするそうです。これって何かを連想しません？　ヒントは『風鼬』っていう名前にあるんですけど」

その質問に、僕らは顔を見合わせる。やがて、おずおずと帝夏が言った。

「もしかして、ガス？」

「ええ、おそらく火山性の有毒ガスの類だと思います」と蜜村は言った。「この村の地下にある例の巨大な鍾乳洞――、あの中は当初は真空ではなく有毒ガスが満たされていて、それが今よりも原始的な方法で封印されていたんだと思います。つまり、かつては鍾乳洞の中にガスの噴出口があった。そしてこの八つ箱村はもともとは山賊の隠れ家や隠れキリシタンの集落だったという説がありますから、この村を治めていたかつての領主は、役人や討伐隊に踏み込まれた時のために、彼らを殲滅するための巨大な罠を用意していたんじゃないでしょうか？　それが地下鍾乳洞を満たす有毒ガスで、いざその封を切れば村がガスで満たされ、敵を全滅させることができる。そして村人たちは気密性の高い家屋に立て籠もることで、その毒ガスが家屋に侵入することを防ぐことができます」

そして敵が全滅した後で、地下鍾乳洞へと繋がる穴に再び封をして、村の出入口の扉を開けっぱなしにしておく。そうすれば、いずれ村からガスは抜けていくというわけだ。

「そしてこの屋敷を建てた物柿零彦は、この巨大なガス装置を用いて『第九の密室』

を作り出すことを思いついた」蜜村は黒髪を撫でてそう告げる。「おそらく彼がこの村に来た時にはもうガスの噴出は止まっていたでしょうから、彼はまずポンプなどを用い、鍾乳洞の中に溜まったガスをすべて吸い出します。もっとも、その作業を行ったのはもちろん建築業者ですが。そして作業自体は地下鍾乳洞の一番奥にある、もう一つの出入口から行います。あそこは巨大な井戸のような天然の縦穴に繋がっていましたから、もともとは地下鍾乳洞内に充満した有毒ガスが、火山ガスのように地上に抜けていくための天然の排出口の役割を果たしていたのだと思われます。でも、作業時には建築業者が出入りするための格好の出入口ともなったわけです。そしてそんな感じでガスを吸い出した後、今度は地下鍾乳洞の地面に開いたガスの噴出口を塞ぐ。先ほども言った通り噴出口はこの時点ですでに枯れていますが、真空にするには鍾乳洞内の密閉性を保つ必要がありますから、その手の穴や亀裂はすべて調べ、丁寧に塞いでおく必要があります。あとはこの屋敷を建てて、地下鍾乳洞の一番奥の穴を巨大な鉄製の扉で塞げば準備完了です。扉にはマンホールのような円形の子扉が付いていましたから、そこからポンプのホースを挿し込み、鍾乳洞内の空気を抜いていく。こうして『第九の密室』に必要な『真空状態の巨大な地下鍾乳洞』が完成するというわけです」

僕は頭の中でその光景と、このトリックを成立させるために掛かる莫大な費用について思いを巡らせた。そして思わず口元に笑みを浮かべる。

「しかし、何ともまぁ」僕は呆れたように口にした。「大仕掛けだな」

この屋敷と広大な地下鍾乳洞――、もっと言えば鍾乳洞に覆われたこの八つ箱村自体が、ある意味では、ただ『第九の密室』のトリックを作り上げるために存在していたということだ。これは決して大げさな言い回しではなく、実際にそうなのだろう。少なくともこのトリックを考案したであろう人物――、つまりは物柿零彦にとっては。以前に夜月が駐財田から聞いた話によれば、零彦は過疎で廃村間近の八つ箱村に多額の支援を行うことで、村人たちをこの地に縫い止め、村を存続させたのだという。でもそれは決して善意などではなく、ただこの村の構造と風習がトリックに都合が良かったからだ。おそらく零彦は観光か何かでこの村を訪れた際、偶然、地下鍾乳洞を利用した毒ガス装置を発見し、それを応用した『第九の密室』のトリックを思いついた。そしてそのトリックはこの八つ箱村でしか実行できないため、ただのその『舞台』を維持するために金銭的な援助を行ったのだ。

そしてそのトリックを実現するために、地下鍾乳洞内の空気をすべて抜いて広大な真空を作り上げ、さらには村中に響き渡る大音量のサイレン装置も設置した。

どうしてそんなに大音量のサイレンを用意する必要があったのか――、僕はそのことがずっと疑問だった。だって、あまりにも必然性がない。でも、違ったのだ。どんなに不自然であろうとも、サイレンは村中に響き渡る必要があった。鳴れば屋敷の人間や、『西の集落』の祈禱所で祈りを捧げている八人の巫女たちが確実に気付くように。

「そういう点だと、凶器の空気銃も」と帝夏が唸るように言う。「ちゃんと、このトリックを成立させるための役割を果たしとるっちゅうわけやな。何で空気銃なんやろってずっと思ってたんやけど、何のことはない。真空だと酸素がないから、火薬の銃が使えへんってことか」

なるほど、と僕は唸る。そこにもちゃんと意味があったということか。もっとも真空になれば銃に空気を充塡することはできないから、犯人は前もって前日などに充塡の作業を終えていたのだろうけど。

そしてリビングを通らなければ『北エリア』の倉庫に移動できないというこの屋敷の特殊な造りも、思えばこのトリックを成立させるために設計されたものなのだろう。もしかしたら、リビングに夏雛を飾るという物柿家の習慣自体も。何故ならリビングを衆人環視にすることによって倉庫への出入りを見張らなければ、『第九の密室』という不可能状況はそもそも生まれないのだから。

「というわけで」と蜜村が話をまとめる。「犯人はこのような方法で『第九の密室』をクリアしたのよ。じゃあ、今度こそ本当に最後の推理になるわね。その犯人がいったい誰なのか――、それを今から指摘します」

＊

「まずは容疑者を物柿家の屋敷に住んでいる人間に絞ります」蜜村はまず初めに、そんな風に宣言した。「そしてその方法は極めて簡単です。何故なら『地下迷路の密室』に使われた仕掛けを動かすための操作パネルは書庫の本棚の後ろにあり、その本棚を動かすには書庫の鍵が必要になるんですから」

彼女の言う通り書庫の床には鍵穴が隠されていて、その鍵穴に書庫の鍵を挿すことによって初めて本棚をスライドさせることができるという仕組みだった。なので、そもそも書庫の鍵を持っていない人間には、あの密室を作り出すことはできない。本棚を動かして操作パネルを出現させる時だけでなく、本棚を元の位置に戻してパネルを隠す時にも鍵が必要になるからだ。

そして書庫の鍵は全部で四本あり、それぞれ芽衣と帝夏とカマンベール――、そして蜜村が持っていた。蜜村は死んだ父一郎の鍵を預かっていたためだ。でも蜜村は僕と一緒に一晩中、地下迷路に閉じ込められていたので、当然、容疑者から除外される。なので容疑者は一気に三人――、芽衣と帝夏とカマンベールの三人に絞られるというわけだ。駐財田と他の村人たち――、そして外部犯の可能性は除外される。

場に一気に緊張感が満ちる。でも蜜村は特に気にした様子もなく、淡々とした口調で「じゃあ、次に」と推理の続きを口にした。

「次にカマンベールさんを容疑者から除外します」そんな風に言葉を告げる。「もちろん、カマンベールさんは『密室トリックを応用したミスリードトリック』により殺人犯に仕立て上げられそうになったから、この事件の犯人ではありえない。でも、もっと厳密に除外することもできます。そのキーとなるのが宇宙服」

犯人が真空から身を守るために着た、例の宇宙服のことか。

「ええ、そしてあの宇宙服があった書庫は天井の高さが二メートル弱で、宇宙服はその書庫の中の、高さ三十センチの狭いステージの上に立った状態で飾られていたわ。つまり、ステージの上から天井までの距離はたった百七十センチしかなくて、宇宙服の背丈も当然、それ以下だったということになる。そしてカマンベールさんは身長が百九十センチ以上あるから、カマンベールさんにとってはあの宇宙服はあまりにも小さいの。だから、あの宇宙服を着ることはできない」

僕は遭難した森の中で、カマンベールに初めて出会った時のことを思い出した。モデルのように長い手足。ひと目で彼の身長が百九十センチ以上あることはわかった。

なのでカマンベールは容疑者から除外される。となると、残る容疑者はたった二人だけ。なので僕はそっとその二人――、すなわち芽衣と帝夏に目をやった。二人とも不安な顔をしていたが、どちらかは演技だろう。信じがたいことだけど、彼女たちのどちらかが殺人犯なのだ。

僕はごくりと息を飲んだ。

「じゃあ、続きを説明しましょうか」そんな僕の緊張を掻き消すように、静謐《せいひつ》な声で蜜村は語る。「では二人のうちのどちらが犯人なのか、それを今から説明します。そしてここで思い出していただきたいのは、とある事件です。ある忌まわしい事件。すなわち、『私と葛白くんが吊り天井に潰されかけて死にかけた事件』です」

「たっ、確かに」と僕は唸る。それは本当に忌まわしい事件だった。でも、あの事件が犯人当てにどのように繋がるというのだろう？

「それを繋げる方法は意外と単純よ」と蜜村は告げる。「だって、あの吊り天井を下ろしたのは犯人自身なんだから。そして吊り天井を下ろすには、もちろん書庫の壁に隠された操作パネルを使う必要があるのだけど、その際には少し特殊な操作が必要だった。憶えているかしら？」

その言葉に僕たちは顔を見合わせて、やがて全員がこくりと頷いた。もちろん、憶えている。つい先ほど、蜜村が『地下迷路の密室』のトリックの説明をする際に見せたばかりだからだ。その操作方法はこうだ。操作パネルの『Ｅｎｔｅｒ』のボタンを押すとパネルの液晶画面の部分にランダムで数字が表示されるので、十秒以内にそれと同じ数字のボタンを押して、再び『Ｅｎｔｅｒ』のボタンを押す。これで吊り天井が起動する。またその瞬間、吊り天井のある部屋の扉がロックされ、僕や蜜村がそうであったように部屋の中に閉じ込められてしまう。

「つまりね」と蜜村は言った。「吊り天井を下ろすには、犯人は書庫に行ってパネルを直接操作する必要があるということよ。だって入力しなければならない数字は完全にランダムで、どんな数字を入れなければならないのかは事前に予測することができないのだから」

確かにそうだ。機械的なトリックを使って、それを実現させることはできない。犯人は直接その目で数字を見て、それを入力しなければならないということだ。

「ということは」

「ええ、葛白くんの考えている通りよ」と蜜村は頷く。「つまり、犯人はあの時、吊り天井を動かすことができた人間ということになる。逆に言えば、吊り天井を動かせなかった人間は犯人から外れるわ」

「なるほど？」

でも、その言葉にちょっと混乱する。だって吊り天井なんて、書庫の鍵を持っている人間ならば誰にでも動かせるのではないのだろうか？　多少操作は複雑とはいえ、その場に行ってボタンを押すだけなのだから。

そんなことを主張すると、蜜村は呆れたように溜め息をつく。「いや、だから葛白くん」と彼女はうんざりした声で言った。

「もうちょっと、頭を使ってくれないかしら？　だって、そうでしょう？　吊り天井が起動した時間帯――、その時間にアリバイがある人間には絶対に吊り天井を下ろすことはできないのだから」

僕は「あっ」と呟いた。それはつまり、

「吊り天井が降りた時間に、芽衣さんと帝夏さんのどちらかにアリバイがあるってことか？」

その僕の発言に、芽衣と帝夏は二人とも渋い顔をした。どうやら、どちらもアリバイに関する心当たりがないらしい。どういうことだ？　どうして本人たちが知らないアリバイを蜜村が知っているんだ？

「というよりも、『彼女』が自分にアリバイがあることを忘れていることに、ちょっとびっくりしているのだけど」

蜜村はそう面喰らったように言って、こほんと一つ咳をした。

「仕方ないので、私が代わりに説明しましょう。私と葛白くんが吊り天井の部屋に入ったのが昼の二時十分で、その時はまだ部屋の扉にロックが掛かっていなかったので、吊り天井は起動していないことになります。そして私と葛白くんが吊り天井が起動されたことに気が付いたのが、昼の二時四十分。つまり犯人が吊り天井を起動したのは、昼の二時十分から二時四十分の間ということになる。そしてその間、犯人には完璧なアリバイが存在した。そのことは夜月さんが知っています」

「えっ、私？」いきなり名指しされた夜月は驚く。そして首を捻りながら、「うーん、心当たりないけどなぁ」と唸った。

それに対して蜜村は「いや、絶対に憶えてますよ」と主張した。

「だって、夜月さんはその時間帯、とある人物と将棋を指していたんだから」

その言葉に、その『とある人物』はハッとした。

「もしかして、あたしのことっすか？」

芽衣は自分の顔を指差して言う。その瞬間、夜月が何かを思い出したように目を見開いた。

「そういえばその時間帯に、私、芽衣ちゃんと将棋を指してたんだった。そして、ボコボコに負けて——、じゃなかった、あと一歩のところで惜敗したんだった。時間は確か、昼の二時から始めて——」

それから一時間の間、夜月と芽衣は一度も席を外さずに将棋を指し続けていたらしい。つまり、芽衣には吊り天井を動かすことはできなかったということだ。

ということは——、

「つまり、犯人はあなたしかいないんです」

蜜村はその人物に向かって、人差し指を突き付ける。

「王城帝夏さん——、あなたが犯人です」

＊

蜜村のその宣言に、皆の視線がいっせいに帝夏へ向く。そして同時に僕は激しく混乱していた。帝夏が犯人？　そんなバカな。

だって——、

「これは遺産目当ての殺人じゃなかったのか？」

物柿父一郎の莫大な遺産を巡る殺人——、そんな風にずっと思い込んでいた。いや、それともまさか帝夏には父一郎と血縁関係があったのだろうか？　例えば、隠し子であるとか。

するとそんな僕の疑問に対して、帝夏はこう口を開く。

「いや、これは遺産目当ての殺人じゃあらへんよ。だって物柿家の人間がいくら死のうが、ウチには一銭も入らんのやから」

帝夏はそう告げた後、茶色く染めた髪の毛をくしゃくしゃと撫でて言った。

「それにしても、ほんま呆れたなぁ。まさか真相に辿り着く人間がいるとは思わへんかった。さすがは、蜜村漆璃っちゅうとこやな」

その言葉は紛れもなく、殺人の告白と同義だった。ということは本当に、彼女が犯人だということか。

なので、僕は思わず彼女に訊ねる。

「遺産目当てでないとしたら、どうしてみんなを殺したんですか？」

すると、帝夏は口元に苦笑いを浮かべる。そして、もう一度頭を掻いて、「うーん、何というかなぁ」と照れくさそうに口にした。

「なんか、こういうの思ったよりも恥ずかしいな。いや、ウチも作家やから、今まで何人もの犯人に罪の告白をさせてきたんやけど、皆、こんな気持ちやったんやなぁ。やっぱり動機なんて内省的なこと、皆の前でべらべらと話すことちゃうねんよ。そういうのは、もっとこう――、取調室でベテラン刑事の前でしんみりと話すことなんや」

帝夏はそこまで語ると、口元の笑みを消した。その途端、彼女の纏う空気が突然、冷ややかなものに変わる。そこには親しみやすい売れっ子作家の姿はすでになく、この村で凄惨な密室殺人を続けた連続殺人犯の姿があるだけだった。

「まぁ、動機を簡単に話すとな」冷淡な声で帝夏は語る。「それは非常に単純なことなんや。単に物柿家の人間が全員、天才的な密室ミステリー作家だった――、ただそれだけに尽きるんよ」

　天才的な作家だから殺した？

「ああ、香澄ちゃんはこんな話を聞いたことはないかなぁ？　この世に存在する密室トリックの数が、あらかじめ神様によって決められとるっつう話」

　いわゆる『富の枯渇理論』というやつだ。この世に存在する密室トリックの数はあらかじめ決まっていて、推理小説の歴史が始まって百八十年の間に、あらかたその富は掘り尽くされてしまった。そして、それゆえに枯渇してしまった——と。

「そう、枯渇しとるんや」と帝夏は物わかりの良い生徒を見るような目で言った。「だからもう、この世に密室トリックはほんのわずかしか残ってなくて、ウチら本格ミステリー作家はそのわずかな富を奪い合っている状況なんよ。水を奪い合うために戦争している砂漠の民みたいなもんやな。誰かが新しいトリックを見つけたら、そのトリックはもう使えへん。ということはや、言い換えれば、誰かが新しいトリックを見つけるということは、自分が将来思いつくはずだったトリックを一つ奪われるということなんや」

　帝夏の淡々とした口調に、だんだんと熱が戻っていく。

「ウチはそのことにいつも絶望しとったんや。誰かが凄いトリックを思いつくたびに、何でそのトリックを思いついたのがウチやなかったんやろうって落ち込んだ。そして同時に思うんや。そのトリックは、ほんとはウチが将来思いつくはずやったトリックなのになって」

　そこで彼女は、にやりと笑った。

「でもな、そんな絶望的な日々の中、ウチはある時思いついたんや。凄いトリックを思いつく人間がいるなら、そいつがそのトリックを思いつく前に殺してしまえばいい。そうすれば、奪われへん。ウチが将来思いつくはずやったトリックは奪われへんのや。もっと言えば、才能のあるミステリー作家を全員殺してしまえば、この世界に残された密室トリックの数はいっさい減らなくなるんや。一安心やろ？　あとはウチがゆっくりと、残された密室トリックを一つずつ見つけていけばいい」

　帝夏の語るその論理に、皆は言葉を失ったように固まった。やがて怯えたような声で芽衣が言った。

「だっ、だから、物柿家の人間を殺したんすか？」

「ああ、芽衣ちゃん、その通りや」と帝夏は神妙な顔で頷く。「芽衣ちゃんとカマンベールくんを除けば、物柿家の人間は天才集団やからな。あいつらのせいで、どれだけの数の密室トリックが新たに発見されたか。ほとんど、大泥棒なんよ。おかげで、ウチが将来見つけるはずやったトリックを大量に奪われたわけやからな。だから、これ以上は見過ごすことができなかったんや。ウチはいずれ世界中の才能のある本格ミステリー作家を皆殺しにするつもりなんやけど、まずは父一郎をはじめ物柿家の人間を最優先で殺すことにしたんよ。でも、それはある種の敬意の現れや。それだけあいつらの才能を認めとるっちゅうことやからな」

帝夏はそう告げた後、高らかにこう宣言した。

「そうやって計画を遂行していって、ウチはやがて理想郷を作る。ウチ以外の本格ミステリー作家を全員殺して、残された富を独占する。すべての密室トリックを独占するんや。そして残りの人生を掛けて、この世界に残された密室トリックをひとつ残らず見つけ出す。全部ウチが見つけるんや。誰もが褒め称えるような斬新なトリックも、誰もが怒り出すようなふざけたトリックも——、すべて『王城帝夏が見つけたトリック』として、この世界に突き付ける。絶賛も激怒もウチのもんや。そのためには何人でも殺す。何百人でも何千人でも殺す。もう、他人の才能に嫉妬して惨めな思いをするのは終わりなんよ。もう、誰にも奪わせへん。『自分が本来思いつくはずだったトリックを誰かが先に思いついてしまうという地獄』——、ウチはその理不尽からようやく解放されるんよ」

彼女が語るその動機は、あまりにも異常だった。皆は気圧されたように押し黙り、重い沈黙が周囲に落ちる。「狂っている」と誰かが言った。少し経って気が付いたけど、それを口にしたのは僕だった。

「そんなことで人を殺すなんて」

僕のその言葉に、帝夏は冷めた笑みを浮かべた。そして蔑むような目を僕に向ける。

「うん、そうやろうな」と彼女は言った。「きっと本格ミステリーを書いたことがない人間には一生理解できないだろうね」

Epilogue　楽園の始まりと終わり

　夏休みが開けた九月一日――、放課後に文芸部の部室に行くと、蜜村が真剣な顔でバイト情報誌を眺めていた。戸口にいる僕に気付くと、彼女はちょいちょいと僕を手招きして、悩ましい顔でこう告げる。

「新しいバイトをしようと思っているのだけど、どこがいいかしら？　パン屋さんかカフェ店員のどちらかで迷っているのだけど」

　暢気なものである。いちおう、受験生だというのに。

「あなたもでしょう？」と蜜村がツッコむ。

「そうでした、僕もでした」僕は泣きそうな顔で言った。

　でも結局夏休みの間は、ほとんど勉強しなかったのだった。先月、巻き込まれた八つ箱村の連続密室殺人事件。蜜村の推理により事件が解決した五日後、ようやく八日間に渡る祭りが終わり、僕たちは呪いから解放された。いや、もちろん呪いが迷信であることはとっくにわかっていたのだけど、洞窟を塞ぐ金網を破り、村の外に一歩踏み出す時はやはり嫌な汗を掻いた。そうして八日ぶりに鍾乳洞の外に出て、真っ青な夏空を見上げた時に、僕たちは本当にこの事件が終わったことを実感した。清々しいまでの夏の空気。それがあまりに心地よく、その反動で僕はすっかり受験勉強のやる気をなくしてしまったのだ。いや、もともとなかったという説もあり、そちらの方が支配的なのだけど。

ちなみに行方不明だった三女の物柿双三花は東京で発見された。普通に家出だったらしい。今は物柿家の屋敷に戻っているが、もう小説を書くつもりはないのだという。ただ、無事だったのは何よりだと思う。

だが事件が解決したからといって、すべてが終わったわけではない。

僕はスマホでニュースサイトを開いた。そこには今朝起きたばかりの殺人事件の記事がアップされていた。被害者は密室もので有名な本格ミステリー作家だった。

王城帝夏による本格ミステリー作家狩りは続いている。いや、本格的に始まったというべきか。

あの日、動機の告白を終えた後、帝夏はポケットから拳銃を取り出した。そしてその銃口に僕らが怯んだ隙に、悠々と逃げ去ってしまったのだ。例の『開かずの扉』の奥にある地下鍾乳洞――、その最奥の、外へと通じる深い縦穴から。そこに隠していた小型の気球に乗って、さながら世紀の怪盗のように。

「もう二度と会うことはないと思うけど」気球に乗って上昇していく帝夏は、去り際にそう告げた。「小説は定期的に発表するから、もし良かったら読んでみてや」

もちろん大量殺人犯である帝夏の小説が、出版社から販売されることは二度とないはずだ。でも、ネットを使えば発表できる。つまり彼女が欲しいのは金ではなく、あくまで『王城帝夏という作家が新しいトリックを見つけたという事実』のみということか。

僕は小さく溜息をつく。まったくもって共感できない動機だった。僕は中学の時からずっと文芸部員だから何度かミステリーを書いたことがあるが、帝夏と同じ思考に陥ったことは一度もない。もっともそれは僕が本気でミステリーを書いたことがないからで、真剣に本格ミステリーに向き合っている人間ならば、彼女の気持ちを理解できたりするのだろうか?

「しかし、大変なことになったな」と僕は眉を寄せて言う。「このままでは世の中にいる本格ミステリー作家が全員殺されてしまう」

八つ箱村の連続殺人事件において、『人体発火の密室』で焼き殺された村若青年。思えば彼も新人の密室ミステリー作家だった。帝夏が村若を殺害した一番の理由は、祟りにしか見えない状況で人を殺すことで、呪いによるクローズドサークルを作り上げることだったのだろうが、そこにはもう一つの動機があったということだろう。オ能のある作家を殺すという動機が。将来、素晴らしいトリックを思いつく可能性のある作家を葬り去るという動機が。

そういう点では伊予川仙人掌も同じだ。警察の捜査により今では彼女が有名な密室代行業者であることが判明しているが、帝夏はもちろん、まったくそんなことは知らなかったのだろう。帝夏が仙人掌を殺したのは、彼女を偽の犯人に仕立て上げて、一時的に皆を油断させるため。つまり、リビングで芽衣に夏雛を設置させたり、カマンベールに屋敷の庭でギターの練習をさせたりするためだ。殺人事件が未解決の状態では、二人が帝夏の期待するような行動を取るとは限らないので。

つまりはそれは『第九の密室』のトリックをつつがなく実行するためなのだが、帝夏にはそれとは別にもう一つの目的があったのだろう。密室伝奇ミステリー作家でもあった伊予川仙人掌を、この世から消し去るという動機が。

思わず、渇いた笑みが漏れる。本当に見境がない。彼女は本気で密室に携わる作家を皆殺しにするつもりなのだ。

もちろん才能のない作家や、密室ものを書かない作家は狙われず生き残るのだろうが。でも、そんな作家なんていても意味がない。僕はあくまで密室ミステリーが読みたいのだから。

でも、となるとやがて帝夏が発表する小説しか、上質な密室ミステリーに触れる機会がなくなってしまう。もちろん大量殺人犯が書いた小説を読むのは気が引けるが、僕はきっと麻薬中毒者のようにそれを求めてしまうだろう。そうなると彼女の思うツボだ。帝夏はきっとそこまで見据えてこの計画をスタートさせている。

でもそんな僕の発言に対して、蜜村はあっけらかんとこう告げた。

「それについては、別に大丈夫じゃないかしら？」夏服の肩に掛かった黒髪を撫でて言う。「だって、帝夏さんの計画は絶対に成功しないのだから」

その言葉に、僕は「どうして？」と首を曲げる。すると蜜村は「だってね」と笑った。

「だって、この世に密室を愛している人間は何百万人もいるのだから。そして、その全員に最高の密室トリックを思いつく可能性があるのよ。だって、トリックを思いつくのに必要なのは才能じゃなくて密室への愛なのだから。だから、どれだけ殺しても殺しつくせない。まだ何者でもないような誰も知らないどこかの誰かが、今後も新しいトリックを思いついて、それを発表し続けるの」

その言い分に、僕は思わず笑ってしまう。なので僕は肩を竦めて言った。

「人間賛歌だな」

「どちらかというと、密室賛歌かしら？」

そう蜜村はくすりと笑う。

彼女の言っていることは、ただの綺麗ごとなのかもしれない。でも、そうあって欲しいと思った。いつまでもこの世界に、新しいトリックが生れ続けてほしいと思った。

「ところで、話は変わるけど」

そこで僕はふと思い出す。八つ箱村で起きた連続密室殺人事件には、まだ謎が一つ残っていたのだった。というよりも、事件が始まるより前に存在していた謎というか。それは八つ箱村八連続密室殺人事件のもう一人の犯人とも言える物柿零彦――、彼が拳銃自殺したその動機の謎を巡るホワイだ。

そして僕は実を言うと、その答えにすでに辿り着いているのだった。もっとも動機なんてものは人の心の中の話だから、確実に当たっているとは断言できないところもあるのだけど。

そんな言い訳をぐだぐだと蜜村に伝えていると、蜜村は「ふぅん」と気のない顔をして、「いいわ、話してみて」と頬杖を突きながら僕に言った。僕は「では」と前置きした後、こほんと咳をして零彦が自殺した理由を彼女に告げる。

「物柿零彦はきっと、日本で最初の密室殺人犯になりたかったんじゃないのかな？だから八つ箱村で密室殺人の準備を進めていた。でもその前に蜜村漆璃という少女が日本で最初の密室殺人を起こしてしまったから、彼はそのことに絶望して、回転式の拳銃で自らの頭を吹き飛ばしてしまった」

物柿零彦が自殺したのは三年前の冬――、正確には三年と八ヶ月前の十二月だ。そして大物作家の衝撃的な死にも関わらず、そのことは当時ほとんど報道されていなかった。だって、そのころ世間は別のことで大騒ぎだったから。そして三年前の冬に何があったのかといえば、もちろん蜜村が起こしたとされる日本で最初の密室殺人事件で、零彦がそのニュースが切っ掛けで自殺したというのは充分にありえる話だった。

何故なら物柿零彦は、『密室書庫』を訪れたことで心を密室に蝕まれたから。書庫で二百六十二万八千冊の密室ミステリーを読んだことで、その思考のすべてを密室に支配されてしまったから。

そしてそんな零彦はひょんなことから八つ箱村を訪れ、そこで『第九の密室』のトリックを閃き、そのトリックを中心に添えた連続密室殺人計画を考案した。それは密室に心を奪われた男のなれの果てだ。彼はその計画を実行することで推理小説という虚構の殻を壊し、そこに囚われていた密室殺人という概念を世に解き放とうとしたのだ。それはこの世界の価値観を書き換える革命で、零彦は自身の敬愛する昭和密室八傑が残した八つの偉大なトリックと、それらを凌駕する『第九の密室』のトリックでその偉業を成すことを夢見ていた。自身が密室の歴史の中で最も偉大な人間になることを夢見ていた。

でも、その夢は叶わなかった。零彦は日本で最初の密室殺人犯にはなれなかった。

今後、彼がどんなに完璧な密室殺人を犯そうとも、それは蜜村漆璃の模倣《もほう》であり、女王である彼女の前にかしずくだけの凡庸な人間に成り果てる。

二百六十二万八千冊の密室ミステリーを読んだ男には、その屈辱は決して耐えられないものだったのだ。だから頭を吹き飛ばした。回転式の拳銃で。それが僕が考える物柿零彦が自殺した動機だった。

そんな僕の言い分を、蜜村は終始唇を尖らせながら聞いていた。とても不機嫌そうに。でもやがて口を開き、「実を言うと、私も以前から葛白くんと同じ動機を考えていたのだけど」と拗ねたように口にする。

「でも、どうにも受け入れがたいのよね。私が原因で一人の人間が自殺したというのは」

それは確かにそうかもしれない。でも、逆に考えると——、

「君のおかげで物柿零彦の殺人計画を防げたとも言える」

自殺しなければ物柿零彦は密室殺人を断行していただろう。そうなれば、今回の事件で死ななかった芽衣やカマンベールも殺されていたかもしれない。それに蜜村の不満は今さらの話だ。だって彼女のせいで密室黄金時代が始まり、この三年間で何百人もの人間が密室で殺されたのだから。そして帝夏自身は何も言わなかったけれど、そのことは今回の八つ箱村の事件ときっと無関係ではないはずだ。だって、この国で

日々起きる密室殺人事件によって、トリックの枯渇スピードは飛躍的に上昇しているのだから。それは一人のミステリー作家に、他のミステリー作家を皆殺しにするという決意をさせるには充分な出来事だったのかもしれない。だって鼠のように湧き続ける密室殺人犯を駆逐するのは困難だけど、相手がただの小説家であれば殺すのは容易なのだから。

僕はそんなことを思いつつも、友人である彼女に配慮して、もちろん口には出さなかった。でも蜜村にはそんな僕の考えなど疾《と》うに御見通しだったようで、彼女はなおも不機嫌な口調で「まぁ、今さら物柿零彦の話なんてしても、何の意味もないのだけど」そんな風に話を結んで、部室のテーブルの上に広げたバイト情報誌をぱたりと閉じた。

彼女はバイト情報誌を鞄にしまう。部室の窓から見える夏の日差しが、夕暮れのオレンジ色に変わり始めている。

「じゃあ、そろそろ帰るわ。少しは受験勉強しないとね」

「気が進まないけどな」

「まったくね」

蜜村はそう言って立ち上がろうとして、ふと思い出したように口にする。

「そう言えば、葛白くんに伝えようと思っていたことがあるんだった」

「僕に？」

「うん、あなたに」

　蜜村はそう、こほんと咳をして告げた。

「今回、葛白くんが見破った『密室トリックを応用したミスリードトリック』——、正直なところ、あれをあなたが見抜けるなんて少しも思っていなかったの。私が語った『カマンベールさんが犯人だという推理』――、その瑕疵《かし》をあなたが指摘できるなんて考えてもいなかった。だってあのミスリードは『現場から凶器を持ち出せた人が犯人』という定番のロジックを利用して罠に嵌めるものだから、大半のミステリーマニアなら簡単に引っ掛かってしまうはずだもの。でも、あなたはそれを見破った。だから、ちょっとびっくりしたわ。そのことはなんというか、まぁ、褒めてあげなくはないとも思う」

　その言葉に、僕はしばしきょとんとした。そして、おずおずと彼女に言う。

「つまり、僕のことを手放しで絶賛すると？」

「そこまでは言っていないわ」蜜村はぴしゃりと否定する。「あくまで、私の方がまだぜんぜん上なんだから。正直、レベルが百個くらい違うわ。ポメラニアンとゴールデンレトリバーくらいの差があるもの。でも、まぁ――、何というか」

　彼女は人差し指で、小さく頬を掻いて言った。

「いつか、そんな日が来るかもしれない――、そのことに少し期待が持てたわ」

彼女はがたりと立ち上がる。そしてこちらに背を向けたまま、決してこちらを振り返らずに言った。

「だって、解いてくれるんでしょう？　私の作った密室を」

それは、僕と彼女の交わした約束。

彼女が三年前に起こしたとされる、日本で最初の密室殺人事件――、決して誰にも崩せなかったその密室を解き明かす。僕たちはかつてこの文芸部の部室で、そんな約束を交わしたのだ。

そして僕がその約束を叶えた瞬間、きっとこの密室黄金時代は終わりを迎えるのだ。

この甘美な密室の楽園――、世界でもっとも美しい地獄を終わらせる。

「うん、任せてほしい」

と僕は言った。でも、それは決して彼女のためなんかじゃなくて、完全に僕自身のためだった。蜜村の作った密室を壊して、彼女を完膚なきまでに敗北させる。僕はきっとその光景を見るために生きているのだから。

「じゃあね、葛白くん、また明日」

彼女はそう言って、部室の出入口に向かって歩いていく。僕はその後ろ姿を眺めて思う。

蜜村漆璃——、密室の神が遣わした天使。その背中には未だに雪のように美しい羽が生えている。

その翼の白さに、僕はほっと胸を撫で下ろす。

どんなに優れた名探偵でもその羽に触れることはできないし、どんなに天才的な犯罪者でもその羽を汚すことはできない。

その翼をもぎ取るのは僕の仕事だ。

だから僕は今日も考える。この部室で彼女と約束を交わした日から、ずっと考え続けている。

三年前のあの日、彼女はいったい、どんなトリックを使ったのだろう?

僕はその答えを——、この楽園の『始まり』と『終わり』を司る密室の答えをずっと探し続けている。

Epilogue2　ボーナストラック

八つ箱村における連続密室殺人事件には、未解決の謎が一つ残されていた。それは『蔵の密室』の被害者である物柿旅四郎を、どうやって村の中に運び込んだのかということだ。何故なら村の門が開錠されている間は、トンネルの内部はそこにいた門番によって常に見張られていたのだから。以前に蜜村は地下鍾乳洞を通って『開かずの扉』から旅四郎を運び込んだと言っていたが、実際にはそれはありえない。何故なら地下鍾乳洞内は真空状態で、扉を開くとその中に空気が雪崩《なだ》れ込んでしまうからだ。一気圧の大気から真空中に空気が流れ込む速度は秒速三百四十メートル。つまり、風速三百四十メートルで、仮に犯人が地下鍾乳洞を経由して旅四郎を運び込もうとしたら、村の外から地下鍾乳洞の奥にある例の大扉を開いた瞬間、とんでもない突風に背中を突き飛ばされて鍾乳洞の中に転がり込んでしまうからだ。仮にそれをやり過ごしたしても、今度は『開かずの扉』を開けて屋敷の倉庫の前室に入る際に、同じく風速三百四十メートルの向かい風を受けてしまう。つまり、犯人が地下鍾乳洞を経由して旅四郎を運び込むのは、絶対に不可能だということだ。

となると犯人が通れるルートは、やはり村の出入口であるトンネルに限られる。だが、あのトンネルは門番によって常に監視され、いわば密室状態だった。つまり、八つ箱村における十番目の密室だったということだ。

では、犯人はどうやってその密室をすり抜けたのか？　これについては蜜村の推理により実はすでに解決済みで、警察の捜査によってトリックの証拠も見つかっている。

八つ箱村から解放されたあの日、僕と蜜村は帰りの電車の中で、このような会話を交わしたのだ。

「十番目の密室――、いわば『トンネルの密室』のトリックについてはそんなに難しくないわ。ほら、あのトンネルは天井と壁と地面のすべてが煉瓦で覆われていたでしょう？　洞窟の入口から長さ百メートルにも渡ってね。だから、いわばそれは煉瓦でできた巨大な筒で、門番はその筒の中にいたということになる。だから犯人――、というより帝夏さんね――、彼女は煉瓦でできたその巨大な筒を引き抜いたのよ。中にいる門番にバレないようにゆっくりとね。そして筒をすべて引き抜けば、洞窟の中は無人になる。だから帝夏さんはそこを通って悠々と、トランクに入れた旅四郎さんを村の中に運び込んだのよ」

あまりにも滅茶苦茶なトリックだ。だが、同じように大規模なトリックをいくつか目の当たりにした後だと、それも充分にありえるように思えてくる。おそらく何かしらの操作を行うと、煉瓦の筒がゆっくりと自動で移動していく仕組みなのだろう。あのトンネルの長さは百三十メートルほどで、そのうち手前の百メートルほどが煉瓦の筒になっている。ちょうどトンネルを塞いでいる例の金網のフェンスが、その煉瓦の筒と、その先の砂地の境目になっているというわけだ。だから、フェンスが下りて村がクローズドサークルになった後は筒を引き抜いても村に入ることはできないのだけど、旅四郎を運び込んだ当時はフェンスは降りていなかったから、問題なく村に出入りすることは可能だったというわけだ。

そして門番はその煉瓦の筒の中央で見張りに付いていたから、筒の両端までの距離はそれぞれ五十メートルほどもあったことになる。さらに洞窟内の照明はぼんやりとしていたから、筒が動いたのが夜中だったとすれば、筒の両端から覗く景色の変化にはほとんど気が付かないだろう。門番の勤務時間は、朝の三時から夜の七時まで。だから帝夏は朝の三時過ぎからその筒を動かして、夜が明けきる前にまた元の状態へと戻したのだろう。その際、あらかじめ旅四郎を村の近くへと呼び出しておけば、帝夏が村の外に出て旅四郎を昏倒させて、その旅四郎を村に運び込むという一連の流れを門番に目撃されることなく実行できる。

この大規模な仕掛けを施したのはもちろん物柿零彦で、でも『密室草案』には書か

第10の密室（トンネルの密室）のトリック

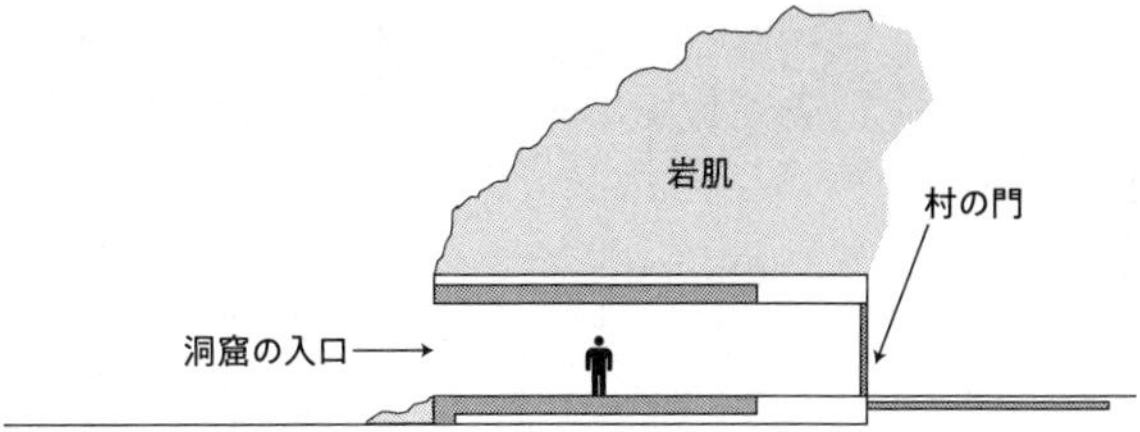

煉瓦でできた巨大の筒の中で門番が見張っている

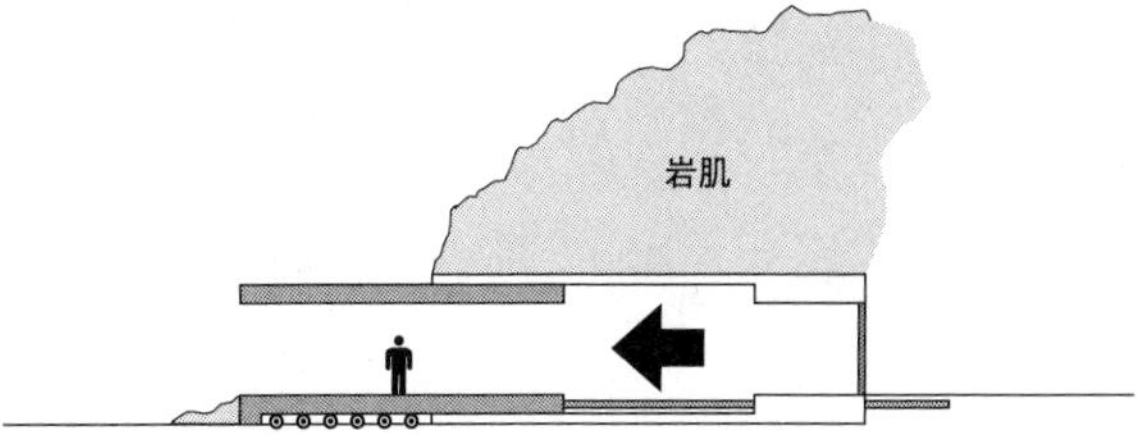

巨大な筒を洞窟から引き抜くことで門番の位置を移動させる

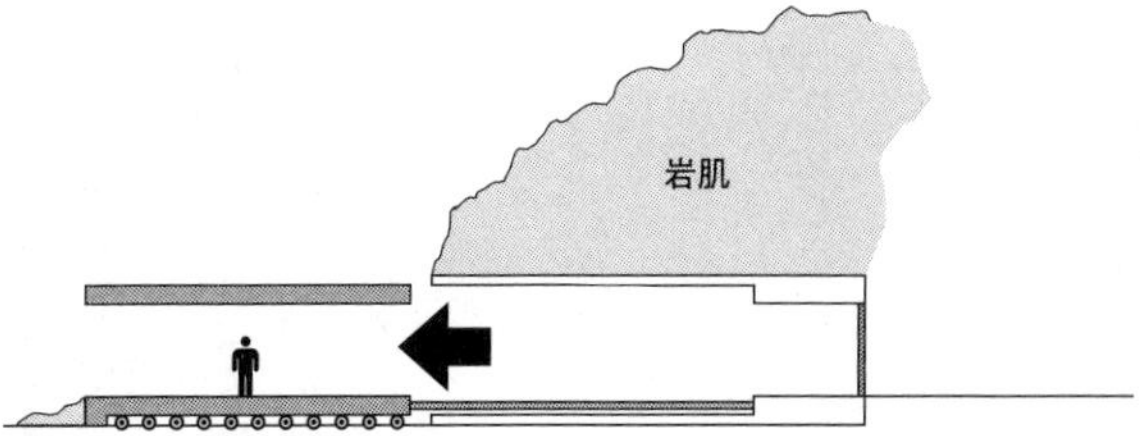

洞窟内に門番がいなくなったことにより
門番に気付かれずに村に入ることが可能になる

れていないトリックなので、彼のオリジナルのものなのだろう。そしてトンネルの改修工事を行うと村人たちに嘘をついて、何年もの時間と莫大な予算を費やして完成させたのだ。

「その情熱には、恐れ入るわ」蜜村が車窓の外の景色を眺めながら、呆れたように口にした。「やっぱり密室をこじらせた大富豪こそが、犯人役として最強なのかもしれないわね」

本書は書き下ろしです。
この物語はフィクションです。作中に同一の名称があった場合でも、実在する人物・団体等とは一切関係ありません。

宝島社
文庫

密室偏愛時代の殺人
閉ざされた村と八つのトリック

（みっしつへんあいじだいのさつじん　とざされたむらとやっつのとりっく）

2024年7月17日　第1刷発行

著　者　鴨崎暖炉
発行人　関川誠
発行所　株式会社 宝島社
〒102-8388　東京都千代田区一番町25番地
電話：営業 03(3234)4621／編集 03(3239)0599
https://tkj.jp
印刷・製本　中央精版印刷株式会社

ISBN 978-4-299-05715-0